U0601725

人民共和国的建设者

中国人民大学校友专访录

（第七集）——中国人民大学校报编辑部 编

中国人民大学出版社
·北京·

继续发扬"战火中的
大学"的优良传统，努
力探索新时期改革开放
的新路子，为我国社会
主义现代化建设作出
新贡献。

为《人民共和国的建设
者》出版题

袁宝华
一九八〇年九月

报效祖国

服务人民

勃诺

始终奋进在时代前列

刘伟

编　委　会

编 委 会 主 任	靳　诺	刘　伟		
编委会副主任	张建明	伊志宏	郑水泉	
编 委 会 委 员	顾　涛	王宏伟	齐鹏飞	李永强
	郭海鹰	王大广	颜　梅	高燕燕
	降瑞峰	张晓萌	谢天武	
主　　　　编	齐鹏飞			
副　主　编	谢天武	刘宜卫		
采 编 人 员	陈骊骊	孟繁颖	杨　默	姚思宇
	刘晓阳	毕　玥	李书慧	李宣谊
采 编 助 理	杨雅玲	杨民爽	王　笑	武明星
	吴　竞	蒋韵雅	张秀婷	魏亚飞
	孙嘉雯	陈　瑀	李诗睿	王　珂
	李　幸	董　迁	董静雪	杨雅珺
	郑可书	李子宜	郑泽颖	罗丽娟

始终奋进在时代前列

　　80 年前，延安清凉山上诞生了一所特殊的大学——陕北公学。80 年来，从陕北公学到中国人民大学，从延安到北京，这所大学与党和国家同呼吸、共命运，凝结形成并不断发扬着"始终奋进在时代前列"的光荣传统。这是人大人共同的精神底色。

　　80 年栉风沐雨，"始终奋进在时代前列"的责任担当承载着学校创建"世界一流大学"的美好愿景。中国人民大学是中国共产党亲手创办的新中国第一所新型正规大学，其前身是 1937 年诞生于抗日战争烽火中的陕北公学，以及后来的华北联合大学和华北大学。她在挽救民族危亡的抗日烽火中诞生，在新中国的建设中成长，弦歌不辍、薪火相传，为我国哲学社会科学的发展和繁荣，为社会主义革命、建设和改革事业做出了重要的贡献。

　　80 年砥砺前行，"始终奋进在时代前列"的光荣传统凸显了学校培育"人民共和国的建设者"的辉煌成绩。从陕北公学至今，中国人民大学共培养了 26 万名高水平的优秀建设者和各行各业、各个层面的领袖人才。他们之中，既有不怕牺牲、为民族解放事业奋斗终生的革命家，也有闻名遐迩、潜心治学的专家学者；既有敢为人先、推动国家社会向前发展的政界精英，也有筚路蓝缕、艰苦创业的商界翘楚；既有志愿付出、乐于奉献的道德模范，也有心怀梦想、德艺双馨的文艺工作者。他们敢为人先、积极探索、求真务实、奋勇前行，为民族进步、国家富强和人民幸福做出了不可替代的贡献，为社会主义革命、建设和改革事业输入了源源不断的新鲜血液。

80年不忘初心，"始终奋进在时代前列"已经成为一代代人大人共同的精神底色，它凝结了中国人民大学从战火中走来、在时代中奋进的精神品质，是学校80年办学历史的真实写照；它反映着中国人民大学"立学为民、治学报国"的办学宗旨，是一代代人大人精神品质的集中概括；它体现了中国人民大学崇尚人文、与时俱进的学科特点，是学校办学特色的本质反映。1937年，毛泽东在为陕北公学成立题词时写道："要造就一大批人，这些人是革命的先锋队。这些人具有政治远见。这些人充满着斗争精神和牺牲精神。这些人是胸怀坦白的，忠诚的，积极的，与正直的。这些人不谋私利，唯一的为着民族与社会的解放。这些人不怕困难，在困难面前总是坚定的，勇敢向前的。这些人不是狂妄分子，也不是风头主义者，而是脚踏实地富于实际精神的人们。中国要有一大群这样的先锋分子，中国革命的任务就能够顺利的解决。"可以说，"脚踏实地富于实际精神"正是中国人民大学校友最真实的写照和最贴切的符号。

呈现在读者面前的这部《人民共和国的建设者——中国人民大学校友专访录》（第七集），收录了50余位校友的专访。作为辑录中国人民大学校友专访的系列书籍，《人民共和国的建设者》自1987年成书，五年一期，已经出版六集。囿于种种条件，不能尽访校友代表，但收入本书的部分校友，确足以为人民大学的校友群像增添一抹亮丽的色彩。

跨越五年的采访，适逢中国改革开放迈入了一个全新的时代，中共中央总书记、国家主席、中央军委主席习近平提出并深刻阐述了实现中华民族伟大复兴的中国梦。这个梦想凝聚了几代中国人的夙愿，体现了中华民族和中国人民的根本利益，是每一个中华儿女的共同期盼，也是每一位人大校友应予承担的时代使命和共同愿景。他们在自己的岗位上施展才干、发挥光热，他们在各行各业奋勇当先、勇往直前，正如穿越了战争烽火和历史风雨依然奋进在时代前列的一代代人大人，为共同的梦想和追求播撒下一颗颗希望的种子。

　　一所大学最宝贵的资源和财富在于它的学生。作为教书育人的神圣殿堂，大学最根本的目标和任务是人才培养。人才培养的质量决定着一所大学的水平、贡献和影响力。告别了校园生活走向工作岗位的毕业生，就是一所大学育人成果与整体形象的代表和体现。在现代高等教育中，校友已成为评价一所大学办学水平的重要指标，而校友的职业成长与人生体验也将为大学的人才培养和教育改革注入源源不竭的动力。值此学校 80 周年校庆之际，让我们携手并肩、一同努力，为母校增添新的记忆与光彩！为把学校建成"人民满意、世界一流"大学、探索中国人文社会科学高等教育的繁荣发展之路而努力奋斗！

郑水泉于明德楼

2017 年 8 月

目　录

1

旖旎晚霞，不让晨曦

——访陕北公学老校友李源

◉ 陈骊骊/文

李源简历

　　李源，原名谢美善，1917 年生于湖南桃源县。1938 年 3 月在延安陕北公学入党，曾在陕北公学、中央组织部训练班第一期、马列学院、中央社会部训练班学习。1949 年参加中国人民解放军长江支队。1956 年 10 月，任最高人民检察院检察长张鼎丞的政治秘书、检察长办公室负责人、研究室副主任、党支部书记、机关党委委员。1972 年 8 月，任北京市高级人民法院党委常委、副院长。1980 年 2 月任北京市司法局党组副书记、副局长，兼北京市法学会、北京市律师协会副会长，北京市法律业余大学副校长。1986 年离休以后从事社会活动，1994 年参加中国延安陕北公学华北联合大学校友会筹备工作。

李源，少逢国难，矢志革命，历经风雨，初心不改。2017 年初夏，我们见到了这位精神矍铄的百岁老人。他珍而重之的目光滑过自己参加革命半个多世纪获得的各种勋章、奖章、荣誉证书、捐赠证书，手边摩挲着多年的笔记、著作，向我们娓娓叙来，举手投足间笑谈人生风雨。

永不泯灭的红色信仰

1917 年的中国，动荡不安，酝酿着急风暴雨般的变革。在这一年出生在湖南贫苦农家的李源，也注定将演绎不平凡的人生。

1937 年全国抗战爆发后，正在长沙念书的李源不甘做亡国奴。他和很多寻求救亡图存道路的进步青年一样，积极支持抗日，参加了党的外围组织、进步团体湖南省文化界抗敌后援会。不久，李源在八路军驻湘办事处由徐特立介绍，经八路军总司令部随营学校转到延安，成为陕北公学的一名学生。

初到陕公，积极要求进步的李源就担任了第 20 队一班班长，并很快加入了中国共产党。短暂而充实的学习结束后，他留校工作，先后在延安陕公总校第 24 队和关中陕公分校第 36 队担任政治助理员、党支部委员，对学员进行政治教育，培养了一批新党员。1939 年，陕公总校与分校合并成立大学部，李源担任第3 高级队的队长，他带领着这支全部由共产党员组成的队伍心往一处想，劲往一处使，为革命而勤奋读书。大家襟怀坦荡，互相帮助，研究问题时自由发表意见，连争论都透着团结友爱的氛围。

1939 年 7 月，华北联合大学在延安成立。在对即将赴华北抗日前线的同学们讲话时，毛泽东号召同学们"深入敌后，动

员群众，坚持抗战到底"。聆听了领袖的嘱托后，抗日军政大
学的队伍和华北联合大学的队伍，先后离开延安开赴前线。而
李源则与数十位同学一起情绪高昂地进入延安马列学院继续
深造。

在陕北公学学习的日子里，虽然学习紧张，生活艰苦，还有
一定的生产任务，但知识分子之间、来自各个地区和部门的干部
之间同心同德，亲密融洽。大家思想活跃，朝气蓬勃，在学习、
工作、生活、作风等多方面都取得了巨大的进步。在这里，李源
系统学习了哲学、马列主义和政治经济学原理，专门参加了中国
问题和党的建设课程。他常常手捧马列经典著作凝神阅读，却从
不死啃书本、不僵化记忆，而是力求弄懂弄通，融会贯通。他细
心地保存着所有的课堂笔记，时常翻看复习，在工作中随时参阅。
遗憾的是，在1946年冬天国民党胡宗南部进攻延安时，李源跟随
党中央机关紧急撤出，为了保密，他不得不忍痛焚毁了珍藏多年
的笔记和学习资料，只留存永不泯灭的信仰。

在迎接抗战胜利70周年的日子里，作为抗战老战士，98岁高
龄的李源喜气洋洋地佩戴上中共中央、国务院、中央军委颁发的
"中国人民抗日战争胜利70周年纪念章"。他对笔者说，在陕北公
学与马列学院工作和学习时获得的精神财富是他人生道路上长期
起作用的"固定资本"，其中最为重要、最为宝贵的收获是树立起
马列主义的世界观和人生观。陕北公学短短的16个月学习生活，
让他懂得了马克思列宁主义的基本原理以及观察问题和处理问题
的立场、观点和方法，掌握了将马列主义与中国革命实践相结合
的方法，传承了实事求是、理论联系实际、学用一致的陕公学风，
为他奠定了更好地开展群众工作的坚实基础，那一段闪光的岁月，
在他的人生中占据特殊重要的地位。

一个共产党员的坚守

抗日战争胜利后，为适应夺取全国胜利、准备成立联合政府的革命形势新需要，李源又响应党中央的号召参加了中央社会部主办的训练班。新中国成立前夕，他来到山西做教育工作，后来又参与了当地的土地改革运动。1949年，李源跟随解放大军一路南下，参加中国人民解放军华东随军服务团组建工作，在历史的洪流中为革命贡献力量。新中国成立以后，李源先后从事过党的组织工作、宣传工作和政治工作，还参与过许多重大案件的审查，借助信仰的望远镜和显微镜，凭着共产党员的党性，他始终保持着正确的工作方向。

风雨不期而至。"文化大革命"开始后，李源和很多老同志一起受到了冲击。当时，他是最高人民检察院研究室副主任，因为维护老一辈革命家、福建苏区创始人、毛主席的亲密战友张鼎丞而被扣上"铁杆保皇派"的帽子，被揪斗不放。后来他与全机关人员一道，被下放到湖北沙洋农场劳动，与他相濡以沫多年的妻子王彬也被迫害致死。在人生的低谷，心中的红色火种始终如灯塔般照耀着他，他也从未因逆境而对坚守多年的信仰产生过丝毫动摇。

1972年，李源被调回北京市法院工作。劫后余生令他感慨良多，与昔日老友彼此鼓励，相约继续为党和国家的建设事业而努力工作。"文化大革命"期间，法律虚无主义和"左"倾错误思想走向极端，全国各地法院大多失去了应有的作用，虽经拨乱反正，但影响的消除并非一日之功。为了弥补被耽误的时光，他忘我工作，为我国恢复律师制度做了很多准备工作。在全国第一次法学规划会议上，李源作为北京市高级人民法院副院长作了《恢复律师制度是健全法制的需要，是实现四个现代化的需要》的发言。发言全文见诸媒体后，成为全国公开呼吁恢复律师制度的第一篇文章，在国内引起巨大反响。伴随着北京市在全国率先恢复律师制度，北京市律师协会也很快成立了。在很长一段时间内，北京市高级人民法院成为全国法院系统唯一的窗口，李源和他的同事们接待了美、日等国的司法界访华代表团，并曾率团出访日本，增进了法律工作者之间的了解和友谊，宣传了我国法制建设的成就，为改革开放初期的国际司法交流积累了宝贵经验。

不论是经历政治运动的风雨洗礼，还是在政法一线多年的辛勤工作，陕北公学的精神始终伴随着李源，为他指引在曲折道路上前行的方向。这位见证并亲历了政法界多项破冰之举的老人谦虚地说，虽然未能在理论上攀登高峰，但自己的人生和事业无愧于党和人民。他将其归结为精神支柱的力量，并以诗自勉："正直清廉堪自慰，长久声誉在人间"。

革命人永远是年轻

自 1986 年离开北京市司法局党组副书记、副局长的岗位后，李源老人"离而不休"。他首先想到的是为残疾人这一弱势群体服务，应邀担任了"中国残疾人福利基金会"理事、法律顾问，并全神贯注地投入到为残疾人无偿提供法律服务的工作中。

李源一贯反对说空话，唱高调，认定了的事儿，一准付诸实施。20 世纪 90 年代，为了成立中国延安陕北公学华北联合大学校友会，李源参加筹备工作会议、拟定校友会章程、办理注册登记手续，前后奔忙，乐此不疲。1995 年校友会正式成立后，他又忙着主持日常工作，编辑《中国延安陕北公学华北联合大学校友会（专辑）》，举办李维汉、成仿吾两位老校长 100 周年诞辰纪念活动，编撰《李维汉纪念集》《成仿吾传》，组织陕公校友书法、绘画作品展览……每年，在陕公校友会召集的各种庆祝会、纪念会、研讨会、联谊会上，老校友们乘兴而来，心旷神怡，自由抒怀，乐以忘忧。因为陕公校友年事渐高，2006 年，中国延安陕北公学华北联合大学校友会完成了历史使命，在一片赞扬声中谢幕，为学校的历史书写了难忘的一页。校友会更名为中国人民大学校友会。

手不释卷是李源自陕北公学时起养成的学习习惯，编书和写文章也成为他离休生活中最重要的事务和最大的乐趣，除了经常阅读《政法老干部园地》《北京老干部》《民主与法制》等杂志，他每天必读《北京日报》《北京晚报》《参考消息》，思想常新，紧跟时代步伐。阅读之余，他的大部分时间用于伏案写作，写累了就到院子里转一圈，回来再接着写。

因患癌症，李源先后做了三次大手术，但他不以为意，仍然醉心于读书学习。在保持共产党员先进性教育活动中，他在医院的病床上仍然坚持完成了党组织规定的学习任务，并在先进性教育活动知识竞赛中取得了满分的好成绩，真正是一位"老有所教，老有所学""活到老，学到老"的共产党员。

如今回忆起陕北公学那段峥嵘岁月，百岁高龄的李源深情地说："陕北公学和华北联合大学的历史，是革命根据地和解放区高等教育事业，在中国共产党的坚强领导下，在马克思主义、毛泽东思想指导下的光辉典范，其先进经验是非常宝贵的，是永放光芒的，是中国人民大学 80 年历史中光荣的一页。我们受到母校培养和引领数十年，自当'不忘初心，继续前行'，发挥正能量，为中华民族伟大复兴筑梦不息。"

丰碑无语，灯塔有光

——记陕北公学老校友、湖北省政协原主席沈因洛

◉ 刘宜卫/整理

沈因洛简历

沈因洛，1920 年 12 月出生于江苏吴县。1938 年 5 月加入中国共产党。1938 年 4 月至 12 月在延安陕北公学、抗日军政大学学习。1949 年 7 月后，历任湖北军区组织部副部长，湖北军区荆州军分区副政委，41 军政治部副主任。1961 年 3 月至 1982 年 10 月，历任武汉钢铁公司副经理、经理，公司革委会副主任、主任，公司党委第二书记、党委第一书记。1982 年 10 月后，历任湖北省委书记（当时设有第一书记）兼省委组织部部长，省委副书记，省顾问委员会副主任，省政协主席、党组书记。1995 年 8 月离休。中共第十二届中央委员，中共十二大、十三大、十四大代表。2015 年 9 月荣获"中国人民抗日战争胜利70 周年纪念章"。2016 年 2 月 20 日 15 时 09 分，因病医治无效在武汉逝世，享年 96 岁。

青松挺立，百合无语。苍松翠柏掩映的武汉市遗体捐献者纪念碑上，镌刻了第 1304 个名字：沈因洛。

没照片、没生平、没墓地，只有邮票见方的三个小字，是一位老党员、老八路、正省级老领导留下的最后"痕迹"。这位老人，就是陕北公学二期校友——沈因洛。2016 年 2 月 20 日，这位老人因病离世，享年 96 岁。

他一生淡泊名利，不写回忆录，不接受个人专访。然而，从他去世至今，中华大地掀起了一次又一次学习沈因洛先进事迹的热潮。人们念及他的事迹，追忆他的品行，被他的精神感召、激励。大家都不约而同地竖起大拇指，共同赞叹，这才是共产党员，这才是共产党领导下的好干部，这才是"两学一做"活动中，全国党员干部都应该学习的一面旗帜。

沈因洛校友 17 岁弃医从戎，18 岁加入中国共产党，经历过"百团大战"和中原突围，曾任武汉钢铁公司经理、湖北省委副书记、省政协主席。这位逝去的老者用他的一生诉说着对祖国深沉的爱、壮阔的情怀和无尽的奉献。

心怀信仰，用毕生担当诠释什么是忠诚

看他的简历，从部队，到企业，再到湖北省委、省政协，他的工作跨度很大。但熟悉他的人说，他从来没有任何抱怨牢骚，也从来没有说过不。因为在他的字典里，没有"不服从"，只有"服从组织的安排"，只有"讲规矩、守纪律"。

"共产党人要学习大政方针，多关心国事省情，否则就跟不上中央和时代的步伐。""我要活到老，学到老，一直要学到马克思召唤的那一天！"这是沈因洛经常挂在嘴边的话。

他家中书柜里，放满了他的学习辅导资料。翻开《习近平谈

治国理政》《习近平关于全面深化改革论述摘编》等系列文本，红色水墨笔勾画的波浪形、三角形、椭圆形等标记符号随处可见。90多岁时，他还可以大段大段地背诵党章，流利地复述习近平总书记的讲话。沈因洛的秘书陈明还记得，病重时，他呼吸都很困难，但仍然趴在医院病床上，手握放大镜，吃力地看着《习近平关于党风廉政建设和反腐败斗争论述摘编》，颤颤抖抖地记着学习笔记。"必须向党中央看齐，与党中央保持高度一致！"他总是说。

心系群众，在奉献中点亮生命霞光

奉献，是沈因洛一辈子在做的事。不论是在武钢，在湖北省委、省政协，还是离休后，沈因洛始终把自己的根牢牢扎在群众之中。

在武钢，至今仍流传着关于沈因洛的"经典故事"。有职工反映从白玉山农场到工厂上班，路程远，道路坑坑洼洼，晴天一身灰，雨天一脚泥，容易发生事故。沈因洛听到反映后，经过实地调研，提议修建白玉山到厂前的水泥路，并开设通勤车。于是，大家把这条路叫作"沈因洛路"。

湖北省委政法委副巡视员、宣传处处长郭睿始终记得，1982年，他还在湖北麻城农村，高考落榜后，试着给当时分管教育的沈因洛写信，10多天后竟然收到沈因洛的亲笔信，信中写满了鼓励的话语。他牢记教诲，发奋用功，终于考上武汉大学，毕业后到共青团湖北省委工作。"这对一个山里的穷娃子来说，是多么大的激励，让我牢记终生！"

离休后，沈因洛订下规矩，每年拿出一个月离休费，分别捐给湖北省慈善总会、残联、老促会、"希望工程"和"春蕾计划"。发生地震等自然灾害时，他总是第一时间为受灾群众捐钱捐物。

在整理他的遗物时，家人发现了 106 张捐款收据。他在日记里写道："我老了，为国家做不了什么贡献，只能尽这点微薄之力了！"

2015 年 12 月底，他病重住院。病床前，他一边宽慰老伴，一边郑重其事地重申心愿：捐献遗体，丧事从简。2016 年 1 月，他呼吸困难，自感时日不多，再三交代陈明："我 17 岁离开家乡跟党走，没有党、没有人民，就没有沈因洛。当年，我在遗体捐献倡议书上签了名，我走后，孩子们如果违背我的意愿，你不能'和稀泥'，更不能做'老好人'。到时候我不能说话做主了，你一定要站在我这边，替我说话。"2 月 20 日，沈因洛告别人世。去世 3 小时后，他的遗体被移交红十字会。

没有花圈，没有哀乐，没开追悼会。

至此，这位有着 78 年党龄的老共产党人，兑现了他 33 年一直念念不忘的最后承诺。

求真务实，基层调研工作一干到底

89 岁的离休干部，时任武钢办公室工作人员的王国连，听力和记忆力都大不如从前，但说起老领导沈因洛，他一字一句："沈经理的作风就像秤砣一样扎实。"

从部队初到武钢，沈因洛不懂生产经营。为了尽快摸清厂情、掌握业务，白天，他不知疲倦地到一个个车间转，在生产现场向一线工人问计，了解情况。晚上，他到处拜师，请青年技术人员、财务人员、业务干部给他讲课，每晚都要学到 10 点以后，持续了大半年。

在省委工作时，他每年三分之一的时间用于调查研究。谢允坚回忆说："作为副手，当我知道他是新任省委组织部部长时，他已经下乡调研了。"他还一一走访了省委组织部所有处长的家。许多处长的家庭情况、性格特点等，沈因洛的笔记中都有详细记载。

即使到 1995 年离休后，沈因洛仍时刻关注国家的改革进步，关心湖北的经济社会发展，保持着到处调研的习惯。"除了去武钢外，他最喜欢往农村跑。基本上每两个月出去调研一次，短则两三天，长则一周。"司机吉胜说。

2013 年，他 93 岁了，为了核实报纸上关于沼气利用的一个数据，还迈着颤颤巍巍的步伐，专程去湖北省农业厅调研。"2014 年以后，他出不了门了，就经常委托我代为调研，了解基层情况。每当我告诉他农村发生的巨大变化，农民的日子越来越红火，老人家脸上总是洋溢着欣慰的笑容。"陈明说。

丰碑无语，灯塔有光，点亮薪火，代代相传

沈因洛信仰坚定，对党一片赤忱，亲民爱民，永葆公仆本色，奋发有为，作风扎实顽强，律己严苛，至善至正。2016 年 4 月 26 日，湖北省委做出决定，号召全省党员干部向沈因洛同志学习。11 月 20 日，湖北省委书记蒋超良批示要求，全省各级党组织和广大党员干部深入学习沈因洛先进事迹，做忠诚、有担当的好干部。

沈因洛的先进事迹经湖北省内各大媒体报道后，受到中组部、中宣部和央媒的高度关注。2016 年 12 月，中央电视台、新华社、《人民日报》、《光明日报》、《经济日报》等主流媒体记者齐聚武汉，深入采访挖掘沈因洛的先进事迹和感人故事。

中央电视台《新闻联播》连续两天播出有关沈因洛的报道。《焦点访谈》在片尾说，"他留下的精神财富是笔沉重的托付，接过这笔财富的人，受到他的感召的人，都有义务让老人期盼的梦想早日实现"。

新华社播发的长篇通讯《一棵树、一株草、一杆秤——追记

湖北省政协原主席沈因洛（上）》和《活着不争利，死后不占地——追记湖北省政协原主席沈因洛（下）》，由省级党报纷纷转载，沈因洛先进事迹从湖北走向全国。

《人民日报》刊发长篇通讯《"丰碑"前的对话》《清风正气照人心》，并配发评论《以党员本色托起党员分量》说，"不忘初心，保持本色，是沈因洛作为一名党员给人最大的启示"。

《光明日报》刊发长篇通讯《大爱铸就赤子丰碑——追记湖北省政协原主席沈因洛（上、下）》。沈因洛身上传承着中华民族最优秀的文化元素，是一面镜子、一个标杆、一面旗帜。

《经济日报》刊发长篇通讯《追记湖北省政协原主席沈因洛：坚守共产党员的本分》。这位逝去的老者用他的一生诉说着对党、对祖国深沉的爱和无尽的奉献。

丰碑无语，灯塔有光。沈因洛校友用青春、热血、生命，用他所有的一切，点亮薪火，代代相传。

（本文根据相关媒体报道汇编而成）

革命人永远是年轻

——访著名歌唱家孟于

◉ 陈伟杰/文

孟于简介

　　孟于，四川成都人，1922 年出生，1942
年毕业于延安鲁迅艺术学院音乐系，曾是华
北联合大学文工团演员，是早期歌剧《白毛
女》中喜儿的扮演者之一，也是电影《白毛
女》部分配唱者之一。新中国成立后，参与
创建中央歌舞团，担任独唱演员、艺术处副
处长、副团长、党委副书记。

见到孟于老师之前，我们怎样也想不到一位 93 岁的老人竟有如此健康的身体和矍铄的精神。

从血与火的年代走过来的革命者，经历了战火硝烟，经历了长途跋涉，经历了缺衣少食，在年近期颐时会是什么样子？当我们走进和平里那栋不起眼的老楼时，就有了答案：身材不高，头发花白，一身整洁朴素的衣服，神采奕奕。孟老师眉目含笑地迎进了我们两个年轻后生。说实话，如果不是事先看过照片、通过电话，没准真会把老人家当成孟老师的女儿。

和平里是北京典型的老居民区，街道狭窄，只有最基本的绿化和物业管理，而孟老师在这里一住就是半辈子。不大的三居室收拾得干净整洁，老伴前些年去世后，只有孟老师和保姆两个人在这住了。她的儿女和孙辈在大江南北，甚至大洋彼岸。孟老师没想过换地方住。"在这住了 50 年了。不是没机会换房子，我觉得在这住着挺好，方便。我也没什么大毛病，就是骨质疏松，前几个月大夫在脊柱上加了块钢板。"老人轻描淡写地说着，我们才注意到她的背有些微驼，可耳不聋眼不花，腿脚灵便，实在不像 90 多岁的人。

落座开聊。"你们想知道什么，就问吧。"老太太是个爽快人。

就从如何走上革命道路谈起吧。

我出生在成都一个小康家庭。抗战爆发那年我 15 岁，在成都中华女中读书。七七事变后，29 军奋勇抗敌的事迹激发了老百姓的抗日热情。当时我们这些中学生，组织了很多读书会，在车耀先等老师的指导下读鲁迅、巴金等进步作家的作品（当时还不知道车耀先是共产党员），学唱爱国救亡歌曲，还走上街头演讲、唱歌，呼吁全民抗战。就是在读书会上，第一次知道了延安这个地方，出于对革命的向往和对全民抗战的渴望，我萌生了到延安去的念头。

1938 年到 1939 年，日军两次轰炸成都，其惨状让我对战争有了切身的感受，对日本帝国主义更加仇恨。可是国民党开始镇压成都的进步团体，王云阶等教师因此被捕入狱，街头演讲、唱歌也被禁止，这使得我到延安去的愿望更加迫切。

　　不知是否因为艺术家特有的感染力，将近 80 年前的往事在孟于老师口中仿佛伴着歌声娓娓道来，我们仿佛也置身于那热血沸腾的洪流之中。

　　没有豪言壮语，从朴素的爱国感情，到开始自觉的革命行动，就是这么自然而然地发生了。

　　1939 年 8 月，阎锡山在宜川开办的山西民族革命大学到重庆招生。我从地图上看，离延安不远，就偷偷报考，并被录取。怕父母不同意，我悄悄留下一封信，就跟队伍走了。当年冬天，阎锡山发动晋西事变，我们这些学生趁乱离开了学校，带了一个脸盆、一张大饼、一块咸菜、一盒火柴，向延安进发。太阳快偏西时，我们到达陕甘宁边区的一个村庄，找到村长说明来意，他一家热情地接待了我们。他说："欢迎你们到边区来，你们都是革命娃！"我们美美地吃了一顿热乎乎的小米饭，真香！第二天吃过早饭，我们准备马上出发。村长和大娘见我身体虚弱，一定要用小毛驴送我。我们婉言谢绝，他们就是不答应。大娘拉着我的手不放，真是盛情难却，我只好骑着毛驴上延安了。来到边区，就好像到了自己家里一样亲切、温暖，人和人的关系与蒋管区完全不同。这种深情厚谊，使我终生难忘。

　　在延安，孟于先进入中国女子大学，又考入鲁迅艺术学院。她在冼星海先生指导下排演《黄河大合唱》。她们的歌声回荡在夜空，撞击着山谷，震撼着每个演员和观众的心。"这种激动人心的情景，我还是第一次经历。歌声使我感受到一个青年人和民族的苦难、国家的危亡紧紧相连。《黄河大合唱》抒发了中华民族不屈不挠的精神，具有震撼人心的无比威力。音乐的力量真是伟大！她教育了我，启发和鼓舞了我前进。"回忆在鲁艺的学习时，孟老师念念不忘冼星海、吕骥等老师的教导；延安文艺座谈会之后，毛泽东同志在鲁艺演讲时提到：艺术要为人民服务，学员不但要在"小鲁艺"学习，更要投身到"大鲁艺"，即火热的斗争中去学习、去锻炼。这些教导，孟于记了一辈子，实践了一辈子。

说着在延安的往事，哪怕是一日三餐只有黄豆和枣的艰苦时期，孟老师也是带着微笑，还不时唱两句那时的歌："啊！延安，你这庄严雄伟的古城，热血在你胸中奔腾"，"风在吼，马在叫……"中气十足，感情充沛，让我们依稀领略到当年孟老师在台上的风采。她唱到"自从鬼子来，百姓遭了殃，奸淫烧杀"几句时，还细致讲解每一句的力度、气息，如何把感情融入歌曲。

1945 年 8 月 15 日这天我在延安，当时新华社广播日本投降的消息马上传开，人人欢呼雀跃。各机关、学校、市民及工农群众晚上组织火炬游行，敲锣打鼓，没有锣鼓的就敲着脸盆、茶杯。从被子、棉袄里扯出棉花做成火把，人心激动、热泪盈眶，高呼口号："我们胜利了！"兴奋不已。路旁的小商、小贩中有山西人、河南人等，他们也激动地高呼"我要回家了"，将瓜子、花生、果子、西瓜送给游行的人们吃……为庆祝中国人民最终赢得抗日战争的胜利，怎能不激奋呢？通宵达旦的游行盛况空前。

抗战胜利后，孟于随华北联合大学文工团转战张家口、正定等地，在歌剧《白毛女》中扮演喜儿，还表演《血泪仇》和其他节目。不管是慰问前线部队官兵，还是到工厂农村向老百姓进行革命文艺宣传，都是一个县一个县、一个村一个村地步行沿途演出。道具设备因陋就简，演出效果却非常好，战士差点拿枪崩了

"黄世仁"的故事，就发生在他们演出时。

新中国成立后，孟于参与组建中央歌舞团，并一直在此工作直至离休。在领导岗位上，孟于一直保持着朴素、平和、豁达的风格。她讲起一个小故事：解放战争时，怀来战役前夕，她所在文工团到部队慰问演出。演出间隙，她还热心地帮不识字的小战士写家书、缝衣服。战役结束后，有一次她碰巧又遇到这支部队，她问起连长那两位她曾经帮写过家书的小战士，连长说，这两个小战士都在战斗中牺牲了。听后，她伤心不已。她说，英雄总是极少数的，大多数人就像这两位小战士一样，默默无闻地牺牲了，连块墓碑都没有留下。所以从此以后，她就很豁达，因为她觉得与千千万万默默牺牲的人相比，自己已经足够幸运。所以后来有一次团里涨工资，她主动把自己的名字拿掉，把省出来的工资额度分给五六个比她级别低的同志。

说起现在的文艺节目，孟老师直呼："看不懂了，一个个跳舞的露着肚脐，那美吗？有必要吗？我们那时候夯起土就是舞台，化化妆就上去演出，不也很受观众欢迎吗？"孟老师有点"不合时宜"地认为，文艺应该为人民服务，应该起到鼓舞人民教育人民的作用，"我去过美国几次，他们对年轻人的'思想教育'是教堂搞的；仅靠我们学校里的思想教育是不够的，文艺应该发挥这方面的作用"。

离休后的孟老师没有闲着，她组织"文化部老艺术家合唱团"，坚持贯彻"以优秀作品鼓舞人"的精神，不计报酬去各地演出，蜚声海内外，受到普遍赞誉。2015年6月，作为《歌唱二小放牛郎》的原唱者，她以90多岁的高龄，与"中国三大男高音"戴玉强、莫华伦、魏松以及在北京市少年儿童中海选产生的"王二小"三代人同台献唱，纪念中国人民抗日战争暨世界反法西斯战争胜利70周年。提到这事，孟老师就笑，"我是被他们'骗去的'，最开始让我给孩子们讲讲当时的情况，讲着讲着就上台了"。

孟于老师对陕公联大有着深厚的感情，校友会的活动都尽量参加。35 年前，1980 年 10 月 3 日，学校隆重庆祝命名组建 30 周年，她还表演了节目。这些多年前的往事都历历在目。2015 年 9 月 18 日，她还不辞辛苦来学校参加陕公联大老校友敬老祝寿会，并作为老校友代表作了热情洋溢的讲话。活动间隙，她还拉着学生艺术团的年轻人传授演唱技巧。"再有活动告诉我，只要能动我就去！"爱校荣校之情溢于言表。

两个小时的谈话，孟于老师思路敏捷，语言清晰，把她走过的人生道路和感悟呈现给我们，没有悲伤，只有不时的歌声和欢笑。走出孟于老师家门，我不禁想，到底是什么让她在如此高龄还能保持如此健康的体魄和精神呢？看来只有那首歌可以解释了：革命人永远是年轻。

（本文原载于《中国人民大学》报第 1550 期 4 版）

有温情与胆识，更有坚定信仰与执着追求

——访华北联合大学老校友白水

◎ 文盈盈　刘宜卫/文

白水简历

白水，1932 年生，华北联大老校友。1947 年，伪造身份前往解放区。1947 年 9 月至 1948 年 5 月就读于华北联合大学。1948 年 5 月 1 日加入中国共青团；5 月 8 日，调至军委二局从事机要工作。长期积极开展革命工作，退休前为总参三部副师级干部。

采访白水的那一天，恰好是北京城的初秋。略带凉意的风吹落了片片叶子，而已是耄耋之年的白水却依旧精神矍铄，如约出现在见面的地点，热情地与我们打招呼。

白水是个温暖的老人，耐心地讲述着自己的故事；她是个多才多艺的人，喜欢唱歌，也热爱游泳、排球等各种各样的体育运动；她是个时尚的人，不仅能说流利的英语，还能与年轻的采访记者们畅聊热播电视剧。

白水的故事平凡却生动，在她的身上，我们看到了历史里真实的生活，也看到了那特殊时代背景下的一个个鲜活的生命。

“我救了他一命”

白水其实不是她的本名。“我到联大才改名叫‘白水’的。1947 年的时候还没有解放，我当时才 15 岁呢。联大在解放区，我们到解放区都是要经过国民党层层盘查的，必须要伪造身份。”白水回忆起当年往事，诸多场景仍是历历在目。

“我本来是姓‘戢’，但这个姓实在是太特殊了，这么特殊的姓多引人注目呀。而且我查了字典，这个字是武器的意思，我本人是非常爱好和平的。”她回忆说，“当时去解放区，我得取一个不起眼儿的名字。‘白水’读着顺口，而且喝口水的时候就能想起我了。后来很多人都一直叫我‘白水’，顺口嘛。”

谈起革命年代“伪造身份”的经历，她讲述了一个惊险的故事。当时，白水的姐姐是地下党，姐姐让自己的一个男同学带着白水去解放区。这个男同学比白水大十岁，一路上特别照顾白水。“去解放区都是要改名字的，他就叫‘尚笛’。”白水说，“在去解放区的时候，我们都提前写了据词，他装我哥哥，我们兄妹俩在北京开小铺，妈妈是山东人，我们是坐火车去山东看望病了的妈妈。"白水和"哥哥"按这个背好了，准备蒙混过关。

在路上，一个国民党的军官找"哥哥"聊天，那军官听他能说会道的，就问："你这念过书吧？有点儿学问啊。""哥哥"赶紧说，自己就爱瞎看书。聊了一会儿，军官又问："你是哪儿人啊？""哥哥"实际上是南方人，他撒谎说自己是北京人，那国民党军官追着问："欸，怎么你没有北京口音啊？"就这么突然一下，"哥哥"答不上来，还被吓蒙了。"当时，他脸'唰'地一下就白了。那个国民党军官，我记得是个上尉或者校官。这要是露馅了可不得了啊！"白水在关键时刻灵机一动，连忙把问题抛了回去。她接话说："您那口音也不像您那个地方的人啊。"国民党军官说："我走南闯北的。"白水赶紧接住话："我哥也是啊！"这一关就算这么过了。回去以后，这个男同学见了白水的姐姐就一个劲儿地夸白水聪明、机灵。"那时候在路上虽然紧张，但可有意思了。"白水说。这个和"电视剧情节一样的"的救命故事，成了白水在革命年代一段宝贵的回忆。

其实，15岁前往解放区，对于白水来说是一件改变命运的大事。"我从小住在天津的英租界里，家里生活条件比较好，一直上的私立学校。当时我四姐是地下党员，她给我讲解放区，还讲王二小放牛郎的故事。王二小13岁嘛，和我当时也差不多大，但他就那么勇敢、那么坚定，给我的印象特别深。后来在行军途中，我曾见着有坟上面写着王二小，我也不确定那到底是不是他的墓，我当时特别激动就给他敬礼。我还看了一个电影叫《八千里路云和月》，我从小就是饭来张口、衣来伸手，我就特别向往电影里的那种集体生活，多好啊，多潇洒啊。结果后来我真过上了集体生活，还过了那么多年。"

"干革命，我一点儿也不娇气"

白水是 1947 年 9 月底来到的华北联大，那时候的学生都是住在老乡家里，没有正规的教室和黑板。那时候白水比同学们都小，她跟着大家一块儿上课。"我们上课一般就是学《论联合政府》这些毛主席的著作，有时候会有一些领导、名人来做报告，我们就在老乡家前面的空地里听。我当时是政治九班，因为年纪小班里同学对我要求很低。比如说讨论，人家都是大学生啊，发言都特别积极，我就一初中生，根本不懂政治。讨论前，我就赶紧去查图书馆的书，争取第一个发言，要不一会儿我就没词儿了。"她回忆道。

这里的集体生活正是白水梦寐以求的样子。相比于其他同学，白水就是一个小妹妹。她笑着说："那时候学校发衣服，棉裤穿起来到我这儿（比着胸口），我城市里长大的哪里穿过这个呀，袖子长得手都伸不出来了。穿上之后我就在床上蹦，我说'你们快看，我是僵尸！'大家都被我逗乐了。"

华北联大的生活十分艰苦朴素。白水还记得，许多同学基本就一件衣服，没得换，所以穿不久之后袖子就破洞了。"当时联大的男同学，都是这样的，穿着那破棉袄。老乡们都说：'你们帮我们来搞土改，我看你们比我们还苦。'"在吃的方面条件也很糟糕，一个班十几个人打一铁桶的饭，桶里的菜就只是表面漂着点儿油花。同学们很少吃得到青菜，提供的都是陈年的萝卜干，"过十月革命节的时候放假，就能吃点儿好的，比如蒸馒头，还有大肥肉，现在看着非常腻的，那时候却觉得特别香"。

从小生活条件优越的白水却不娇气，尽力适应艰苦的革命环境。她语气非常坚定地说："不适应也得适应，要强啊！我是来干革命的，我不能叫人小瞧我。那时候发的生活费只够买半块肥皂，可我舍不得买，宁愿买花生米。买一捧花生米，用手把皮搓掉之后搁饭里吃。我最小，大家都照顾我，谁买花生米了，就说'来，小妹，给你一个'，'小妹，给你一口'。那时候就是这样的生活，都苦，但是非常愉快。我心想，能吃苦也是一关，不要让人觉得你是小姐。"

因为表现好，白水在华北联大第一批入团。1948 年初，学校用板车拉着行李，老残病号可以上，其他人走路。班主任让白水坐那个车，她连说自己没有生病，坚决不坐。白水就这样，走在最前头。入团之后帽子上搁一颗小星星，用白水的话说，她是"光荣得要命"。

"娘要我找你的坟！"

白水在华北联大表现优秀，被选中调到当时的军委二局工作。"当时选人要年轻的、社会关系单纯且出身比较清白的党团员。我一下子就被选中了，我本来要去文学系学唱歌的，根本不想去。后来班主任就跟我说：'小白水，你还小，你的性格将来会改的，爱好可能也会改。现在国家真的很需要你们这种人，年轻的、历史清白的，去搞机要工作。'""机要工作"到底是个什么东西，白水不知道，也没敢问老师。她猜想，这一定是和机器有关的，"还是盘算着先去了再说，实在不行就再回来"。

结果这个"小决定"之后，白水就开始了非常机密的工作。当时不仅不让随意回家，连和外界联系都不允许。当时白水在班里的人缘是很好的，在她走的时候，许多同学都给她留了联系地址，说："小白水，你可别把我们忘了啊，一定要给我们来信！"白水当时回答"没问题！"可等到了单位之后，发现根本不能写信，工作相当于参军，必须得服从上级的命令。由于工作的特殊性，保密规定十分严格，凡事都是"三人结伴制"，上厕所都不许单独去，就怕发生泄密事件。

投身革命工作后，连白水的家人都不知道她的情况。因为组织纪律，她五年都没写信回家里。"1951年还是1952年三八妇女节，我去中南海怀仁堂听报告。我姐姐是妇联的干部，她也在那儿。看见姐姐，我第一反应是吓得要命，因为如果见了她我回单位还得汇报，干脆别见了。我就赶紧溜走。"姐姐一把拉住白水，说："往哪跑！你做什么见不得人的事啊，都没信儿！娘跟我要人呢，说叫我找你的坟。"新中国成立以后，白水的姐姐哥哥都回家了，就她一个人没回去。姐姐通过组织知道她调到军委二局去了，知道白水做机要工作，不能跟家里说，只能骗母亲说白水已经死了。母亲对姐姐说："你跟我说实话，她是不是已经死了，你别怕我难过，既然已成事实，你领我到她墓地去看看。"这次相逢，姐姐激动地对白水说："我上哪儿找你墓地去！"

1953年，白水才回家。回家头一天基本上没睡着觉，老早就起来了。到了家之后，拉开帘，用人开门。杨妈从白水出生就在她家做用人，她一开门就说："你是谁啊，这位小姐？"白水说："我不是小姐，我是军人。""你找谁啊？""就找你啊杨妈！""你怎么知道我啊？""我是老六啊！"杨妈一看，脱口喊道："哎呀，还真是六小姐！"这一喊，白水的母亲以及其他人就都出来了，都抢着抱她，跟香饽饽一样。多年不见，家人都高兴极了。

白水对这些革命时代往事非常怀念，仿佛现在还有那种年轻的激情。她感慨道，年轻人就应该趁着年轻去闯一闯，时间是不等人的。采访结束时，她表露出对年轻的人大学子的关心，她说："大学是一个开头，你们一定要多学习，知识是不压人的。你们要知道什么是对什么是错，要明辨是非。不要太懒散、安于现状，一定要有事业追求。"白水的话，每一句都带着一位老人对人民大学的深情。

到祖国需要的地方去

——访华北大学老校友、河北省中医院原总会计师贾文鸾

◉ 陈骊骊　钟　扬　姚思宇/文

贾文鸾简历

　　贾文鸾，华北大学1949
级校友，曾任河北省邯郸肥
乡县人民政府司法科书记
员、邯郸县银行会计师，
1978年到邯郸地区卫生局
工作，1982年到石家庄计
生委工作，后调任河北省中
医院总会计师。

1949 年，满怀着为人民服务的热情，贾文鸾走进了中国人民大学前身——华北大学。从那一刻起，一枚人大人的印记便深深烙在了贾文鸾的生命里。华北大学的生活，不仅给了贾文鸾学识上、见识上的滋养，更让贾文鸾加深了对"为人民服务"这五个沉甸甸的大字的理解与深情，成为她一生奋斗与奉献的准则，成为她"采得百花成蜜后，为谁辛苦为谁甜"的最佳注脚。

从县政府司法科到县妇联，从银行到卫生局，从计生委到三甲医院，工作岗位更换之多与行业跨度轮替之大，都没有成为贾文鸾人生道路上前进的阻碍，相反，正是在这丰富的阅历中，她践行了自己毕业时"到祖国需要的地方去"的诺言。

艰难困苦　玉汝于成

"我工作了几十年，还没好好回忆过过去的事儿。"贾文鸾坦诚地说。六十多年过去了，当贾文鸾再次谈起在华北大学的经历与生活，记忆的闸门便被缓缓打开，其中的线条虽有些模糊，但当年的一些细节却依然让她记忆犹新。

怀着对大学生活懵懂的认识，1949 年春天，贾文鸾正式来到华北大学就读。刚解放的北平处处百废待兴，位于西四韶光胡同的华北大学老校区也不例外，艰苦的校区生活给她留下了深刻的印象。"我们当时是在韶光胡同入学，那里有一个普通的两层楼宅子，那就是我们的宿舍。在那儿待了一两个月，每天睡觉的时候需要就地铺草，每个人只有二尺的地方，边上再用干草挡住一点儿。"实际上，上世纪 50 年代的校园样貌，今天的人们已经很难想象。当时的华北联大既没有固定的教室，也没有像样的宿舍，更没有配套的生活区和娱乐区。采访中，贾文鸾时不时地玩笑般给记者描述华北大学曾经的校区："我们的宿舍原来就是一个教堂的旧址，屋子里除了一个走廊不能住人之外，其他各处都可以住人。"不但宿舍如此，教室亦是同样简陋。"那时我们每个人都分到一个马扎，所有的课都是大课，我们就坐在马扎上听。每人一支蘸水笔、一瓶浅蓝还有点紫红颜色的自制墨水，就是我们听课学习的全部装备了。"

学校的条件虽然艰苦，但贾文鸾从没有抱怨过什么，因为她深知正处于初建阶段的国家，资源还很匮乏。她明白自己的使命，明白自己来到大学学习为的就是将来把祖国建设得更好。谈到这里，贾文鸾说道，"国家刚解放，需要的东西多了，便顾不上许多。这样也有好处，我们大家一起吃住，一起过苦日子，同学之间关系处得特别亲密"。高度的社会责任感与坚强果敢的性格，让贾文鸾选择用豁达的眼光看待那段艰难的岁月。就是在这平凡的回忆中，从她的眼神里、话语里，我们感受到的都是她无意间流露出的，对曾经的革命年代和大学时代的深情和怀念。

实际上，当时的华北大学正处在新中国成立初期国家急需干部队伍的阶段，加之各项制度尚未健全，到 1949 年 10 月正式毕业时，贾文鸾在华北大学实实在在度过的时光还不到一年。然而在采访中，每每提及华北大学和今天的中国人民大学，贾文鸾都难掩对母校的自豪感与归属感，"我在这里树立了正确的人生观，树立了为人民服务的思想，树立了不讲个人条件、无条件服从组织分配的思想，这对我一生影响很大"。正是华北大学给贾文鸾的这份最宝贵的精神财富，让她在之后的工作、人生中始终保持着充足的干劲，不断学习各项技能，在各个不同的岗位上贡献着自己的力量。

踏实钻研的"百事通"

刚刚走出校门的贾文鸾充满着那个时代毕业生对于工作的热

情。回想起当年毕业时的情形，她感慨地说道："我们那时候的主要想法是毕业了到艰苦的地方去，因为既然参加革命了，我们今后就是革命干部了，第一点要做到的就是服从组织分配。所以我们那时的毕业祝词就是'到西北去，到江南去，到祖国最需要的地方去'。"这简简单单的毕业祝词在很多人看来只是一个属于那个时代的口号，但这祝词背后所蕴含的奉献精神在贾文鸾的心里却成为一生奉行的座右铭。

从邯郸肥乡县人民政府司法科的一名普通书记员，到银行部门精通各岗的会计师，再到三甲医院的审计师、总会计师，频繁的工作调换从未让贾文鸾感到厌倦或是抱怨，她反倒将这些当成组织上对自己的培养与历练。凭借着勤奋好学的精神和为人民服务的热情，贾文鸾积极学习各种技能，成为名副其实的"百事通"。

"我这个人不论在哪儿工作都像是学雷锋，干一门爱一门，学一门就干好一门。"1962 年，贾文鸾服从组织安排从文教局调到银行部门工作，在银行一待便是 16 年。刚去的时候贾文鸾并不懂得银行业务，除了小学时学过几天算盘，其余的业务技能几乎一概不知，但就是凭借着那份独特的执着与专注，她决心从零开始学习。聊起那段往事，贾文鸾说，"我的好奇心很强，所以好学心就强，自己的工作做完了，就看着别人做，看着看着就会了。除了出纳工作由于纪律原因不能看，其他的我都看、都学。比如信贷，什么情况下贷款、贷款需要哪些手续、什么情况下不能贷款，我慢慢地就都懂了。有时候信贷岗位上有同事请假，我就能替他，联行的同事请假我也能替，出纳请假我也能替。到最后，银行所有的岗位我都干过，但我自己这么多年从来没请过假"。从最开始简单的记账工作，到后来会计、信贷等业务的样样精通，贾文鸾用努力证明了自己的能力，也印证了无私奉献的毕业诺言。

生命不息　奉献不止

1988 年，本应离休安度晚年的贾文鸢又接到了新的任务，组织上请她到河北省中医院对财务工作进行梳理和统筹。一到中医院，她就深入细致地查看了所有账目的支出和使用情况，发现了很多长期存在的问题，并提出了简便而有效的解决办法。其中最为明显的一个问题，是这所具有 75 年历史的大型三甲医院竟然只有一个对公账户，财政拨款和医疗收入全部混在一起，这直接造成了银行利息的多年流失。贾文鸢给出的"诊断意见"很简单：开设一个单独的对公账户，专门处理财政拨款，已有的账户只用于处理医疗收入。她的审计报告一出，每年为医院挽回十余万元的损失，对此，贾文鸢笑称"每个月帮医院创造一个'万元户'"。

靠着一股韧劲儿"走到哪儿学到哪儿，学到哪儿会哪儿"，她在不同工作岗位上奋斗了几十年。贾文鸢每每谈起过去的点滴，言语间还是那样充满着热情。"到祖国需要的地方去"这一目标，在她丰富的人生阅历里，已不仅仅意味着空间与岗位的跨越，更是一种内化的精神，一种需要长久传递下去的价值追求。

华大校歌中的一句话至今仍让贾文鸢记忆深刻："文化的先锋队要掌握最进步的科学艺术。"谈到这，贾文鸢谦虚地说："我们这一代人没有掌握足够知识，这一点我一直觉得很欠缺。"面对如今社会的进步与各项条件的不断改善，结合自己的人生经历，她对大学生有着中肯的建议与殷切的期望："现在的年轻人要珍惜这个环境，既然有了学习科学文化知识的机会，就要珍惜这个机会，珍惜这个年龄段，抓住这个宝贵机遇，要真正掌握有益于国家的知识，争做文化的先锋队，到祖国需要的岗位上去，为国家做出应有的贡献。"

六十多年的光阴洗刷不掉一个学生对于母校的关心与情感。当了解到母校现在的校徽所体现的"人民、人本、人文"的精神与中国人民大学名字的深刻寓意后，贾文鸢连声赞叹："这个名字好!""我们要把它办成世界一流的大学，要朝着这方面努力，这是我最希望的。"

耄耋老人的大学情缘

——访华北大学老校友、原河北省乡镇企业局办公室主任俞钦

◉ 陈骊骊　董晓彤/文

俞钦简历

　　俞钦，1932 年农历二月初七出生，河南省汲县人。1949 年 3 月参加革命工作，1955 年 7 月 15 日加入中国共产党，曾任河北省乡镇企业局办公室主任，1992 年 4 月离休。在乡镇企业局

工作期间，创办《乡镇企业指南》杂志，后改为《乡镇企业科技》，为河北省乡镇企业发展起到良好的推动作用。曾著《随忆集》。

在一个安静的午后，笔者品读着俞钦老人亲自撰写的回忆录《随忆集》，不禁感慨万千。在这本书中，有爱情、幸福、安乐，也有苦难、痛苦、绝望，然而令笔者最为动容的是那一颗炽热的为国为民之心。俞钦在书中写道：衷心希望为了国强民福，做官的、为民的，都讲实话，讲真理，坚持真理，使我们的祖国繁荣昌盛，免受外辱，巍然屹立在世界的东方。尽管已近耄耋之年，俞钦老人依然精神矍铄，他动情地诉说着对母校的深深情谊。

北上华大：艰难曲折　任重道远

1948年11月，俞钦的故乡河南省汲县解放，俞钦当时正在正德中学读高中。临近1949年的春节，俞钦在县政府看到了华北大学的招生简章，不禁热血沸腾。当时的华北大学是中共中央和华北局领导的革命老区中的最高学府，时任校长为吴玉章，学校下设政治部、教育部、文艺部、研究部、工学院、农学院，校址在河北省正定县。学校为培养南下干部，招收青年学生入学深造，不收学费，还提供伙食和衣服。家境贫寒的俞钦得知这一消息，便决心报考华北大学。

1949年2月初，俞钦带上父亲凑的四斗小麦钱作路费，背上母亲筹备的一床粗布被子、一条粗布单子、两件内衣等简单行李，告别父母兄妹，同11位热血青年，跟随两位思想进步的老师，持县人民政府的介绍信，在不通铁路和公路的条件下，千里跋涉，徒步进发，怀着"追求光明，解放全中国"的愿望，开始了艰辛的北上华大历程。

从未离开家乡的俞钦，第一次经历如此的长途跋涉。一天行走80里路，脚上磨起了血泡，但他不喊苦不掉泪。当时恰逢乍暖还寒的时节，气候干燥，在路上喝不上水，鼻子流血了，他就用草纸堵住继续前进。为了赶路，俞钦一行人晚上就在公路边的客店休息。谈及此处，俞钦不禁笑言："当时在客房的大土炕上，我还给大家表演过《王贵与李香香》《兄妹开荒》《血泪仇》等戏剧片段，博得了热烈的掌声，让大家都忘记了一天的疲劳。"

俞钦一行人昼行夜宿，终于到达了位于河边正定的华北大学。然而俞钦到了正定才得知，由于1949年1月31日北平解放，华北大学的校本部已迁至北平，已经不在正定招生。当时学校负责人让俞钦等人自愿选择：愿意到北平参加考试，上华大学习者，发给粮票、菜金；不愿意继续北上者，可到石家庄财经学院报考学习。对于这突如其来的变故，俞钦选择了继续北上，到北平报考华北大学。从正定继续向北，途经高碑店，攀爬到一辆军用货车上，俞钦终于到达了铁狮子胡同华北大学招待所（现中国人民大学张自忠路校区），此时的他已经身无分文。

至此，历经一路艰辛，俞钦终于到达了他心心念念的华北大学。他在回忆录中写道："1949年，我北上华大艰难曲折的经历，锻炼了我，考验了我；在革命的大熔炉里党培养了我，教育了我，在我一生的征程中奠定了人生坐标。"

求学华大：革命起点　青春之歌

谈及当年在华北大学的学习生活，俞钦回忆道："我们当时住在华大招待所。学校每天供应两餐小米饭，发给每人一套书，《论联合政府》《大众哲学》《辩证唯物主义与历史唯物主义》《社会发展史》《新民主主义论》，让我们自学，还学习时事、政策，做考试前的准备，晚饭后学校还派音乐教员教我们唱革命歌曲，

《解放区的天》《没有共产党就没有新中国》《解放军进行曲》《你是灯塔》。"

令俞钦印象最深刻的是当时听过的几场重要报告与讲话，他曾聆听过朱德总司令"关于解放战争形势和展望的报告"。这次报告鼓舞了俞钦和同学们的士气，让他们明白祖国长江以北广大地区，除了个别据点外，已全部解放，解放军正在准备过江，全国解放的日子已为期不远。俞钦还聆听过叶剑英同志"关于城市管理的报告"，此外还有宋庆龄、薄一波、郭沫若、李德全等人的报告。谈及这些报告对他的影响，俞钦动情地表示，这些生动感人、催人奋进的讲话，使当时对于革命尚且懵懂的他提高了觉悟，开阔了视野，丰富了知识，增强了对祖国美好未来的信心。

经过近一个月的学习准备，俞钦参加了华北大学的入学考试，于 1949 年 3 月 15 日被分配到华北大学政治系 48 班，开始了正规的学习生活。俞钦在其回忆录中深情地写道："这是我革命生涯的起点，也是我人生旅途中的青春之歌。"

在华北大学学习生活一个月之后，在吴玉章校长的动员下，俞钦带着对于祖国的热爱与激情，再次来到了位于河北正定的华北大学分校学习，立志学好知识，解放江南。正定校区的学习条件比较艰苦，由于没有教室，学生只能坐到小树林里上课。就在这样艰苦的学习环境下，俞钦学习了中国近代史、社会发展、政治经济学、辩证唯物主义、新民主主义论、新民主主义运动史等课程，他还自学了《论联合政府》《目前形势和我们的任务》等，聆听了校长吴玉章，副校长成仿吾、范文澜等人所做的报告。"虽然学习很紧张，但我们的学习生活是愉快的，每天除听课、讨论、自习外，文艺部的老师还会教我们唱革命歌曲，跳秧歌舞。"俞钦回忆起当时的校园生活，脸上洋溢着愉悦之情。

返校后，俞钦本想积极投入到解放江南的浪潮中去，可就在此时，他发现自己患病，只能暂且放下理想，住进了医院。俞钦仍然记得，当时他的班主任来医院看望他，送给他一本《钢铁是怎样炼成的》，让他向保尔·柯察金学习。保尔·柯察金艰苦奋斗顽强拼搏的革命精神，百折不挠战胜困难的毅力，鼓舞了他，激励了他，最终他战胜了疾病。后来校方为了照顾他的身体，便安排他在正定县工作。

感恩华大：求实精神　砥砺人生

华北大学留给俞钦最深刻的理念便是忠诚团结、朴素虚心，在俞钦此后 45 年的工作经历中，他始终以此严格要求自己。

1951 年俞钦在河北正定担任文化教员。任职期间，他以满腔的热情为工农干部服务。这些人由于贫困和战争而被剥夺了学习的机会，俞钦便利用每日的空余时间，到各个小区去给他们讲课，而对于那些不能来小区的干部，俞钦便深入到村里去补课。"干部走到哪里，我就教到哪里"，俞钦表示。也正是因为这份执着与认真，俞钦在当年被评为了石家庄模范教师。

俞钦不仅在工作中无私地服务大众，更始终秉承着清正廉洁的做人准则。他在河北乡镇企业局担任办公室主任之时，没有一次利用职权谋取私利。他不管处于什么样的岗位，都处处以身作则、事必躬亲。在乡镇企业局任职期间，他主动提倡创办《乡镇企业指南》杂志。经过艰辛努力，此刊改刊名为《乡镇企业科技》，对推动河北省乡镇企业发展起到了良好作用。在工作期间，他曾多次获得先进工作者、优秀共产党员等荣誉称号。

俞钦说，正是华大的精神感染着他，华大的教师影响着他，才使得他能够踏实稳重地迈好人生的每一步。

寄语人大：社会栋梁　世界一流

1949 年，俞钦进入中国人民大学前身华北大学学习，2004 年，俞钦的外孙女也考入了中国人民大学艺术学院，"祖孙同校，这不能不说是机缘巧合。"俞钦笑言。2006 年，俞钦与夫人一起来到中国人民大学，俞钦感慨学校变化之大。宽大宏伟的教学楼、图书馆，条件良好的阅览室、实验室、教研室，给他留下了深刻的印象。

谈起自己的母校，俞钦不禁有一种由衷的自豪感："人民大学为国家培养了无数的高级人才，已经成为全国的名校！我坚信，人民大学将越来越好，在不久的将来，母校必将建设成为世界一流的大学！"

对比过去的艰苦岁月，俞钦对现在在人大学习的大学生羡慕不已。他对于当今的人大学子更是充满殷切的期待："你们有这样优越的生活环境、得天独厚的学习条件，成为国家栋梁之材指日可待。但同时，你们也应该看到，当下国际风云变幻莫测，社会发展一日千里，作为人大的学生，不能懈怠，要发扬人大精神，发愤图强，掌握先进的科学技术，努力将中国建设成为国强民富的社会主义国家！"

"立学为民、治学报国"的科学家人生

——访中国科学院数学与系统科学研究院研究员陈锡康

● 郭海鹰　孟繁颖　孔令晗/文　郑可书　孙嘉雯/整理

陈锡康简历

　　陈锡康，1936 年出生，浙江省镇海人，博士生导师。1957 年毕业于中国人民大学，1967年于苏联列宁格勒大学研究生毕业。国际投入产出协会创建人之一及理事。现任中国科学院数学与系统科学研究院研究员、中国投入产出学会名誉理事长、中国区域科学协会常务理事、中国数量经济学会顾问和世界银行顾问。主要研究领域：管理科学与工程、投入产出技术、经济预测、外贸等。

毕业于一所以人文社会科学为主的著名高等学府中国人民大学，而进入中国科学院的人寥寥无几，他是其中之一；2009年人大校友会正式成立，推荐各届优秀校友担任名誉理事，他是科学界唯一的代表；他在国际上首次提出和建立投入占用产出技术并获得国际知名的科学家的高度评价。

他从事全国粮食产量预测研究，率先提出农作物产量系统综合因素预测法。在连续20多年的全国每年粮食产量预测中，该法预测结果误差小、精度高、预测提前期长，在国际同类工作中处于领先水平，为国家有关部门制定农业和粮食政策提供了科学依据。

他就是人大1957届校友，全球知名的运筹学家，投入产出技术和农作物产量预测专家——陈锡康。

结缘"运筹"，优秀是一种习惯

陈锡康家里有兄弟姊妹八人，父亲陈尧卿是一名医药商店的会计。说起家庭教育，陈锡康印象最深的就是父亲从小就要求孩子们刻苦学习，科学救国。或许，正是这种教育在陈锡康心里埋下了刻苦钻研、追求科学的种子。

进入中学以后，陈锡康一直成绩优异，在上海市国强中学求学时曾多次名列全校第一。他素有"打破砂锅问到底"的钻研精神。1953年从上海市育才中学毕业后，陈锡康被保送进入中国人民大学统计系工业统计专业学习。他当年的保送考试成绩很好，其中，他从小就喜欢并擅长的数学科目更是出类拔萃。

其实，陈锡康最初是被所在中学推荐进入人大外交学院学习，但他深知自己更热爱理工科学习，也很清楚外交并不是适合自己的人生道路，于是在进入人大之前，他就向学校表明了自己的态度。学校充分尊重他的选择，考虑到他喜欢经济学，又擅长数学，就招他进入了与二者联系颇紧的计划统计学院。

回忆四年的大学时光，陈锡康对动辄一两百人的政治经济学课堂记忆犹新，对江昭、宋涛等老师也是印象深刻。提起在人大的四年对自己日后工作的影响和帮助，陈锡康最感谢的便是人大提供的接触许多前沿经济学理论的机会。这培养了他的统计学基础，为之后的研究工作奠定了基石。

大学四年期间，陈锡康始终保持着刻苦钻研的精神。他所有课程的考试成绩都是优秀，还积极参加科研活动。在校期间，他曾被评为北京市高等学校优等生和北京市三好学生。

1957 年 7 月，陈锡康大学毕业。当时恰逢我国著名科学家钱学森回国并担任中国科学院力学研究所所长。钱学森主攻力学，但也深知其他学科对祖国发展的重要性。如果说在数学与工程科学之间有一门学科是力学，那么在数学与经济、组织、管理学等学科之间也应有一门学科，那就是运筹学。在钱学森的倡导下，力学研究所建立了运筹学研究室。他认为从事运筹学这门新兴科学研究的应包括三部分人，即数学家、经济学家和电子计算机专家，于是在 1957 年研究室成立初期，钱学森就从擅长数学的北大、擅长经济的人大等高校招收了九名学生。陈锡康等三位人大学子就在这次机会中被吸收到力学所运筹学研究室（以后并到数学研究所）。自此，陈锡康一直从事运筹学的研究工作。

在研究所工作时，陈锡康一方面从钱学森等大师处了解到更多更加深刻、前沿的思想，另一方面也深深感受到在运筹学领域将所学经济学知识与实际国民生活紧密联系起来的重要性。当时力学所运筹学研究室的研究重点就是运筹学在国民经济中的应用，包括合理运输、合理配棉、合理下料、梯级水库的合理调度等。

20 世纪 50 年代，Wassily W. Leontief 创建的投入产出技术在世界各国被迅速推广，苏联也在涅姆诺夫院士的领导下开始研究投入产出技术（也被称为部门间平衡方法）。从此，陈锡康主要从事投入产出技术的研究工作。

根据中苏科学技术合作协定，1965 年，陈锡康被派到苏联列宁格勒大学经济系，成为经济数学方法专业的研究生。学习期间，陈锡康深感根据中国国情研究新的宏观经济管理方法的重要性，对投入产出技术也更加好奇。遗憾的是，当时，苏联的相关研究还处于保密阶段，故陈锡康只能在列宁格勒大学里"自学成才"。

此外，苏联发达的农业也给陈锡康留下了深刻的印象。他刚刚经历过祖国三年大饥荒，十分羡慕苏联人民从来不用为粮食短缺而担忧的状况。或许，当时还很年轻的他就已经意识到了粮食产量的可控性对中国这一人口众多的泱泱大国的重要性，这可能就是多年后陈锡康在粮食产量预测方面做出杰出贡献的原因之一。

治学报国，继承和创新中取得重大成就

投入产出分析最先是由美国科学家 Wassily W. Leontief 创立的，曾获得 1973 年诺贝尔经济科学奖。在 Leontief 的主持下，美国首先编制了美国经济投入产出表，并利用该表预测第二次世界大战结束后美国的钢铁产量和就业状况，取得了良好的效果。之后，这个方法迅速传播到西欧和日本，东欧、苏联以及很多发展中国家也都编制了国民经济投入产出表。目前世界上有 100 多个国家曾经编制投入产出表，它在国民经济管理等领域得到了广泛应用。

从列宁格勒大学毕业后，陈锡康回到祖国。此时的中国进入"文化大革命"的动乱时期，国内极左思想泛滥，国民经济发展存在严重不平衡现象，科研工作几乎全部处于停顿状态，运筹学也遭到了很大的打击。

1970 年，陈锡康在解放军农场下放劳动结束。回到中科院以后，他深切感到当时中国国民经济发展中存在极为严重的比例失调现象，应当尽快编制中国国民经济投入产出表。

1972—1973 年间，陈锡康等人多次到国家计委做报告。他们一方面建议国家计委成立计算中心，以电子计算机代替算盘和手摇计算机进行经济和计划工作；另一方面又建议编制中国投入产出表，作为计委进行综合平衡和分析的工具。当时的国家计委主任余秋里认为打仗不能只靠小米加步枪，也要大炮和原子弹，于是接受了他们的建议。

在计委的支持下，1974—1976 年间，陈锡康和其他七位合作者在一片批判和反对的声音中顶住压力，克服重重困难，编制了中国第一个国民经济投入产出表——1973 年中国 61 类主要产品投入产出表。该表在 1977—1979 年国民经济计划中获得初步的、试探性的应用，为投入产出技术和数量经济学在中国的应用打响了第一炮。1977—1979 年间，陈锡康等人利用该表，对中国国民经济计划中主要产品的实物平衡状况进行检验，对能源利用等领域提出了很多重要建议。

对比国际通行的投入产出表，陈锡康为中国的投入产出表添上了更多更加符合中国国情、更能反映中国经济发展的色彩——例如编制实物型投入产出表，表中很多物品（如排放的污染物和能源消耗）应当用实物单位而不是用价值单位来度量。

1979 年底，由两位诺贝尔奖金获得者 L. R. Klein 和 K. J. Arrow 率领的美国第一个经济学家访华代表团在访华总结报告中以 5 页的篇幅详细介绍了中国编制 1973 年实物型投入产出表的工作和陈锡康等人的经历，并指出西方所理解的真正的经济学研究是在中国科学院数学研究所运筹室进行的（此总结报告保存于美国国会图书馆等处）。

在中国科学院的支持和陈锡康等人的建议下，国务院决定，自 1987 年开始，在大规模调查的基础上，每隔五年编制一次全国投入产出表。目前，中国编制投入产出表的工作已经制度化和经常化。

Leontief 所创建的投入产出分析十分优秀，正因此它才获得如此广泛的应用。但是传统的投入产出技术也存在很多不足之处，比如没有反映占用与产出之间的联系。陈锡康为进行全国粮食产量预测，编制了中国农业投入产出表。在编制过程中他发现，耕地在农业生产中起了重要作用，但包括耕地在内的自然资源在投入产出分析中却完全没有得到反映。他进而发现，人力资本和科学技术等因素在传统的投入产出分析中也没有得到重视，还有教育和知识的影响等。针对以上问题，陈锡康进行了深入细致的研究，于 1989 年在国际上首先提出投入占用产出技术。相比传统理论，陈锡康提出的技术显然更加科学、全面。

目前投入占用产出技术已在我国很多领域得到应用，如进行全国粮食产量预测、研究乡镇企业能源利用和环境保护等，这给中国的经济发展带来了不可替代的参考价值。

寄语后辈，要"打破砂锅问到底"

采访的最后，我们请陈锡康老先生为人大的师弟师妹们送上建议，这位 81 岁的老人略略思考一会儿后说道："我觉得从事自然科学的人大多有一个优点：打破砂锅问到底。这很好。"的确，无论是什么学科，刻苦钻研的精神都是不可或缺的。

联想到自己的研究生涯，陈锡康感慨道，合理妥善地处理思想理论和实际生活的关系十分重要。始终保持哥白尼坚持日心说那样的追求科学、追求真理的精神，坚持实事求是，这或许就是这位出色的科学家最令人敬佩的学术品质。

年过六十之后，陈老仍坚持亲自查找资料、整理数据。要知道，编制投入产出表是一个耗时、耗力的工作，而几十年来，陈老对此始终保持着高度严谨的态度。对于课题组编制完成的每一个投入产出表，他都认真检查、仔细核对，有一点数据上的差异，就要坚持重做。他这种认真的精神也深深影响着自己带领的研究生。他的学生们都养成了每完成一项工作，先由自己认真核对，再让老师修改的研究习惯。

值得一提的是，陈锡康的女儿、外孙女也都曾就读于人大。虽然她们来到人大并不是因为陈老，但这份延续了祖孙三代的缘分着实难得。

（本文原载于《校友》杂志）

一个闲不住的"艺工"

——访国家一级编剧苏叔阳

◉ 毕　玥　杨雅玲/文

中国人民大学校报,是及时反映母校教学新生态的重要媒体,也是向社会宣传介绍人民大学的成果和成就,传递和成绩的载体,祝它越办越好。在社会上产到广泛而越来的欢迎。

56届校友
苏叔阳
2017. 3. 15

苏叔阳简历

苏叔阳,1938年生,河北保定人,当代著名剧作家、作家、文学家、诗人,笔名舒扬。1956年考入中国人民大学党史系。1978年调任北京电影制片厂国家一级编剧,1979年起历任中国作协理事、中国电影家协会副主席等,现任中国文化书院导师、影视艺术研究院院长、北京电影学院客座教授等。1978年发表处女作《丹心谱》,著有《左邻右舍》《夕阳街》《春雨潇潇》《中国读本》《西藏读本》等。其中《中国读本》以15种文字出版,在世界发行1 200多万册,成为中国图书"走出去"的范例。他的作品多次获得国家图书奖、"五个一"工程奖、华表奖、文华奖、金鸡奖及全国作协短篇小说奖、散文奖,人民文学奖、乌金奖等。2010年7月他获得联合国艺术贡献特别奖。

初见苏叔阳老师是在他的家中，苏老师一直带着温和的笑容，热情地招呼我们。他已有了银发，却精神矍铄，"人至暮年志不减"用来形容苏老师一点也不为过。回忆起自己这些年来的故事，79 岁的苏叔阳与我们侃侃而谈。

"为何干之老师做助教是很大的幸运"

苏叔阳和人民大学的缘分开始于 1956 年，他进入人民大学党史系学习，那也是党史系成立的第一年。本科毕业之后，苏叔阳留校任教了两年半，说起在人民大学度过的这六年半的时光，他如数家珍。

本科毕业留校后，苏叔阳为何干之做助教。当时学校给何干之安排的助教有三个人，但最后只有苏叔阳一个人留下来了。苏叔阳把这视为自己的幸运，"跟着干之老师工作是很大的幸运，他不太爱说话，可字字珠玑"。回忆起何干之教授，苏叔阳的言语神态中无不透露出对这位老师的敬仰。在何干之的课上，苏叔阳听到最多的一句话就是"不要看小册子"。何干之十分反对学生看"不正规的小册子"，他总是对学生说："你们是专业的，你们的教科书就是《毛泽东选集》。"

当时中国理论界普遍存在的问题是缺乏生动的、自己创造的革命理论，中国革命的理论和中国建设的理论到底是什么？这是摆在时代面前的课题。在这样的背景下，何干之开设了"中国革命与建设"这门课，苏叔阳就是这门课的助教。当时正值"大跃进"时期，苏叔阳和大部分学生都被派去劳动了。由于何干之开的这门课，苏叔阳和学生们才被重新拉回了课堂。何干之备课很认真，在课上通常直言不讳，苏叔阳说："如果把干之老师上课的内容记录下来，直接就能写就一篇极好的论文。"

作为一名理论家,何干之有勇气、有担当,敢于直面社会问题,真正做到了将理论联系实际,这对苏叔阳产生了很大的影响。在后来的人生里,苏叔阳始终把自己的命运和祖国的命运联系在一起,即便是在遭遇困难之际也毫不畏惧,坚守在文学创作的阵地上。除了何干之,还有很多优秀的教授,甚至是胡耀邦等中央领导人来给当时学校党史系的学生授课,"这是一堂堂实实在在的课,能真正学习到知识。这也是别的学校没有的待遇"。苏叔阳回忆起大学课堂,充满着怀念,"我们那一级学生'吃了很多偏饭'。大家都觉得很光荣"。

"中华文化的一张名片"

苏叔阳在人大度过了六年半的时光,但直到 50 岁,他才真正明白人大教给了自己什么。那时,他正在进行《中国读本》的创作,这本书的创作过程十分不易。当时的苏叔阳正处于与癌症病痛的抗争之中,三次患上癌症没有把他击倒,反而给了他更好地面对生活的勇气和决心。回忆起那段经历,苏叔阳坦然地说:"我今天散步、吃中药是为了明天继续散步、吃中药,这日子还有什么意思呢?没意思!我总得找个活儿干。"就这样,苏叔阳决定接受中宣部的邀请,撰写《中国读本》。

《中国读本》被誉为"中华文化的一张名片",被翻译成十几种文字从中国走向世界。《中国读本》能够取得如此大的成就,苏叔阳认为,离不开母校给予自己的精神养分——实事求是、谦逊严谨的学风给他留下的精神底色。从事文艺工作后,苏叔阳更加明白了"学问是众人之事",要把个人的命运和祖国的命运紧密联系在一起。对于《中国读本》,有些人存在误解,认为它是一味地"夸祖宗";但苏叔阳觉得,不尊敬先贤、总是挖苦古人,绝非好的学风。

　　谈到为何从高校教学转入了文艺界，苏叔阳提到了《丹心谱》。《丹心谱》是他的处女作也是成名作，它的成功完全是在苏叔阳意料之外的。写作原本只是他在教书之余的一个爱好，当时的苏叔阳正在中医药大学教书，选取了冠心病新药的研制作为写作题材，用以歌颂知识分子的高风亮节。没想到的是，《丹心谱》一经发表就在文艺界广受欢迎和好评，被誉为"中国话剧史上的百年转折"。

　　因着这个契机，苏叔阳被调到北京电影制片厂工作，在这里，他陆续完成了《左邻右舍》《夕阳街》等名作。

"首先要好好地为着死，才能好好地为着生"

　　"我特别想要告诉在校的青年学生们一句话，'首先要好好地为着死，才能好好地为着生'，这是周恩来 19 岁在日本留学时作的一首诗。"这句话对苏叔阳的影响很大，"活着为了什么？是要好好地为着你的理想。周总理讲的这个意思，我到四五十岁才明白"。

　　正是在 56 岁的时候，苏叔阳第一次患上癌症，或许是在与绝症一次又一次的斗争中，苏叔阳更加明白了自己人生的意义，懂得了如何让人生过得更有价值。

　　基于这样的信念，病魔也没有阻碍苏叔阳前进的脚步，他时刻不忘自己的理想，坚守在文学创作的岗位上。苏叔阳正在准备以遵义会议为主题拍一个故事片，因为长征最重要的转折点就是遵义会议。"人最难得的就是一辈子做自己喜欢的事情"，而苏叔阳就一直在坚持着自己热衷的事业，似乎就没有闲下来过。他常常说，自己其实就是一个闲不住的"艺工"——就是这样一个闲不住的"艺工",给中国文艺界创造了众多的财富,然而他自己却要求得很少,不求名与利,时刻不忘回报祖国、回报家乡。《中国读本》在国内外畅销,但苏叔阳只拿很少的稿费,而且全部捐给了四川地震的灾后重建工作和他的小学母校。

尽管离开人民大学已经很多年了,但苏叔阳始终不忘母校的建设与发展。在 80 周年校庆之际,苏叔阳这样表达对同学们的期望与希冀:"要抓住在学校里几年的学习机会,这是非常难能可贵的。因为在我们中国的大地上,有这么一所学校,一直坚定地信仰马克思主义、坚定地培养马克思主义的宣传员。我们应该以此为傲。"

悠悠母校情　拳拳报国心

——访人大香港校友会创始人饶友基

◉ 朱虹波　王　峡　贾　显/文

饶友基简历

饶友基，爱国华侨，中国人民大学香港校友会创会会长、永远名誉会长。

接到校友会的访谈任务，我们联系到了饶老，电话中获悉，他刚做了心脏搭桥手术，周日约了复查。当得知采访也安排在周日，他毅然推掉复查接受采访，这让我们很过意不去，同时也感到饶老对校友会工作的支持和热心。采访那天下午，香江上空飘浮着淅沥细雨，等候中盼来了熟悉的身影——饶友基，中国人民大学香港校友会创会会长、永远名誉会长。他看上去身体比想象中的要好，精神矍铄，气色不错，风度翩翩，虽然拄着拐杖，但走起路来依然稳健，很难想象我们面前的是一位 85 岁高龄的老人。访谈的话题就从老人的经历开始。

归国求学　报效祖国

饶老是位华侨，早年从印度尼西亚毅然回国支持祖国经济文化建设，后来前往香港参与创办爱国报刊《镜报》，从带头组织创建中国人民大学香港校友会，到下海从商、实业报国，他的传奇人生，一直凝聚着"爱国"两个字。他说："我们这一生经历了多场政治运动，最希望国家安定繁荣，实现民富国强、民主法制，这也是我们这些人大华侨生的最大愿望。"

饶老是印度尼西亚出生长大的华人。虽然他身在国外，但从小在爱国学校接受教育，学习中华文化。长期的思想熏陶，让饶老一直对祖国有着深深的向往。新中国与印度尼西亚建交后，他随着大批印度尼西亚华侨投入祖国怀抱，凭着优异的成绩考入中国人民大学。"我是 1960 届本科，学的专业是档案管理，也就是现在的信息资源管理学院。毕业之后留校工作。"饶老的人生故事，把我们带入激情燃烧的岁月。从做学生到当教师，饶老在中国人民大学学习工作和生活了近 20 个春秋，经历了"反胡风"、反右、"四清"、社教等各种运动，他在令人痛心的"文化大革命"

中受到一定程度的冲击与迫害，这让当初胸怀梦想、一心报国的他，感到迷茫与失望。

"70年代初人大停办、解散。当时我从江西干校回到北京，被分配到北师大任教。后来得到工宣队领导的许可，1975年以印度尼西亚华侨的身份来到香港。"跌宕传奇的人生经历，在这里翻开了新的一页。"来到香港后，我巧遇早年结识的王纪元先生，获邀与徐四民一起创立、筹办了《镜报》"。《镜报》是反映爱国华侨心声的政论性月刊，饶友基先后担任总经理、总编辑、董事等职务，把这份杂志办得风生水起，影响力日盛。"1978年改革开放后，我决定辞职下海经商，一方面能有更多的物质支持抚育子女，一方面也想把握机遇融入内地经济发展大潮中"。下海后他担任过中友有限公司总经理，为内地进口物资、出口商品，一直到2000年左右退休。"由于在创办《镜报》期间积累了不少人脉资源，生意进行得十分顺利，生活条件也改善了不少"。饶老做教员、办报馆、当商人，丰富多彩的人生，让我们留下了深刻的印象。

发起成立人大香港校友会

饶老不仅是杰出的新闻工作者、成功的商人，还有着一个令我们深感好奇和亲近的身份——人大香港校友会创会会长。而今年适逢香港回归20周年，又正值人大校庆80周年。风风雨雨中，校友会从无到有，校友由少聚多。身为第一批来港的人大人，饶老为我们介绍了校友会的创立经过。

据饶老回忆，当时他有个学生在深圳工作，联络他表示想在深圳创办一个校友会，同时希望饶老出面联络香港校友。为了更好地发扬人大优良传统，为深港两地经济文化建设做贡献，饶老欣然接受。当时，他们这批早年在人大求学的印度尼西亚华侨，有不少人已定居香港。饶老通过各种途径联系到他们，终于促成深港校友会于 1985 年创立，由饶老担任副会长。到 1995 年，深港校友会、深港校友会香港分会走过了十年历程。"1995 年下半年，一批香港律师报读人大在港开设的中国律师课程，结业后有一百多人参加到校友会来，大大增加了校友会的力量，于是我决定发起成立中国人民大学香港校友会。"据饶老介绍，为了纪念香港校友会的成立，他还特别赞助了资金，出版了成立特刊。"1985 年到 1995 年十年间，人大深港校友会香港分会内外的事务都是由我负责；1995 年下半年香港校友会从深港校友会独立出来，直到 2015 年，一直热心于支持校友会工作前后有 30 个年头啦。"

如今校友会的工作已经由年轻人接班，看到校友会事业薪火相传，饶老感到很欣慰。饶老介绍，他还一直主持着他们这批在港人大侨生的定期聚会，长年坚持不懈。"我们这些老校友每两个月聚会一次，大家非常关心母校的发展，见面总要聊聊人大近况，回忆学生时代青春岁月，谈天说地互相关怀，每次都很开心。这个传统我们坚持了二十多年了。我们有个规矩，每个单月的第二个周六定时定点聚会，风雨无阻。虽然有的校友住得很远，但不顾年老体迈，都会专程赶来，有的甚至是坐着轮椅过来，真的很令人感动。这就是母校的凝聚力和我们的校友情。近年人慢慢变少了，从最初的 20 多人到现在的十四五个。我建议 65 岁以上的校友都可以加入到这个活动中来，我们也欢迎年轻的校友参与，将这个活动传承下去"。

交谈中饶老也表示，他们这批老校友主要是通过网站了解母校建设和香港校友们的动态。"但是我发现，香港校友会网站的内容更新得很慢，希望以后多些消息，转载母校新闻也好，刊登校友会动态、校友情况也好，只要与人大、校友有关，我们都愿意看。"没想到饶老对香港校友会网站如此关注，让我们这些负责宣传的校友感到汗颜，看来要勤快起来。

传承人大精神　致力香港繁荣稳定

访谈中，饶老还谈到了一个细节。"当年我申请来港，在北京公证处公证了我的学历、学位，后来又在外交部领事司证明了公证处出具证明的真实有效。双保险啊。多年来我一直珍藏着毕业证书、公证档，不时拿出来回忆。"饶老的话让我们感受到了满满的母校爱、校友情。

"十多年来，我经常去北京，每次一定要走一趟母校。"饶老拿出一本杂志，指着他前几年去人大在信息资源管理学院大楼前的合影给我们看。"人大的毕业生受母校文化影响很深，他们有个共同的特点，就是做事脚踏实地、求真务实、崇尚专业，理论水平和实际操作能力强，不少校友在政界、商界、学界成为重量级人物，这一波反腐也很少听到人大的毕业生出事。"饶老说起这些眼神发亮，滔滔不绝，充满了欣慰和自豪。

1997年香港回归后，越来越多的人大校友选择到香港求学、工作、生活，现在在港校友超过1 300名，主要集中在香港竞争力最强的两个行业，金融界和专业服务界，从事投行、基金、法律、会计、新闻、教育等职业。饶老听到我们的介绍后表示，"我很羡慕你们年轻人，职业与香港最具国际竞争力的领域相联系，生长在和平年代，不会经历历史的激荡转折。这是幸运、幸福的事。个人、家庭的命运是和国家发展紧密相连的，大家更要珍惜这个时代，珍惜这个时代赋予的机会与使命，时刻牢记人大学子身份，传承好我们人大精神。"

今年是香港回归20周年，谈到香港的未来，饶老充满信心。"香港是个福地宝地，在'一国两制'框架下，相信港人能够处理好香港事务"。饶老非常关心民生问题。"多年来港人的收入增长很慢，供楼负担越来越重，子女成家很难自置居屋，需要啃老。老人家过了一定年龄买的商业医疗保险就失效了。这些问题需要想办法解决"。怎么解决呢？"要靠你们这些年轻人啦，你们是新香港人，未来的希望。"

访谈接近尾声，我们意犹未尽。饶老的传奇人生、校友会的成立过程、在港人大侨生们的现状，以及对人大精神的传承、对年轻校友的期许、对香港未来的憧憬，一幕幕、一件件，给我们留下了深刻印象。望着这位慈祥老人，我们为他的"悠悠母校情、拳拳报国心"所深深折服和感动。

会当击水，自信人生

——访上海睿信投资管理有限公司董事长李振宁

● 董静雪/文

李振宁简历

李振宁，1953年3月生于南京，祖籍湖南。1978年考入中国人民大学政治经济学专业，1982年毕业后继续在人大攻读西方经济学专业硕士研究生。1985年进入国家体改委中国经济体制改革研究所工作，1989年下海经商，1997年创办上海睿信投资管理有限公司。他在中国股权分置改革和《基金法》修订中起到重要的推动作用，曾被评为2006年度做出杰出贡献的金融专家，2010年获得中国阳光私募行业贡献金樽奖。

6 000 名考生里的最高分、中国最早股民中的一员、成立中国最早的私募基金……"李振宁"这个名字上，有着诸多带有"最"字的标签。几十年来，在波谲云诡的资本浪潮中，李振宁始终于中流击水，一手指向财富的增长，一手扛起改革的大旗。而褪去这些响亮的声名，沿着时光追溯，李振宁与中国经济发展的同呼吸、共命运，开始于他踏进人大校园的第一步。

结缘人大：宝剑锋从磨砺出

1978 年到 1985 年，李振宁在人大校园度过了 7 年的时光。与人大结缘的这段美好岁月，还得从李振宁青年时的宏愿说起。

特殊的年代背景造就了特殊的一代。1978 年考大学的时候，李振宁已经 25 岁了。25 岁，正是意气风发的年纪。而且，李振宁当时已经有了 9 年的工作经验。以实践作基础，他想得多，干劲也足。考大学这事，他一门心思要选个能结合实际的专业，认准了经济学、哲学；学校也必须是自己喜欢的名校，人大、北大、复旦、南大、南开，其他绝不考虑。回忆起当年，李振宁的语气里还有着挥斥方遒的意味："我就喜欢这五个学校，其他的我都不去。要是考不上，明年我直接考研究生"。

然而，现在提起来云淡风轻，考大学对于当年的李振宁来说，可不是件容易事。一方面，受到大环境影响，严格意义上，李振宁只上过小学。在太行山里的烧结分厂工作 9 年，条件艰苦不说，课业自然也无法继续。三班倒的工作压力下，李振宁硬是靠自学完成了初中、高中，甚至大学的一些文科课程。写作水平全凭自己积累，英语学习也都靠自力更生。《马克思恩格斯选集》《列宁选集》《毛泽东选集》……这些经典著作，李振宁不仅自身融会贯通，还能深入浅出地给理论干校的老干部授课。"这东西没什么了不起的，我都是和南开大学毕业的、天津师范大学毕业的讲师，一起在理论干校给老干部讲课。我讲得比他们也不差。"十足的"底气"，源于李振宁的自信，更源于他默默付出的勤学苦练。

基础差之外，李振宁还有着另外的压力：家庭成分。李振宁的父亲当时是化工所第九设计院的院长，专业权威，又是地下党老革命。他参与学生运动被捕又被成功营救的光荣历史，在动乱的年代成了说不清的罪证。父亲的问题没有结论，李振宁考大学、入党这样的大事都不可避免受到了影响。

"长风破浪会有时，直挂云帆济沧海"，李振宁的努力与希冀在1978年开花结果。这一年，高考由地方命题改为全国统一命题。失了先发优势又是一边工作一边备考的李振宁，硬是盖过了厂里不上班一心备考的其他人，在铁厂考区6 000名考生当中，以总分第一名的好成绩，第一志愿被人大录取。而李振宁与中国经济发展的跳跃脉搏，也从这一年起，正式开始了联结。

青春记忆：往昔峥嵘岁月稠

回首在人大的校园生活，李振宁首先想到的是同学间的亲密无间。刚刚恢复高考，走进大学校园的学生年龄参差不齐。"那个时候，最小的年龄15岁，最大的32岁，叫三世同堂"，25岁的李振宁，刚好在中间。

既是"中间"，也是"中坚"。李振宁本科就读于人大经济学院的政治经济学专业，大学四年，啃下了马克思主义经济学这块硬骨头。到了研究生阶段，他的眼界放得更宽，为国效力的雄心也更壮。用他自己的话说："一个经济学家不能只懂马克思主义经济学。在某种意义上讲，马克思主义经济学是革命的经济学，不是建设的经济学。所以你得既懂马克思，又懂凯恩斯，这样才能对社会有用，服务我们改革开放。"抱着这样的心愿，李振宁选择留在人大，在西方经济学专业继续深造。

按理说，学习西方经济学，出国留学是不错的选择。事实上李振宁的弟弟妹妹都出国了，李振宁自己也有这样的机会。1981和 1982 年，美国的卡内基梅隆基金会，两次给他奖学金，要他去美国学习，他都放弃了。看似"傻气"的决定下，是李振宁投身时代浪潮的决心和舍我其谁的使命感。他说："我是学社会科学的，我得在中国，得参与中国的改革开放。当时改革已经起来了，我想我不能离开国家，我得在国内。"

三年研究生学习的充实，确不负李振宁当初对自己的承诺。英语成绩优异的他获得了英语免修的资格，他则用这些时间完成了四本书的翻译。除了本专业书籍，如匈牙利著名经济学家科尔内的著作、美国经济学家史蒂文·M. 谢弗林的《理性预期》，他甚至还翻译了有关环保问题的书。这些翻译，有的是李振宁一力完成，有的则是李振宁主持、几个同学合作。而无论哪种形式，都是新时期里朝气蓬勃的青年知识分子对时代的担当，他们太想让中国聆听到世界的声音。

谈到研究生阶段，李振宁戏称自己是"当时人大最有钱的学生"。而实现这一"成就"，竟全靠学术上的努力。除了翻译，他还帮助中央书记处农村政策研究室做调研。作为调研成果的报告于各大刊物发表，自然有稿费。文章发表后，又有人邀请他去讲解，又多一笔讲课费。作为外国经济学会会员的他，还担任青年编委，参与了 160 万字的经济学大百科全书的编辑工作。粗粗算来，三年研究生，李振宁赚了有 25 000 多块钱。李振宁笑称自己是"万元户学生",可这看似玩笑的话语背后,分明是一段奋力挥洒、无悔无惧的青春。

师恩难忘:新枝全凭老干扶

对于青春岁月,除了自己付出的汗水,李振宁对许多给予他帮助的人也记忆犹新。其中,对李振宁影响最大的,无疑是他的研究生导师高鸿业。

高鸿业先生是人大的资深教授,著名的经济学家和翻译家。自上世纪 50 年代起,高先生就致力于研究西方经济学说。也因此,高先生成为我国公认的西方经济学学科的开拓者和奠基人之一。提到恩师,李振宁印象最深的就是老师始终跟随着学术的前沿,从未落后于国际思想潮流。在李振宁研究生期间,高老师曾前往美国讲学半年。在美国,高老师能讲授数理经济学这样的前沿内容;而回到国内,高老师又把许多时兴的学派、思想介绍给中国学界。这种沟通中西的宽阔视野,也给了李振宁启发。

李振宁翻译并研究科尔内的著作,就源于老师的鼓励。本来,李振宁就读的专业属于经济思想史范畴,硕士毕业论文也应该从这一领域着手。然而,通过老师读到了科尔内的《短缺经济学》,大受启发的李振宁决定把论文题目定为"科尔内经济思想研究"。高老师不仅充分支持,而且亲自对学生们的翻译稿进行校对。翻译要求信、达、雅,学术上要求严格的高老师,直言翻译稿做到了信、达,雅还不够。时隔多年,回忆起这一点,李振宁仍然显出了作为学生的虚心和对老师的崇敬。他说,高老师学问博大精深,文学功底非常好,翻译经济学的书,能让人看了像读小说一样有味道。而我们当时还是学生,做起翻译来,一是时间仓促,二是水平确实有限，很难达到"雅"的境界。

校园之外，许多经济界前辈的指导也让李振宁受益匪浅。翻译《理性预期》，李振宁得到了当时商务印书馆的副主编兼经济编辑室主任吴恒康的大力支持。李振宁觉得当时通行的很多译法不准确，但碍于年轻，又不好贸然进行修正。吴恒康则表现出了绝对的信任，让李振宁放手去做，凡是认为不准确的，都可以大胆纠正。对李振宁翻译出的成稿，吴恒康也给予了极高的评价，翻译稿费给出了每千字 24 元的高价。而这一级别，已经是当时支付稿费的最高标准。

除了学术研究，李振宁还亲身参与改革实践，协助人大法学院蔡晓鹏及社科院张学军等同学组织了农村市场流通研究小组，借助中央书记处农研室平台，为改革建言献策。

改革情结：众物唯革方能成

进入国家体改委中国经济体制改革研究所、辞职下海投身股市、成立睿信投资管理有限公司、参与股权分置改革……三十余年的职业生涯中，变化的是工作内容，不变的是李振宁非凡的自信和投身中国经济建设的热情。李振宁说自己有"改革情结"，总要做一些事情。这种情结来源于他对经济领域的洞若观火，也来源于他作为"国民表率，社会栋梁"的责任心。

完成了股权分置改革大计的李振宁并没有停下改革的脚步，2009 年，李振宁又参与到了修改《基金法》的工作中。《中华人民共和国证券投资基金法》于 2003 年通过，2004 年 6 月 1 日起施行。随着经济的发展、市场的变化，原先法律中的诸多条款不再适用。作为阳光私募唯一代表的李振宁，成为《基金法》修法调研组中的一员。于阳光私募领域从业多年，李振宁深刻意识到私募基金要想得到健康的发展，立法问题至关重要。在李振宁的推动下，经过讨论和反复辩论，调研组最终把修法的主要任务确定为私募基金的合法化。通过对《基金法》的修改，除阳光私募外，券商集合理财、公募基金的"一对一""一对多"专户也被纳入了私募基金的范畴，私募基金的具体募资形式也得以确定、规范。由此，《基金法》完善了基金行业发展的设计和整体安排，为基金行业的健康发展打开了空间，也创造了机遇。

为私募基金行业的进步和全面发展倾注全力的李振宁，于2010年获得了中国阳光私募行业贡献金樽奖。颁奖典礼上，李振宁的获奖感言朴实而诚恳。"我觉得能够为行业做一点事情也是我应该做的"，"作为行业资深人士做一点工作责无旁贷，今后也会为这方面做更多的工作"。而新修订的《基金法》，也已于2013年6月1日起正式施行，揭开了我国财富管理行业崭新发展阶段的大幕。

作为经济领域的行家里手，谈到投资多年的感悟，李振宁也强调改革带来的变化。在李振宁看来，中国的市场逐渐规范，越来越国际化、越来越跟世界接轨。通过深港通、沪港通，资本市场实现协同发展。给新兴企业以融资渠道的创业板建立，也是一大进步。虽然市场还存在着投机性过强等投资理念的问题，但经过持续的治理整顿，从业者的观念已经开始慢慢发生转变。

花甲逢春：与比朝阳光不逊

1953年出生的李振宁，如今已经过了60岁的年纪。然而，花甲之年又逢春，李振宁心态不老，身体状态也好。他说，人的身体跟以前不一样了。过去 60 岁已经老态龙钟，现在很多人 60 多、70 多精力仍然很充沛。他自己就是这样一个例子：热爱运动，而且朝气蓬勃。"我现在打乒乓球 3 个小时不下台子的，T 恤可以换好几件，比年轻人还厉害，一般都是得三四个人陪我"。

投资行业不大受年龄限制，也不大受制于其他环境因素。从 1997 年一手创立上海睿信投资管理有限公司到今天，李振宁已经在私募基金行业的前线坚持战斗了 20 年。在这 20 年中，公司一步步发展壮大，李振宁的投资理念一直很坚定：追求价值投资。当然，在中国的特定条件下，他也注意价值投资和趋势投资相结合，但总的来说，价值投资还是首位。对于自己的思路，李振宁把它形象地概括为"巴菲特加索罗斯"。坚持投资好的团队、好的行业，加上敏锐的洞察力和精准的判断，李振宁就这样带领公司，从一个成功走向下一个成功。

褪去行业领导者的身份，作为人大校友的李振宁，始终是母校孕育的孩子，他也始终心系着母校。从中国人民大学上海校友会正式成立至今，他已经做了 10 年的会长。这个会长，他做得尽职尽责，不仅为校友活动提供场地，而且每年提供 100 万元的资金赞助。在他的组织下，上海校友会搞得红红火火，在校友会网站注册的校友就有 2 500 多人。每年的活动形式多样，既有应时当令的迎新会、春节团拜会、中秋歌会，又有关注行业发展的经济类研讨会。校友会还下设了许多分会和俱乐部，合唱、舞蹈、书画、摄影、网球、羽毛球，既照顾到了校友们的不同兴趣，又促成了各个方面校友们的沟通。这几年，与时俱进的校友会还做起了微讲堂，通过网络，给校友们创造交流的机会。李振宁做了很多，然而归结起来，他的愿望很简单："校友会，主要还是校友联谊的组织，互相有所帮助，大家有一点回家的感觉"。

人大校友、商人、改革家，不同的身份汇聚出了如今的李振宁。谈到取得的成就和做出的成绩，李振宁总喜欢用"做些事情"这样朴实无华的言语概括，然而语气里满载自信。年龄与磨砺，给了李振宁举重若轻的人生态度；而心态与信念，让李振宁长保意气风发的活力。

用一生践行爱国爱民的理想

——访人民日报社甘肃分社社长兼兰州大学新闻与传播学院院长林治波

● 李书慧　李　幸/文

林治波简介

　　林治波，1963 年生，山东文登人。高级记者、教授、特聘博士生导师、甘肃省政协委员。1983 年毕业于中国人民大学历史系。同年进入军事科学院战史部从事军事历史研究，曾任《军事历史》杂志编辑、战史研究员。先后参加了多卷本《中国人民解放军战史》《中国人民解放军军史》《中国共产党通史》的撰写和新版《毛泽东选集》的注释工作，是电视文献片《使命》《中流砥柱》《彭德怀》和《万里长征》的主要撰稿人。2000 年，调至《人民日报》评论部从事新闻评论工作。历任评论部专栏组组长、要论组组长、评论部副主任，参与起草了党的十六大、十七大开幕社论和多篇任仲平文章，曾获中国新闻奖特别奖、"五个一"工程奖和中国图书奖。2009 年 11 月调任人民日报社甘肃分社社长，2014年 6 月兼任兰州大学新闻与传播学院院长。自 1983 年参加工作以来，共出版学术著作八部，发表学术论文和各类新闻评论数百篇。

"人最本质的属性就是社会性，要想实现自我价值，就必须对社会、对他人有所贡献，这样才能立得住自己的名声，对得起这个'人'字。所以，我的个人信条就是：在报效国家、服务社会、帮助他人、保护自然的过程中，实现自我价值。"

在采访中，林治波用这句话与记者分享了自己 54 年的人生体悟。他的职业生涯，充满了选择、坎坷与磨砺，但也正是因为这起起伏伏的人生阅历，才成就了他今天的视野和高度，成就了他作为一名记者和学者的担当与胸襟。

求学：在艰辛中磨砺自我

回顾自己的求学生涯，林治波是幸运的。优异的高考成绩让他在填报志愿时拥有了绝大多数同龄人梦寐以求的诸多选择，站在人生的十字路口，他因手中握有过多的选择而犹疑徘徊。这时，作为军人的父亲向他提出了建议：去人民大学读书，去"共产党创办起来的学校"学习。而林治波自幼又喜欢历史，就这样人大历史系成为他的第一选择。

谈及在人大的求学生涯，林治波脱口而出的一个字就是"苦"。"由于当时一些尚未解决的历史遗留问题，学校的地方没有现在这么大，条件有些艰苦。开始一个阶段，在学校露天的地方搭了一个灶，吃饭就像野餐一样，同学们都是蹲在地上吃。宿舍所在的灰楼是一座女厕所改装的，冬天很冷，没有暖气。"虽然条件艰苦，但同学们的学习热情却很高涨。"大家天天晚上熬夜看书，早晨起来学英语，大家都争着去图书馆、阅览室，去晚了就没有位置了。在这种学习氛围下，每个人的劲头都很足，精神状态很好。"

四年人大求学时光，让林治波更加坚定了自己的选择和脚步。

"现在回想起来，我到人民大学读书是选对了，人大是一所非常棒的大学，文科实力在全国数一数二。本科这四年对我来说非常重要。在这四年里，我系统地学习了包括历史在内的许多学科，这是一个系统的文化基础，代表了人民大学的综合水平，让我终生受用。"

转折：在锤炼中寻找方向

毕业后，林治波顺利地进入了军事科学院。喜欢当兵，又喜欢历史，因此军事科学院的战史部就成了他最理想的去所。刚刚踏上工作岗位，他就成为部里的骨干。对于工作，林治波绝对称得上是"拼命三郎"。他用一年的时间在南京陆军学校学习了其他人需要学习四年时间的内容，"一年都在紧锣密鼓地训练，军事理论、作战指挥、实兵演习、射击、军事体操、队列，还有拉练。拉练，一天走 200 多公里，脚掌走得都是血，晚上出发第二天早晨走回来，晚上走路一边走一边打盹"。

体验过不一样的艰苦的军旅生活后，林治波对自己的老本行战史研究有了更深的体悟。在军事科学院的十几年里，他最主要的工作是编写《中国人民解放军战史》和《中国人民解放军军史》，新版《毛泽东选集》的注释和新版《辞海》的修订，《使命》《中流砥柱》《万里长征》《彭德怀》等电视文献片脚本的撰写，还向中央军委提供了一些研究报告。业余时间，他将精力投入到抗日战争的研究：1987 年出版了《卢沟桥事变风云篇》（合著）；1993 年出版了《抗战军人之魂——张自忠将军传》；1996 年出版了《大捷——台儿庄战役实录》（合著）；2015 年，《张自忠传》由河北人民出版社出版；2016 年，《台儿庄大战》（合著）由山东人民出版社出版。此外，他还和志同道合的朋友合写了一些著作，如《毛泽东的智慧》《从南京到台北》《带着问题学》《国民党抗战殉国将领》《模范国企青岛港》等。

对于自己的学术研究，他说："我的研究虽然谈不上多么高深，但基本上都是开创性的，是填补空白的，我不愿意炒人家的冷饭。《张自忠传》算是我用心最多的一部书，我把这个人物放在中华民族抗日战争的历史背景中来研究和呈现，因此这既是一部有血有肉、悲壮激越的人物传记，从中又能了解中华民族波澜壮阔的抗战历史。如果把全国的各种人物传记放在一起，我这本书也是拿得出手的，是能够经得起历史和时间检验的。"

林治波在军事科学院一待就是 18 年。2000 年，带着些许不舍，林治波下定决心去《人民日报》评论部开创属于他的新天地。

《人民日报》是党中央的机关报，是中国主流媒体的排头兵，评论部则是人民日报社中工作最难、最有政治性和挑战性的部门。在这里，林治波找到了能够发挥才干的天地。《人民日报》和人民网的《人民时评》栏目是在他的建议和直接操办下创立的。他解释说，这是两个时效性很强的评论栏目，是传统的《人民论坛》和《今日谈》栏目所不能替代的，两个栏目的创办大大提高了《人民日报》和人民网的新闻时效性。

在评论部工作的 10 年，是林治波笔耕不辍、文章等身的 10 年。他说："我在评论部工作期间撰写的社论、评论员文章有好几百篇，党的十六大、十七大的开幕社论，申办奥运会成功的社论，纪念邓小平百年诞辰的社论，纪念台湾光复 60 周年的社论，迎接新世纪的社论以及纪念抗战胜利 60 周年的社论与特约评论员文章等，都是我起草的。"他解释道："社会上有许多人以为'任仲平'是一个作者的名字，实际上是一个虚拟的笔名，意即'《人民日报》重要评论'的意思，是在邵华泽社长和分管评论部的谢宏副总编手上创办的一种长篇评论体裁。"他先后参加了多篇任仲平文章的写作，比如《新世纪伟大进军的根本思想武器》《中国共产党人新世纪的宣言和纲领》《用马克思主义的态度对待马克思主义》《先进性：加强和改进党的建设的主题》《筑起我们新的长城——论抗击非典的伟大精神》《论服务》《论诚信》《论奉献》《论责任》《创造更加先进的灿烂文化》《迎着民族复兴的曙光》《再干一个二十年》等。这些名篇，在中国新闻史上熠熠发光。

成长：在前行中持续超越

为了在新闻事业中做得更好，林治波果断做出了一个决定：离开评论部，到人民日报社的分社去。2009 年 11 月 17 日，他离京赴兰州，就任人民日报社甘肃分社社长。

在陇原大地，林治波得以大展拳脚。他一手创办了人民网的甘肃频道，将频道跟人民日报社甘肃分社合起来办公。同时争取到甘肃省和兰州市的支持，购置了两千多平方米的办公楼，解决了不少遗留问题；充实了记者报道团队，发稿量和影响力大幅度提升。除了传统的纸质媒体"大佬"，林治波还是当仁不让的微博"大 V"。作为人民日报社甘肃分社社长，林治波的新浪微博拥有 26 万粉丝。林治波在微博上总是旗帜鲜明地阐述自己基于爱国爱民立场的思想和主张。在他的眼里，微博就像"一份个人面向全国的小型电子杂志，是发表个人看法的平台，自由度大，互动性强，可以交流思想、交流看法，影响力也比较广泛"。

2014 年春，甘肃省委宣传部与兰州大学商定双方共建兰州大学新闻与传播学院，并邀请林治波兼任院长，负责推进部校共建工作。身为社长又兼着院长的林治波，一个人干着两个人的工作。大多数时候，他都奔忙于基层采访或新闻学院的各种事务，白天干不完就晚上加班，他位于兰州市雁南路兰州报业大厦的办公室里总是堆满如山的文件、杂志和书报。

在林治波的办公室里，有两本书十分醒目：一本是由林治波主编的三卷本《走遍陇原》，一本是林治波的个人著作《论甘肃发展》。前者是人民日报社甘肃分社的新闻报道集，沉甸甸的足有六七斤重。全书 300 万字，记录了 2010 年到 2015 年六年间甘肃经济社会发展的变化与风貌。《论甘肃发展》则是林治波六年来关于甘肃经济社会发展的系列评论的汇编。兰州市委书记李荣灿曾经在干部大会上宣读这本书中的篇章，在干部中引起很大反响，由此这本书也成了兰州市开展"治转提"行动和创建文明城市的学习材料。

林治波说："对于甘肃人来说，我是一个外省人，因此能够敏锐地发现一些甘肃人司空见惯的现象；对于甘肃省委省政府来说，我是中央单位的人，不归他们领导，因此可以大胆地讲一些甘肃人不敢讲或不便讲的话。这本书的价值正在于此。书中，我对甘肃官场和社会上的许多现象进行了分析批评，也提出了改进的建议。虽然语言尖锐，但是出于好意，是一种建设性态度。"

从军事科学院到人民日报社，从首都北京到陇原甘肃，从报人到大 V，林治波的三次选择成就了他今天的职业高度和人生的丰富性。一个毕业于人民大学、家在北京的山东人，扎根陇原八年，真正做到了"植根陇原大地，服务甘肃人民"。林治波认为自己的一生与人民二字紧紧相连："我毕业于人民大学，参加了人民解放军，又进入了人民日报社，从读书到工作，总也离不开'人民'二字。这种机缘巧合提醒我，作为人民的一分子，一定要站在人民的立场上讲话。"

用人生书写"风华正茂"

——访江苏银行杭州分行副行长耿正义

◉ 刘宜卫　武明星/文

耿正义简历

耿正义，1981 年考入中国人民大学哲学系，1985 年到复旦大学攻读哲学硕士学位。1988 年至 2008 年于中国银行上海市分行工作，历任分行办公室秘书科科长、信用卡中心总经理、零售业务总经理、浦东开发区支行行长。2008 年至今，在江苏银行工作，曾任上海分行副行长，现任杭州分行副行长。

"哲学"是耿正义在交谈中提及次数最多的一个词。在耿正义的心里生长着一棵繁茂的哲学之树：如果说人民大学哲学院的四年学习时光在他心中播种下哲学的种子，那么他对于"爱智慧"的不懈追求则让这粒种子生根发芽、展叶开花。

　　"怎么用哲学的思维来重新审视我们银行的法律法规和规章制度，用这个思路来重新反思银行业的所有业务？"耿正义这几十年来，总是在工作、生活里反复思考，他一直在寻找一束哲学的智慧之光。

"用所有的精力写好四个字"

　　记忆里最具激情的时光，还是属于人大校园。"北京最好的就是夏天，我们几个朋友、同学跑到八一湖、圆明园，到湖里去游泳。现在这个事情好像是不能做了。"耿正义谈到大学趣事，感触良多，"那个水非常干净，我们还到河底去捞河蚌，我印象很深"。

　　在人大求学期间，他加入了书画协会。"那时候我专门练四个字——'风华正茂'。"进校门左手边的一个小房间是书画社的一方小天地，他在这里日复一日年复一年不断打磨雕琢。在他看来，"这四个字是最难写的四个字，练这四个字就想表达我们年轻人的这种状态，怎么都练不好。从书法角度来说也是非常难写，因为风华正茂的风和正都没有上下结构和左右结构，这种字是最难写的"。也只有不断下苦功夫花大力气，才能最终写出让自己满意的"风华正茂"。

　　花大力气做好一件事是一股强大的定力，这样一种意志品质，不仅仅是在他挥笔书写"风华正茂"时。耿正义在人民大学学习的时候正是国门渐开、思潮涌动的 80 年代初期，在青年学子思想活跃的时代大背景下，他选择了一位当时相对冷门的德国哲学家——维特根斯坦——作为他毕业论文的选题。"当时中国的翻译材料少，写这个论文题目难度非常大。那时候就只有一本他的翻译著作。"确定选题后，他就一头扎进维特根斯坦相关著述的阅读和研究中。他把薄薄的一本翻译材料反复研读，还找出所有相关的评论文章，把散落在各个文章里的片段进行汇总、消化，对照着理解。这篇毕业论文得到了导师的肯定。他现在还留着这篇文章，也仍然记得这个为了一篇毕业论文而艰辛求索的过程。

书法和哲学是他始终坚持的两大爱好。在上海工作期间，他在人民大学上海校友会的基础上组织了一个"墨友俱乐部"，定期与热爱书法的校友开展交流活动。同时，作为一个身上流淌着哲学血液的有识之士，虽然从事的工作与哲学关联不大，但是他始终坚持着阅读哲学书籍的习惯。"我们家书房70％以上全是哲学书籍。"耿正义的身上带着一股执着，他以坚实的步伐和不懈的追求，一步一步，一笔一画，书写着人生路上的"风华正茂"。

"哲学的力量无处不在"

在人大所学，让耿正义受用一生。与哲学结缘也是偶然被招生老师推荐。虽然哲学并非自己最初的决定，不过用他的话说，"其实进了哲学系以后，真的发现自己特别喜欢哲学，没读多久就喜欢哲学了。"所以他在拿到哲学学士学位之后，又继续攻读哲学研究生，这在当时大部分人都选择直接就业的背景衬托下，更像是一场与哲学的义无反顾的恋爱。现在他虽然已经离开哲学院将近30年了，不过当说起那些"所指""能指""此在"等深奥的哲学概念时他依旧滔滔不绝、神采飞扬。

耿正义比较喜欢语言哲学方向。语言哲学以精细的语言分析和严格的逻辑推理为主要研究方法，这在耿正义看来为他之后的事业奠定了根基。语言哲学的学习尤其锻造了他仔细琢磨、刻苦钻研的品格，与此同时，哲学的熏陶也赋予了他超强的宏观分析能力和综合能力。在研究生毕业找工作的时候，他面临三个选择，正是凭借着哲学的分析方法，他最终找到了最适合自己的道路。在进入中国银行上海分行之后，他开始接触金融研究和管理工作，这对他而言完全是一个崭新的领域，但多年的哲学训练培养出的学习精神和学习方法使他迅速适应了新角色。

在他看来，金融工作是一项琐碎但又极其需要综合能力的工作，如果缺乏宏观理解和把控能力，很容易陷入浩如烟海的繁杂事务之中。他把哲学思维带入了工作之中，在谈到为什么需要面签、为什么不能网上开户、为什么有些业务的程序那么复杂这些专业问题的时候，他谈到最多的不是具体的制度和规定，而是这些问题背后哲学层面的考虑，他在金融业与哲学之间找到了共通之处，用他的话概括就是"极致严谨、极致清晰"。

哲学不仅教会了他学习工作的方法，更让他养成了谦逊平和的精神气质。他给自己的定位是"导师型行长"，对待下属他从不用命令的方式，而是通过交谈来让下属明白他的思路、掌握他的方法。而且他从不认为自己的方式方法就一定是最好的，他永远为他人保留批判性思考的空间。"我的目标是清楚的，但我的方式只是供你参考，我可能有一两个方式给你，但是你不一定要按照我的方式做，如果你的方式比我的方式好那就按照你的方式做。"这一点虽然看起来简单，但是要真正在行动中一以贯之地坚持下来是殊为不易的。如果不是有内在的谦逊平和的性格做支撑，我们很难想象这样一位"导师型行长"如何能够多年如一日始终与下属保持着亲密友善的关系。

"保持有所作为的精神"

　　工作上的挫折与人生的苦闷挣扎是难以避免的。"有段时间升职较慢，自己压力很大。也会担心自己的抱负无实施之处。"在经历了频繁的工作调整之后，他终于迎来了人生的契机——金融宣传工作。那是一个"金融"还远未被大家熟知的年代，也是金融宣传工作的黄金时代。耿正义带领团队，创办了专门宣传金融的刊物，做了大量的工作，其中一些努力得到了社会各界的广泛认可。1997年他升任中国银行上海分行信用卡部的副总，在他和同事们的不懈努力下，中国银行上海分行率先发行了中国第一张国际卡、第一张借记卡、第一张加密的芯片卡，他还将自己多年来工作的经验和思考写成书，启迪和教育了许多人。这些在他看来都是"对整个国家有贡献的事情"。

　　他心中始终有"发挥自己所能，去做点什么"的劲头，"我所接受的教育就是要对国家和社会有所作为。这可能是原来人大的精神底子在，总想有所成就，或者是有更多的成就。现在慢慢发现，这个成就不是从钱的角度来考虑，而是对别人、对社会、对朋友、对年轻的部下或者是以后的同事，能给他们更多的帮助，让他们做得更好。"这也是他为什么一直热衷于校友活动的原因。在他看来，校友活动为自己提供了一个稳定的创造贡献的机会来发挥自己的特长，"刷一点存在感"，因为"你自己有一点东西总得给人家一点，你自己拿着也没有用"。

　　耿正义在银行系统已经兢兢业业地奉献了三十多年，在谈到自己的计划时，他希望以后有机会能去学校工作。"我一直在思考，怎么用哲学的思维来重新审视银行的法律法规和规章制度，用这个思路来反思我们所有银行的制度。"他始终期待着能够推动更多的银行用哲学思路和逻辑来审视这些问题，"当然最后的想法总是要去做更多的有利于社会的事情，而不是要赚多少钱的工作，我觉得不应该这样想"。在他心中始终有一个理想，就是能创办一所学校，让自己的教育理念和人生积淀造福后人。

一路披荆斩棘，支撑着他的就是这种始终要有所作为的信念。"渴望有所作为的这种精神一定要有，渴望有所成就的热情一定要保持。不管这个目标有多大或者有多小，那都不重要，但是你一定要有这种有所作为、对这个社会有所贡献或者对别人有所帮助的欲望。有了这个以后，就要认认真真、实实在在，干一点具体的事情，至于成功到什么程度其实都不可预测，但一定要保持有所追求的这种热情，一定要拿出实实在在的付出。"

"教育孩子要有特殊的方法和策略"

虽然工作节奏紧张、任务繁重，但是他从未放下对家人的责任。耿正义是一个注重方式方法的人，在谈到教育孩子的问题时，他分享了自己的孩子所接受的一段特殊的"教育历程"。

他的孩子在初中阶段换过一次学校，进入新环境的孩子一时间难以适应，情绪上出现失落。他察觉到孩子的这一变化，于是就根据自己所积累的发展心理学和青少年心理学的知识，为儿子制定了一堂特殊的教育课——每周五下班后全家人必须去外面吃一顿饭。

"点菜的过程、等菜的过程、饭间闲聊的过程，都创造了交流的机会。"正是有了每周五这一段至少两小时的特殊课程，他的孩子逐渐克服了情绪上的障碍。"这是一种带着仪式感的教育。在家里，没有这个场景。"虽然他的儿子已经去了国外留学，但他还是尽可能多地和孩子保持交流，父子俩常常会讨论中美教育差异、人生理想等问题。

虽只四年，情义根深绵长；但凡小事，持久便不简单。三十多年前人民大学的一门门课程、一声声教诲在他心中浇灌出了追求智慧、热爱真理、探寻意义、创造价值的幼芽。如今，这棵幼芽已经根深蒂固、枝繁叶茂，渐成参天之势，颇具庇荫之功。

耿正义在采访后又饶有兴趣地铺开一卷宣纸，挥毫重写当年在人大书画社参赛的书法作品。几十年过去，这四个字更加苍劲有力，虚实笔墨间流露出人生的多样感悟。"风华正茂"——他的追求似乎从未改变。

像蚂蚁一样工作，像蝴蝶一样生活

——访中国社会科学院农村发展研究所党委书记、副所长闫坤

◉ 杨　默　魏亚飞/文

闫坤简历

　　闫坤，1964 年 8 月出生于辽宁省大连市。1982 年进入中国人民大学财政金融系财政学专业学习。1986 年 7 月获经济学学士学位，1989 年 7 月获经济学硕士学位。1994 年 9 月至 1997 年 6 月，就读于中国社会科学院研究生院财贸经济系，获经济学博士学位。现任中国社会科学院农村发展研究所党委书记、副所长，二级研究员、博士研究生导师。

　　社会兼职有中国社会科学院城乡发展一体化智库副理事长、中国社会科学院财税研究中心执行副主任、中国财政学会常务理事、中国社会科学院妇女/性别研究中心副主任兼秘书长、国务院城镇居民基本医疗保险试点工作评估专家等，享受国务院政府特殊津贴，"新世纪百千万人才工程"国家级人选。

初次见到闫坤，记者就被她脸上洋溢的阳光、自信与乐观打动，她对工作认真严谨的态度更是令人印象深刻。闫坤非常感念母校对自己的培养，并深深为自己把最美好的青春留在人大感到幸运。在母校的十年不仅让她学到了知识，也明白了做人的道理、历练了美好的品格。

十年谆谆人大情

1982 年，闫坤毕业于辽宁省大连市二十三中学，在那样一个重理轻文的年代，她不顾老师的劝阻根据个人兴趣选择了进入文科班学习。填报高考志愿时，由于当时教授理工知识的母亲认为学习经济类专业能够让所学知识紧密贴合时代需求，她选择了财政学专业，并最终以优异的成绩被中国人民大学财政金融系财政学专业录取。怀着对大学生活的美好憧憬，闫坤在当年 9 月进入中国人民大学学习。

刚入学的闫坤由于成绩优秀、普通话标准、形象气质出众，被选为新生代表在开学典礼上发言，而后又担任了班长。她学习认真刻苦，对老师布置的工作认真负责，各项文体活动中也少不了她的积极参与，艺术体操比赛、舞蹈比赛中总能够看到她的身影，为系里争得不少荣誉。

在人大求学期间，有三位老师给闫坤留下了深刻印象：对学生要求严格的系主任陈共教授、讲授"财政与信贷"课程的黄达教授和闫坤的硕士研究生导师王传纶教授。闫坤到现在还清楚地记得为了达到王传纶教授的要求认真备考的经历。当时，闫坤的第一外语是日语，英语水平一般。为了提高英语水平，她每节课上课之前都会给王传纶教授读一段英语文章请他帮助纠正发音。王传纶教授在治学和为人方面都对闫坤产生了重要影响，工作后每年她都会定期探望老师。

1989 年闫坤硕士研究生毕业后留校在外国经济与管理研究所任教，并为一年级的硕士生讲课。在三年工作中，她的各方面能力得到了很大提升。此后，她调入中国社会科学院日本研究所工作。

18 岁到 28 岁对于每个人来说都是一段值得珍藏的回忆，闫坤的这十年全部在人民大学度过。"求学和工作中总会遇到一些挫折，但是那些挫折的发生都不以人的意志为转移。人生不如意十之八九，换个角度来进行思考，再多的不如意都会释然。"闫坤告诫年轻人不要怕吃苦，年轻人经历过磨砺才会成长。

勤恳如蚁不言苦

多次主持国家社会科学基金课题，国家发改委、财政部等部门课题和中国社会科学院重点课题，出版《中国县乡财政体制研究》《日本金融研究》等 5 部专著，另有 1 部英文专著 *Poverty Alleviation in China——A Theoretical and Empirical Study*，合著《公共支出理论前沿》《转轨中的财政制度变革》等 13 部著作，在学术杂志上发表论文 500 余篇，并荣获第五次（2012 年）全国优秀财政理论研究成果一等奖等多种奖项，多次赴美国、日本、新加坡、韩国、法国、德国以及香港、台湾地区讲学……

翻开闫坤的简历，密密麻麻地列着她多年来笔耕不辍的成果和获得的诸多重要奖项。闫坤主要关注宏观经济与财政理论等研究领域，不仅出版和发表了大量学术成果，也承担着许多社会兼职，并担任着社科院农村发展研究所党委书记和副所长职务，还是党的十九大代表，是一位典型的"女强人"。

闫坤重视专业学习，注重理论联系实际，注重调查研究。最近几年，闫坤独立主持了国家社科基金课题、社科院国情调研课题、中央部委交办课题等多项课题，出版了 4 部专著，在《财贸经济》《经济学动态》《改革》等核心期刊上发表论文数十篇。其中多项成果被《新华文摘》《中国社会科学文摘》转载，受到政府有关部门的高度重视和社会各界的好评。《个人所得税改革的总体思路和政策建议》一文于 2017 年 2 月 21 日得到了中共中央政治局常委、国务院副总理张高丽批示。闫坤还荣获了第五次（2012 年）全国优秀财政理论研究成果一等奖和社科院 2015 年优秀对策信息对策研究类二等奖，她的理论研究成果直接发挥了为中央宏观决策服务、为实际经济工作服务的重要作用。这一切成果的取得归功于闫坤刻苦钻研、脚踏实地、勇于创新、锐意进取的治学态度。

闫坤说，做学问是自己的安身立命之本，带学生、写文章是一辈子的事情，虽然目前因为工作繁忙没有充足的时间做一线研究，但是仍然要做一些跟踪研究。现在闫坤带过的研究生将近四十个，她每年都要带着学生们办研讨会，探讨前沿问题。就像她说的那样："只要我有能力，就一直要做学问。"

在日常管理工作中，闫坤踏实进取、以身作则、乐于奉献、认真负责、责任心强的工作作风赢得了同事们的一致好评。身为农村发展研究所党委书记，她深入群众，听取群众意见，对待来访的每一位同志都热心接待，不敷衍、不拖延。到农村发展研究所工作的第一个月，她连续组织三次全所范围的座谈会，分别与各研究室、全所青年同志、全体行政人员进行座谈，听取意见建议，与全体行政人员分别进行了谈话。她急群众所急，想群众所想，为进一步完善农发所财务报销制度，制定了《关于进一步完善财务报销制度的办法》，对人才引进、办公用房等十多个意见建议进行了集中反馈。

闫坤能够把生活与工作中的各项事宜安排得井井有条，与她良好的工作习惯与有序的时间安排是分不开的。她把时间看成是海绵里的水，越挤越多。多年来，她一直坚持早睡早起的生活习惯，每天早上就把白天要处理的事情计划好，分清工作的轻重缓急，按照次序提前做好安排，从不积压工作，各项任务都能做到游刃有余。在做党务管理工作的过程中，她能够发挥自己善于沟通的才能，调动下属的工作积极性，使他们的能力得到提升；在做研究的过程中，她能够为助手和学生提供施展才华的空间，给予他们成长锻炼的机会。

"做学问要认真勤奋，做到多读、多想、多写。"闫坤说，"奋斗是每一天都很难，可一年比一年容易；不奋斗就是每一天都很容易，可一年比一年难。"闫坤是这样说的，也是这样做的。她希望自己的研究成果能够为相关政策的制定提供参考，无愧于自己受到的培养。她还希望将来可以成立"闫坤财经奖励基金"奖励经济困难的在读博士生，为他们完成学业提供必要的支持。

多彩如蝶随心飞

采访闫坤的过程中，能够感受到她身上经过时间沉淀而散发出的岁月静好的气质、对人对事豁达乐观的态度和对工作追求完美的特质。

至今为止，闫坤已经坚持练习芭蕾二十多年，每周二和周四她都要进行芭蕾形体训练，既能够陶冶情操，又能够锻炼身体。在练习过程中，她感到无比快乐。她认为，物质世界容易得到满足，但精神世界却不容易得到满足，追求自己喜欢的东西很重要。

闫坤的星座是处女座，她笑说自己是典型的处女座性格。她坚持做最好的自己，在工作和生活中都以高标准进行自我要求。随着岁月流逝，经历的事情越来越多，她的心态也越来越平和，

人
民
共
和
国
的
建
设
者

RENMIN UNIVERSITY OF CHINA

她坚持与之前的自己进行比较，不和别人进行对比，看到自己的努力与进步就好。

闫坤说，如果让她为自己的人生重新做一次选择，她可能会做一名舞蹈家或者钢琴家。稍后，她想了想又笑着说，这只是一时冲动的想法，最适合自己的还是现在的工作和生活。

"像蚂蚁一样工作，像蝴蝶一样生活"一直是闫坤的人生格言。"像蚂蚁一样工作"，就是工作起来要认真、踏实、努力，执着进取、持之以恒、不畏艰难；"像蝴蝶一样生活"，就是要让自己的生活变得丰富多彩，在工作之余找到兴趣爱好所在，让自己生活得优雅从容。

"每个人都会经历人生的低谷，但一定要学会自立、自强、自尊、自重、自爱。"闫坤待人对事都从容不迫，她曾经写道："相信，一个人只有经历了一场场至深的煎熬，历尽了一波波至痛的淘漉，遭受了一次次至烈的冲撞，耐过了酷暑，经过了苦寒，才寻得了一颗月下观荷、冰雪煮茶、清梅独开的心。平和，站在一个安静位置，淡看世界的热闹，也笑看世界的冷清。"

回想起在人大度过的十年，闫坤充满着眷恋，人大人的烙印始终伴随着她。她引用了曾任耶鲁大学校长20年之久的理查德·莱文的一段话说明了母校对自己的影响。理查德·莱文曾说过：如果一个学生从耶鲁大学毕业时，居然拥有了某种很专业的知识和技能，这是耶鲁教育最大的失败。真正的教育，是自由的精神、公民的责任、远大的志向，是批判性的独立思考、时时刻刻的自我觉知、终身学习的基础、获得幸福的能力。真正的教育不传授任何知识和技能，却能令人胜任任何学科和职业。这才是教育，也是判断一个人是否受过教育的标准。闫坤说，母校对于她成长的影响，也正是如此。

作为一名人大人，闫坤希望母校的优势学科能够取得更大发展。"要十个指头弹钢琴，希望我们的人大能够在保持现有学科优势的同时，补齐短板。"一天是人大人，永远是人大人。她说，希望母校能够越来越好，自己永远以人大为荣。人大具有优良的校风和学风，人大的学生做人做事做学问都踏实上进，祝愿学弟学妹们学业有成，在走上工作岗位后都能取得一番成就。

中国股权投资的探路者

——访北京宏道投资管理有限公司董事长卫保川

◉ 刘宜卫　蒋韵雅/文

人大，我永远心精神家园；
砥砺同载八十年这 永葆青春。

卫保川

卫保川简历

　　卫保川，1964 年生，河北人。1986 年毕业于中国人民大学经济系世界经济专业，1986 年到 1991 年在中国社会科学院研究生院世界经济与政治研究专业学习，其间赴莫斯科普列汉诺经济学院交流进修三年。曾任中国新技术创业投资公司投资经理，中国纺织物产集团证券投资部副总经理，中国证券报社市场新闻部主任、公司新闻部主任，中国证券报社首席经济学家兼证券市场研究中心主任，中国基金业协会教育委员会副主任委员等职。现任北京宏道投资管理有限公司董事长。

卫保川，一个在他人眼中具有传奇色彩的人物。20 世纪 90 年代，他在不到 30 岁的年纪投资养殖业失败亏了 300 多万，靠自己夜以继日地工作在几年内迅速还清。30 岁出头重新投入证券市场，靠着 47 000 元的本金在 6 年内资产翻了 2 700 多倍达到 13 000 多万！但遇上 2001 年大起大落的中国股市，13 000 万的资产又迅速缩水到 20 万。卫保川的青年时代用跌宕起伏、一波三折来形容绝对不过分。

淡看人生起起伏伏，笑谈世间悲悲喜喜。面对母校的来访者，卫保川敞开心扉，从青年时代的激情理想到人过中年的人生感悟，从时代的变迁到自己的改变，一一娓娓道来。

天涯比邻：人大同窗情谊深

1982 年，卫保川考入中国人民大学经济系世界经济专业。当时正值改革开放的初期，整个校园里都是思想活跃的学生、富有激情的教师。多元化的价值冲突、激烈的思想碰撞、进步的学术探讨，"那是我们一生中最好的阶段啊"，卫保川对人大的校园生活颇有感慨。

四年的刻苦学习，从书本上学到的知识是人生十分珍贵的一笔财富。在投资界沉浮多年，卫保川感悟很深："很多年轻人刚入投资界，都紧盯行情，而把书本上学到的知识抛到一边，太着急了。我当初刚入门证券市场时也不例外，总感觉到理论和市场实际是不搭界的。但多年的经验让我意识到，实践在不经意间总会回归到我们学过的知识，只有将知识和实践融会贯通，你才真正学到了一些实在的东西。实践中提出的问题，只有上升到理论层面来解决，才会不断地完善自己的分析框架。"

人大的四年，除了知识，卫保川特别珍视另一笔宝贵财富——

校友的同窗情谊。卫保川十分欣赏人大的校友们，无论是老一辈已有所成的师兄师姐还是新毕业初出茅庐的师弟师妹们。"人民大学的同学，在做人做事上贯彻了我们实事求是的校风。不仅在当时我们之间互相影响，在今天我们也保持着相当紧密的联系。""实在、踏实、实用"，卫保川对人大人一直保持着这三个"实"的评价。

人大人一直都是团结、友爱、互帮互助的。现在的投资界，人大人仍然是颇有影响力和凝聚力的一派。他们拥有一个横跨1982—1987届十余人组成的投资界校友会，由会员轮流做东，每年两次聚会，这个小小的投资界校友会已经超过10年了。会员们秉持着相互信任、相互欣赏的态度，共同探讨投资问题，投资界老一代的精英领袖们将自己多年的经验毫无保留地传授给刚踏入投资门槛的毛头青年，让实事求是的投资理念薪火相传。

海内存知己，天涯若比邻。卫保川认为人大校友们用实践证明了这句唐代诗人王勃的经典诗句。"用我们做投资的话来说，校友是比知识更有用的资产，而且是无价的资产。"

一波三折：大起大落投资路

青年时期的卫保川在职业道路上做过各种各样的尝试。他最初的时候其实是一心一意想要做学术的，在中国社会科学院研究苏东问题曾经是他最向往的事情。1986年，卫保川考入中国社会科学院研究生院世界经济与政治研究系，研究苏东的经济问题。1988年被派往莫斯科普列汉诺经济学院交流进修。当时正值苏联解体、东欧剧变，计划经济解体，世界格局发生巨大变动之时。卫保川的学术之路也成了这场世界变革的牺牲品。

从社科院毕业之后，卫保川分别进入了中国新技术创业投资公司和中国纺织物产集团证券投资部。这两段工作都只持续了两年时间，因为中国股市的历史性大跌而收尾。尽管如此，在这两个大公司的丰富投资经历却奠定了卫保川一生投资事业的基调。从投资事业走出来之后，卫保川自主创业在河北老家开起了一家养殖场。但一个十指不沾阳春水的名牌大学毕业生，不仅没有系统的养殖知识也没有丰富的养殖经验，如何能够在风险巨大的养殖行业立足呢？卫保川的养殖事业很快就遭遇了灭顶之灾：养殖不善，使得养殖创业的梦想打了水漂，还背上了 300 多万的巨额债务。"家有千财万贯，喘气儿的不算"，卫保川用幽默诙谐、朗朗上口的一句话总结了这段失败的经历。

经历这段"养殖风云"，卫保川并没有灰心丧气，反而从为了还清债务而帮银行做投资的过程中看清了自己的能力："比较起来，我们的专长可能还是金融，还是投资，所以之后我就不再想其他的，一门心思钻进金融投资领域。"卫保川凭着强劲的实力和扎实的金融知识加入了中国证券报社，从小编辑、小记者，升到市场部主任、公司部主任，之后一路坐上首席经济学家的位置。"我在中证报工作 19 年，其间分管过股市、债券、商品、期货、公司新闻报道等，这个圈子的东西都比较熟。大家知道中国公募私募有一个中国基金业金牛奖，现在被誉为中国的基金界奥斯卡奖，那是我 1997 年开始做的。"

工作稳定之后，卫保川开始了自己的投资之路。1991 年开户，1993 年遇到恶性通胀，股市从 1 500 点降低到 326 点。1995 年重新开始，4.7 万元的本金累积到 2001 年已经达到了 13 000 多万！这对于普通人来说是一辈子都难以企及的巨款。但好景不长，经过了 1996 年开始的五年牛市之后，2001 年股市从 2 245 点一路跌破 1 000 点，最后跌到 998 点。这个过程中，卫保川的一亿多元巨款在几个月时间里缩水到了 20 万。

"痛定思痛，从失败中总结好经验才能走上正确道路。"2001

年以后，卫保川开始深入思考投资研究中的问题，认真做起了专业研究。

谈到两次重大失败对自己的打击，卫保川反而露出释然的笑容："第一次失败，我学习到了一个东西：隔行不能取利。养殖业看似简单——利润取决于饲肉价格比，但实际做起来还是一个非常系统的工程，不是内行人，学习的过程非常复杂，出现差错的代价十分巨大。第二次失败，我告诉自己，投资应该走一条认真研究、尊重价值的正道，搞精明的投机早晚都会失败。其实分析清楚失败的缘由之后，就把这个事给看清了。经历了这次失败，我反而对做投资更有信心了。"

弘道养正：摆正信念是关键

2015年，年近半百的卫保川毅然决然地从中国证券报社辞职，舍弃优厚的酬劳、稳定的收入，自行创立了北京宏道投资管理有限公司。很多人不能理解卫保川的做法，但他认为"投资是我认定了要干一辈子的事，我过去干过、现在干着、以后退休了也要继续干。"投资是卫保川毕生的事业，它所带来的不仅仅是财富的积累、资产的增长，更多的是一种看着企业一点点成长、行业一步步成熟的成就感。

卫保川的公司十分注重投资信念。"识人，是一个好的投资者最基本的能力。"他认为，好的投资者要认准时代的风向，要在不同时期找出宏观大框架之下成长最快的行业，以及行业中最牛的团队、最有执行力的公司。在买入的时候，时点并不是那么重要，投资有优秀基因的企业无须在意短期的涨跌，走在正确的方向上必须忽略小得小失。投资和做人是一样的道理，坚持能到达终点的人不会介意沿途有多坎坷，真正能成就大事的人不会因为蝇头小利而转变方向。

识人，也是世界上最困难的事情之一。在中国证券报社任职时，卫保川对投资行业进行过深入的调查。他曾经一年跑了170家上市公司，采访过上百位企业家，与数不清的财务主管、市场总监进行过深入的交谈。什么样的企业是脚踏实地的，什么样的企业家是认真做事的，什么样的公司是外强中干的，什么样的企业家是虚谈浮夸的，在长期的接触中，卫保川对此深有体会。"企业家最重要的品质就是要有胸怀，要是正派人。投资者也是这样。不去触碰法律的边缘，踏踏实实做事，简简单单做人。理念摆正了，才能长期地安全地做好投资。"一个聪明的人走在错误的道路上，在短时间内的收益可能很大，但收益越大、陷阱越深。常在河边走，哪能不湿鞋。一个不小心，所有的一切都功亏一篑。在私募领域的成长初期，出现过很多混乱的现象，也有无数人从中坐收渔翁之利。但从长远来看，一个行业总会逐步走向成熟、摸索出适合的秩序，因此钻空子、找漏洞不可能成为一个行业的立足之本。"做投资最本质的东西，就是在合法的前提下，赚取合理的稳定的回报，行业健康成长，我觉得这就是我们的社会意义所在。"

人生的旅途跌宕起伏，人生的任何阶段，成功与失败都伴随左右。卫保川强调，年轻时的失败并不可怕，反而是人生最宝贵的财富。"在实践中学习，在经验中摸索"，正是试错的过程告诉你什么才是正确，恰恰是失败告诉了你怎样才会成功。

做个"二有"青年

——访清华大学经济管理学院 EMC 讲席教授、
学术委员会主任陈国青

◉ 蒋承晋/文　刘宜卫/整理

陈国青简历

陈国青，1982 年于中国人民大学信息系获学士学位。1985 年国家教委选派赴欧洲留学，分别于 1988 年和 1992 年获得比利时鲁汶大学硕士、博士学位。现为清华大学经济管理学院 EMC 讲席教授、学术委员会主任。2001—2009 年任清华经管学院常务副院长。1999 年度国家杰出青年科学基金获得者，2005 年度获聘教育部长江学者特聘教授，2007 年度复旦管理学杰出贡献奖获得者，2009 年度被国际模糊系统协会授予会士称号。国家信息化专家委成员，教育部管理科学与工程类学科教学指导委员会副主任，国家自然科学基金委重大项目主持人，全国百篇优秀博士论文指导教师，国家精品课"管理信息系统"负责人。主要教学与研究领域包括管理信息系统、电子商务与商务智能、不确定信息处理。陈国青教授在 2008 年北京奥运会中还担任了火炬手。

人大烙印，在生命的每一个角落

　　20 世纪 70 年代的北京，中学还保留着冬天毕业的制度，学生毕业之后就被安排去厂矿或农村。陈国青高中毕业后就直接去了密云和普通农民一起生活。两年半之后的 1977 年，国家恢复高考，他这才到公社的中学里参加考试。因为高考停了 11 年，各届的知青都聚在一块参加那次考试。当时高考报名时人大还在停办，但也许是天意为之，考完后体检时上面就发下通知表示人大开始招生，可以把人大插进任何志愿中间。他当时听到这个消息非常兴奋，尤其是当听到人大办了一个信息系，和计算机有关，他对电子、计算机这方面很感兴趣，于是就把人民大学信息系排在了第一志愿，最后就考进了信息系。大学毕业后，他和班里几个同学留校任教。1985 年他被国家教委选拔到欧洲留学攻读 MBA，毕业后又读了博士，1994 年底回国到清华任教直到现在。当回忆起那些求学经历，陈国青微笑着说："现在想想感觉很幸运能有这些经历。"

　　人大四年到底在陈国青身上留下了什么样的烙印？当我们问到这个问题，陈国青陷入了沉思。"有两点很重要。一是人大在知识方面给我打下了很强的数理基础，比如微积分知识在之后工作中不一定直接有用，但带来的思维方式，分析问题的逻辑性、条理性，对今后做扎实的研究很有帮助。当时萨师煊老师（时任系主任）聘了许多著名的学者，给我们上包括数学分析这样的课。二是人大的人文精神也给了我很大的帮助。在我上学期间人大的活动特别多，还有很多社会上的工作和科研类项目，大家的积极性也很高。现在一些学生缺少人文素质的训练和培养，一个原因是在中学就开始分文理科，学生就不会花很多时间在不需要考试的领域上。"也许要描述人大四年对自己的影响真的很难，但是这些人大烙印确实真真实实地印在了他生命的每一个角落。陈国青表示感谢人大不仅帮助他打下牢固的数理基础，还提供了一种难得的人文精神氛围。

展望未来，关怀大学生的成长

陈国青曾表示，未来十年，以移动泛在性、虚拟体验个性化、社会性、富媒体和大数据为特点的新兴 IT 融合将成为信息化画卷的一种主色调。"对，我说的这 5 个方面是现在信息管理学科研究的主流。"而对信息管理研究领域，他给当今大学生提出建议，"信息技术已经成为人们生活不可或缺的一部分，我推荐一本书，叫《第三次工业革命：新经济模式如何改变世界》，从中可以看到信息技术和互联网所具有的巨大经济和社会影响。大家应该多关注有关 BA（business analytics）或者 IA（information analytics），也就是与商业分析、信息分析有关的东西，它们是我们这个专业领域的热点。"

而当谈到本科生的个人培养，陈国青提出，本科生的个人培养应该有三个方面——学知识、学能力、培养心态。"我们学的知识，有的有用，有的很多年以后就没用了，还可能有的从来就没用过，但是必须要学。这就像学汉字、学算术一样，是基本的储备。"对于学习知识，他进一步阐述道，"知识分为三个方面，主流的、经典的、前沿的，本科生的学习还是比较系统的，我的建议是这三个分别占 40%、40%、20%。"而能力的培养，陈国青认为应该是综合的、多元的，比如说沟通、写作等。"以后工作了、走上社会了，沟通能力是基本技能之一，在这方面，我觉得人大学生还是不错的。写作是书面的表达能力，现在的大学生都很少写字了，我一直坚持上课写板书，就是希望这种能力不要缺失。"陈国青认为，要有积极的人生态度，或者说，要正面、阳光。避免过于精算和自我设计、计较个人得失、耍小聪明。他笑着说："就算平凡一点，自己也是快乐的。"

选择出国还是在国内读研究生是广泛困扰着当代大学生的一个问题。过去出国多是读博士，现在本科硕士时都有很多学生去国外学习。面对这个问题，陈国青一针见血地指出："首先我想让同学先明白自己以后想干什么，想在中国发展还是国外发展，想不想要博士这个头衔。"对于当代国内外各个等级学历毕业生的就业情况他进一步做出说明，"如果想要回国发展，我认为要是人大清华的学生应该读研究生。虽然有些外企对本科的学生更加青睐，但从整体的分布来看，清华学生本科就业的占很少的比例。如果你想要读博士，在国外基本就是做老师和研究，在国内做老师和其他工作各有 50% 的比例。如果你想读硕士，那么出国留学、实习经历在国内公司就业是一种优势"。但是，"硕士生在国外就业通常很难，两三年的硕士阶段，语言、文化背景都没有完全适应。另外一点，同学们要注意的是，你去读的国外大学要比较好，如果国外的那个大学教育水平不高，中国人也不认可，那还不如就在国内读书"。

争第一，不如做"二有"

在陈国青眼中，也许是时代的原因，他们那时的学生特别忧国忧民，想的是国家大事。"这方面我觉得随着行政制度和公务员系统越来越成熟，大家的关注度有所变化。我们那个时代的学生也比较理想化，更多想着在国家发生巨大变化的环境中有些贡献有所作为。"

30多年后，整个社会都变了模样，他感慨道："在信息越来越广的环境下，做决定时会更多元化。中国现在又处在一个发展快速的财富积累时期，社会容易浮躁，事情容易碎片化。所以现在拥有一整个下午阅读时间都是一种奢侈。"诚然，信息技术的发展给社会带来了许多譬如经济增长之类的好处，但同时浮躁的现象也慢慢凸显。"我们现在容易忽略很多像艺术、素质、态度等方面的东西。"

陈国青对当今的学生寄予厚望，"我很希望学生能做点社会工作，有点业余爱好，我觉得还是多一点理想主义，人文情怀会对自身的发展有更好的影响。不必非要争第一，做个'二有青年'，做的事情'有意思，有意义'。就像我今年送给毕业生的一句话：'平凡见卓越，简约映品格'。"他认为，在选择未来道路的时候，应当做"有意思、有意义"的事——做自己有兴趣的事才能有意思，做对集体、对社会、对国家有利的事才能有意义。陈国青的个人发展过程，也正秉承了这样一个"二有"原则。

"我今天说的这些，从在人大读书到现在，前半段是自己感悟，后半段是在培养学生的过程中观察到的。亲朋好友给你们的建议可能会不同，那是因为每个人的经历不同，考虑问题的角度也不同，这些对你们来说都是参考。"谈到最后，陈国青补充道，"现在的学生可能会考虑自己未来的道路，大家一窝蜂地考托福、考研、考公务员，但是很多年以后，会突然发觉跟自己当初的人生理想和初衷不一样，做的事不适合自己，自己也不喜欢。我希望大学生们能冷静思考，想想这些事是不是自己想要的，是不是让自己很别扭。你们现在还年轻，还有时间自己慢慢感悟、慢慢体会。"

（本文原载于《信息骄子》）

树法律之义，扬兄弟之情

——访北京李晓斌律师所创始人李晓斌

◉ 贾　洁　毕　玥　李诗睿/文

李晓斌简历

李晓斌，法学博士，北京李晓斌律师所创始人，全国律师协会建设工程房地产委员会副主任，中国土地学会土地法学分会副主任，中国房地产学会常务理事，中国房地产业协会法律委员会副主任，中国人民大学民商事法律中心地产法所所长，中国人民大学律师学院学术研究部执行主任、兼职教授，全国优秀律师、北京市十佳房地产律师，曾长期担任中国国际经济贸易仲裁委员会和北京、天津、厦门仲裁委员会仲裁员，是长于民商事诉讼、房地产业务的著名律师。

李晓斌曾多次作为律师界的代表，参与全国人大组织的关于民法典、合同法、侵权法、物权法的立法研讨会。2012 年，他代理诉讼额高达 32 亿元的民事纠纷，在最高法院取得全胜；2013 年在最高法院，通过二审，对北京高院一审判决做出改判，为当事人免除 1 亿元赔偿金。2014 年，他出资 120 万元，捐建了布置典雅、设备一流的"李晓斌法律讲堂"。本、硕、博均就读于中国人民大学法学院的他，现在还是中国人民大学律师学院的兼职教授、硕士生导师，主讲民商事诉讼和房地产法律实务两门课程。

踏入人大，恩师良多

谈及人大，让李晓斌记忆犹新的是他在图书馆找到的《新青年》杂志，对于 20 世纪初倡导变革、提倡科学与民主、反对专制与愚昧迷信的文章感到振聋发聩。结合后来的社会科学、法学理论的学习，对改变他单一的认识，形成客观的、辩证的思维达到了重新塑造的作用，对他的法律知识、法律理念和后来的法律实践都影响很大。

十年人大的法律学习，让李晓斌怀念的记忆太多了。大学者，非大楼之谓也，乃大师之谓也。"我的授课老师有佟柔、赵中孚、郑立、曾宪义、张希坡、刘文华、江伟、高铭暄、许崇德、孙国华、谷春德、王益英等一批老教授，有那时刚刚走上讲坛的王利明、龙翼飞、赵秉志、陈兴良等一批青年才俊，我的历任班主任老师于慕华、周珂、梁治平、王欣新，本科师兄中的牟信勇、王新清、吉林、王宗玉，硕士民法同学中的楚建、郑立群、方流芳、曹守晔、陈丽洁、林嘉，其他专业硕士学兄中的周振想、姜伟、张军、史济春、胡锦光、何家弘、陈卫东、朱力宇、刘兆年，博士同学中的青峰、郑定、赵晓耕、冯军、党建军、颜茂昆、梁美芬、王云霞，这些师长的谆谆教诲、这些师兄弟之间的切磋启迪，都对我积淀法学基础知识、树立法律思维产生了深深的影响。"

　　说完这些明星璀璨的法学大师和法治工作佼佼者，李晓斌律师又特别提到了自己师从我国著名法学家佟柔、曾宪义教授，并深受我国著名民法学家王利明、谢怀栻和江平教授等人的教诲与熏陶。本科期间，担任民法课老师的王利明教授发现李晓斌从事学术研究很认真，喜爱钻研问题，就引导他把更多的精力放到民法学习，指引他走上了研究民法的道路。除了学习基础知识，王利明教授还教导他认识民法的重要性和价值，深入了解民法对依法治国、对法治社会的贡献和作用，帮助他奠定了深厚的民法基础。佟柔教授的人文情怀和法学精神同样对李晓斌产生了很大影响。曾宪义教授作为李晓斌的博士生导师，不仅要求他学业精进，更教导他在社会工作中如何追求法治精神，教给他作为法律工作者的家国情怀。

　　几位教授的悉心教导，让李晓斌很早就紧密追随专业老师学习研究，他是当年本科和研究生阶段发表学术论文最多的学生；离开学校，踏入社会以后，他也是回校参加法学学术研讨和法学院、律师学院发展建设最多的学生之一；在律师职业领域和他广泛参与的社会各界活动，都树立了优秀的职业形象，展现了良好的社会情怀。他一直在用自己的实际行动回报教导自己的恩师，为推动中国法治建设和社会进步尽自己的绵薄之力。

崭露头角，立法新秀

　　1997年，踏入律师行业七年之后，已是全国律师协会民事委员会20名委员之一的李晓斌，开始步入国家立法研讨的行列。这年，制定统一的合同法被列为我国立法工作的迫切任务，原有的几部合同法之间条块分割、各自为政、内外有别的问题亟待解决，以适应我国市场经济体制建立和发展的需要。

在全国人大组织的合同法立法研讨会上，李晓斌作为唯一一位律师代表位列其中。他在每一天、每一节、每一个问题的发言，总能够契合民法、合同法理论与理念，又往往给与会专家带来律师办案的司法实践中的切身感受。当年仅有 33 岁的年轻律师，受到了立法机关的关注，也得到了一直以来熟悉晓斌的江平、谢怀栻、杨立新等几位老师的赞许。

在一次大规模的研讨会结束时，全国人大选择了 12 名专家，分专题准备向李鹏委员长汇报。1998 年 1 月 13 日，在李鹏委员长合同法立法调研会上，"我就合同的形式做了专题发言。当时，委员长主要是考虑是否需要有合同的口头形式，有两位老专家做了应当保留口头形式的发言。我则进一步做了还当有电子文件、招投标、招拍挂等其他形式的发言。我的这个思考和建议，在专家会上是被否定掉的。但是，委员长听了我的发言，当即表示：哦，看来，不仅需要口头合同形式，还要有其他形式的规定，以适应合同法的发展。委员长一锤定音，后来的草案和正式公布的合同法第十条，就加上了我的建议"。

这次调研活动，在当晚的中央电视台《新闻联播》中作为头条新闻播出，年轻的李晓斌激情饱满的发言镜头，在很多领导干部和资深专家中，显得格外醒目。"可以说，现在的合同法第十条的规定，就是我作为普通律师积极参加立法的成果。"李晓斌自豪地说。

后来，很多民商事和房地产立法，全国人大、国务院法制办、最高法院、国土部、建设部都经常邀请他去参加立法研讨，在立法圈内，李晓斌律师已经是一个富有律师办案和生活实践经验的代表。他也经常受全国律协委派，代表行业协会参加国家层面以及中国房地产协会、中国注册会计师协会等兄弟协会的制度设计与行业经验交流。2005 年，李晓斌被全国律师协会授予"律师行业管理工作无私奉献奖"，这是距今为止唯一一次颁发的有关奖项。

业务精博、勇于开拓

2005 年，北京率先实行律师制度改革，李晓斌成立了个人律师所，成为首批试点的五家律所之一。根据律师的专业分工和协作，设置了地产部、公司部、综合业务部。有效实行一般案件主协办制度、疑难案件联合攻关制度、重大案件协调合作制度，以保证委托人面临的法律问题能获得满意的解决。顺利解决了在一个小而精的个人所里，用最低成本、最高效率、最佳效果解决纠纷的问题；最大限度发现、发掘资源，用最佳方式整合、利用资源以服务于当事人。

2009 年我国直辖市首家区级律师协会正式设立，在竞选宣武区协会会长一职时，李晓斌获得了大多数的选票。2010 年，李晓斌获得北京首届房地产十佳律师称号。2011 年，李晓斌获得北京优秀律师、全国优秀律师称号。2012 年，在他的指导下，在新合并的北京西城区举办的首届律师辩论赛中，李晓斌律师所，这个规模不大的个人所，以无可争议的战绩获得团体第一名。李晓斌律师所获得了"2012—2014 年度北京市优秀律师事务所"的光荣称号。

今天，律师以及律师事务所要走出一条专业化发展的新路，就必须对一些基本问题进行澄清。律师专业化问题，其内涵还缺乏共识，很多律师或者律师事务所将缩小律师执业范围片面地理解为专业化或者专业化服务，就是典型的误区。

在李晓斌办理法律事务时，并没有拘泥于律师业务严格的专业分工。"我们要在自己擅长的专业领域精耕细作的同时，注重各专业的相互配合，简单说就是，综合知识做基础，各科专长齐施展。李晓斌认识到，法律是调整社会关系的一种手段，社会关系的复杂性决定了律师业务并不能只固守一隅，"例如，作为企业的法律顾问，处理企业日常法律事务，不仅应精通合同法、物权法、侵权法、公司法、劳动法的法律专业知识经验，还应对行政法律、刑事法律有一定造诣，如此才能全面、充分把握企业运营和行政机关管理中方方面面可能出现的风险点。律师的专业化不是闭门造车，脱离具体案件的实操；而是'纸上得来终觉浅，绝知此事要躬行'"。李晓斌对于律师专业化与综合性辩证关系的深刻把握，在其领导李晓斌律师所十余年的经验中得到不断升华，赢得了客户的赞赏。

传统的房地产业务，多指房地产开发与销售业务，土地法律业务长期没有从所谓的房地产业务中独立显现。李晓斌很早就提出，土地法律实务应当独立出来，律师业务在房地产业务之外，更应当重视地产业务领域。"2002 年，在我的大力倡议下，北京市律师协会决定在房地产、物权法、农村法律委员会之外，设立土地法律委员会，这在全国各省级律师协会中是一个创举"。2003 年，在全国律协民委会担任秘书长后，他大力推动房地产论坛在土地业务领域的研讨。"可以说，当时的全国律协、北京律协中的最早一批地产律师，有很多都是由此产生。此后，地产法律学习、地产法律实务探讨被纳入律协专业委员会的重要视角，拓宽了地产业务法律服务领域"。2011 年，全国高校中第一个律师学院在中国人民大学设立，在徐建、韩玉胜、刘瑞起院长们的带领下，吸引了一批优秀律师来担任兼职教授。作为人大法学院的优秀校友，李晓斌也投入了很大的精力，率先开设了房地产法律实务和民商事法律实务两门课程。其中，土地法律课程部分，独树一帜，吸引了更多的学生关注土地法律服务。

2014 年，人大律师学院组织编写我国第一套律师基础实务教材"中国律师实训经典系列丛书"，李晓斌担任了《房地产业务律师基础实务》一书的主编。2014 年 3 月，已经在十多个省级律师协会和十多家省市国土厅局做过土地法律实务讲座的李晓斌，受邀为国土资源部系统 600 名机关干部、各地土地督察局和直属事业单位的领导做了"土地管理的法律思维和土地法律实务"的专题讲座。

坚守信念、永葆初心

在李晓斌的律师生涯中，他始终牢记导师的教诲，坚守自己的三翼齐飞——律师业务、教研培训和社会工作三并重；律师业务中，不以盈利为目的，对所有客户一视同仁。

李晓斌认为："律师不应该仅是'金领''银领'的代理人，也应该是社会各阶层的法律服务者"。因此，李晓斌带领事务所律师积极参加居民社区义务法律服务和法律援助事务。律所成立第一年，李晓斌律所设在北京宣外大街，全年接待了周围 600 余居民的免费咨询。他在宣武区椿树园社区居民委员会开展"法律服务进社区"活动，共同创建法律服务基地；同椿树园社区居民委员会签订"法律服务协议"，承诺义务为居委会工作中涉及的法律问题提供咨询和建议；参加社区法制宣传教育，每季度为社区居民进行一次针对性的普法讲座；应邀参与西城区和有关街道社区的重大纠纷调处工作，为西城区的发展建设做出了一名有良知、热爱社会活动和公益法律服务的律师应有的贡献。

李晓斌的敬业精神，体现出他在人大十年所受的培养，映射出他深深热爱尊敬的导师、师友们的教诲与影响。同样，他也感染着身边的每一个人，包括律师助手和客户群体。律师是个需要冷静和理智的工作，但他冷静的外表下却有一颗温暖的心。李晓斌心中时刻牢记着母校教给他的知识和情怀，始终秉承"大众为根、正义为魂"的执业理念。而在具体的工作中，他又激情四射、活力倍增地"树法律之义，扬兄弟之情"，演绎着一个又一个的鲜活的法律案例。提起律师形象与律师精神，他简洁有力地说："睿智、忠厚、有文化！"他始终坚信忠厚是根本，睿智是内功和力度，文化是外功和高度，只有这几项共同发展才能走得更远。

创业世界的"邓布利多"

——访《创业家》杂志总编、黑马学院创办者牛文文

◉ 马小云/文 李书慧/整理

牛文文简历

牛文文，1966年生，陕西神木人。1984年至1988年就读于中国人民大学经济学系，获学士学位。1991年加入经济日报社，连续两届获得三项中国新闻奖。2000年，就任《中国企业家》杂志总编辑。2008年，创办《创业家》杂志，创业黑马创始人、董事长，黑马学院院长，中国创业社群领跑者、资深商业观察家。2010年，入选"中关村高端领军人才"，著有《领袖的资格》《商业的伦理》等书。

在被奉为"创业教父"的人里，只有极少数人的身份不是投资人，牛文文就是其中之一。作为《创业家》杂志的总编，他创办的黑马学院就像《哈利·波特》的霍格沃茨一样，已经成为那些有"魔法"的中国创业者最向往的学府。而作为"邓布利多"，牛文文的梦想也从没离开过这群热血的年轻人，他希望把黑马学院打造成中国乃至世界最好的创业学院。

从时代的见证者到推动者

1966年，牛文文出生于陕西榆林。1988年，在改革开放的第十个年头，国务院做出《关于深化科技体制改革若干问题的决定》，提出"鼓励科研机构和科技人员通过为社会创造财富和对科技进步做出贡献，来改善自身的工作条件和物质待遇"。当时还是中科院计算技术研究所助理研究员的柳传志创立了联想，而在这一年，牛文文从中国人民大学毕业，获得经济学学士学位。

1991年是"八五"计划的第一年，深化改革的氛围日益浓厚。在那之后，新中国迎来第一次真正意义上的创业潮：陈东升、潘石屹、易小迪、冯仑等一批有意识、有胆识的公务员和科技人员打破"铁饭碗"，走到市场中搏杀。而在这一年，牛文文从中央党校硕士毕业，加入体制内的经济日报社，成为一名记者。

2000年，互联网已经从各个领域影响着人们的生活。如今统治中国互联网的巨头们，当时正在蹒跚学步：马化腾成立了腾讯、马云拿着孙正义的投资成立了阿里巴巴、美国归来的李彦宏在中关村成立了百度、搜狐在美国纳斯达克上市……而在这一年，牛文文在经历了近十年的职场历练后，成为《中国企业家》杂志的总编。

2008年，全球金融危机开始，但科技创业的萌芽却在悄然萌发：风靡一时的开心网上线，迅速成为白领社交领域的老大；1 号店上线，如今仍是网上超市的领军者；苹果 App Store 上线，日后成了众多创业者最为理想的平台……这一年，牛文文离开了体制，放弃了很多人羡慕的副局级职位，开办了《创业家》杂志。

2012 年，创业的星星之火已成燎原之势：手机超越电脑成为第一大互联网终端，微信用户数突破 2 亿，"双 11"支付宝交易量破万亿元，雷军和周鸿祎成了最受争议的偶像……这一年，同时拥有杂志出版平台《创业家》和创业服务平台"黑马平台"的牛文文宣布，《创业家》杂志正式从一个传统的媒体平台转型为一个创业服务机构，随后被中关村管委会纳入创新型孵化服务机构体系。

2015 年 1 月，李克强总理考察深圳柴火创客空间，将创客比喻为经济"新引擎"；3 月，国务院办公厅印发《关于发展众创空间推进大众创新创业的指导意见》；2016 年《政府工作报告》中将"充分释放全社会创业创新潜能"列入 2016 年重点抓好的八项工作之一……中国创业者迎来了有史以来最好的时代，而牛文文和他的黑马学院，也从时代的见证者变成了时代的推动者。

"纸媒已死，巨头挡不住任何人"

"我们这样一群传统媒体人，能不能干好创业服务业？"这是牛文文创业之初，看客对他的质疑，也是牛文文一直在问自己的问题。但无论如何，这一步必须要跨出来。尽管从事媒体 20 年，尽管仍深爱着传媒这个行业，但牛文文喊出了这句话："纸媒已死。"

在牛文文看来，"传统媒体的整个产业链都遭到了解构"。当谷歌、百度、微博、微信出现之后，传统媒体的广告价值消失殆

人 民 共 和 国 的 建 设 者

RENMIN UNIVERSITY OF CHINA

尽，内容端更是遭到了无情肢解。"所有的新闻都在网络上发布了，任何人都可能获得话语权。"

2013 年 6 月，牛文文决定关闭《创业家》的广告部和发行部，依然一月出一期杂志，但内核完全不同了，一切都要为"黑马链条"服务。"在编辑部，一个记者必须会三种活儿——首先会看项目，其次会做黑马大赛服务，最后才是会写文章。"发行方式也发生了质的改变。2013 年 8 月 15 日，牛文文和酒仙网董事长郝鸿峰联合发起"转发送杂志"，仅用了 14 个小时，转发量就超过了 10万。送杂志当然是赔钱的，但酒仙网从中获得了巨大的广告效应，《创业家》也获得了 10 万目标读者的大数据储备。

如今，再把牛文文称为"总编"，似乎已经不大合适了。"我现在最大的一个变化就是，用创业的心态做《创业家》杂志——你想做什么，就得先变成什么。"

从创办《创业家》的第一天，牛文文就没打算只做一本杂志，他要做中国的创业服务平台："我不会再重复《中国企业家》的历史，我不做追星族，我要做星探。"摆脱了文人心态，牛文文带着《创业家》和"黑马链条"一路高歌猛进。如今，《创业家》杂志覆盖读者超过 100 万人次，是中国创投圈最有影响力的平面媒体；黑马大赛帮助数百家企业完成超过百亿元融资，成为中国创投市场第一融资平台；数千位创始人组成的黑马会是全中国最具活力和创新力的创业黑马商圈组织……

"过去 20 年，中国经历了三波商业革命：第一波是制造业的复兴，第二波是制造过剩之后把制造能力和消费能力对接起来的革命，最新一轮叫作'智能商业革命'，也可以叫'移动商业革命'。当 13 亿人，人人变成智能终端，他们和供应商们组成即时互动的社区，这就产生了颠覆性的力量。"

这种技术和商业驱动下的颠覆，为众多的创业者创造了机会。没有任何一个巨头可以垄断一切，连行政的力量都不再如以前那般强大。"比如说打车这件事，滴滴、快的解决了多少事？在技术革命面前，行政的垄断没有意义。商业垄断呢？腾讯又挡住了谁？我做了一系列'挑战腾讯的人'，他们都成功了。阿里巴巴很厉害吧，京东没被挡住，聚美也没被挡住……巨头根本挡不住任何人。"

任何小众的需求，都可以通过移动互联网集结成大市场，带来商机。"过去的时代必须做到海量生产、海量用户，做到亿万级。现在只要100万的粉丝和用户，就可以成就一个价值30亿到100亿元的公司。移动时代把人群的兴趣打碎，实现了按需定制、按兴趣分层。中国的商业进入限量版，再也没有卖牛仔裤卖13亿才叫成功的事了，门槛降到极低，只要精准地满足100万人的爱好就足够了。多样化的市场就可以养活更多的公司，就跟在欧洲一样，如果你想做一个专门削土豆的机器也可以。"牛文文说。

创业是权利，更是责任

据牛文文估计，中国每年能诞生200万创业者，但每年能在黑马大赛中胜出并获选进入黑马营的，只有200人。"人变成创业者实际是非常惊险、艰难和伟大的一跳，我的意思不是只有准备好的人才能创业，创业是人生来的一种权利和冲动，我们有句口号叫作人人都是创业家，你身上一定有这种基因，但是不知道什么时候会被唤醒。"

面对跃跃欲试的年轻人，牛文文仍然希望他们能够冷静。年轻人有想法、有个性、有素质，也有弱点。"跟我们每一代人的弱点一样，首先是中国人与生俱有的对空间和机会的过度渴求，充满了对出人头地的渴望。这有好的一面——吃苦耐劳的精神，不好的是功利心太强了，没有美式创业的优美、优雅。"他告诉大学生，毕业时应该先找工作，再想创业。"我们毕竟不像 1975 年美国的硅谷，不是比尔·盖茨的年代，今天留给没毕业的大学生的创业机会我觉得不是很多。"

而关于创业的时机，牛文文认为，只要听从自己的内心就可以了。"创业没有被人推的，从来都是自己的。第一步，要选择你喜欢的有优势的行业和领域，这个最重要。你要能判断你做这个事儿能不能成功，你要知道如何定义那个行业的成功和那个行业的门槛。很多年轻人说我要做 B2B、C2C，这种想法太过宏大。其实你要一开始就忘了创业，只去想你从无到有做什么东西。第二步，就是找钱、找团队。从你创业的那刻起，你就被层层契约和责任捆住了。所以我说，创业首先是背上枷锁。你一旦创业就没有八小时，你是责任综合体，创业者是责任感最重的人。"

已经 51 岁的牛文文，眼神里依然有着年轻人的冲动。这或许是因为，他每天一起共事的人和他亲自挑选出的黑马，大多都是年轻人。牛文文与他的黑马正希望以一种"从容"的姿态穿越新一代的创业革命，迎接属于他们的明天。

（本文原载于《创业故事》）

为实现社会公平正义而努力

——访北京知识产权法院副院长宋鱼水

● 李书慧 吴 竞/文

宋鱼水简历

宋鱼水，女，现为北京知识产权法院党组成员、副院长兼政治部主任，全国妇联兼职副主席。1989年毕业于中国人民大学法律系，1996年攻

读中国人民大学在职研究生。曾荣获全国优秀共产党员、中国十大女杰、全国十大法治人物、全国五四青年奖章、中国法官十杰（2003）金法槌奖、100位新中国成立以来感动中国人物、时代领跑者——新中国成立以来最具影响的劳动模范等荣誉，承办过"十送红军""奥运口号"等有一定社会影响力的案件，主编《知识的力量》《互联网的理性与秩序》《知识产权案件52案》等书籍，被当事人誉为"辨法析理、胜败皆服"的好法官。作为时代先锋的典型在全国各地宣讲"公正司法、一心为民"的司法理念，受到党和国家领导人的亲切接见。

从中关村大街 59 号中国人民大学到北京市海淀区法院只有一站地的距离，跟偌大的北京比起来，这一站地的距离显得太短了。但是，从 1985 年进入中国人民大学学习到 1989 年进入海淀法院工作，再到 2014 年离开海淀法院出任北京知识产权法院副院长，围绕着这一站地的天地，宋鱼水耕耘了 20 余年。20 多年间，眼前的城市不断变迁，宋鱼水的身份不断转变，心中的天地也愈发宽广，岁月磨洗，不变的是心中"人大人"的理想与情怀。

"人大的课堂是我终生的课堂"

1985 年，宋鱼水进入中国人民大学法律系学习，在那样的年代里上大学本身就是很珍贵的事情，年轻的宋鱼水心中也有这样的信念："要有知识，要改变命运，知识改变命运。"中国人民大学作为中国共产党创办的新中国第一所新型正规大学，它红色的历史深深地吸引着宋鱼水。宋鱼水说，很幸运地进入到了人大法律系，"将兴趣变成了理想"。80 年代的人大法律系当时还算不上"强系"，但对宋鱼水而言这是一片崭新的天地，可以尽情地探索。

回忆起当时的学习生活，宋鱼水用"浪漫"两个字来形容。她认为，同学们在人大法律系学习，是在感受学习的韵味，"教室里充满了法律的逻辑，图书馆里也有一种读书的情调"，"法律人愿意讲逻辑，也爱沙龙，就是那种热烈的讨论的气氛、争论的气氛，十分浓厚"。这样不考虑任何功利因素的学习生活让宋鱼水十分怀念，"大家在一起赶帮超，失败时会充满激励，成功时也总有人提醒你戒骄戒躁"。

宋鱼水先后在人大度过了本科和研究生生活。"单位和学校只有一站地之隔，我就在海淀黄庄上班，毕业以后一直在黄庄和海淀这一块'晃悠着'。"因为距离近，宋鱼水毕业之后也经常回到人大的课堂"蹭课",法律系的每一位老师都是她的良师益友。作为优秀校友,宋鱼水也经常回到学校参加各种活动,担任演讲比赛、辩论赛的嘉宾等,与母校的缘分愈加深厚。

谈到人大对自己的影响,宋鱼水将其总结为知识和做人两个方面。"人大是我不定期充电的地方,用知识提升工作的能力。"宋鱼水认为这是很重要的,学校能够告诉自己每个阶段的知识点是什么,跟学校的关系保持得越紧密,就可能越少地走弯路。在人大,宋鱼水不仅学到了专业知识,更学到了要去做一个"有责任感的普通人"。宋鱼水说:"我这个岗位就是服务当事人的,因此解决问题的务实精神也是要求越来越高的,特别是要淡泊名利,要扎根基层,踏踏实实把基础事情做好。来不得半点虚伪和虚假,更需要克服急躁浮躁、急功近利的思想,这一切都是非常重要的。"

人大东门的这块"求是石"给了宋鱼水很多启迪。如今的诸多感悟,她始终认为是与人大的理想教育有关,与这块屹立在人大的石头有关。

"为'海法'洒尽青春热血也无怨无悔"

本科毕业之后,宋鱼水被分配到北京市海淀区法院工作,开启了与海淀法院 25 年的缘分。

改革开放的时代背景下,中国正需要大批的法律人才,这给宋鱼水和她的同学们提供了施展拳脚的空间。社会发展的需要,将她这种非理性的兴趣爱好转化为一种理想、转化为职业、转化为愿意为之终生奋斗的事业。不同于身边有些同学的失落和迷茫,宋鱼水觉得自己的理想与海淀法院高度契合,当时的宋鱼水是热血沸腾的和激情澎湃的。

1989 年，海淀法院正处在一个低谷期。当时，有一个法官和一个书记员涉及不廉洁的问题，被判了很重的刑。海淀法院处在一种"百废待兴"的状态。虽然是低谷期，却也是发展期——宋鱼水初到海淀法院，新的领导班子正强调内强素质、外树形象，海淀法院进入了快速发展时期。刚刚进入海淀法院工作的宋鱼水进入了经济庭，随着改革开放的深入，经济越来越活跃，案件也多了起来。这为宋鱼水提供了广阔的工作平台，让她能够在实践中研究问题、快速进步。

　　80 年代，海淀法院的团队中大学生并不多，因此宋鱼水和她的同学们备受重视，对他们的要求也更高。随着海淀法院的发展，案件不断增加，但人员不可能像案件增长那样快速增长，案多人少，"从此就没有轻松过"。海淀法院在成长，铸就新的辉煌，宋鱼水也在一步一个脚印地工作。

　　对待自己的工作，宋鱼水始终扎扎实实地推进，坚定着司法为民的信念，存一份敬畏之心。宋鱼水多年前接受采访时说："作为法官，我一生中有可能审理几千件案子，但许多当事人一辈子可能只进一次法院，打一次官司。如果这一生中仅有的一次官司，让他们受到不公正待遇，或让他们得到一个不明不白的判决，他们心里就会留下深深的伤痕。伤害一个当事人，就会多一个不相信法律的人。而维护一个当事人的合法权益，就会使人们增加一分对法律的敬畏、对社会的信心。"

　　在海淀法院工作的 25 年里，宋鱼水获得了"全国十大杰出青年法官""人民满意的好法官""全国三八红旗手""全国模范法官""中国法官十杰""人民满意的政法干警标兵"等荣誉称号和全国"五一劳动奖章"等荣誉，但她依然保持着最初的谦和与坚定。

　　宋鱼水说："一个人可以没有领导职务，但是一定要有事业。"宋鱼水热爱自己的工作，热爱自己的事业。她与海淀法院风雨同舟 25 载，任凭风吹浪打一直在坚持着，"可以说是洒尽了青春热血也无怨无悔"。

"优雅地工作，悠闲地生活"

2014 年 11 月，北京知识产权法院挂牌成立，宋鱼水出任副院长兼政治部主任。"万事开头难"，宋鱼水离开了工作了 25 年的海淀法院，离开了熟悉的环境和工作团队，对她来说，新的工作是一个新的挑战。作为北京知识产权法院组建之初的第一批成员，宋鱼水和同事们刚刚搬进来时，办公楼还在施工装修。新成立的知识产权法院就好像当年的海淀法院，面临的又是一个从无到有的过程。

宋鱼水像是从头开始。尽管党组和同事们都很努力，但是处在司法改革和社会巨大的变革中，队伍建设发生了巨大变化。宋鱼水就自己的新工作也做了很多的讨教，咨询了很多从事政治部工作的老领导、老同事，他们也给出了很多建议——关于什么是政治部、如何提升人的潜力、如何爱人和呵护人的发展等。宋鱼水对自己的工作还是充满着期待，她期待未来的知产院人不仅是精英，而且具有人文情怀，期待他们能够探索出一套培养司法干警职业化、专业化的机制，回应社会的司法需求。

宋鱼水希望自己在未来的日子里，始终保持着自己的法律理想，能够做一些事情，推动祖国法治进步——往大方面说，能够去提高公民福祉。她说，作为一名忠诚的法律工作者，一名党培养的优秀共产党员，应该去忠诚地服务社会，做一个让社会变得更好的人。在依法治国战略的引领下，宋鱼水和她的同事们正在一步一步接近自己的理想。

而随着年龄的增加，宋鱼水对生活的体会也变得更加复杂和深刻。在繁忙的工作与家庭生活之间寻找一个完美的平衡点始终是一种艺术。做好"加减法"，宋鱼水追求的是"优雅地工作，悠闲地生活"：每天早晨睁开眼睛，看到家人高高兴兴的；去上班的时候，看到公共汽车上的人、等车的人和服务的人，有一个好的秩序……"人的一生年轻是最重要的"，无论是对工作还是对生活，她都希望永远保有年轻人一样的热情。

回顾自己多年的工作经历，宋鱼水认为，在选择工作方面，"年轻人一定要找一个又苦又累的地方，或者至少是一个累的地方，千万别找一个轻松的地方，别找一个养人的地方。年轻人如果找一个养人的环境，温室里的花朵长不开长不大，是经不起晒烤的。"

在八十周年校庆即将到来之际，宋鱼水期盼母校和母校的学子们能够越来越好。毕业已经近三十年了，可是宋鱼水每次走进人大校园的时候，还是有一种平静而骄傲的感觉，心中以人大人的身份而自豪。东门的"求是石"像是人大精神的载体，实事求是的精神铭刻在石头上，也铭刻在包括宋鱼水在内的所有人大人的心中，代代相传，指引着我们脚踏实地地前进，为国家、为社会贡献力量。

长风破浪会有时，直挂云帆济沧海

——访清华控股有限公司副总裁李中祥

◉ 刘晓阳/文

李中祥简历

李 中 祥，1989 年毕业于中国人民大学统计学系。现任清华控股有限公司副总裁、董事会

八十岁的人大，青春方好！
李中祥.

秘书，紫光集团副董事长、紫光股份董事等。曾任地矿部教育司主任科员，北京城建研究中心干部，紫光股份财务总监、副总裁、高级副总裁等职务。

"我们希望为中国的创新战略，为国家的工业强国战略做出应有的贡献。在未来，互联网与智能化一定会给我们的工作、生活，甚至人类的命运带来巨大的变革与冲突。"2017年4月14日，李中祥出席"人工智能机器人信息革命与网络强国战略研讨会"，他在发言中寥寥数语便勾勒出一个一切皆有可能的智能时代，抛开芯片、算法和大数据等技术名词，他提得最多的是战略。

李中祥带领他的战略团队一手描绘着清华控股的产业战略蓝图，从创新链、产业链、资本链"三链融合"的发展模式，到生态化、社群化、全球化的发展战略，再到创新迭代、竞合发展、产融互动、跨界融合、聚合孵化的发展路径，他用自己的商业嗅觉与职业判断，全力推动着这艘满载中国最前沿科技创新与服务硕果的万吨巨轮乘风破浪，在世界舞台上展示中国力量，彰显大国韬略。

难忘人大求学岁月

第一次见到李中祥，是在他的办公室里。办公室不大，却异常整洁。作为清华控股的掌舵人，他沉稳又犀利，随和却不失个性，认真、严谨，充满魄力。他的举止言语之中无不闪烁着一个职业经理人的精英特质。

李中祥的桌上放着一沓稿纸，上面密密麻麻的都是他的笔迹，为这次采访，他仔仔细细地回顾了自己的求学岁月和职业生涯。作为一名地地道道的人大人，回忆起当年在人民大学求学的日子，李中祥一下子回到了充满孩子气的那个年代。

刚一入校，他就被分到了当时全校最好的宿舍楼——学八楼，后来还被任命为学生楼长，与二炮部队委派管理学生工作的"老政委"搭班子干活，组织楼里的同学们参与集体生活。他总能跟来自天南海北的各位同学打得热火朝天。

除了朝夕相处、无话不谈的好哥们儿，在人大四年的求学岁月中，让李中祥念念不忘的，还有为他传道授业解惑、留下宝贵精神财富的恩师们。"当时我被录到了统计学专业，在我们那个时候统计学绝对算得上是一个冷门专业，尤其是与财经、新闻、国政这些人民大学传统的优势学科相比，但很庆幸我在统计系遇到了一群格外优秀的老师。"

最让李中祥印象深刻的一门课是当时的统计史，"第一节课老师是站在讲台上的，之后老师从来没有上过讲台。他要求我们每个人自己去学习一章内容，学习完之后上台跟大家讲"。在这个课堂上，李中祥被安排讲授马克思主义统计史。

"这是一种非常创新的形式和教学模式，给我们带来的冲击、震撼、影响是巨大的。虽然自己学起来不是很难，把知识点搞清楚、串起来也不是问题，可当要给别人讲的时候，就需要做很多准备，包括要拓展一些书本之外的知识，还要把个别特别枯燥的东西讲得生动、吸引人，这在当时对我们每一个刚刚入校、从来没有接受过相关训练的学生来讲都是个很大的挑战。其实学到什么并不重要，最重要的是知识背后给我们留下的很多东西，将知识贯通，而不是零碎的知识块。只有将所学到的东西结合起来，才能产生更大的价值。"

时隔多年，李中祥回想起他 1989 年大学毕业后，进入国土资源部的地质矿产部工作的时光。他直言，在人大的求学经历不仅塑造了他的性格，也为他之后的职业发展奠定了良好的基础。"当时我就可以一个人召开几十人的会，连续开三天都不成问题，我认为这种能力都是当初在学校锻炼出来的。"

葆有本色走上职业道路

对于李中祥而言，选择与舍弃贯穿了他职业生涯的前半程，而执着与突围则是后半程的关键词。

毕业后，李中祥的第一份工作是在地质矿产部教育司，他沉稳严谨的性格也由此饱经磨炼："当初自己刚刚走向工作岗位，有想法、有能力，真真正正地想干一番事业，但是年轻人难免急于求成，锐气有余、稳劲不足，刚开始的时候我称得上是单位的'刺头'，经常提意见、提建议、发表独立见解，表现得有些特立独行。现在想来，这些都是宝贵的财富。"

怀揣着一腔热血，李中祥给自己贴了个实干家的"标签"，索性就踏踏实实地做自己，一个接一个地做项目，很快，他就成为单位财务处的财务负责人。下一步怎么走，这个问题摆在了他的眼前。按部就班，可能一帆风顺、路途平坦，但是尝试未知，去挑战未来蕴藏的无数种可能性或许又有别样的风景。李中祥不得不做出一个抉择。

1996年前后，李中祥离开了地质矿产部，来到北京市人民政府住房制度改革办公室北京城建研究中心，在这里，他完成了自己人生中最为重要的蓄力与积淀。他一手起草了中国物业行业的会计制度，在自己的专业领域进一步梳理与深化了相关的知识体系。通过对日常工作的不断研究、实施、改革、创新，他在基层工作的第一线掌握了大量鲜活的资料与信息储备。很快，他便成功通过了高级会计师资格审定，并成为财政部和建设部会计制度研究的"双料专家"。

"成长的路上，有时候看似走了一段弯路，但这个时候往往是为自己加砖添瓦、积蓄能量的关键节点，所谓的厚积薄发往往也由此开始"。

四年之后，李中祥又做出了一个大胆的选择，他要换一种新的生活方式，"真正地下海"。正逢清华产业群异军突起、发展迅猛的"黄金时代"，他下定决心，要靠自己的能力去更适合自己的舞台上拼一把。

跻身清华控股高管层的人中，李中祥是唯一一位毕业于中国人民大学而非清华大学的。"那时候，清华还没有经管类的毕业生，全是理工科背景，我自己在房改办四年的时间里，积累了不少经验与资源，既是高级会计师，又是所谓的'双料专家'，'比较优势'很突出。"

当时的李中祥，已过而立之年，对他来说，这样的一个决定所带来的是人生中场近乎颠覆式的改变。"毕业前夕，我对自己的人生是有规划的，入职后如果不能满意，30岁之前一定跳槽，因为我觉得自己还年轻，还能折腾一番。跳出来后如果还不满意，35岁之前一定再动一次，因为我认为自己没那么老，还可以再拼搏，如果35岁以后还不满意，我就认命了。"

后来的职业发展证明，这一步，他迈得很稳健，也很成功。

人大人既讲原则又接地气

对于一所大学而言，从这里走出的学生带有怎样的精气神，这所学校就有怎样的气质与灵魂。

2017年3月16日、18日，中国人民大学先后两次召开校友座谈会，就学校"十三五"规划、通州新校区建设、八十周年校庆等主题征求校友意见。李中祥作为校友代表参与了此次座谈。

"对我影响最大的就是人大的教育，最重要的是知识忘却后留下的底色，人民大学应该培养的是这样的学生，他们求是创新、开拓贯通，人民大学在人文社科领域绵长厚重的底蕴与积累是国内其他高校所无法比拟的。面向未来，最稀缺的就是既能够做出高屋建瓴的战略判断与规划，又能够在专业细分领域发挥引领作用的复合型人才，而这恰恰是人民大学的传统优势之所在。"

这需要历练，也需要打磨。

——"人大人应该具备什么样的精神底色？"

——"讲原则，接地气！"

在自己的职业生涯中，这也是李中祥的坚守和底线。大概在十年前，他负责公司一项业务的推进。基于多年从业经验，他敏锐地捕捉到了可能存在的严峻风险，于是先斩后奏，在一片反对声中，采取雷霆手段进行了相当严格的风险控制，为此付出了不少额外的成本和代价。后来，在项目推进的过程中，不幸果然出现了重大风险，但恰恰是李中祥的坚持，为公司挽回了不少损失，也为自己赢得了尊重和掌声。

——"什么是接地气？"

——"接地气就是脚踏实地解决问题。"

能力强、能打"硬仗"，是李中祥对自己所做的评价。在清华产业工作期间，李中祥表现出了勇挑重担的胆色和不畏艰难的作风，在商场与资本市场上与巨鳄大佬"斗智斗勇"，打赢过多场"没有硝烟的战争"。

在中国人民大学的东门，矗立着一块求是石，上面写着"实事求是"四个大字，这是人民大学的校训。作为从这里走出的一分子，李中祥用自己一言一行、一举一动，执着求真，砥砺求是，为人大精神添上了一个新的注脚。

——"八十岁的人大，青春方好！"

李中祥祝福母校八十岁生日快乐，走过八十载，人大正年轻。

母校是我奋勇攀登的基石

——访解放军报社高级编辑、总编室原主任曹瑞林

◉ 杨　默　张秀婷/文

曹瑞林简历

　　曹瑞林，1960 年 2 月出生于山东省齐河县，1978 年 3 月入伍，1982 年于大连陆军学校毕业后任团政治处干事，1985 年 9 月考入中国人民大学法律系军队干部专修科，1987 年 7 月毕业后调 23 集团军政治部工作，1988 年 11 月调入解放军报社任编辑。获中国新闻奖等奖项若干次，发表新闻学、法学论文 80 多篇。先后担任《解放军报》政工部编辑，政教组、党建组组长，政工部副主任、时事部主任、总编室主任。2015 年 7 月改任高级编辑，大校军衔。享受国务院政府特殊津贴。

　　先后出版《新闻法制学初论》《新闻媒介侵权损害赔偿》《让历史检验——曹瑞林新闻作品选》《新闻法制前沿问题探索》等著作，承担教育部人文社科重点研究基地重大课题基金项目"新闻与传播系列教材"《新闻法制学概论》部分编著任务，参加中国记协承担的国家哲学和社会科学重点研究课题"我国新闻职业道德和新闻法制建设课题研究"。

采访曹瑞林是在一个春日的上午，记者赶到时，曹瑞林已经在房中等候了。"母校培养的人才众多，不论是做出突出学术成就的，或是在行政职务方面取得突出贡献的校友都不胜枚举。"他谦逊地说，"我没有什么事迹可以介绍，就和年轻的同学们分享一下自己的人生经历吧！"

求学人大：在法律的殿堂中畅游

"能够进入人大法律系的殿堂，犹如攀登到法律学习与研究的巅峰，有一种登高望远、一览众山小的感觉。"谈到在人大的学习经历时，曹瑞林感慨地说，如果当时没有这样好的学习深造的机会，人生可能又是另一番图景。

曹瑞林出生于上世纪60年代，小学到高中期间正赶上"文化大革命"，频繁的政治运动破坏了学习环境，加之缺乏良好的教学资源，曹瑞林的求学之路始终充满坎坷。

1978年3月，曹瑞林毅然从军，入伍到沈阳军区23军68师203团。他在部队中自学文化知识，不仅弥补了少年时代求学的遗憾，更为此后到人大求学奠定了基础。

1984年底，总政治部委托人民大学举办了全日制的法律专科班，并向全军招生。当时担任团宣传干事的曹瑞林获得推荐参加选拔考试的资格并被录取。曹瑞林与人民大学之间的缘分从此开启，他的人生之路也由此发生了重要转折。

进入人大法律系之后，曹瑞林在孙国华教授等老师的教导下，对法律知识进行了系统全面的学习和积累。孙国华教授对曹瑞林产生了深刻影响："孙老师是领我进入法律门槛的第一人，他教会了我如何用批判的眼光看待理论与现实问题，也教会了我如何以建设性的态度探索加强法律制度建设。"在人大，曹瑞林渐渐找到了自己的兴趣所在与事业目标，他开始向《解放军报》投稿，并陆续发表了多篇与军事法相关的稿件，为他后来进行军事法学和新闻法学研究奠定了基础。

党报工作：对社会的贡献是首要因素

从人大法律系毕业之后，曹瑞林到 23 集团军政治部工作。1988 年 11 月，他调入解放军报社担任法制编辑。此后，他根据组织安排从事政治工作报道，但并没有因此放弃对法学的研究，而是将法律知识应用于新闻报道中，使得自己的报道有了超出一般记者的严谨，并开始进行新闻法学研究。

上世纪 90 年代初，农业人口与非农人口的社会地位和享有的社会福利等都存在很大差别。当时兴起了一股潮流，农村籍士兵缴纳一定费用后，便可由农业人口转为非农业人口，很多农村出身的士兵将其视为改变生存环境的极好机会。但是曹瑞林从一篇稿件中了解到几个士兵放弃了这样的农转非的机会后，敏锐地抓住了这一事件的新闻价值点，以前瞻性的思维做了一篇报道，概括出了"城镇籍户口吸引力变小了"的现象，从而引导农村籍士兵正确选择自己的人生之路。他在报道中准确地预测到未来农业户口与非农业户口的界限将趋于模糊，并对这几位士兵放弃农转非的选择做出了极高评价。1992 年邓小平同志南方谈话后，全国掀起一阵思想解放的热潮，曹瑞林的这篇报道顺应了时代潮流，给农村籍士兵很大启发，在青年官兵中引起热烈反响。

此后，曹瑞林策划了《改革大潮中的军营新情况》的专栏，集中报道军营中发生的突破传统思维模式、有助于思想解放的事件和现象，产生了积极影响。

2001 年，全国上下掀起了学习"三个代表"重要思想的热潮，曹瑞林对"国防科技大学硕士研究生文学锋重新申请加入党组织"进行的系列报道，很好地配合了"三个代表"重要思想的宣传。文学锋品学兼优，但因为对党内部分干部存在的腐败问题有意见，在预备党员期满后未提出转正申请，被取消了预备党员资格。而在聆听江泽民总书记"七一"讲话后，他看到了反腐倡廉的希望，决定重新申请加入党组织。对此，曹瑞林没有像其他人一样一味持批评态度，而是看到了文学锋正直、富有社会责任感的一面，并从这个视角切入对事件进行了报道。曹瑞林对文学锋思想和行为的转变过程的报道引起了广泛的社会反响，在青年学生和士兵中起到了统一思想、凝聚力量的作用。

人生信条：尽信书不如无书

《孟子·尽心章句下》有言："尽信书，则不如无书。"这也是曹瑞林一直以来积极践行的人生信条：不迷信，不盲从，时刻保有独立意识与批判精神，这一点在他的学术研究与作品创作中有深刻体现。

1998 年 1 月 2 日，《南方周末》《人与法》刊登了北京大学法律系副教授贺卫方写的文章《复转军人进法院》，文中表达了对于法院安置复转军人的不解。对此，曹瑞林表示，80 年代国家法律人才稀缺，复转军人在部队中的经历实际上为他们成为优秀的法官提供了基础。这场论战持续了三年之久，受到了学界和业界的广泛关注。

曹瑞林说，在治学做人方面，孙国华教授的经历带给他重要启迪："新中国成立前孙老师在朝阳大学读书时参加地下党组织，被国民党抓进牢房宁死不屈；他在新中国成立后几十年的治学中，为了完善社会主义民主与法制，刚正不阿，从不随波逐流，敢于和善于坚持自己正确的观点，形成了为人、治学、作文的鲜明特征，特别令我佩服。"

曹瑞林认为，新时代的青年学子在少年时期应该通过广博的阅读充实自己，同时以丰富的活动、多样的体验充实阅历、开阔思维，如果囿于前人的观点，一味盲从却不知创新，不仅对个人发展不利，从长远来看，对社会发展也会产生消极影响。

几十年的军旅生涯在曹瑞林身上打下了深刻烙印，无论在工作中还是在生活中，他都严格自律、慎微慎独。如今，年近花甲的曹瑞林仍然坚持体育锻炼，每天早晨 6 点准时进游泳馆游泳，这个习惯已经坚持了近 20 年："我是军人，保持健康的身体是职业使然，也让自己养成了体育锻炼的好习惯。"

在锻炼之外，曹瑞林也喜欢唱歌。"唱歌能愉悦身心，也能激发创造性。我中小学时能唱现代京剧样板戏的很多唱段，走上工作岗位后，喜欢唱各个时期流行的民歌。"曹瑞林笑着说，"我也喜欢唱年轻人喜欢的歌，能够激发青春活力"。

光阴如梭。曹瑞林还有三年就要退休了，他说自己退休后会继续进行新闻法学研究。特别是对于保护新闻作品的著作权问题，他希望自己可以提出既符合法理又符合国情的建议。

忠于内心，成为最好的自己

——访资深媒体人朱学东

◉ 杨　默　王月琪/文

朱学东简历

朱学东，江苏常州人。1989年毕业于中国人民大学哲学系，哲学学士。曾服务于北京印刷学院、新闻出版署，后出任过《信息早报》副总编辑、传媒杂志社常务副社长兼常务副主编、新生代市场监测机构董事、《南风窗》总编辑、《中国周刊》总编辑，目前服务于《新京报》。著有《黄金般的天空》《江南旧闻录》系列。

他拥有"才力犹可恃，不惭世上雄"的豪气，也不失"努力尽今夕，老年犹可夸"的执着。他既有"黄金般的天空"的畅想，也有"任其事，成己心"的踏实。他是一个思想者，更是一个实干家，他就是新京报传媒研究院常务副院长，那个坚持"我做不了黑暗中照亮别人的蜡烛，但自我举烛，照亮自己的前路，而不是靠别人的光芒来照亮"的朱学东。

踏入人大校园　铺就精神底色

1985 年初夏，一个懵懂的乡下少年踏入了人民大学的校园，憧憬着将要在这里度过的漫长而又短暂的四年。在这四年里，朱学东收获了良师，结识了益友，更为他的人生铺就了厚重的精神底色。

对于朱学东来说，来到人民大学，是一种缘分。中学时期，朱学东有两位老师毕业于人大，他们在课堂上带来时代前沿的知识，介绍当时有名的学者，也为朱学东带来了关于对哲学概念的启蒙。填报高考志愿时，招生简章上人民大学排名第一，哲学专业也排在第一位。在老师的影响下，他决定摆脱熟人的网罗，毅然选择了陌生的人民大学，开启了人生新的征程。

朱学东说，在人大读书时，老师们的教诲令他受益终身，从班主任老师马俊峰、李燕，到李德顺老师，再到毕业论文的指导老师李秋零等各位师长，都对他产生了深刻影响。他至今仍然记得张志伟老师在他的毕业留言册上写下的这样一句话："口开神气散，但人总是要说话的。"正是在许多良师的帮助下，朱学东从朴素的路见不平式的思维方式转向了真正意义上的批判思维。

有良师指路，也需益友为伴。朱学东的大学同学，虽然来自全国不同的省区市，有着不同的成长背景，但大学四年相伴成长的经历使他们结下了深厚的友谊。朱学东说："我不仅学会了向自己的同学师长请教学习，也在不同的声音不同的立场中认识到自己应该注意的地方，就像以赛亚·伯林所说，学会从反对者身上学到东西。"

在人大哲学系的学习生涯中，朱学东在阅读中投入了大量的时间，尝试着在书海中独立思考、寻找自我。正是在这短暂的四年，涵养了他的人文素养，也形塑了他的精神品格。正如他自己所言，"今天我所拥有的学习能力、逻辑思维和辨析能力，我的自我反思和批判能力，我对人的异化工具化的警惕……都首先应该归功于人民大学哲学系打下的基础"。

走入社会后，大学时期的收获对他产生了深远影响。"种子一旦种下，遇到合适的环境，总会发芽。"朱学东脸上温和的笑容透着自信，这种自信来自对思辨精神的笃定，也来自对事实和逻辑的尊重。正是这种自信，让他拥有了"表情独特的脸庞"，让他得以敏锐体知着世间的冷暖，书写着人生的沧桑。

坚守职业理想　忠于自我选择

"过去这些年，换了许多工作，且大多是逆势选择，逆潮流而动，总是与时代潮流不合拍。"朱学东不无自嘲地说，自己的职业生涯从未准确踏上过时代的节拍——上高中学好数理化走遍天下都不怕时读了文科，法政经济开始流行时读了哲学，"公务员热"的时候当了老师，"下海潮"的时候考了公务员，别人打破脑袋想进机关时选择离开，证券市场衰退时做了以证券信息为主的报纸，互联网兴起时做了以平面为主的专业杂志和专业研究公司，社交媒体时代做了月刊，移动互联时代到了都市报……他笑着说，"就像六指琴魔里那个报信的胖老头，口头禅是'又晚了'"。

毕业之初，朱学东在北京印刷学院做教师，教授马克思主义基本理论。彼时市场经济刚刚兴起，人们的目光纷纷投入经济领域。1990 年代中央国家机关第一次公务员招考，朱学东通过考试，走上了新闻出版署公务员岗位，在工作中接触到了许多传媒行业当时最优秀的领军者。

2000 年，朱学东选择了离开国家机关，开始接受新的挑战。从《传媒》到《南风窗》，再到《中国周刊》，最后选择《新京报》，对于朱学东来说，每一次转身都是一个新的尝试，都会带来新的收获。在这个过程中，他经历了创业失败的挫折，也体验了"努力尽今夕"收获的成功。

谈到面对挫折时的坚持，朱学东感叹道："或许在朋友和别人眼中，会习惯性地认为，像我这样坚持的人，激情理想如永动机一般有不竭的力量。其实，这种坚持，就像我们走夜路时会歌唱一样，更多是一种内心软弱时的自我鼓励。软弱放弃、安逸享受才是我们生活的常态，顽强坚持的才是非常态，就像李健歌里唱的，'有时候，坚持是一种无路可退'"。

经济学家熊彼特曾说过，"认识到一个人的信念的相对有效性，却又能毫不妥协地坚持它们，正是文明人区别于野蛮人的地方"。通过这些挫折与挑战并存的宝贵经历，朱学东总结了他在职业生涯中所秉持的原则，"每一个行业所要坚守的都包括职业操守和专业能力两部分，无论在哪个行业，无论做哪一块，都要投入很大经历去学习，自我提升，否则无法在行业内立足"。

他认为，在媒体行业工作，就要努力做出回归常识、突出理性专业性服务社会的媒体。首先要有充分的社会责任感，敢于为公众发声；其次要组建强有力的团队，在团队里形成平等、和谐、团结的氛围；最后要培养年轻的媒体人，为年轻人提供充足的发挥空间。

有目标才有行动，朱学东以王健林说过的"一个小目标"做对比，说明了自己的奋斗目标。"先挣 1 个亿的小目标，我到死也做不到。不过，我能做到的，首富恐也未必做得到。但，立志当学首富，我给自己也定了一个小目标：读 1 亿字的书（6～8 年），出版 10 本书（5～10 年内），走 2 万公里路（10 年），抄万首诗（10 年），10 年后小楷送朋友能送得出手——向周作人学习。送朋友的，就送随手抄的诗词；送最好的兄弟姐妹的，就送小楷手抄的自己作品。"

步入天命之年　领悟人生真谛

"天命之年，灵魂最接近自己渴望的样子"，因为这个时候，人的精力体力、人生阅历以及其他状态在真正意义上，都是最饱满的时候，也是思想最为活跃的时候。在这个时候，为了保持自由的灵魂，不仅需要时时自我激励、自我修炼，也要坚决抵抗住强大的外在压力和诱惑，正所谓"在最坏的时代，做最好的自己"。在朱学东看来，人生的真谛就在于，忠实于自己并且向内坚守。

忠实于自己，既是忠实于自己的信念，也是忠实于自己的灵魂。社会是复杂的、庞大的系统，所以个人无力改变世界，所能做的无非就是建设自己改变自己，而这同样是意义非凡的，因为唯有个体的改变才能推动社会的真正改变。谈到这里，朱学东分享了一位朋友用雅斯贝尔斯的观点对他的激励："哪怕所有人都放弃了，只要你一个人坚持在做，你的坚持就有意义，而且具有社会意义。"

向内坚守即是一种自我建设。朱学东向来是一个自我要求非常严格的人，他的自律性很强。他说，当灵魂真正接近自己渴望样子的时候，唯一需要做的就是努力地保持下去。

朱学东以实际行动证明着他的坚持，抄诗、"暴走"、读书他都多年如一日地坚持下来。正如他自己所言，"让自己成为一道微光，即便不能照亮别人，至少也要自己照亮自己的前路"，这些坚持对他来说不仅是一种自我清洗，坚定了心中的信念，也能够像洛伦兹的蝴蝶一样，影响身边的亲朋好友，甚至通过社交媒体带动各个年龄段的朋友共同成长。这是朱学东建设自己改造社会的自我认知。

"我不向往任何别的时代，任何恩赐的天堂不属于我。我愿意在自己的时代，在自己生活的地方，建设自己，用创造对抗破坏，为自己争得未来，哪怕这一过程充满艰辛，哪怕最终也未必能来。"忠于自我、忠于灵魂，向内坚守、自我建设，守住自己所能珍惜和守护的世界。朱学东说，成为更好的自己，这就是人生真谛。

朱学东还建议未来的建设者们，一定要读万卷书，行万里路。一方面，要积极参与社会实践，在实践中学会倾听，学会观察，学会平等对待所有人。另一方面，要多读书，多读经典，读书的意义和价值一定会在今后的人生中得以体现。

选择人大，一生中最重要的转折

——访凤凰城集团董事长周明德

◉ 毕 玥 李 欢/文

周明德简历

周明德，男，1963年2月出生，安徽马鞍山人。经济学博士，现任保福集团和凤凰城集团董事长。全国工商联执委、北京市政协委员、北京市工商联副主席、海淀区政协常委、海淀区工商联副主席。

选择人大，结缘人大

1981 年，周明德 18 岁，是一名刚刚毕业的中专生，经国家分配，到宣城行署供销社当会计，开始了他的第一份工作。然而，这样一份在很多人眼中的铁饭碗、香饽饽，却和周明德当时的理想相去甚远。沉迷于数学研究的他，很快便对工作失去兴趣。于是他一边工作，一边继续自学，准备考研，向往着能考取南开大学数学系陈省身教授的研究生。

然而在复习过程中，周明德知遇了几位数学教授，他们建议周明德选择适应国家经济建设需要的财经类院校和专业。在他们的启发之下，周明德转变了努力的方向，放弃之前魂牵梦绕的南开大学，而选择了中国人民大学。不久，他便成功考入人大，成为当时财政系 1985 级的一名研究生，从此便与人大结下不解之缘。在这里他结识了最敬重的老师，最亲密的同学、校友和同事。

1987 年研究生毕业后，国内正是高素质教育人才极度匮乏时期，周明德自愿留校任教，先后在财政系、会计系教学，并担任会计系教研室副主任。经过多年不懈努力，周明德终于得偿所愿，当上了受人敬仰的大学老师。

任教期间，周明德被安排住在学校的教师宿舍。六层的筒子楼，12 平方米的小房间，一家三口都挤在里面。楼板很薄，踩上去会吱呀晃悠。就在这六层的筒子楼里，周明德结交了一生中非常重要的一批挚友，每天一起下棋、一起谈论时事、一起畅想未来。在后来的工作和生活中，这些朋友成为周明德的智库和海量信息的来源，更是互相排解困扰的伙伴。

学校的工作得心应手，和同事配合得默契而愉快。但是得知家人因为生活拮据饱受艰辛，又看到孩子在空间局促的宿舍经常被家具碰伤，作为一家之主的周明德感到心酸。因为教书在短时间内无法改变家庭的困境，想让家庭摆脱穷困，尽快住上大房子的愿望在他心中越来越强烈。

走出人大，借力人大

时势造英雄，此时正值 20 世纪 90 年代初，中国发生着剧烈的变革。1992 年小平同志南方谈话，吹响了改革开放的号角，唤醒无数年轻才子创业的激情，周明德也在其中。他希望利用自己所学的知识，参与到改革开放的经济建设中去，为更多的人谋发展、谋福利。于是他暂停教学，南下去做了一番尝试。周明德回忆在深圳时的经历："当时没有什么经验，听别人说什么热就做什么，做得不好。"后来，他又听说海南的房地产很赚钱，于是去了海南。由于对行业缺乏了解，又不熟悉当地政策、环境等原因，很快房地产也干不下去了。第一次创业，失败得一塌糊涂，但这趟海南之行，改变了周明德的事业轨迹。从海南回到学校之后，经过反复思忖，周明德正式决定弃教从商。

刚回到北京确定创业想法的时候，周明德并不很清楚自己要做什么，但是，在他心里有一个明确的念头：人民大学不可离开。

首先，离不开人大的人。做事业要有高素质的团队，团队成员之间还必须相互信任、相互包容、相互支持，没有比人大的学生更合适的人选。于是周明德在自己的学生中发掘人才，寻找志同道合的伙伴。最终有五位学生放弃了公职单位，自愿跟随周明德创业。其中有被国家部委重点培养的对象，有已经在大型国企走上管理岗位的干部，他们都享受着国家稳定的待遇，却在周明德的感召下重新选择了职业生涯，现在都是凤凰城集团的股东、高管。在他们看来，当初的选择大胆而明智。目前，公司职工中来自人大的学生和老师，占到高管层的 80％，还有几十名人大毕业的本科生、研究生作为公司骨干在重要岗位上接受锻炼培养，公司还不断招收人大应届毕业生以补充新鲜血液。

其次，离不开人大的环境。海淀区是北京高校和科技发展的核心，人大所在的中关村又是海淀的核心。中关村不仅是高级人才聚集的地方，也是重要的交通枢纽。公司成立之初以经营小型办公写字楼为切入点，快速填补中关村初创企业对功能齐备、位置便利、费用可控的办公空间需求的空白。由于定位准确、注重细节、价格合理，产品投入市场便被一抢而空。模式经过多次复制，屡试不爽。周明德团队的创业成功了，赚取到企业发展的第一桶金，人大也自然成为他们事业起步的中心。

"当时只有自行车，骑着自行车去 5 公里之外是一段非常远的距离。"于是，周明德在创业初期将目光放在距人大 5 公里范围之内，人大北门外的金桥写字楼就曾经是他的阵地。随着公司的发展壮大、城市建设的加快、交通方式的提升，事业范围逐渐从 5 公里扩大到 10 公里、15 公里、30 公里……却始终没有离开人大这个核心，没有离开海淀。

认真做事，天道酬勤

现在，周明德的事业蒸蒸日上，因为机遇，因为正确决策，也因为团队的协作。但风雨兼程一路走来，其中的辛劳和努力才是成功最大的法宝。在一年 12 个月里，他几乎没有休息时间，一天当中除了 6 个小时以内的睡眠，他都保持奔走与思考的状态。他对自己的总结是：生命不息，战斗不止，走在征途的路上，寻求自我的价值。

凤凰城集团成立 25 年来，建成了十几处功能、形态各异的科技园区、5A 级智能写字楼，为众多现代企业提供良好的智能办公环境。位于温泉镇的翠湖科技园云中心已经成为中关村科技园区一张亮丽的名片。同时，周明德带领企业着力打造文化建筑，矢志于把中国古代历史的积淀和现代文明的建筑传承融合，建设了大型文化旅游项目——北塘古镇，正在开发北京市重点打造的三山五园之核心和纽带——青龙古镇。在制造业领域，投资控股智能装备制造企业东海机床，并投资建设大型机床研发生产基地。在金融领域，入股成立了西藏银行等企业，立足非公有制经济，为广大中小微企业提供服务，帮助融资困难的非公有制企业走上创业发展之路。在医药领域，投资入股研发生产现代藏药、高科技生物医药的上市企业西藏药业和全国性药品物流配送上市公司九州通。在服务领域，为广大业主提供充满人文关怀的智慧社区服务，成立了中经物业管理公司，以智能化、精确化和亲情化的管理，开展互联网物业与社区 O2O 业务，提升物业价值。在教育领域，立足于北京教育资源和特色，促进中外文化交流互鉴，投资建设北京语言大学观澜书院、北京美语学院。围绕体育产业，打造了集训练、培训、健身、娱乐为一体的各类球场，推动体育休闲产业发展。还对多个互联网、生态、大数据等初创企业进行了投资，帮助中小企业孵化。

在多个领域取得如此成绩，无一不集聚智慧，饱含热情，倾注精力，展现毅力。"低调做人，认真做事"是周明德对自己和员工的要求和行为准则。正因为对凡事都精雕细琢的精神，才造就了凤凰城集团在业界良好的口碑，在各级政府中良好的信誉。

在商言商，感恩回馈

周明德博学多思，眼界开阔，卓尔不凡，有人称周明德为

"儒商"，他却坚决地反对这种观点。周明德认为，儒和商是不能简单合一的。中国古代儒家或儒学均是崇儒不崇商，对于商者也是打压和贬低的。著名的"李约瑟之谜"认为中国的政治文化制度严重阻碍了重商主义价值观的形成，它没有成功地将先哲们的发明与商人们的生产技艺结合在一起，因而不能使中国从封建生产制度过渡到现代科技文化制度。现在一些人把"儒"加在"商"之前似乎就变得高雅起来，实是无知。学者治学，商人做事，二者各司其职，各效其力，如若互为仿效，就像孔夫子穿西装——不伦不类，反而贻笑大方。

周明德并不排斥"商人重利"这种观点，他认为当初自己想要经商的目的本身就很纯粹：生活太艰苦了，就是为了钱和大房子，改善家人的生活条件。他幽默地为商人打抱不平："中国自古以来重农抑商，这个政策我认为并不好。如果真正是一个优秀的商人，他就应该是为国为民的。"他认为"商人"的"商"字在数学中就是"解"的意思，就是来解决问题的，有问题了，提出解决方案，然后就开始实施。做好之后，自己的公司发展了，人们的困难也解决了，生活也就越来越好了。真正的商应该是"共赢"和"解决问题"，因此应该坚守的是一种正确的商业文化理念。总是认为商人"尔虞我诈""权钱交易"，这种氛围是不利于商人发展的。

经商三十多年，周明德这样阐释现代商人的责任所在：首先，管好自己的员工，尽量让他们安居乐业；其次，处理好自己所涉及的周边利益关系，包括对亲朋好友及合作伙伴的协调与保护；再次，在国家政策与社会价值的指导下，投入一定的资金与精力，为长远的经济发展做贡献；最后，在完成前面三者利益的同时，多做一些不带个人色彩的慈善义举，如创立慈善基金、助学教育等。

对于人民大学，周明德始终心怀感激。"来到人大是我一生中最重要的转折点，人民大学不仅教给我很多，还是一个很好的平台。当年，像我们这些农村出来的穷孩子，如果不是人民大学的学生，很难得到认可。"人民大学传授的知识，在人大结识的良师益友，在社会中结交的人大校友，甚至人大给予的标签本身，在周明德看来都是他人生中最宝贵的财富。他身为人大人，珍惜人大情，主动多次为人大教育基金出资捐赠；资助多项科研课题；在公司经营场地为商学院设立校友活动基地；每年出场地、出经费，给人大老教师过生日；定期组织同学聚会、学生聚会等。

有人认为周明德为学校、为学院所思、所想、所为是在感恩，而周明德自己却认为这一切都理所应当，就像一个孩子面对母亲，真情流露，无须掩饰，无所保留。

不一样的体育人生
——访乐视体育首席内容官刘建宏

⦿ 孟繁颖　金晓帆/文　李书慧　孙嘉雯/整理

刘建宏简历

　　刘建宏，1968 年生，河北石家庄人。1986
年至 1990 年就读于中国人民大学新闻系，毕业
后就职于石家庄电视台。1996 年 3 月参与创办
中央电视台体育经典栏目《足球之夜》，2000
年参与创办另外一档经典节目《天下足球》，多
次解说、主持世界杯、欧洲杯等足球重大赛事。
2003 年成为获得金话筒奖的体育主播第一人。
2005 年被评选为"中央电视台十大优秀播音员
主持人"。2014 年起，出任乐视体育首席内容
官。2015 年主持《超级比赛日》，担任广州马
拉松赛宣传大使。

从石家庄到北京，他执着于自己对足球的热爱；从央视到乐视，他用新视角呈现足球的不同；从人大到社会，他践行着"国民表率、社会栋梁"的标准。四年的青春岁月因为有了足球的陪伴，总是充满着热血和激情，记忆深处那一片绿色的球场，始终承载着这样一个年轻人的青春和梦想。

他的足球伙伴和记者梦

足球，在刘建宏的成长过程中一直扮演着重要的角色。说起足球的启蒙，不得不提到一个叫作石家庄化肥厂的地方。当时在化肥厂里有两位国家队队员，他们一个踢前锋，一个踢后卫，经常在厂子里踢足球。在这种氛围下，石家庄化肥厂的足球水平快速提升，大人们喜欢踢球，孩子们自然潜移默化地受到了影响，而刘建宏，就是其中一个。

少年时期条件非常艰苦，只能买那种做工很简陋的帆布带钉的足球鞋，坏了就自己缝补，穿到不能穿才扔掉。在紧张的高三复习期间，刘建宏也从未放弃足球，复习累了，就去操场踢踢球，既可以作为紧张复习过程中的调味料，又有利于提高学习效率。

如果说足球是陪伴刘建宏成长的好伙伴，那么"做记者"就是一场绚丽的青春梦了。

直到现在，他也说不出究竟是怎样一股力量推动他走上了记者的道路，也许这就是一种奇妙的缘分吧。为了实现记者梦，高考填报志愿时，刘建宏自然要选择新闻作为自己的专业。刘建宏了解到人民大学新闻专业一直位列全国第一，于是毅然决然将人民大学作为了首选。终于，在一个炎热的夏天他收到了梦寐以求的人大录取通知书，从此，如愿以偿地走上了记者之路。

在人大，刘建宏印象深刻的老师有很多，如方汉奇老师、周小普老师、许建平老师等。记忆中的方老师经常骑着一辆自行车，背一个黑色的皮革书包，里面放一本讲义。课堂上，方老师出口成章、引经据典，随时背过身书写漂亮的板书……

宿舍、食堂、操场、教室、图书馆，这五点构成了刘建宏缤纷的大学生活。其中，最深刻的记忆还是在那一片承载太多故事的足球场。

大学入学不久，刘建宏就在上一级师兄的介绍下加入了新闻系足球队，并参加了一年一度的校庆杯足球赛。1986年的校庆杯，新闻系足球队在八进四的淘汰赛里输给法律系，遗憾止步四分之一决赛。1987年校庆杯后，对刘建宏而言最好的消息是校队终于接纳了他。刘建宏回忆说，当初梦想进入校队的一个很重要的原因是校队用餐有很多福利，而且还有免费的运动衣和运动鞋，这在那个年代实在是太有吸引力了。在刘建宏眼里，那件深蓝色运动衣真是再神气不过了。刘建宏在校队训练得十分刻苦，从未缺席过一堂训练课，哪怕是生病发烧也坚持上场。有了校队训练的经历，刘建宏在1988年的校庆杯中表现出色，新闻系也凭借不凡的实力历史性地取得了冠军。这个冠军是刘建宏人生中的第一个冠军，也是他认为最重要的一个冠军。除去那沉甸甸的奖杯，刘建宏更是收获了许多宝贵的精神财富和一群志同道合的球友。

从《足球之夜》到乐视

上大学时，新闻系曾组织学生去央视老址参观，那是刘建宏第一次看到《新闻联播》的小演播室，第一次看到那么多专业设备，当时刘建宏就下定决心将来一定要去央视工作，要在中国最著名的媒体平台实现自己的理想与抱负。1996年央视体育频道刚刚成立，同为人大校友的张斌师兄邀请刘建宏一起做一档叫作

《足球之夜》的节目。出于对足球的热爱和对央视的向往，刘建宏毫不犹豫地答应了。

《足球之夜》刚成立的那段时光是艰辛又幸福的。当时住的是玉渊潭旁边最简易的小宾馆，办公是在央视老址一楼最狭小的机房。虽然客观条件差，但是能和一群热爱足球、热爱电视的年轻人一起奋斗却是十分幸运和开心的事。每周《足球之夜》直播结束后，同事们就会到赫赫有名的"台北一条街"吃饭、讨论节目。那时，正值中国电视的黄金时期，每个人对待工作都充满激情，电视人在餐桌上讨论的永远都是如何让节目变得更好。在这样一个平等、自由、宽松的创作环境中，刘建宏收获着自己的成长，同时也为中国电视的进步贡献着自己的力量。

在《足球之夜》，刘建宏弘扬体育人正直、勇敢、不服输的精神，一路向前，披荆斩棘。他把《足球之夜》看作职业生涯真正的起点，渐渐在这个平台中找到了自身价值和归属。对于中国足球，刘建宏有着最深沉的爱，所以，他在面对假球、赌球现象时才会拍案而起，通过镜头直接表达内心的愤怒。1996 年北京国安对阵巴西格雷米奥、川鲁风波，1998 年前卫寰岛对战延边敖东，2000 年川沪风波，《足球之夜》都在第一时间直击现场，鞭答黑哨和假球。也因此节目一度被推上风口浪尖，主持人也承受了不小的压力。但更多的观众和媒体意识到中国足球的复杂性和假赌黑的严重性，敢于揭发和抵制。可以说，在刘建宏等人的努力下，《足球之夜》真正拉开了中国足球打假扫黑的序幕。

在《足球之夜》经历的困难和挫折成为刘建宏在日后工作中进步、成熟的催化剂，让他懂得在血气方刚背后还需要缜密的逻辑和巧妙的语言技巧，风格要更加成熟稳重，表达要更加巧妙艺术。

刘建宏的喜怒哀乐和足球紧密联系在一起，足球，成为他生活的一部分。当中国队在沈阳出线时，坐在五里河包厢里面对沸腾的球场，刘建宏激动万分；当"十强赛"痛失出线权时，刘建宏和万千球迷一起见证中国足球痛苦的转型，在悲伤过后鼓励大家理性面对足球，积极面对失败；当足协要把国家队和国奥队分而治之时，当中国足球改革停滞不前时，刘建宏焦急之下写下文章大加批评，希望采取更好的管理办法；当看到不合理的体育教育制度时，刘建宏呼吁学校重视体育，建立中国体育人才库。就这样，刘建宏陪伴中国足球走过了将近20年的风风雨雨，收获了感动，见证了成长。

在央视，从体育记者到央视足球节目总制片人，从"临时工"到体育频道全能人才，一路走来，刘建宏和体育频道一起成熟和收获，与许多优秀的电视人共创了央视的繁荣。

2014年，刘建宏正式提出离开央视进军乐视。对于传统电视，刘建宏想寻求更多的改变和突破。在刘建宏看来，传统电视台传递给观众的体育节目大多局限于体育赛事的播出，而现在单纯关注体育赛事已经不能满足观众的需求了。"观众有了解中国队的诉求，而我要满足观众诉求，从观众角度出发去想问题。"互联网不光带来了信息的快速高效传播，同时还带来了低成本的制作模式。在这些变化和比较当中，刘建宏越发体会到传统媒体的局限，对互联网新技术产生了极大的兴趣。

身份的转变，并没有削减刘建宏对中国足球的感情。从央视到乐视，刘建宏选择了一个更加接近体育前沿的平台。在对新媒体形式的摸索中，刘建宏一直在寻找一个可以兼顾客厅内传统大屏幕以及移动端小屏幕传播、能同时满足传统体育赛事播出与碎片化传播诉求的平台，而乐视超级电视所展示出来的商业前景，似乎可以满足他对于未来转型的想象空间。

在乐视，刘建宏在管理方面的投入更多了，工作方式也发生了改变，如今他的工作并不是以节目录制结束为终止，而是以节目录制结束为起点。乐视不再需要一个首席记者、首席编辑，他在里面扮演的角色叫作首席内容官。刘建宏强调，过去两年里中国的体育产业发生了天翻地覆的变化，这预示着中国体育将经历一次伟大变革。

如今的刘建宏除了奋斗在新媒体的第一线，还非常热衷于公益事业。作为中国宋庆龄基金会的理事，他将公益和事业看作一体，认为体育即公益。他支持的新疆足球现在有球员在中超效力，还建立了自己的职业俱乐部；延边足球也在大家的帮助下回到了中超。"在体育领域，如果历史的车轮因为我的努力往前加速了哪怕一点点，这也是值得骄傲的。"刘建宏始终坚信体育可以改变个人，改变中国，乐视体育的口号——"让每一个人更好地参与体育"，就是这个理念的最好诠释。

"人大是生于忧患的"

当人民文学出版社建议刘建宏出书的时候，刘建宏爽快地答应了。他希望可以通过文字对自己的上半场人生做一个总结，再加上从前有大量的日记和文章可以作为写作素材，于是便写了这本自传式的回忆录《上半场》。从接触足球到热爱足球再到从事足球行业，刘建宏的上半生始终和足球紧密相连，他的字里行间透露着对足球强烈的爱。

在书中，刘建宏着重描述了他和老友们的故事，故事的主线当然离不开足球。刘建宏和大学球友们一直保持着联系，时不时约在一块儿踢球、喝酒，回忆美好的大学时光。过了多年才发现，球场上建立的友谊要远胜其他的友谊，无论是当年并肩作战的队友还是势不两立的对手。"我相信，那里面不仅有我们的青春，更有我们成长的轨迹以及种种的酸甜苦辣。就像烈酒，喝的时候刺激，储藏起来则是历久弥香，更值得回味。"刘建宏在书中这样写道。

　　作为人大校友，刘建宏的新书发布会选择了人大作为主场，也获得了人大同学的大力支持。在八百人大教室，置身于曾经的讲堂，时间仿佛回到了 20 多年前他在人大求学的时光。

　　对于人大学子，刘建宏表达了自己的期望和寄语。"在大学里获得知识固然重要，但学会如何获得知识以及如何有效利用知识进行实践是更重要的。有了这两种技能，我们的人生就有无限的可能，有了良好的文化素养和为人处世的能力，就具备了走向成功的一定条件，剩下的就是机缘与巧合了。"

　　"作为人大人，我们应该在各自的领域发挥积极的作用，努力推动社会前进。1937 年，那个时局动荡、家破人亡的时代，中国人民始终坚信知识改变民族命运。国家希望人大能够留住知识的血脉和精神，汇聚社会精英，重振中华威风，于是，人民大学在烽火中建立。人大是生于忧患的，每个人大人都应该将这种忧患意识传承下去，用知识造福中国的未来。"

（本文原载于《校友》杂志）

人民共和国的建设者

RENMIN UNIVERSITY OF CHINA

拳拳爱国心，殷殷法律情

——访香港特别行政区立法会议员梁美芬

◉ 刘晓阳　杨民爽/文

梁美芬简历

梁美芬，1961 年生于香港，籍贯广东肇庆。在 20 世纪 90 年代先后获得中国人民大学法学硕士学位和法学博士学位，导师分别为许崇德教授和曾宪义教授。香港十大杰出青年，香港特区立法会议员，九龙城区议员，西九新动力召集人，专业会议成员，前民建联成员。

30 年前，她做出了一个在其他人看来"十分疯狂的决定"——离开香港，来到北京，在中国人民大学继续深造。就是这一个决定，从此让梁美芬与中国的法律事业结下了深深的羁绊。梁美芬说："路是人走出来的。"从香港到北京，从律师到议员，她一路奋战，为推动香港特区基本法的发展以及海峡两岸暨香港的交流立下了汗马功劳。

初来人大，寻根筑梦

1987 年，梁美芬从香港中文大学政治系毕业，按照当时其他同龄人的发展方向来看，去国外进修是最为普遍的选择。可是梁美芬的心里，却有着不同的想法。"因为我在香港长大的，我们读的中国历史都是用英文来读，实际上我们对自己的国家不了解。我有机会派到美国作为香港的学生代表，结果我发觉我们的学校有十个欧洲来的学生代表，人家展示的时候都在讲自己国家的情况，而我一直在讲香港的情况。然后九个其他的学生问我，就问我中国的情况怎么样，我自己当时对国家是一无所知。当时就觉得自己好像没有根的感觉，所以当时在美国已经有一种倾向，无论怎么样，我大学毕业，有机会就要去寻根，无论是读书还是教书，教英文都好，就想寻求这样一个机会。"正是出于这种血浓于水的家国情，梁美芬下定决心要去祖国内地亲身体验一番。机遇不期而至——偶然间她看到一则新闻：中国人民大学在香港开展了一个关于法律专业的学生交换计划。梁美芬抓住了这一个难得的历史契机，报名参加了该计划并成功入选。从此，她来到了祖国的心脏——北京，开启了人生的崭新篇章。

刚到人大，梁美芬便感觉到了香港与内陆地区的种种差异。"1987 年的时候中国的经济还比较困难，每个同学每一个月就派四张澡票，我们一个星期只可以洗一次澡。这个对于南方人，特别是香港人来说，挑战性还是非常大，一开始的时候都不一定习惯，冬天我还穿着大棉袄，到外面的澡堂去洗澡。另外，我印象很深的就是学骑单车。在这里没有单车，你等于是很难自由活动了，所以我学会了骑单车。有了单车在校园内和校园外我都可以跟同学一起去玩，一起去逛逛街等。"正是亲身体验了曾经的落后与贫穷，面对如今中国经济的腾飞与社会的高速发展，梁美芬发自内心地为祖国的强盛感到开心与喜悦。

在人大读硕士期间，梁美芬师从许崇德教授。许教授是新中国宪法学奠基人之一，是中国宪法学的泰斗。之所以选择这条道路，梁美芬解释道："我是香港的学生，所以对中国的政治生态以及香港的回归都十分有兴趣，因此别人建议我师从许崇德教授，一直以来我就是跟着他研究基本法。"在人大学习的日子里，梁美芬深深地为融洽的师生关系所感动。"我觉得这里的老师对学生真的很好，师生关系非常好，不单单是学习方面，生活方面他也会关心你。这就跟在海外读书不一样，在外面读书很多的时候老师只会照顾你的功课，不会关心你其他方面的发展。这种特别的关怀我是印象非常深刻。我回到香港在大学教书，也还是存在着那种动力，去努力学习他们对待学生的那种关怀之情。"

读完研究生以后，梁美芬又开始跟着当时的法学院院长曾宪义教授继续攻读博士。"读博士的时候我主要研究法律冲突问题，曾老师还为我介绍了很多台湾的以及内地的研究两岸问题的学者和专家，所以我非常感激，并且对他们鼓励我们去开拓自己这一点非常感动。"

正是在老师们的鼓励支持下，在与内地青年共同成长的环境下，这一段难忘的人大岁月对梁美芬产生了足以改变一生的影响。"人大对于我的影响，应该说是改变了我的一生。因为我当时来北京，我是自己选择不去外国，选择我的祖国，所以我之后的事业，我的生命都会跟我自己的国家，还有国家对香港的政策，也就是香港特区基本法和'一国两制'，息息相关。"

一心为国，执着追求

"因为看到太多人为的错误，对人有太多的失望，让我深刻反省，一个国家要发展起来，不能单靠一个人、一群人，甚至一个信念。中国要发展成为一个现代化的国家，体现人民的权利及义务，必须建立完善的法制。"出于这样的深刻认识，从人大毕业以后，梁美芬决定专心从事法律研究。作为教授中国法律的学者，她经常听到不少外国人说中国没有法律，亦有不少人认为那些文字记录只有高官或一些有关的政府部门才有权使用，而并非公众。梁美芬深深感受到如果中国不能对外公开其法律，会更加令人认为它是完全没有法律的。"为了帮助更多人明白中国法律，需要一个有系统、达到国际标准的国家司法制度中、英文版本记录。此外，这些记录要使以普通法为基础的人士也能看懂。"一个大胆的想法开始在梁美芬的心中萌芽——她要出版一本中英版本的中国审判案例要览著作。这一在此后发挥了重大意义的著作，在筹备阶段面临诸多的困难——资金得不到支持、内地与香港的司法专家意见不一等。所幸在最高人民法院与中国人民大学的帮助下，在曾宪义教授的鼎力支持下，梁美芬咬紧牙关，将交付给自己的司法记录翻译成英文，于1995年出版成书，并于之后将纪录片放上互联网，成为世界上著名的中国法律双语网站。这一著作为中国的司法判案工作做出了突破性的贡献，梁美芬也因此获得了"香港十大杰出青年"的荣誉称号。

对于梁美芬来说，2003年是她法律人生中的一个重要转折点。当时，香港特区政府在政治上急于就《基本法》第二十三条立法而违背民意，促使 7 月 1 日有 50 万人游行，民怨大规模爆发。这一事件的发生，让梁美芬深深感受到香港的很多人对自己的国家不了解，立法陷入了极大的困难。她认为只有立法会的成员中多一些既了解中国内地又了解香港的人，才能推动立法工作的发展。作为曾经去北京深入学习过的杰出人才，梁美芬认为自己义不容辞，决定参选立法会议员。2007 年，她正式从政，当选九龙城黄埔东区议员；2008 年，直选为香港特区立法会议员。从律师到议员，不变的是她的拳拳爱国爱民之心。

一路走来，梁美芬大胆突破的做事风格为人称道，但其中不乏一些困难曲折。她也坦言自己在从政生涯中曾经受到过反对派的攻击与诽谤，并一度陷入舆论风波，所幸的是人大的校友们站出来为她发声。"当时还很感谢人民大学的校友，当一批律师校友一起出来的时候，传媒就收敛了，也愿意听我们讲什么了，所以，这个事情我觉得很感激人民大学的校友们的。"经历过痛苦与风波，梁美芬的内心也逐渐变得更加强大，她说："我会以更坚定的决心，更大的爱心与包容，为祖国发挥自己所长，令她更加强大。"

矢志不渝，奋战不息

如今，梁美芬依然奋战在前线。谈到今后的计划时，她坦言："首先我想做好现在立法会的工作，同时我还是希望将我在立法会的体验写出来，多一些东西来为国内对基本法的研究或'一国两制'方面有兴趣的专家学者做参考。因为很多的东西在前线才能了解到，为他们做理论的人补充一些基础。"如今她还是"一带一路"香港研究院的副院长，发挥自己的专长，努力为今后"一带一路"沿线国家的纷争解决机制出一份力。梁美芬用她的行动践行了"立学为民，治学为国"的人大精神。

今年是人大的八十周年校庆，对此，梁美芬也对母校的发展提出了自己的看法："人民大学在 90 年代开始就很努力地向外开拓，以全球性的眼光与世界建立联系。播撒了这么多的种子，我希望这些人才都能回馈我们的祖国。而人大也要多与海外，多与港澳台一起合作，把握机遇，培养既具有国际视野又有国家情怀的人才。"

最后，梁美芬也给师弟师妹们分享了自己的人生心得："路是人走出来的，而机会是留给有准备的人的。你只有让自己不断地增值，一步一步向前走，才能不断地朝向你自己的目标迈进。要不断栽培自己的实力，多读点书，积累工作经验，这些都是其中搭桥的一些方法。"

始终在路上的创业者

——访杭州灿越网络科技股份有限公司董事长吴建勋

● 刘宜卫　杨雅玲/文

心存感激.

祝母校一天比一天

更好.

吴建勋

2017年5月8日

吴建勋简历

吴建勋，1970年生，浙江杭州人。1988年入读中国人民大学社会学系，1992年本科毕业。现任杭州灿越网络科技股份有限公司董事长，曾任浙江传化物流基地有限公司副总经理、浙江畅宇物流股份有限公司总经理。

行走在创业这条路上，那些最终能获得成功的人往往都具有超乎常人的眼光与坚韧不拔的毅力，吴建勋就是这样一个行走在路上的创业者。吴建勋于 2013 年成立了杭州灿越网络科技股份有限公司，在经历了创业初期的艰难之后，2016 年他的公司挂牌新三板。生命不息，奋斗不止，吴建勋始终视自己为一个行走在路上的创业者。面对来自母校的来访者，他侃侃而谈，和我们分享他与人民大学的结缘以及他在创业这条路上的精彩故事。

在青春岁月里结缘人民大学

　　十八岁之前的吴建勋一直生活在杭州建德县的梅城镇，1988年的高考改变了他的命运，他被人民大学的社会学专业录取了。人民大学社会学专业是在 1987 年招收第一届本科生的；在全国，社会学也是一个崭新的学科，只有极少的学校开设了这个专业。吴建勋对这个崭新的领域一无所知，他就是在这样的情况下来到了人民大学。

　　回忆起在人民大学读书的那几年，吴建勋的目光里饱含深情。"我到现在都还觉得那个时候的氛围真的很好，我们那个时候最喜欢去的地方就是八百人大会堂。"说起这个自己最喜欢的地方，吴建勋显得有点激动，"那是学校最大的礼堂，我周末经常去那看电影、听辩论会。"吴建勋很喜欢听辩论会，辩论会的主题常关乎国家发展、学校建设以及学生的成长，那种自由讨论的氛围对吴建勋产生了很大的影响，"大家拿出各种意见来讨论、辩论，都很有'绅士风度'，都是奔着为咱们学校好，为国家好，为我们学生好。我认识到很多事情不是只有一条出路，往往有很多选择，而最终的目标是一致的"。

　　刚入学时，吴建勋对社会学一无所知，但很快他就产生了浓厚的兴趣。"我们系有很多好老师，像我国社会学学科的重要奠基人郑杭生老师，就是我们的系主任。"说到这里，吴建勋不由地回忆起他上学期间的趣事，他微笑着向我们缓缓道来，"周孝正老师的课到现在我们还是津津乐道。有一次晚上上课，讲着讲着突然停电了，他就问同学怎么办，是继续讲还是到此为止。周老师的课是很受欢迎的，大家都说'继续讲'，他就在黑暗里讲了两个小时"。

吴建勋印象深刻的还有军训。"那个时候的军训是很苦的"。他是在山西临汾进行的军训，"当时只有一套军装，那儿缺水，洗澡洗衣服都没有办法，一个月下来，军装上面全部是盐，都变白了"。吴建勋来自南方，然而军训期间顿顿都是小米粥和馒头，再加上生活安排十分紧密，一大清早起来就要练操，在太阳底下一站就是好几个小时，这样的生活实在让他倍感艰苦。

虽然艰苦，他依旧乐在其中。"我觉得那段时间很好，它把我们学生一下子融合了起来，同学之间建立了深厚的友谊。"对于刚入学的新生来说，很多人就是在军训中认识的，或许是因着同艰苦、共患难的经历，让学生彼此有了心贴心的感受，拉近了不少距离。

"现在我们 1988 级的这批学生，走到哪儿，碰到一起都很亲热。"吴建勋很珍惜与这群 1988 级同学的联系和感情，他现在不仅是杭州校友会篮球队的队长，还是 1988 级校友微信群的"群主"。他笑言，这辈子当过的最大的官，就是"群主"。

在社会调查中追寻实事求是

吴建勋在人民大学度过了四年充实的本科生活，社会学的学习让他受益很多，其中让他体会最深的就是社会调查。

"我们很早就走进社会，深入到社会底层。"在吴建勋看来，走向社会是社会学学习中不可或缺的环节。早在 1989 年，吴建勋就和一些同学有了"出去看看"的念头，于是他踏上了南下的火车，一路从北京到武汉、南京、上海，再到杭州，一步一个脚印踏遍祖国河山。

吴建勋也参加了很多课题的调查，其中有一次调查的场景至今历历在目。"那是平乡的一个煤矿，我们在那里找到一个七十多岁的老人。"老人家的两个儿子在煤矿事故里去世了，儿媳妇也改嫁，只留下一个幼小的孙女与老人相依为命。整个调查的过程让吴建勋看到了中国底层老百姓的真实生活。"走的时候，我们几个同学都给老人留下了一些钱。"

"不仅仅能看到生活的艰苦，还有另外的一些现象。"吴建勋讲了一件他亲历的事情。"往往到一个村里面，村干部告诉村长，有北京人大的到你们村里来调查。当时他们以为是人大代表而不是人民大学，竟对我们都恭恭敬敬的。村长到每个家庭里去，'吃喝拿要'是很正常的，跟着村长，到哪儿都有好吃的，人家还递香烟给他。"包括这种"村霸"的现象在内，社会调查让吴建勋看到了很多东西，认识到很多社会现实问题。

吴建勋感慨道，社会调查一方面促进课堂知识的学习，另一方面，让他了解到一个真实社会的模样。所谓"没有调查，没有发言权"，吴建勋深深体会到要拿事实说话，拿数据说话。"实事求是"，人民大学的校训正是吴建勋对自己的严格要求。

"在这个过程中，我学到了做人做事要实事求是，要好好做人，好好做事。"在以后的工作里，吴建勋也始终不忘实事求是，好好做人，好好做事。

在不断探索中与企业共同成长

要创立一家自己的企业不是一件容易的事情，这是一个不断摸索的过程。在创立灿越网络科技股份有限公司之前，他曾经从事了多份工作，为企业的创立打下了坚实的基础。在这个过程中，他和企业共同得到了成长。

"社会学不好找工作"是 1992 年本科毕业的吴建勋最大的感悟："我说我是人大学社会学的，人家都以为我忽悠他，以为我是'混社学大学'的。"社会学专业在当时才刚刚开设，在杭州就更少有人知道了，这为吴建勋找工作增加了一定困难。他先到一家集体企业做行政方面的工作，后来又去了百事可乐做销售员。提起这段经历，吴建勋表示了充分的重视，"我这个人比较内向，跟人沟通交流常有问题。在百事可乐做销售改变了我，让我彻底消除了跟人沟通交流的这种障碍"。吴建勋每天骑着一辆破自行车走街串巷向人推销可乐，也是在这个过程中，吴建勋摆正了自己的位置。"别以为自己是人民大学毕业的就很了不起，要把自己摆在一个真实的位置，踏踏实实做事。"不管从心理上还是体力上，吴建勋都得到了很好的锻炼。

1997 年，吴建勋进入传化集团，他首先做的就是在杭州公司的销售工作。吴建勋的工作得心应手了很多，从百事可乐学到的先进的销售模式也很快为他的工作带来了成效。"我进这家企业时，年营业额两三个亿吧，我 2005 年离开时，这家企业营业额是一百多亿。"从 1997 年到 2005 年，吴建勋在传化集团一干就是八年，这也是他和这家企业共同成长的八年，"我在传化最大的一个体会就是，你要跟着企业一起成长，一个企业有问题，在我看来，应该看到这个是机会。要想办法把这些问题解决掉，这正是个人价值的体现。"

百事的精细化、传化的战略思想，这些工作中的所学对吴建勋创业提供了很大的帮助。2002 年，吴建勋开始接触物流行业，知道了物流"是怎么一回事"，2005 年他离开传化开始自己创业，与一个合伙人自建了物流公司，为国内家电行业提供干线运输、仓储管理和配送服务。2013 年，他终于成立了杭州灿越网络科技股份有限公司。"我认为中国的物流行业各种资源十分分散，物流企业规模很小。"吴建勋坚信在中国的物流市场，还存在大有作为的空间。"货运车辆基本都是个体车辆，当它送货到异地时，空车回去就是浪费。它得配载一些货物回去。原来都是在线下市场找这些货，我想，能不能把线下的货运市场搬到网上去？"做好"有货要找车"和"有车要找货"两种需求的衔接，这是吴建勋的公司正在做的事情。

2014 年，"快到网"正式上线。从一开始的五六个人到现在的一百三四十人，企业得到了很好的发展，"我们已经在全国铺开做线上推广，超过 8 万家物流公司用了我们的货主 App。现在全国已经有接近 100 万名货车司机，装了我们的司机 App。两边每天几万条货源信息，在我们的平台上发布，做信息交易。"2016 年，灿越网络科技股份有限公司正式挂牌新三板。

吴建勋认为，物流是一个复杂的行业，绝非几个 App 就能简单解决。"要生根这个行业，要打持久战，一个个地去解决行业痛点。"企业的发展壮大必然不是一蹴而就的事情，而是要精心准备等待时机，做好打持久战的准备。

在艰难岁月里不忘初心

"成功的花儿，人们只惊羡她现时的明艳！然而当初她的芽儿，浸透了奋斗的泪泉，洒遍了牺牲的血雨。"尽管吴建勋的企业已经步入了一个稳定发展的阶段，但是回忆起工作初期和创业初期的艰难，吴建勋依然感触颇深。

"刚开始工作的时候是比较艰苦的。"吴建勋刚开始工作的时候，第一个月的工资是 120 块，他花了 60 块租了房子。因为房子连床都没有，他就买了一个席子铺在地上，伙食费几乎都没有了。"后来就是自己做销售的那个阶段，最大的困难就是突破自己的心理。"他逐渐地适应，减少抱怨，一步步成长了起来。

创业初期的问题更是不少。"要钱没钱，要人没人，不断出现物流行业的各种风险。比如说车祸、货物损失、被盗抢，这些事情我们都碰到过。"他说，正是因为这些那些问题的时常发生，企业每天都面临着资金短缺的风险，甚至大家常常怀疑明天是不是会散伙。但是困难并没有击垮吴建勋。"我觉得这是在不断地磨砺自己，你的心理承受能力加强了，企业也变得更有规划了。"经历了这一系列困难，企业变得更有计划。万事开头难，最开始的两三年熬过去就会迎来更快的发展，有了这个认识之后，吴建勋更加充满激情和干劲。

为了给企业融资，吴建勋前前后后见了几十家风投企业，还参加了一些大大小小的创业比赛——这更多是年轻人干的事情，参与其中让吴建勋感觉自己年轻了不少。"我觉得在这个过程里，我的确变年轻了，我现在的白头发比原来少了很多。"这些体验给了吴建勋更多的动力和信心。创业路上困难重重，但是吴建勋越挫越勇，他活得越来越明白，越来越敢于迎接挑战，心态越来越好。"我觉得每个阶段都有每个阶段艰苦的地方，总的来说只要认准自己做的事情是正确的，努力地去做，事情总能解决。"

"我原来想在 45 岁退休的，2013 年成立了新公司之后，我觉得这是个没有天花板的项目，里面不断有新的东西涌现出来。我还能为此再干十年。"吴建勋在创业的道路上步履不停，不断在迎接新的挑战，让自己和企业获得新的成长。

吴建勋的创业道路还在继续，但比起最初，他有了更多的从容与自信。吴建勋心怀母校，在采访的最后，向母校的学弟学妹们提出了他的希冀："人民大学是名校，但是在实际的工作中一定要放平自己的心态，对于想创业的学生，一定要耐心与企业共同成长。"吴建勋满怀深情地表达了对母校的祝福："对于母校，我心存感激，希望人民大学越办越好。"

从未沉寂的电影梦
——访光合力影视传媒有限公司董事长邓朝辉

◉ 刘宜卫　蒋韵雅/文

在母校八十华诞之际，祝
母校硕果累累，人才辈出。

邓朝辉
2017.3.23

邓朝辉简历

邓朝辉，1973 年生，湖南人。中国人民大学汉语言文学学士，中山大学金融学研究生。2000 年创办深圳盛世嘉晖投资控股有限公司，任董事长、总裁。创办多家创新企业，横跨互联网、高科技、文化传媒等多个领域。2012 年，创办光合力影视传媒有限公司，任董事长。

2017 年 1 月，一部以荒诞魔性剧情著称的网络短剧《亚当与夏娃》横空出世，仅仅 10 集，全网播放量破亿。这部短剧以脑洞大开的剧情勾勒出当代年轻人的典型特征，以无厘头的表演方式揭示出当代年轻人的精神面貌，代表了网剧制作精良化的发展方向。

面前的《亚当与夏娃》出品人邓朝辉，西装革履、正襟危坐。1996 年进入金融界的他，经过 20 多年的商海沉浮，一举一动中都透露出严肃认真、沉稳干练的精英范儿。谁能想到这样一部剧情荒诞的影视作品居然是出自这样一个商业精英之手？

而今面对母校中国人民大学的来访者，邓朝辉敞开心扉，讲述了他的人大回忆、创业故事。

人大四载校友情深

1989 年，邓朝辉考入中国人民大学文学院汉语言文学专业。谈及在母校的学习经历，邓朝辉印象最深刻的一点就是中国人民大学的自由氛围。

在人大校园的四年里，邓朝辉不仅学习本专业的知识，还在感兴趣的领域施展才华。学校的文学社是个让他难忘的地方："曾经的文学社社刊是很多同学文学创作的摇篮。年轻的时候同学们总是爱写很多东西，写诗歌、剧本、小说。我们就印出来，发到每一个热爱文学、热爱写作的同学手里。大家相互传看、批评、修改。"他在大二的时候成为文学社社长，利用丰富的校友资源邀请了许多著名的作家、诗人来校办讲座。"校园里面经常有各种各样的活动、讲座，我那时比较积极，也经常请一些名人来办讲座，比如王蒙、汪国真、刘震云、刘恒、西川等。那种自由思考、自由交流的氛围让我和同学都受益匪浅。"

与同学们畅谈理想的场景仿佛就在昨日，学生时代的自由交流、思想碰撞对大家的人生有着深远的影响。拉邓朝辉进入文学社的是比他高一届的师姐李春莉，后者现在已经是《光明日报》文艺评论版主编，其在学生时代为自己的电影剧本《眼睛里的海》写的主题曲《烛光里的妈妈》，如今已经成为家家传唱的名曲。同班同学饶晖是邓朝辉特别好的朋友，现在成了中央戏剧学院电影电视系副教授，其写作的剧本《大男当婚》等也成为热播的电视剧集。回忆当年趣事，邓朝辉特别谈到了他和饶晖当年对于电影的热爱："那时还没有太多的片子可以看，我和饶晖就经常结伴去国家图书馆看放映的好莱坞进口影片、港片。也许就是那个时候我们俩就和电影结下了不解之缘。"老朋友饶晖如今也正是邓朝辉进军影视行业的重要事业伙伴。

或许正是这份扎实学术训练下培养出来的文学素养，这份学生时代产生的艺术激情，让邓朝辉在不惑之年毅然地从金融行业转向了影视行业。"我在想，我已经40岁了。如果现在不动手做，那么这个电影梦或许就要永久沉寂下去了。"

商海沉浮第一桶金

邓朝辉刚从中国人民大学毕业时，恰逢邓小平同志发表南方谈话。作为年轻的大学毕业生，他怀着一颗文艺的心与满腔的热血来到深圳，却被分配到一个大型国企旗下的汽车修理厂做行政工作。枯燥的工作，日复一日地折磨着邓朝辉年轻的心："那时候只想着，不能再这样下去了。"八个月之后，邓朝辉辞职了。"那时候真是年轻，什么都不怕。"在当时就职的国企里，邓朝辉或许是唯一一个未等到转正就主动丢了"金饭碗"的人。

身处改革开放的浪尖，颇具慧眼的邓朝辉看准了机遇，于

1994 年底和一个朋友一起创办了一家贸易公司，为进驻深圳的外资企业进行采购。当时的深圳已经是改革开放的排头兵，有很多年轻人在那里创业，但是由邓朝辉这样的毛头小伙创办、初始资本才几万元的民营企业还真的不多，"当时还真的不算是创业，就叫跳海，被形势逼着双眼一闭就跳下去了"。经历了最初两个月没有任何订单的绝望，靠着邓朝辉在人大学习时期积累的人脉资源，公司的情况在第三个月开始慢慢好了起来。第一年，公司就赚了100 万，这是邓朝辉的第一桶金。从此，邓朝辉开启了他的商海征战。

"那个时候的深圳，我把它称为野蛮生长时期。为什么叫野蛮生长呢？因为在那里一切模式都是新的，一切环境也是新的，这是第一个特区，中国历史上没有过这样的。遍地是机会，但是没有人教导你怎么抓住机会。所有人都靠自己。不仅深圳在野蛮生长，我们公司在野蛮生长，甚至我们这些年轻人也在野蛮生长。"

贸易公司开张不到一年，邓朝辉就意识到情况发生了改变："得到第一桶金之后就意识到这种机会很难持续下去。因为单靠人脉建立起来的生意如果联系人职务变换了或者是合作的公司内部情况变化了，你就很难持续下去。"

1995 年，邓朝辉瞄准了金融界。学文学出身的他几乎没有一点金融功底，怎么办？邓朝辉想到了深圳丰富的人大校友资源："我跟财经系的同学一直都挺熟的。在人大读书的时候就认识，后来大家一起分到深圳。人大校友一直都很团结，而且实事求是，做人很实诚，大家一直保持着长时间的交流，也乐于互相帮助。"在校友的帮助之下，邓朝辉开始系统地学习金融知识，进军股票二级市场，一路过关斩将，在 2000 年一手创办了自己的投资公司——深圳盛世嘉晖投资控股有限公司。虽然有着丰富的实战经验，但邓朝辉还是不满足于现有的知识结构，一边工作一边刻苦学习，自考了中山大学金融学研究生，更加系统地学习金融知识。

RENMIN UNIVERSITY OF CHINA

人民共和国的建设者

在此之后，邓朝辉还瞅准机会创办过很多公司，做过很多行业，涉足过很多领域。这些企业有的成功了，有的失败了；有的依然还活跃在行业的风口浪尖上，有的早就消失于历史的尘埃之中。历经了 20 多年的商海沉浮，邓朝辉对于得失有一颗平淡之心："人生的任何一步都是一种无可替代的经验、一笔宝贵的财富，当时的失败也许就是今天成功的垫脚石。"

梦想起航不忘初心

2010 年，随着影视行业进入爆发期，整个电影市场、影视剧市场、互联网剧市场都已经在高速发展。邓朝辉与老同学饶晖一致认为这是一个影视行业创业的好机会。2012 年，他们共同创办光合力影视传媒有限公司——这个酝酿了 20 多年的梦想终于迈出了它的第一步。

虽然邓朝辉一直在金融领域工作，但他多年来一直对影视行业保持着密切的关注，他说："要做好一家真正优秀的影视公司，老板不是只需要懂得商业技巧、融资技巧就行了，必须懂创作和制作，会看剧本，个人的文学素养其实是第一位的。"邓朝辉认为，影视产品的核心就是剧本，"一剧之本"。他认为目前的很多电影、电视剧都太过商业化，情节的构造太过程序化，演员的表演太过形式化，忽略了电影电视艺术的真正核心——讲述好故事、塑造好人物，反映真正的时代精神。在他看来，要成为一家优秀的影视公司的合格掌舵人，首先必须对什么是好剧本形成自己的判断，还得对影视产业链的其他流程非常熟悉。在业余时间，邓朝辉的爱好就是大量地看电影、读书。"只有知道什么是真正的好电影，才可能做出真正的好电影。"

不惑之年，手头掌管着多家公司、身兼多个职位、横跨多个领域的邓朝辉愈加感到精力和能力的有限性。他说："我现在逐渐感觉到聚焦一个方向的迫切性。未来的几年，我会逐渐聚焦到自己比较擅长的领域，也就是说影视文化领域。在我这个年纪，做事只为着赚钱就没有意思了，应该选择自己热爱的东西，自己有一些想法的东西。这样才能坚持下去，才能给别人和自己带来快乐和价值，也让人生变得有意义。"

马基雅维利在《君主论》里提到："当命运在变化之中时，机智的人会随着命运的改变而改变自己，他们就成功了，而固执的人仍然顽强地坚持自己的方法，所以他们失败了。"邓朝辉也认为，人生的最大困难就是自我局限；最大的一种局限就是安于现状、不敢挑战自己，固执地守着自己曾经的成功，而不知道随着时代的改变而改变自己。在邓朝辉看来，只有打破这种局限，敢于不断往前走，找到新的出口，回归自己的初心，才能实现人生的意义，让人生不留遗憾。

笃行法学路，点亮求是灯塔

——访中央人民政府驻香港特别行政区联络办公室法律部部长王振民

● 刘晓阳/文

王振民简历

王振民，河南新密人。1989—1995 年在中国人民大学法学院学习，获得宪法学硕士、博士学位。2015 年 11 月调任中央人民政府驻香港特别行政区联络办公室，担任法律部部长。

2004 年，任澳门特别行政区基本法委员会委员；2006 年，任香港特别行政区基本法委员会委员。担任中国法学会常务理事和学术委员、中国法学会案例法学研究会会长、中国法学会香港基本法澳门基本法研究会会长。北京市第十四届人民代表大会代表、法制委员会委员、副主任委员。

2007 年获得北京市"五四奖章"标兵称号，2008 年获评国务院特殊津贴专家，2010 年被评为北京市先进工作者。2010 年被评为全国十大杰出青年法学家。2013 年当选美国法律学会会员。2014 年入选人力资源和社会保障部"国家百千万人才工程"，被授予"有突出贡献中青年专家"荣誉称号。

对王振民的采访，安排在他参加纪念香港特区基本法实施二十周年研讨会的间隙。在中国人民大学法学院 602 教室里，他回顾了自己在这所校园里求学治学的点点滴滴，以及走出校门后二十多年的人生里程。

他是一位地地道道的学者，却一直走在中国法治实践的最前沿。2015 年底，王振民被任命为中央人民政府驻香港特别行政区联络办公室法律部部长。书斋内外，他行走了二十二年，理想与现实的交杂，执着与坚守的支撑，当下与未来的关照，个中况味，在他身上表现得淋漓尽致。

人大求学——"一定要实事求是，脚踏实地"

"我们的学风校风，非常朴实，也非常务实，这是我一直以来无论是做人做学问教书，或者是现在做工作，一直坚守的原则，就是绝不夸夸其谈，一定要实事求是，脚踏实地，追求真理。"

1989 年秋天，王振民从郑州大学法律系考入中国人民大学法学院。告别了一夏的燥热，北京的秋天格外清爽。拉着行李箱走进校门，眼前这个小小的甚至还有些破旧的园子让四年前高考时未能如愿被人民大学录取的王振民感到莫名的亲切。当时人民大学开设有全国唯一的中共党史系，对于还是高中生的王振民来说，这是他梦寐以求的地方，偶尔想起来还有点怵怵的。时隔四年，他迈进人民大学，现实终于照进理想，不过绕了个圈。

一入校，王振民就被分配到北京印染厂进行劳动。与他同一年入学的研究生，总共 160 人左右，有的进了北京制呢厂，有的去了燕山石化或者东安市场。到了印染厂，王振民结结实实地卖了一年的苦力气。当时最苦最累的活都给男生干，他在车间里面调浆。三伏天里，车床冒着热气，大家汗流浃背，小伙子们推着大车三两声吆喝就上了车床，回想起来，染料呛鼻的气味都还清晰记得。

结束劳动后，第二年就正式开始念书。花两年时间读完三年硕士，王振民又参加了学院的博士生考试，投入许崇德老师门下。1995年，他博士毕业。前前后后，在人民大学一待就是六年。六年的时间里，他从学理上对宪法及相关法学理论打下了非常牢靠的基础。在人大法学院习得的学术训练和熏陶也对他将来走上学术道路产生了至关重要的影响。

读博期间，许崇德老师给王振民定的研究方向是香港特区基本法，他的博士论文就是研究中央和特区的关系。当时基本法已经制定出来，但是香港尚未回归，还处在过渡阶段。许崇德教授参加香港特别行政区的筹建工作。根据中英之前达成的协议，港英末代立法机关全体议员可以享有"直通车"，直接过渡为新的特区立法会议员，由中华人民共和国全盘接受。但随着回归进程的临近，英国突然单方面破坏了协议。之前的这一约定就无法落地。王振民清楚地记得，当时许老师在跟他们探讨这些问题时，不无几分愠色地说，"我们不论做法学研究，还是从事实际工作，不能为了好看，关键是要好用，就是说要实事求是，我们同意把他们过渡过来，但英国把直通车破坏了，那我们就必须另起炉灶，建立一个临时立法会"。你不仁在先，就不要说我不义。国家利益永远是第一位的。这番话给王振民留下了非常深刻的印象。

从1993年到1995年，王振民作为赴港交流学习的内地博士研究生在香港大学度过了获益匪浅的两年时间。从内地到香港，那个时候几乎所有的内地学生都会有一种目不暇接的新鲜感。在香港，王振民实现了自己人生中的很多第一次：第一次"触电"——在港大图书馆里的电脑上学会了用电脑、发电子邮件，他自诩是中国法学界最早使用电子邮件的人之一；第一次刷卡——早早地用上了内地还没有的提款卡；第一次吹空调——在90

年代内地绝大多数地方还在吹电风扇的时候；第一次发现原来法学院可以这么办——每一位老师有自己独立的办公室、法学院有自己独立的图书馆、在图书馆里博士研究生还能有一个小单间。当时他感觉自己被击中了。一个好的法学院应该是什么样的？将要成为什么样的？蓝图开始一点点在王振民的头脑里绘就。

参加筹建清华大学法学院——"办一所一流的法学院"

"从 28 岁到 48 岁，整整 20 年的时间，可以说我就是把自己的理想，一步一步地变成现实。这些年来，如果说为国家做了什么贡献的话，除了进行一些理论研究和参与国家的一系列法治实践，就是为中国的法学教育和法律人才的培养，做了一件实实在在的事情。"

在港学习期间，机缘巧合，他认识了清华大学的领导，得知清华大学正好也想复建法学专业。1995 年 4 月，结束在香港的学习回京不久，王振民从中国人民大学法学院博士毕业，义无反顾地去清华大学执教，投身清华大学法学院的筹备复建工作。当时清华大学的法学教育，还是一张白纸，基本上一切从零开始。

"一个刚刚毕业的应届博士，一个涉世不深的小伙子，在 28 岁的时候，就到了清华这样一所名校，能够从一砖一瓦开始，来整个规划建设这个法学院，这个机会、这份幸运，不是每个人都能有的。"

王振民坦言自己确实是个幸运的人。其实到清华大学办一个法学院，是王振民原来的梦想。1992 年刚读博士一年级的时候，他与舍友张恒山（现为中央党校一级教授）夜聊，他就讲，将来我们一起到清华大学为国家办一个一流的法学院！舍友深表赞同，没想到，数年后梦想真的成真了。年轻人要有梦想，万一实现了呢？王振民就是这样一个善于梦想，并善于把梦想变成现实的"人大人"。

有了香港大学法律学院的学习经验，王振民当时的想法其实很简单，"大学法学院要有自己独立的大楼。每一个老师要有自己独立的办公室，大楼里要有空调，厕所要干净，法学院要有自己独立的图书馆。让老师们不用在家里见学生，不用在家里备课、做研究，可以认真对待法学教育，把法学教育视为崇高伟大的事业"。

在清华他照着这个蓝图，盖起了清华大学法学院的第一栋大楼。在今天看来，对于一所大学、对于一个学院而言，这样的描述稀松平常，甚至似乎有点平平无奇，但是在那个时候，却绝对是开全国风气之先。这一笔一画，都创下了不少第一的纪录。

即便是在王振民最为熟悉的母校、全国最好的法学院——人大法学院，这样的宏伟蓝图当时也绝对是天方夜谭。"人大的老师没有自己的办公室，我每次见许老师都是到家里的，也不用预约，直接去，想什么时候去什么时候去，许老师有时候还穿着居家的衣服，但他对学生们都很热情，非常欢迎我们前去跟他请教或探讨学术问题。"现在回想起来，虽然不失为一种融洽难忘的美好记忆，但王振民还是希望自己能够有机会寻求改变，让自己的老师能够有一间专属于自己的办公室。

到了清华，王振民觉得机会来了。

"在清华大学，法学教育是一张白纸。尽管很早以前曾经有过，但毕竟中断了好久，我们当时要重新做，最核心的一个思路就是试图让这个最美最好的图画落地，来建设一个理想的法学院。"

也就是在那个时候，清华大学在筹建法学院时，获得了自庚子赔款以来的最大一笔捐款——3 000万港币。于是，建筑面积达1万平方米的清华大学明理楼就拔地而起了。这是当时中国大学法学院第一栋独立的法学院大楼。第一次，在内地大学教书的老师们，从教授、副教授、讲师，每个人都有了一间自己的办公室；第一次，内地法学院的学生们，拥有了自己的图书馆，也第一次能够在教学楼里吹着空调读书自习。

"那个时候，一到夏天，全校的学生都到我们的楼里头，因为我们的图书馆是唯一有空调的。学校大图书馆蒸得很，热得很，没有空调。"除了硬件，王振民还在师资力量方面下足了功夫，并大幅度提高教师的待遇。清华法学院实际上是刷新了不仅是法学教育甚至是整个中国高等教育界的自我认知，让大家认识到从事高等教育，其实是一个很尊贵的、很体面的职业，大家要认真对待教书，认真对待学术研究。

1995 年 9 月清华恢复法律学系后，他一开始担任系主任助理，系主任是著名法学家王叔文教授。1997 年 1 月，30 岁的王振民被任命为副主任。1999 年法律学系成为法学院，他被任命为副院长，经过 13 年的锤炼，2008 年 7 月被任命为院长。在全国知名高校中，他也应该是非常年轻的院长。经过 13 年默默无闻的磨炼，终于从幕后走向了前台，扛起了经营一个知名法学院的重任，可以说，清华大学法学院的每一砖每一瓦，他都最熟悉，也最有感情。做院长不久，很快，他开始规划建设法学院的第二栋大楼，从2008 年当院长之初开始规划，到 2011 年筹集到 1 亿元人民币，并利用清华大学百年校庆之际举行奠基仪式，再到 2015 年他离开清华前正式破土动工，王振民为清华大学法学院第二栋大楼的建设从漫长的审批过程到一点一滴的设计，可谓呕心沥血，孜孜以求，不达目的誓不罢休。"第二栋大楼总共十层，地下三层，地面七层，现在地面应该是建到六层了，很快就封顶，大楼总面积是25 000 平方米。加上明理楼的 1 万平方米，将来清华法学院拥有35 000 平方米的教学研究办公面积，最起码在硬件上具备了世界一流法学院的条件。"

在清华大学的 20 年，他一直双肩挑，尽管行政事务占了大量时间，但他丝毫没有放松教学科研，在中外核心刊物上发表了 100 多篇文章。他关于"一国两制"和基本法、关于违宪审查和宪法政治、关于党内法规、关于国家安全法、关于法学教育和高等教育等的著述，均产生了很大的影响。2004 年，年仅 38 岁的他被全国人大常委会任命为澳门特别行政区基本法委员会委员，2006 年被任命为香港特别行政区基本法委员会委员，为该委员会最年轻的委员，也是当时唯一身兼两个委员会的学者委员。他还是中国法学会学术委员会委员和常务理事，兼任中国法学会香港基本法澳门基本法研究会会长、中国法学会案例法学研究会会长；担任最高人民法院案例指导工作专家委员会委员和特约监督员、最高人民检察院专家咨询委员会委员、教育部法学类专业教学指导委员会副主任委员，北京市第十三届、十四届人民代表大会代表（海淀区）、北京市第十四届人民代表大会法制委员会副主任委员。

除了这些兼职，由于他的学术成就，他还获得了很多荣誉：他是享受国务院特殊津贴专家（2008）、北京市先进工作者（2010），2010 年被评为全国十大杰出青年法学家，2013 年当选美国法律学会（American Law Institute）会员，2014 年入选"国家百千万人才工程"，被授予"有突出贡献中青年专家"荣誉称号。看来他的"双肩挑"，挑得都相当出色成功。

赴港履新——"学者型"的中联办法律部部长

"人生毕竟是分阶段的，这个阶段完成了一件事情，可以画一个分号，然后再做另外一件事情，开启人生新的征程。"

2015 年底，王振民从清华大学法学院院长任上调任中华人民共和国中央人民政府驻香港特别行政区联络办公室（简称"香港中联办"），担任法律部部长。

到香港之后，王振民第一次与自己在书斋里研究了二十多年的香港特区基本法直接对话，亲身见证基本法是如何实施的。纷繁复杂、许许多多的现实问题一股脑涌到他的案前。从理论逻辑到现实逻辑，王振民必须学会在两者间把握好应有的尺度。

自履职以来，王振民就一直处在风口浪尖上。近年来，香港本土激进势力突起，"港独"势力抬头，甚至进入到立法机关，进入到政权内部。它就像癌细胞一样，不断在社会各个角落扩散，甚至进入了中小学，在中小学生中传播"港独"，来势十分凶猛。"在内地谈到'港独''台独'，大家觉得离自己很远，在香港就是实实在在的，'港独'分子天天就在那里大肆活动，危险、威胁是很现实的。我们不能让'港独'坐大，采取什么措施呢？首先是法律措施。去年全国人大常委会解释基本法第一百零四条，在香港通过司法剥夺了两个'港独'分子的议员资格，极大地打击了'港独'极端势力的嚣张气焰，这样的事情听起来似乎很容易做，但是每一个环节、每往前走一步都十分艰难，都要付出巨大的努力。"

走出书斋，王振民常被媒体称为"学者型"的官员。学者与官员，看似能够相处融洽的两个身份，却在处理现实问题的时候，让王振民有一种在理想与现实之间纠结徘徊的无力感，但更多的，还是像过去一样执着、热忱，勇往直前。

"在书斋里头，我们的研究可以是非常完美的，我的结论可以说是最理想的，你可以画最好最美的蓝图，但是在实践当中，每一件事情都掺杂很多不同的因素，有些是你经过努力能百分之百实现的，但往往必须准备好打折扣，可能实现 80% 甚至 50% 就很好了，有时甚至完全实现不了。每每此时，就会产生一种深重的挫折感。"

上世纪 80 年代初中央确定了三大历史任务——社会主义现代

化建设、实现国家统一和维护世界和平。香港回归祖国，实行"一国两制"就是第二项任务的重要组成部分。王振民说："既然是和平统一，'一国两制'就需要大量的制度构建，就像做手术一样的，需要很多极细微的制度对接和制度体制的构建。回归 20 年来，'一国两制'的实践是非常成功的。从大势上来讲，香港目前遇到的这些挑战也好、存在的问题也好，都是历史发展长河当中一个个小小的波浪，阻挡不了历史发展的大潮。"

在自己任上，王振民直言希望可以为"一国两制"事业增砖添瓦，做出一点实实在在的小贡献。"我国宪法实践现在最活跃的地区就是港澳两个特别行政区，这里遇到大量的问题是宪法问题，是基本法的问题。有一些可能在国家层面还没有遇到，但是在港澳每一天都在实践当中。这也是我愿意来香港工作、从事基本法实践的一个重要原因，就是希望自己未来的学术研究更有底气，更接地气，更能解决中国问题。"

实在、踏实、实事求是，是王振民的口头禅，而这也恰恰是母校中国人民大学的校训和校风。

"人民大学八十年的发展，创造了中国高等教育的很多奇迹。中国共产党能否办出一流的大学，能否摸索出中国特色的高等教育发展之路之道，中国人民大学向党和国家、向人民交出了一份合格的答卷。新中国整个人文社会科学理论体系的建构，包括法学理论的创新发展，中国人民大学做出了历史性的贡献。也就是说在西方主流理论体系之外，我们创造了一套'Made in China'的理论体系。八十年来，这一使命历史性地赋予了人民大学，能够坚持走这么一条道路，能够使命必达，是很不容易的，是一个奇迹。"

今年正值人民大学八十周年校庆，提起母校，王振民脸上洋溢着自豪与感激之情。"人大是我人生的重要转折点，我发自内心感谢老师们对我的教育关心，给我提供的各种机会。我的老师董成美教授、许崇德教授从参加 1954 年宪法起草，到参加香港特区基本法的制定和筹建香港澳门特别行政区再到 1982 年宪法的起草，其实不是依靠几个学者自己的力量，而是依靠整个大学、整个法学院。人大对国家的制度建构、顶层设计，特别是法治建设，做出了很大的贡献。人民大学的一大特点就是能够真正做到理论联系实际，将理论应用于实际，解决实际问题，解决中国自己的问题。我对人民大学的未来寄予很高的期望。"

廿一年新闻路，不忘初心得始终

——访《北京青年报》总编辑余海波

◉ 刘晓阳/文

余海波简历

余海波，1972 年 9 月出生于湖南益阳，1989—1996 年就读于中国人民大学新闻学院，获硕士学位。历任《光明日报》总编室二版编辑、二版主编，新闻报道策划部主编、副主任，北京日报报业集团副总编辑，现任北京青年报社总编辑、北青传媒副董事长兼总裁。曾荣获中国新闻奖一等奖，入选中宣部 2014 年"四个一批"人才（媒体融合类）。

他以自己的经历，向我们诠释了"命运"——"这是一个很不可思议的东西。我们在试图实现最初理想时会遭遇到许多困难，命运往往反而会使自己走向与志趣相反的路。"他说，人生总会遇到很多节点，可能每一个关键节点你都面临九十九种选择，每一种选择在你看来都是可以接受的，你无非选择你自己认为其中相对好的那个，九十九分之一的 N 次方，就构成了你与众不同的人生。他就是《北京青年报》总编辑余海波。

感恩母校忆栽培

1989 年，不满 17 岁的余海波来到了人大，等待他的是在人大漫长而又短暂的七年光阴。回忆起入学往事，一抹淡淡微笑浮上了他的脸颊。人生总是有许多的阴差阳错，本来擅长数学英语而有志于金融经济的他，由于成绩优异被老师"扒拉"到了新闻系，更没想到在新闻系一读就是七年。

从小生长于南方的他，突然离开家乡来到遥远又陌生的北京，无论是对于生活环境还是生活习惯的改变难免会有很多不适。他笑着回忆起刚入学时，和老师同学聊天的情景："我说我是湖南的，他们听了半天没听懂，后来我说我是毛主席家乡的，这就听懂了。"幸而不满 17 岁的余海波适应能力很强，加上学校老师同学关系非常好、校园人文环境氛围很融洽，他很快就融入了人大的学习和生活之中。

在人大七年的学习经历对余海波来说，至今历历在目。人大老师的激情与严谨，人大学生的求实与刻苦，人大资源的丰富与充实，无不对他产生了深远的影响。当提到令他印象最为深刻的老师时，他说："甘惜分老师非常了不起，那时候北京的冬天可比现在冷多了，风刮得呼呼的。甘老师一大早从铁狮子那边坐班车，到灰楼，然后顶着寒风骑自行车到西区的研究生楼，就是西区唯一的一栋高楼，10号楼。8点钟上课，甘老师一般至少在7点45左右就到了。那个教室特别小，在研究生楼有个特别小的教室，顶多也就能坐二三十个人，没有台阶，我坐在第一排。甘老师的讲台跟我的课桌是一模一样的，无非就是两个桌子这边排一个那边排一个。讲到特别激动的时候呢，他会拍桌子，桌子一拍，那粉笔灰全拍到我们脸上了。"导师成美的细心督导，也对他的学生生涯乃至整个人生都留下了不可磨灭的印记。

他深情地诉说着人大于他的重要意义："人大对我的人生来说至关重要，因为我就是一个非常穷的农家子弟，人大改变了我的命运，我之所以能够有今天确实得益于母校的教育栽培。"他说，自己把人生最好的年华给了人大，而人大也回赠给了他丰富的知识、优良的品识和美好的爱情。确实，与"实事求是"的校训相称，低调而有实力，机灵而不张扬，厚积薄发、脚踏实地，这就是人大学生的优势与品质。

作为从人大走出的一名优秀学子，余海波不忘寄语人大，希望母校能够永远坚持培养素质过硬的、对社会有贡献的、有情怀的优秀学生，同时敞开怀抱，给已经走出校门的人大学子带来亲切的家的感觉，培养、接纳并拥抱更多的人大人。

效力光明念友恩

结束了在人民大学七年的学习生活，研究生刚毕业的余海波获得了自己的第一份工作，来到了中央党报《光明日报》，一干就是十五年。在这十五年间，余海波负责过很多重大报道，在学习中成长，在付出中收获，在努力中走向了成功。在这十五年间，余海波结识了许多挚友，感受了领导的关怀，传承着人文情怀。

《光明日报》的日子承载着他的汗水，分享着他的喜悦，见证着他的成功，成为他人生最珍贵的经历。在《光明日报》，他结识了一生中最重要的几个师友，他总是说，这是他最大的财富。

然而，人生总是不时出现一个关键的节点，留给人各种各样选择的机会。正如余海波自己所言："可能每一个关键节点你都面临九十九种选择，每一种选择在你看来都是可以接受的，你无非选择你自己认为其中相对好的那个。你选完了之后呢，就是每一次的九十九分之一，这九十九分之一就构成了你与众不同的人生。"

命运的一个新的节点展现到了余海波的面前。内心深处敢闯敢拼的意志敦促他决定改变的时候到了。和自己的领导交流了这一想法后，他获得了领导充分的支持与鼓励。余海波很快就抓住了《北京日报》公招副总编辑的机遇，经历了层层严酷的筛选考核，终于成功出任《北京日报》副总编辑。

主掌北青感时代

在《北京日报》工作不到十个月，余海波便以其突出的能力，获得了组织上的信任，调任主掌素以"北京地区最受欢迎的都市类报纸"著称的《北京青年报》。《北京青年报》围绕社会抓焦点，引起了强烈的社会反响，目前已发展成为一份以青年视角反映时代、面向社会最活跃人群的综合性日报，订阅量稳居北京第一。

与新平台、新机遇相伴的，是新的尝试和挑战。主掌《北京青年报》这样一个在中国的都市报历史上都具有举足轻重地位的报纸，既是对余海波从业生涯所付出的汗水的肯定，也是对其进一步提升发展所提出的挑战："一个总编辑可能还要面对很多东西，我在北青是一个管理者、一个决策者，同时也是一个学习者。"人大求学期间的深厚积淀、《光明日报》《北京日报》工作的实践经验、自身刻苦的研究探索等都为他迎接挑战奠定了坚实的基础。

《北京青年报》带给余海波的，与其说是改变，不如说是突破。这种突破不仅仅停留在他工作内容的变化之上，更展现在他的思维方式的转变之中。谈到在北青工作的感受时他说："在我们这样的资讯类传统媒体中，突破是最重要的职业技能，对记者而言，突破是超越一切的一种本领，重要性甚至超过对新闻价值的判断。"新闻工作的这种现实变化是在校园里、在书本中，甚至是在党报中都很难体会得到的。任何最新的消息在这里都要研究，而真正的突破就在于找到新闻的核心当事人、核心事实。"找没找到核心人物，说没说出核心的问题，其实几十个字就决定了你这篇报道和别人的报道的差别，一个上天一个入地，这就是真刀实枪的比。有很多人为了突破，可能会花上一两年的时间。"

在整个社会转型发展的大背景下，报业的转型也势在必行。他一针见血地指出了当前媒体转型陷入困境的原因："其实不是内容出问题，也不是你们想象中的阅读习惯。今天的新闻传播跟过去比起来，只是呈现与表达方式的变化，新闻的本质没有改变，不是我们的内容生产与传播的问题，是因为我们失去了变现的渠道。"

余海波认为，在当前的新闻生产业态下，新闻内容的生产制造者和新闻舆论的传播者已经被彻底地分离开了："任何一个行业要想持续必须要达成一个闭环：生产—变现—获取再生产的原材料，如果这三个环节有一环被击碎，这一社会分工就将消亡。"他不无惋惜地说："当今媒体行业的悖论在于，今日头条、腾讯等网络媒体对传统媒体有致命的杀伤力；可是如果传统媒体死了，网络媒体没法依靠那些自媒体来生产高质量的内容。在真正严肃的新闻报道上，传统媒体有着自媒体无法企及的影响力。"

2017 年 4 月，余海波回到母校中国人民大学，在新闻学院做了一场题为"深度报道的关键在于突破"的专题讲座。突破，既是他对新闻业未来走向做出的职业判断，也是他对自己作为北青传媒掌舵人所提出的要求与期许。

前行路上的"三个锦囊"

——访数字100市场研究公司董事长汤雪梅

◉ 赵久初/文　李书慧　吴　竞/整理

汤雪梅简历

汤雪梅，新疆人，资深研究员。1993年毕业于中国人民大学社会与人口学院人口统计学专业。现任数字100市场研究公司董事长，凯摩一百信息技术有限公司总裁。2004年，汤雪梅秉承"技术领先创新驱动"的理念，构建了中国第一家自助调查平台，开发出中国首个拥有自主知识产权的国际领先的在线调查系统，拓展了样本库在线调查新的领域，服务过中国工商银行、平安保险、中国人保、太平保险、IT经理世界、万通、SK中国、LG、中国电信、海信、河北三鹿、中国移动、中国联通、农业银行、天鸿书业、光大永明、美好愿景、青岛啤酒等上百个客户。

初见汤雪梅，窗外的暖阳溶净了面前这位女强人传说中的霸气，只留下那份独有的温厚可亲。"平时我在公司可是很厉害的哦！他们都怕我。"她笑了笑说。从今年开始，汤雪梅把手头的业务交给创业伙伴打理，生活的重心逐渐回归家庭。"你可是我'退休'后第一个采访我的人，因为是母校的邀约嘛！"

最初的好，不一定笑到最后

离开人大二十多年，汤雪梅依然认为，从新疆大学报考人民大学的硕士研究生是她个人命运的第一个节点。对于一个在西部边疆长大的女生来说，这无疑是一个冒险的决定。"我就是要考上看看！"二十出头的汤雪梅心底暗暗憋了一口气，在新疆生产建设兵团工一师当总工程师的父亲是少数支持她的人之一。天道酬勤，汤雪梅最终顺利考取了中国人民大学人口统计学专业的硕士研究生。

上世纪 90 年代初，商业浪潮正席卷神州。在这股社会风潮的引领下，不少大学生都忙于经商，或是热心于各种社会活动，课堂与书本被抛在了一边。但汤雪梅始终认为，"既然这么辛苦从新疆来到北京上学，那就不该辜负自己的初心"。到毕业时，她是同专业同学中唯一做到在国家一级期刊发表三篇论文的学生，直到今天依然令她骄傲。

硕士毕业后留京是绝大多数同学的梦想，人口统计学硕士通常会去统计局或是体制内的事业单位。汤雪梅原本也考虑过走这条路，但没有任何关系的她发现留京不是那么容易。汤雪梅也想过继续深造，但在递交申请时，工作人员却说："你们这些外地来的学生啊，就是千方百计削尖脑袋想留在北京。"听了这话，当年立志考研的那股拧劲又从汤雪梅的身体里喷发了出来。就像四年前一样，她告诉自己，我就不相信我不通过考博就不能在北京留下来。

是冥冥之中命运的选择吗？汤雪梅更相信是一个人的性格决定了其在人生十字路口的走向。她说："我给人大师弟师妹们的第一个建议是'看着好的，未必是后来好的'。沿着自己的路坚定走下去，才是最重要的。"

做事的时候，不要计较一时得失

正当为找工作焦急的时候，汤雪梅偶然看到中国科学院旗下的一家私营企业——科智机器翻译公司的招聘广告。为了先找一个栖身之地，汤雪梅去报了名。而这家企业在一年之后不仅帮她解决了北京户口，还给她打开了一扇通往信息技术的大门。22年后，功成名就的汤雪梅感慨地说："现在'数字100'在调查咨询行业里以追求技术著称，应该就是那段工作经历为我打下的底子，它让我开始认识到计算机和信息技术在未来的潜力。"

汤雪梅在这家公司做了四年，不仅是业务标兵，手下也有了自己的团队。但毕竟自己没有计算机专业背景，无法承担核心研发工作，这时的她发现自己遇到了职业天花板。彼时，市场调查才刚刚兴起，汤雪梅由于统计学专业背景对调查也有些了解，因此她托朋友推荐一个离家较近的调研公司。朋友将零点调查董事长袁岳的名片给了她，她一个电话打过去后竟然被顺利录用。

1997年初，零点调查恰好处于青黄不接的状态。包括汤雪梅在内的四个新人在缺少培训、对业务一无所知的情况下，全面负责项目经理工作。从问卷设计到访问员培训、礼品采购、打电话复核、数据分析、报告撰写等所有工作环节全靠自己摸爬滚打，事事亲力亲为。汤雪梅回忆到，那段时间心里随时惦记着工作，晚上常常睡不着觉，孩子刚刚两岁就在托儿所住宿。但由于她做的项目客户满意度很高，大部分都成为回头客，她很快成为部门经理，后来又升到副总。四年以后，汤雪梅因业务能力强、忠诚度高被提拔为总裁。

对于这段经历，汤雪梅很坦率地说，自己能在比较短的时间里从新员工升任总裁，除了工作格外努力，一个重要原因是自己性格比较单纯。当时的零点调查待遇在业内相对不高，公司内的一些骨干力量纷纷出走，汤雪梅也有这样的机会，但一心扑在工作上的她坚持留了下来。"在外企，你可能会负责一个具体的领域，但很难有做到总裁的机会。"而总裁对全局的把控能力对汤雪梅最后的创业至关重要。

由此，她给人大的师弟师妹们的第二个建议便是：做事的时候，人尽量单纯一些，不要太计较一时的得失。

做一个有追求、脚踏实地的创业者

担任零点总裁期间，汤雪梅开始在公司推行各项改革措施，改革使零点公司有了一个流程性的改变，在管理上上了一个台阶。用调查行业习惯的数据来表示改革的成果，那就是：公司两年后的销售额增长了 20%，成本降低 10%，利润增长 30%，根据盖洛普 Q12 法则进行的调查指标，员工满意度从 51% 上升到 90%。

然而，2004 年，汤雪梅却做出了一个令众人瞠目的决定：辞职。这个决定源于一种没有成长空间的危机感，她决定把命运掌握在自己手里。带着创业激情，她与朋友合伙投资 100 万元创办了数字 100 市场研究公司。

抛下知名公司总裁的光环重新出发，无疑是一场试练。过去，汤雪梅是高校讲座的常客，现在邀约的电话都没了声息；过去，手下管着一帮调查的熟手，现在刚毕业的应届生也对她的新公司前景表示犹疑；过去，别人求着汤雪梅做业务，现在，她要自己求人家给业务。

在公司刚刚起步的时候，汤雪梅和合伙人面对面坐着，相互鼓励对方，放下面子，像业务员一样一起去谈单。"没有人强迫你跑，作为老板你必须往前跑。"这时的汤雪梅内心经常处于自我和超我的交战中，有时候甚至怀疑公司是否有能做大的那一天。但即使再不顺、再心焦，汤雪梅也在合伙人和员工面前保持积极乐观的态度。

或许是第一份工作就接触了信息技术，汤雪梅早早便认识到未来是互联网的时代。在零点当总裁的时候，汤雪梅就开始考虑借助互联网平台，将网络与人工相结合，改变传统调查的商业模式。

数字100创建之初，汤雪梅找到了当时为美国Oracle服务的弟弟汤劲武，并委托其在当地组建一支研发小组，负责网络调查系统的开发。两年后，获得自主版权专利的汤劲武带着系统回国，正式加盟数字100，担任公司技术总监。

2006年2月，数字100市场研究公司投资的北京凯摩一百信息技术有限公司正式成立。这套系统将以前需要专业知识的工作固化成模块。用户借助自助网络调查平台，可根据需求在问卷设计模板上进行问卷编辑。系统会自动生成一个链接，在收到调查问卷的提交指令后，数字100的后台软件便可统计出问卷结果。汤雪梅形容这是一套"傻瓜"专业调查系统，她意在利用这套独立研发的网络调查系统推广网上调查这一新业务模式。

但技术的革新未必会得到市场的认同，而公司内部对汤雪梅在技术上的追求也颇有非议：在线调查的费用至少比传统调查减少一半，追求技术革新会影响公司的利润。即使在在线调查最不被认可的阶段，汤雪梅也宁愿用传统调查的利润来养在线调查的业务，她告诉员工，虽然做在线调查利润没有那么丰厚，但未来是在线调查的时代。终于，随着电商的发展，在线调查迎来了自己的春天。

但汤雪梅没有停下来，针对SNS（social networking services，社会性网络服务）模式的发展，她又率先在国内的咨询行业做起了消费者调研社区。去年，数字100又开始涉足移动互联网的劳务分包模式，将一单调查制作成多个任务包，由互联网用户进行认领。"这个业务是移动互联网时代的革命，进一步简化了流程，能让调查的成本更加低廉。"不过，汤雪梅也表示，这项业务目前市场认可度不高，还在探索之中。

在调查咨询行业，数字100从来不是最赚钱的公司，但它一直是行业新技术的引领者和变革者。如今，在数字100服务过的重要客户中，可以查看到三星电子、海信集团、伊利乳业、中国工商银行、中央电视台、搜狐网站、国美电器等一系列人们所熟知的企业名字。汤雪梅给人大师弟师妹们的第三个建议是："创业并不是想象中的那么难，你只要脚踏实地去做。"

汤雪梅觉得，这是她的使命。"当公司做得越来越大，你会思考怎样让这个行业变得更好。"

（本文原载于《创业故事》）

想陪一个好企业一起成长

——访高瓴资本集团创始人兼首席执行官张磊

◉ 陈　筱/文　李书慧/整理

张磊简历

　　张磊，1972 年生，河南驻马店人。1994 年毕业于中国人民大学国际金融专业。现任高瓴资本集团创始人兼首席执行官，美国耶鲁大学校董事会董事，中国人民大学校董事会副董事长，中美交流基金会董事，香港金融发展局委员以及香港金融科技督导小组成员。曾任未来论坛创始理事、B20 中国就业工作组联合主席等。他还捐赠创立了中国人民大学高礼研究院，旨在发扬通识教育在中国大学中的作用。2017 年 6 月 23 日，向人民大学捐赠 3 亿元人民币，设立"中国人民大学高瓴高礼教育发展基金"。

一直以来，张磊和他的高瓴资本一样低调，甚少出现在媒体焦点之下。1972 年出生的他在 33 岁那年创立了高瓴资本，如今其整个主基金的年化收益率达到 39％，管理资产总数也有近 230 亿美元。相对单纯的财务回报，张磊有更大的"理想"——发现和打造伟大的公司。

成绩优秀，得遇恩师

　　张磊出生于河南省驻马店市，从小家里的藏书比较多，爱读书的他高中时就把《资本论》读了两遍，这也许是其与金融的第一次结缘。中学老师眼中的张磊学习好、人缘好、组织能力强，口头表达能力也不错。1990 年，他以河南省高考状元的成绩考入中国人民大学，学习国际金融。1998 年，张磊成功申请到美国耶鲁大学继续学习，攻读工商管理和国际关系双硕士学位。在此期间，他曾向耶鲁申请休学一年，回到国内创业，但未能成功，后来返回耶鲁继续学业。也就是在这之后，他遇到了影响他一生的导师。

　　有一天，张磊来到一座不起眼的维多利亚式老楼，参加耶鲁大学投资办公室的实习面试。也就是在这份实习中，他遇到了大卫·史文森先生。作为西方机构投资的教父，史文森曾闯荡华尔街 6 年，担任雷曼兄弟公司高级副总裁及所罗门兄弟公司企业融资合伙人，后回到耶鲁就职，开创了耶鲁捐赠基金的新时代。全球私募股权投资基金行业权威研究机构 PEI 曾推选他为"全球 PE业影响力百人榜"第二名。

　　对于这段经历，张磊曾在文章中回忆："我加入耶鲁投资办公室的时候，美国资本市场正如火如荼地上演着一场非理性繁荣的大戏。同学、朋友大多活跃于华尔街，从事衍生品投资等热门项目。而我的第一份任务，是分析无人关注的森林和其他实物资产。但正是这貌似简单的实物资产给了我关于投资产品本质的启蒙：风险及内生收益。现在想来，虽然少了那些在资本市场中摸爬滚打练来的立竿见影的招招式式，却独得了长期投资理念及风险管理的意识，并对投资的组织构架及资产配置有了更深刻的认识。"

史文森对投资有自己独到的判断，他投资眼光长远，最看重的是基金管理人本身的素质。他希望投那种坚定地知道自己做什么、具有长远格局、有企业家精神的基金经理。一旦对这个人充分信任，他就会放更多精力在这个人身上，给他10年甚至20年的时间，且不会像传统基金经理人一样去给这个人诸多限制。他的这些观念深刻影响了张磊，也最终奠定了张磊的投资价值观。

2002年，史文森的著作《机构投资与基金管理的创新》中文版由张磊亲自翻译，并在中国人民大学出版社出版。

最好的商业模式，最好的企业家

从耶鲁毕业后，张磊在全球新兴市场投资基金工作过一段时间，主要负责南非、东南亚和中国的投资。此后被纽约证券交易所派回国内，担任首任中国首席代表，并创建了纽约证券交易所驻香港和北京办事处。在那个时候，他再次帮助很多中国公司，引荐他们去美国上市。虽然工作令人称羡，张磊却始终觉得自己的个性还是适合创业，自己做投资的想法也越来越强烈。

创建公司首先得着手融资，但就在这第一步，张磊经历了不小的波折：当他向美国传统投资机构融资时，对方认为他投资经历只有三四年，资历还不够。在屡屡碰壁的情况下，张磊依然坚持自己的初衷，最终决定回来找他的导师史文森。史文森对张磊的个性和能力非常了解和赞赏，因此第一笔就投给他2 000万美元，第二年又追加了 1 000 万美元。凭借着这些资金，张磊在 2005 年创立了高瓴资本。

经过仔细考察，张磊把高瓴资本的第一笔投资给了一家刚刚上市的公司，这家公司就是腾讯。结果当然是回报颇丰，这之后，高瓴资本的发展就一发而不可收。

从一开始，张磊的目标就很明确：要把高瓴资本做成一个"常青式基金"。第一，高瓴致力于打造"超长线"投资，即投资的钱是无期限的，只要投资人不拿回去，这个钱就在里面持续滚动，这样做投资的时候就可以用 10 年、20 年的眼光去考察；第二，高瓴资本对投资阶段是没有限制的，既可以投早期孵化一些项目，也可以投二级市场或者私募基金。

"什么项目是最值得我投的，两个原则：最好的商业模式、最好的企业家。"张磊发现，在美国，很多公司的年复合收益率可以在 15 年以上甚至 20～30 年保持一个高速增长，这说明好的商业模式是可以带来长期的高复合年收益率的。张磊觉得，高瓴资本要做的，就是在中国找出哪些企业符合这样的商业模式，集中投资、长期持有。"如果找到一个好的商业模式和企业家，不管这个公司上不上市，我都该把钱给他；如果我判断了某个商业模式是好的，但在这个行业里没有找到一个企业在做的话，高瓴就会找到一个合适的企业家，说服他来做。"2010 年，高瓴资本就"兑现"了这么一个过程。

2010 年，刘强东找到张磊，想要融资 7 000 万美元，张磊答："你如果只要 7 000 万，我就不投了，要投就投 3 个亿。"他认定京东的商业模式本身就是需要烧钱的生意，否则无法形成核心竞争力。"其实我们当时已经想清楚要投什么商业模式，任何一个想干这个事儿的人，我们都想投，但就是找不到这样的人。选择刘强东，因为他很真实。只有他直白地说，他就是要做自营电商、做供应链。所以我们就投了。"正是高瓴资本的这轮大手笔投资使京东在极短时间内迅速确立了在 B2C 电子商务领域不可撼动的领先优势。

张磊一直认为，投资者和创业者之间的关系就像夫妻，第一点要诚实。"高瓴资本一直以来依靠的是自己的研究能力。如果你真的欣赏我们给你带来的研究方面和战略决策上的附加价值，那你可以选择接受我们的投资。这是个双向自然选择的过程，要在最短的时间找到一个最合适的合作伙伴，诚实是一个最重要的条件。"

高瓴资本入资后的第二周，张磊就带着刘强东去了美国的沃尔玛总部。在这里刘强东全面了解了沃尔玛的物流网络和仓储系统，并很快在京东展开了供应链再造和物流渠道优化等进程。张磊还安排京东的管理层与其投资的其他优秀企业进行经营管理方面的交流，帮助京东团队学习线下零售的相关知识。也曾让蓝月亮与京东接洽，研究如何调整蓝月亮产品的外包装设计，以使其更容易装进京东的货运箱中。

对于给予企业意见和从中发挥作用的"度"，张磊一直不断摸索，小心把握。他要求只在战略大方向上去和企业探讨、给它帮助，对日常运营则少插手。"父母包办的婚姻不是幸福的婚姻，还是自由恋爱的好。当企业家提出需求的时候，我们第一时间去帮助他，这才是最有效的。"

三个投资信条，一个动力源泉

对于高瓴资本的投资信条，张磊概括了三条：第一是"守正用奇"。"正"是要求投资对象的价值观要正，具有"大格局观"，更专注于自己企业可能创造的社会价值而不是短期经济利益；"用奇"则是指投资品类和形式上可以多样化，不给自己设条条框框，始终"投资于变化"。第二是"弱水三千,但取一瓢"。高瓴资本选择投资对象时非常谨慎,他们会对企业家做比较长时间的考察,一旦选定则会充分信任,集中投资,长期持有。第三则是"桃李不言,下自成蹊"。他们相信只要好好做自己的事,自然有项目找上门。

说到高瓴的独特优势,便是其引以为傲的"研究能力"。高瓴资本的投研团队在互联网、消费零售、金融、医疗制药等行业钻研非常深。投研团队通过大量的基础研究和数据分析,研究这些行业在美国、日本、南美过去30年分别是怎么发展的,再拿来和中国对比,评判他国经验有多少借鉴意义,并分析行业可能的发展趋势。同时,他们在研究企业时视角也比较广,会把线上线下放在一起研究,即不会把一个电商纯看成线上,也不会把零售商纯看成线下。"也是得益于我们的基金比较长期,这使得我们所有的研究员和投资团队没有短期的压力,可以更从容地去看待问题。"

"我们一直以来的原则是,投资人、基金管理人、投的企业三者的价值观一定是一致的,即都是保持着做超长线投资的态度,给长期的钱做长期的事,赚取长期的复利增长。这三方一定要愿景一致,循环才能是良性的,一旦有一个环节是短视的,那整个生态系统就完了。"

对于高瓴资本的未来计划,张磊给出的答案是:"市场发展很快,每年都在变化,我们是一家'投资于变化'的公司,会针对市场的变化随时调整变化。"

现在的张磊,平均每天从早上7点到晚上11点都在开会,讨论各种工作相关的问题,一有空就去跑步,锻炼身体。他也喜欢冒险性的运动,如滑板、滑雪等。他觉得做这行首先得身体好,因为这个行业瞬息万变,竞争大,压力也大。

在高瓴资本的员工眼中,张磊最大的性格特点是,他对这个世界有非常浓厚的好奇心。张磊对商业模式、对一个企业怎么运作、对什么是长期可持续的东西始终保有好奇。他喜欢花无数的时间去钻研这些事情，想这些问题，这是他最核心的原始动力。遵从内心的好奇驱动，使他可以很专注，也可以帮助他做到注重长期利益。说到给其他创业者的建议，张磊希望说的是，一要真实地做自己，二要确保动力在于自己的兴趣而不是短期的利益。

高瓴资本走过了 12 年，在这个过程中，张磊不断自省不断成熟不断进步。他越来越有同理心，也越来越能够理解和包容这世上形形色色的事情。

对于高瓴资本的目标，张磊的看法从来没有变过。他说，他要做一个好的资本，把好的资本再带给好的商业模式和好的企业家。现在他最希望的，是可以找到下一个好的商业模式，陪一个好的企业一起成长，打造能称得上"伟大"的企业。

（本文原载于《创业故事》）

以脚步丈量世界三极，用新闻理想演绎传奇人生

——访华人文化产业投资基金董事总经理谢力

◉ 李宣谊/文

谢力简历

　　谢力，1994 年毕业于中国人民大学广播电视新闻专业。毕业后进入中央电视台工作，2000年担任中央电视台新闻中心制片人。2003 年担任东方卫视总编辑助理，2005 年担任上海文广新闻传媒集团电视新闻中心副主任，同年担任东方卫视副总编。

2010 年至 2013 年，任第一财经传媒有限公司董事、副总经理、第一财经频道总监。现任华人文化产业投资基金董事总经理、华人文化控股集团联席总裁。

195

如果严格按照字典的解释，"传奇"这个词是没有动词含义的。传奇指离奇而超乎寻常，是对人物或者事件的一种特殊褒奖。然而分析传奇这个词，"传"可以解释为传播、传述，"奇"可以解释为奇事、奇闻，所谓传奇，刚好是对媒体工作者的形象概括。谢力，就是这样一个既传奇又"传奇"的人。

选择

因为谢力选择了人大，中国也许少了一位杰出的摄影师或者画家。

这不是一句玩笑话，因为能够获得北京电影学院摄影系和中央美院国画系的青睐，是多少艺术人梦寐以求的理想，通过这里可以在影视艺术圈出人头地。要知道，那个时代的国家级艺术类院校，一个系只招十几个学生。更何况，这个年轻的考生在很年少的时候就自学大学摄影教程，摄影作品已经获得全国二等奖，还会自己在家里的暗房独立洗照片。作为《北京青年报》小记者的谢力经常发表小文章，书法作品获得过全国一等奖，绘画作品获得过全国二等奖。但是谢力不愿意这么选。当年获得保送资格的应届生谢力，最想来人大。

进入人大，谢力走的是特批渠道。因为高中没有人大保送名额，纯靠自己寄送材料，谢力自己寻找到了当年人大招生办的李湘老师。"完全不认识，没有任何关系"，这样的寻找，以现在的眼光看多少有点"冒险"。然而李湘老师对工作非常负责和热心，慧眼识人，"是李老师在招生的时候，就把我引导了这条路上，推到了新闻系"，终究使得"冒险"成为"新起点"，彻底打开了一生的新闻之门。"我整个人生路上都感谢李湘老师的提携"，这么多年过去了，谢力依然真诚感念。

于是，谢力顺利进入中国人民大学新闻学院广播电视新闻专业。开始的时候，谢力也有压力，因为同学多是高考状元，省、市、县的第一名都有。然而后来，谢力慢慢发现，自己看似与新闻毫无关系的所长，完全可以与专业融会贯通。写稿子要想生动、突出重点，就得有视觉思维，对美有足够的感受能力。这对于从小就喜爱摄影，没事就画画写书法、给报社写稿子的谢力来说，简直是得天独厚的优势。再加上那个年代没有打印机，一手漂亮的好字是能否发稿的重要影响因素。大学四年的培养，充分地让谢力发挥了自己的长项，让他变成了一流的好学生。三年里，他得了六个奖学金，其中包括"人民日报奖学金"，《改革月报》提供的"韬奋新苗奖学金"，甚至还有可口可乐赞助的奖学金。城市背景、部队家庭，谢力家里并不困难，于是，对于靠着学习"财源广进"的谢力，老师也来了个"劫富济贫"：所有人毕业照的费用全都从谢力奖学金里扣。如今谈起来，谢力依然认为这笔"投资"物超所值。

广播电视新闻学这个专业，比起纯粹的新闻学，多出了六七门课。除了广播采访、广播编辑、电视采访、电视编辑这类专业科目，还有播音形体的研究和学习。课程虽多，谢力也觉得不够，他感觉到了经济学对于一个新闻人的重要性。"马克思和恩格斯说的就是用一个体系化的研究方法来看社会，经济学就是一个体系化的标准。"于是谢力在自己的大学生涯里大量选修经济学和历史学的课程。也许，那时的他不一定清楚地想过这些会在未来的日子里带给自己什么。

纵横

无论从哪个角度看，谢力在中央电视台的十年，都是纵横的十年。

1993 年，谢力还没毕业的时候，已经在中央电视台《新闻联播》这样的重量级节目实习。由于又能写稿又能摄像工作又积极，跟指导老师去采访的一条新闻还拿到"中国新闻奖"三等奖。央视部门负责人竟然破例让这位实习生的名字打在《新闻联播》的记者名单里。

这个关键性的契机就是关贸总协定秘书处的时任总干事萨瑟兰访华。当时的实习生谢力负责摄像，选择了长镜头的记录方式。"长镜头能够将他最完整地记录下来，而且现场感非常强"，懂得长镜头理论外加技术过硬的谢力一气呵成完成了任务：从萨瑟兰下飞机，到走到出口接受记者采访，再到记者现场报道，开始至结束只由一个镜头完成。就这样，这个干脆利落的镜头，带着一条好新闻进入了全国观众的视野，也带着谢力的名字进入了《新闻联播》的字幕。

毕业之后的谢力，留在了中央电视台。年龄和所能获得的荣誉、取得的成就，很多时候真的没什么关系。比如，年纪轻轻的谢力，荣誉清单列出来长长一串。"我毕业以后，每年都得国家级的新闻奖，一直到我离开央视一年也没少过，而且一年不止一个，也可能两个，或者是三个，一年都没有少过"，谢力还得了一次"中央电视台先进个人"，两次"中央电视台的优秀共产党员"称号，一次破格晋职称，两次破格提工资，基本年年都在得奖励……在谢力身上，太多的不可能都成了可能。

那时，"我可能是最年轻的制片人之一了，当时叫作小组长"，谢力的主要工作是策划组织重大的经济报道，"我大概跑过十几个部门，都是产业经济、宏观经济的部委，我在人大学新闻的技术性手段早就融在血液里了，而真正用到的知识型、框架型的东西都是经济学的知识"。在电视台里，大约隔两年他就会换一个组，几乎干遍了所有的财经线，也正是这种全方位的多角度的强化锻炼学习，才有了今天能做投资公司高管的谢力。各种领导的专访，重大经济问题的深度报道，连续八年的"两会"报道，五一、国庆等重要节庆的头条，三峡工程，香港回归……谢力参与的新闻都是国家大事。所谓纵横奔驰，大抵如此。"1995 年做中美知识产权谈判这个报道的时候，我就用的新闻系老师讲的美国电视台的工作流程。"当时没有新闻频道，央视只有早新闻、午新闻、联播、晚新闻几档新闻栏目。谢力利用仅有的几个时段连续报道，可是中美知识产权谈判达成协议时，《新闻联播》都快结束了，经过谢力的极力争取，值班台长决定，在《新闻联播》结束后，播音员单独出来播了一条中美知识产权谈判达成协议的口播。"当时值班主任训我一通，说联播都结束了你发什么发，我说这是重大新闻，一定要发，后来我越级请示台领导，就开了这个先例！我们在人大新闻系受的就是这种教育，《新闻联播》结束了，新闻时效性的追求不能放弃。"

因为偶然的机会，谢力开始做探险报道，用自己的脚步丈量了世界的纵与横。南极、北极、珠峰，像谢力这样到过世界三极的记者，全世界不知还有多少！

去南极是在 1998 年的冬天，"在央视的那几年，我去南极区的时间大概占半年，149 天，我跟另外三个科学家是全世界最早进入南极冰盖最高区域的人"。

破冰船撞了半个月，深入南极内陆两个月，雪地车走了 1 000 多公里。宿营、取样，全世界范围内首次登上南极冰盖最高点，在那个极昼的南极里，谢力每走一步，都是中国新闻人的一次新纪录。后来这次报道获得了党和国家领导的多次表扬，获得了全国新闻一等奖。

之后的纪录，由谢力自己飞速地刷新。2000 年，他深入藏北无人区，全程报道了科学家的重大科学发现，找到世界第三大冰川区普若岗日冰川。"完全是无人区，真的无人区，往里走，从青藏公路往里走要走 28 天，一天走一点，才能走到那个地方，400 平方公里的大冰川，海拔 6 000 米以上的地方一待就是一个多月。有一天晚上我们出去考察，河结了冰，但是那个冰不结实，河中间冰裂了，车子掉下去了，我们趴在车上待了一晚上，最高温度零下 28 度。狼就在河边盯着你。还有一次迷路了，走回营地 42 公里，在海拔 6 000 米的地方走，一天多才走回营地，我们就靠吃人参、靠吃速效救心丸撑下去。心理素质差点的，吓也吓死了，因为还得防狼。"

2001 年，他登上珠穆朗玛峰做报道，采访并帮助中国科学家架设世界最高海拔气象站。"因任务所限没登到顶，登到 6 500 米的地方我们又待了一个月，这也绝对是超乎登山队的纪录，很少有人在 6 500 米以上待一个月。"同年，徒步穿越雅鲁藏布江大峡谷做报道也是 28 天，往返中国唯一不通公路的西藏墨脱县，"我们是走进去的，4 000 多米的山翻下去到海拔 500 米，翻了沟，再上 4 000 米，还要过热带雨林，即使穿的是最严密的高级防护服，还是浑身被蚂蟥咬了一百多个洞"。

北极格陵兰，是谢力作为媒体人参与科考探险的最后一站，也是谢力作为中央电视台记者的一个完美收官。登过珠峰，到过南极，又去过北极的，也许全世界都没几个这样的人。当问起来为什么愿意去那么艰苦的地方报道这些的时候，谢力答道："一方面好玩，一方面我想做好新闻。"

那是 2002 年，刚过而立之年的谢力，决定给自己和中国媒体界一场新的挑战。

运筹

谢力的运筹，决胜了东方卫视的变革。2003 年，谢力南调，成为上海东方卫视总编辑助理。北京和上海，一直以来以截然不同的气质成为相对的两极，媒体当然也不例外。谢力在北京长大，笑称自己去上海工作之前，从没有离开过北京海淀区。而这场由北京到上海的出走，源于谢力在新闻行业里的"野心"：他想在中国大陆做出个"另类话语体系"的频道，新闻反应快，节目新颖洋气，"就是说你一看这个电视节目，看不出是中国人还是外国人办的"。当时东方卫视总编辑陈梁一声召唤，谢力就去了上海。

有野心，也有运筹帷幄的能力。谢力在东方卫视这块试验田上，开创了很多先例，最大的突破莫过于重大新闻事件的直播。出现重大新闻的地方都有东方卫视的记者，东方卫视的频道上都有直播报道。东方卫视的新闻在中国电视业带起了一股新风。直到今天，在新闻领域，东方卫视依旧是除央视外全国最强的一家。而东方卫视能实现在新闻上的突破，谢力是主要推动者。

谢力在上海电视台管了四年新闻，也算在上海扎下根基了。当时的台长黎瑞刚对谢力又有了新安排。于是谢力去接掌了中国财经媒体的第一块金字招牌——第一财经。本来，第一财经只是一个关注证券、关注二级市场的频道。谢力掌舵第一财经后，迅速铺开了全方位的架构。根据不同定位，他将一个频道拆解为三个。战略合作的宁夏卫视，被打造成了全国的财经频道，偏于通俗且适合全国人民口味；原本的第一财经频道，则深耕上海市场，相对专业性更高；另外还有更专业化、精细化的东方财经数字频道，只在京沪两地做更专业的外汇、期货、基金等报道。当时，财经类节目很少获得中国新闻奖。这一局面在谢力手上被改写，第一财经势不可当地杀入了业内的前列。

北京十年、上海十年，是谢力体制内职业生涯的全部。二十年的媒体背景，让他有了更宽的视野。2013 年，他离开第一财经，又开始了新的征途。

风起

文化娱乐消费产业正在形成新势头，谢力就在风口。谢力在2013年正式加入华人文化产业投资基金。基金的创始人是谢力的老领导黎瑞刚，原来的上海电视台台长。谢力说自己大学时代最感谢李湘老师，从业之后最感谢的人就是黎瑞刚。"现在这个机构能做得这样风生水起，就靠黎总，我只是他高管团队的一员，做投资我还处在学习阶段。"

华人文化产业投资基金，英文简称为CMC。这个机构的商业版图到底铺展得有多大？大到中国与海外的整个文化产业。华人文化产业投资基金，是中国最大的文化产业投资基金。它投资的每个项目都耳熟能详，如制作《中国好声音》的灿星公司、出品《琅琊榜》《欢乐颂》等热播电视剧的正午阳光。互联网领域里，送餐的"饿了么"、直播的"快手"、视频网站"bilibili"，都有CMC的投资。中国电影的海外发行、自媒体内容的孵化、卫星电视、线下娱乐，CMC的触角无所不在。甚至香港TVB电视台和英国曼城足球俱乐部，这两个看似毫不相关的机构，也同样被CMC以持股的方式一揽囊中。

媒体出身的谢力，职位转变，关注的目光却始终如一。在这个中国媒体大转型的风口浪尖，谢力希望通过投资和运营，守住媒体人独有的情怀。用他自己的话说，就是"保护一些好的、有价值观的媒体，孵化一些新的有价值观的、对社会有正向意义的媒体"。2013年底，CMC入股财新传媒。财新传媒是经济新闻界的一杆大旗，创始人胡舒立，同样毕业于人大。谢力出任财新传媒副董事长。未在校园中谋面的"大师姐"和"小师弟"，如今成了工作中的伙伴。

完成了如此多"壮举"的谢力，今年其实只有 46 岁。从综合性媒体到专业性媒体，从体制内到体制外，从具体执行到统筹规划，谢力打通了媒体这一领域的全部机巧关节。"我长期还是一个人大新闻系毕业的媒体人，一直从事媒体行业，未来也依然跟娱乐传媒相关，我坚定一辈子就做这个了，人大新闻系的底子打下来以后就不打算变了。"谢力，这位坚定新闻人的各种不可思议的传奇还在继续谱写着。

勤勉之道在有恒

——访浙大博学教育咨询有限公司创始人施久亮

◉ 王婧溢/文

施久亮简历

施久亮，中国人民大学劳动人事学院 1990 级人事管理专业本科生。大学毕业后，曾先后就职于浙江省人事厅考试中心、浙江金融租赁股份有限公司，后发起创立杭州浙大博学教育咨询有限公司、浙江博学成公教育科技有限公司，现任公司总裁兼首席讲师。施久亮的公务员考试辅导经验极为丰富，幽默、精彩的授课艺术深受广大考生欢迎，辅导成绩斐然。

在浙江省提起公务员考试培训，恐怕没有人不知道浙大博学，没有人不知道施久亮老师。"浙大博学教育咨询有限公司"是浙江省实力最强、招生规模最大的公务员考试培训机构，素以师资力量雄厚、考试通过率高、服务质量优而闻名。从 2002 年至 2013 年，浙大博学连续 11 年举办中央国家机关、浙江省公务员笔试、面试辅导，在省内外培训笔试学员 6 万余人，面试学员超过 25 000 人，辅导人数、笔试入围率和面试通过率均为全省第一。

"我能够在公务员考试培训领域取得这样亮眼的成就，和当年在人大的经历以及我一直坚持、笃信的工匠精神是分不开的。"施久亮感慨地说。

注重实践　打下坚实基础

回忆起当年在人大的学习生活，施久亮说："我在人大的时候学习成绩只能算是中等，但我有自己的想法。我喜欢联系实际去思考老师在课堂上讲的案例和理论，我认为实践应用是很重要的。"施久亮之所以能在公务员考试培训领域得到那么多同学的信任，也是因为他不只讲考试理论，还传授可靠的实践经验。2008 年，施久亮为给学员做示范，亲自参加浙江省公务员考试，以笔试第一、面试第一的成绩被省测绘局录用（后未报到）。

施久亮认为，在人大养成的兴趣爱好和积累的社会实践经验对他今后的职业发展产生了深远的影响。"因为我是南方人，普通话讲得不好，当时就想通过参加演讲社来提高自己的演讲能力，但最后也是听得多讲得少，不过总还有些收获，也交到了不少朋友。除此之外，我很喜欢下围棋，那时候没有网络，想下棋得找棋友。我为了切磋棋艺遍访高手，只要得知某系、某年级、某个班有个同学下得特别好，我就慕名而去。那时候的人真的很单纯，一来棋友不问你是谁摆上棋就下，有时候下完也不知道他是谁。"施久亮笑着回忆道，"我学的专业和后来干的工作都是人事管理，需要不断地和人打交道，这些经历增强了我的表达能力和社交能力，让我在学习、工作、生活中都受益匪浅。"

俗话说："莫欺少年穷"。"穷"学生们在大学时代辛苦赚钱的经历往往让他们更早接触到社会的温暖与丑恶，更早体味到人生的不容易，这些宝贵的经验都为日后事业成功打下了坚实基础。施久亮也不例外，"在大学时候我做过家教，卖过贺卡、磁带、电脑语音表，还帮别人排队买火车票赚取过劳务费。"施久亮自豪地说。

在施久亮心中，记忆最深刻、影响最深远的经历要数排队买火车票和售卖电脑语音表了。火车站的鱼龙混杂让施久亮看到了社会的阴暗面，为了买到一张火车票要排上一整个通宵，最后还可能因为票贩子和警察的不法勾结一无所获，这种现象激发了他心中的正能量，并时刻提醒他用正当的方式去为自己的梦想努力。而在售卖电脑语音表时，施久亮几经周折才锁定自己的目标客户——盲校的师生，但当真正走入盲校看到他们黑暗的世界时，施久亮感觉很内疚，不愿赚他们一分钱。施久亮暗下决心，"如果有选择余地，一定要在为社会创造价值的过程中赚钱，这样在解决自己经济问题的同时也对社会做出了贡献，绝对不要去赚弱势群体的钱"。施久亮说，"我从事的教育事业能够帮助学生提升思想境界，改变他们的命运，学生们感谢我是因为他们发自内心觉得受益了，我的钱赚得心安理得"。

工匠精神铸就卓越品质

不久前，施久亮回到学校，给同学们带来了一场题为"从工匠精神看职业发展"的讲座分享。工匠精神指的是认真严谨、勤奋敬业、专注执着、精益求精、脚踏实地、淡泊名利的品质，施久亮崇尚工匠精神并始终将其践行在工作生活中。

施久亮的职业发展经历主要分为三个阶段，第一个阶段就职于浙江省人事厅考试中心，负责公务员考试的命题工作；第二个阶段是在浙江金融租赁股份有限公司做人力资源部经理；第三个阶段是发起创立浙大博学并担任首席讲师。施久亮说："工匠精神的一个重要方面就是专注执着，可能很多人会质疑我为什么支持工匠精神还换工作，其实，我的这三个工作和我在人大学的专业都是一脉相承的，都是在做人事管理，只是角色换了。第一个阶段我是把门的人，第二个阶段我是进了门的人的管理者，第三个阶段我是帮助别人进门的人。也是因为我一直在做同一件事，学生们才信任我，认为我有能力教好他们。"

作家格拉德威尔在《异类》一书中曾提出"一万小时定理"，他认为人们眼中的天才之所以卓越非凡，并非天资超人一等，而是付出了持续不断的努力，10 000 小时的锤炼是任何人从平凡变成超凡的必要条件。因此，按照"一万小时定理"，要成为某个领域的专家，需要 10 000 小时，如果每天工作 8 个小时，一周工作 5天，那么成为一个领域的专家至少需要 5 年。施久亮从人大毕业已经 22 年，加上大学 4 年，他几乎 26 年都活跃在人事管理领域，说他是人事管理专家一点儿不为过。"在公务员考试这个领域里老师很多，但我是独树一帜的，无论从哪方面我都领先于其他老师，同时听过我和其他老师课的学生都反映我更专业一些。总体来讲，在市场上我们的口碑比较好，我们现在几乎不为品牌做宣传了，都是靠学生们口口相传，基本已形成良性循环，其他机构拼命拉人拉不到，而我们总是爆满。"施久亮骄傲地说道。

施久亮崇尚工匠精神，崇尚寿司之神小野二郎为制作高品质寿司坚持不扩展店面、90 高龄仍天天亲自采购食材的精神，崇尚庖丁解牛的成竹在胸、游刃有余。但反观现在浮躁的社会风气，施久亮忧心地说："现在很多年轻人做事急于求成，没有耐心，做什么事情一年甚至几个月不出成果的话，就要换岗位、换单位，静不下心来，做什么都是浅尝辄止，这是很致命的。我们只有专注地持之以恒地去做一件事情，让自己保持一个平常心，才能把它做到极致，你才能形成核心竞争力，在这个领域里面成为顶级专家。"

回馈母校　寄语青年

"人生苦短，及时行善"是施久亮常挂在嘴边的一句话。施久亮认为，"良田万顷，日食一升；广厦千间，夜眠八尺"，一个人的物质需求是非常有限的，金钱对一个人的作用也是有限的，我们的基本生存需求被满足以后，剩余的钱就没什么意义了，但是社会上还有更多的需要钱的地方，把多出来的钱放到需要它的地方更能发挥价值。

施久亮用实际行动证明自己的行善之心，他向劳动人事学院捐款 200 万元，只为劳动人事学院更好地发展，师弟师妹们接受到更好的教育。施久亮说，在劳动人事学院的那几年，感触最深的就是劳动人事学院团结的精神和每位老师对同学殷切的关怀。"我上学那几年，劳动人事学院一直是一二·九合唱比赛的冠军，我参加过其中一届，每一个人的专注认真和对学院的热爱让我深受感动，在后来的工作生活中我也很重视团队的凝聚力。我的培训机构只有 40 个人，但所创造的利润却达到了一个拥有 2 400 人的公司所创造利润的四分之一，这都是因为团结的力量。"谈到老师，施久亮说劳动人事学院有很多优秀的老师，其中对他影响最大的是他的班主任，班主任的和蔼可亲、真诚关怀让施久亮感受到了温暖和力量。他说："通常，这种上级或长辈对下级、小辈的关怀往往能够激发年轻人在学习和工作上的热情，鼓舞他们不断前进。"

施久亮对劳动人事学院的回馈不止于此，比金钱更宝贵的是施久亮的人生经验。他回到劳动人事学院不仅带来了捐款，更将自己的职业发展经验和人生感悟倾囊相授，鼓励同学们努力实现自己的梦想。

时光如梭，看着尚处在青春年华的师弟师妹们，施久亮向他们提出了几点建议：青年人一定要有理想，有理想才会有奋斗的目标，才能找到奋斗的动力；青年人一定要有激情，有激情才能全力以赴去拼搏，在拼搏中才能发现自己的潜能；青年人要有脚踏实地的态度，做事不能浅尝辄止；青年人应该认真勤勉，始终相信"世上无难事，只怕有心人"；在最终目标的设置上，青年人应该有"以天下为己任"的情怀，要努力为社会创造价值，争取带动社会进步。

脚踏实地才能仰望星空

——访中国政法大学副校长于志刚

◉ 杨　默　武明星/文

于志刚简历

于志刚，1973 年 5 月生，河南省洛阳市人。1991 年至 2001 年就读于中国人民大学法学院，先后获得法学学士学位、法学硕士学位、法学博士学位，2004 年中国人民大学经济学博士后出站。中国政法大学副校长，教育部长江学者特聘教授，国家"万人计划"哲学社会科学领军人才，中宣部文化名家暨"四个一批"人才，第六届全国十大杰出青年法学家，刑法学二级教授，博士生导师。第 12 届全国青联常委、法律届别主任委员。

2007 年入选教育部新世纪优秀人才支持计划，2010 年获北京市五四青年奖章，当选第 11 届全国青联委员。曾获教育部高等学校科学研究优秀成果奖（人文社会科学）、霍英东青年教师奖、钱端升法学研究成果奖、司法部科研成果奖等科研奖励，以及国家级教学成果一等奖、北京市优秀教学成果奖一等奖、宝钢优秀教师奖等教学奖励。

与于志刚交谈的过程就是一个汲取正能量的过程，通过他的人生经历，我们可以看到为了理想而坚持不懈、努力奋斗的精神，也可以看到始终心怀母校、关照社会的情怀。于志刚的身上有一种典型的人大人的气质，那就是始终坚持实事求是，始终奋进在时代前列。

人大校园的"钉子户"

可能因为是缘分，当年高考成绩全省前三的于志刚报考了人民大学法学院，开始了长达十年的求学之路。他是法学院 1991 级学生中为数不多的坚持本硕博连读的学生，用他的话讲，他是人大法学院"钉子户"之一。十年的人大时光让他对这一方精致的校园异常熟悉，"在人民大学及周围五公里之内闭着眼睛都不会迷失方向"。

在人大，于志刚不仅收获了受用一生的价值观念、知识体系、研究能力和工作习惯，也收获了甜美的爱情。他的夫人与他本科同班、研究生同校，共同在人大度过了美好的恋爱时光。时至今日，他们还常常会带着孩子在人大校园散步，"我们两口子最熟悉的地方就是人民大学，所以空闲的时候就会带孩子回去转转"。

"在人大接受的学术训练和教导过我的老师们让我得以迅速成长。也正得益于此，我才能够在进入中国政法大学以后迅速适应工作环境，不断取得新的成绩。"母校在于志刚眼中，就像家一样。"人大学子对母校永远怀有一种莫名的情感，这种情感是什么？可能就是想起学校就感觉到温暖。任何时候只要人大有需要，作为学生都会竭尽所能为母校贡献自己的力量。所以我觉得学校和家是一样的，你愿意回家，那就是你一切平安，甚至过得挺好；你不愿意回家，那一定是生活、事业、心情上有不舒服的地方，不想跟父母分享这种不好，不想给父母添堵，这个道理是一样的。"

孜孜不倦的"工作狂"

2001年博士毕业进入中国政法大学任教，2002年破格晋升副教授，2005年破格晋升教授，2006年担任刑法学博士生导师，同年兼任北京市顺义区人民检察院副检察长，2007年入选教育部新世纪优秀人才支持计划，2010年获得北京市五四青年奖章、当选第11届全国青联委员，2015年5月被任命为中国政法大学副校长。在光鲜的履历表后，是于志刚对工作多年如一日的专注与付出。

在同事眼中，于志刚是典型的"工作狂"。"我永远会在第一环节、第一时间解决所有事情。我不能让任何事情等我，一定会把事情按照应有的进度解决好，并且我从不浪费任何时间。"他说，在其位谋其政的责任感和使命感是支撑自己努力工作的动力，"这是我们这一代人最大的优点。如果这个世界给了我什么机会或平台，我就一定要把自己的工作做好。做人做事总得有点信念，再苦再累是自己的事情，信任你的人需要的是结果，过程是需要你自己去感受和体会的"。

于志刚在工作和生活中始终保持着积极昂扬的状态。"我解决问题之后会获得一种成就感。生活中总是问题叠着问题，问题有大有小，把问题解决之后我们的努力才会得到认可。"他相信，只要每个人努力做好自己的分内之事，整体局面就会向着好的方向发展。"我对这个世界的认识和体会很简单，就是'小河有水大河满'，虽然我们每一个人都很普通，但如果大家都把自己的潜力充分发挥出来，就一定能把事情都做好。对于一所学校的发展而言，如果每个人都把自己手头的事情干好了，每个学生都发展得非常好，这所学校一定会群星灿烂。每一个人可能都是天空中一颗很不起眼的星星，但是只要你努力了、付出了，别人就会知道还有这么一颗星星。"

尽管在工作中取得的成绩有目共睹，于志刚从不自得自满，始终以严格的标准要求自己。2005 年晋升教授之后，于志刚认为自己虽然具有一定理论基础，但是实践的积淀远远不够，"就像一个医学教授，你要是连手术台都上不去，那一定是自己的经历结构有问题"。于是，他在北京市顺义区人民检察院副检察长等多个岗位不断历练和提升自己，此后他担任了中国政法大学副校长，得以在更广阔的平台上施展自己的才能和抱负。

青年学子的"启明星"

如果每个人都是天空中的一颗星，那于志刚一定是给人启发、催人奋进的"启明星"。他的人生经历就像一本散发着魅力的经典著作，给予青年学子智慧和力量。

于志刚认为，青年学子应该脚踏实地，不要讲大话空话，要有正确对待人生发展和事业成就的心态。"一个学生如果从入校的时候就开始设想一定要找到什么样的工作或者挣到多高的薪水，这只是一个梦想，梦想和现实是很难合拍的。所以，还是要脚踏实地地从自己能做好的事情开始，保证出色完成每一件交到自己手中的任务。"他反对那种"实验"的心态，"如果抱着这种心态，人生就会分成一个又一个实验阶段，最终就会一事无成。应该抱着持之以恒的心态，尽自己的努力把每件事做到最好，这样结果一定不会太差"。

他还希望青年学子能够具有宽广的国际化视野。"这一代人如果没有国际化视野并为之而努力具备国际化经历，那么可能既无法满足自身发展的需要，也无法为学校、为国家做出应有的贡献。"于志刚说，年轻人必须具有横向的拓展通道，如果没有跨国的经历和意识，进而培养出相应能力，很容易遇到发展瓶颈。

"不管到基层工作，还是在机关工作，一定要具备动手能力，要克服眼高手低的毛病。"于志刚表示，动手意识对于年轻人成长发展同样至关重要，"一屋不扫，何以扫天下？要想干好一件事情，首先自己得知道怎么干，问题是绝大部分人恰恰自己动不了手而希望别人动手"。

在学术研究方面，于志刚主张青年学者要树立问题意识，否则所从事的研究就没有意义。"从事社会科学研究，一定要接地气而不能剑走偏锋，不能追求语出惊人。"他说，"研究者必须具有高度的社会责任感，带着强烈的问题意识，否则永远只能是做文字游戏，永远只能是做小众文化，就算把任务完成了，也只有为数不多的几个同行能够看懂。我永远都不会做这种研究。"

用信息推开金融的大门

——访上海华宝证券公司总裁陈林

◉ 秦宇泉/文　刘宜卫/整理

陈林简历

　　陈林，中国人民大学信息系 1991 级本科生，现任上海华宝证券公司总裁。

初入大学：信息与选择

人的一生，充斥着无数的选择。

选择大学，选择工作，选择人生态度，选择伴侣家庭。有些选择无关紧要，有些却是刻不容缓，不给彷徨的我们充足的考虑时间，却又极为重要，甚至一个小小的决定，便已足够决定人生走向。选择大学专业，便是其中之一。

"当初选择人大是有准备的，但上信息专业就有点误打误撞了。当时我对信息专业有些误解，后来真正接触了才知道是学计算机的。"当谈到为何选择信息专业的时候，陈林这样解释道。信息，对于十几年前的寻常人家来说不过是一个出现在报纸上的概念，就这样阴差阳错地闯进了少年陈林的生活，又在其后的几十年里，引领着陈林的人生。

提起信息专业，陈林又讲起了当年的一件小事："还记得第一节课老师就问：'有多少同学在高中的时候上过机啊？'然后我就发现班里有一多半的同学都举手了，我当时心里就发毛了，我那时还不知道什么叫'上机'，甚至连计算机长什么样子都不知道。然后一看班里这么多同学居然都有过上机经历，我才知道自己的专业居然是学计算机的。"当年的窘迫，现在讲出来却如同笑话一般云淡风轻。人生的选择大抵如此，重大而仓促，迷茫却有力，本没有什么对错之分。而那些所谓"睿智""成功"的选择，更多的是在于我们自身对所做选择的坚持，在于我们与所谓命运的不懈奋斗、不断抗争。

"很多同学来人大，都是冲着金融、经济学院来的，没考上便对所学专业没有兴趣，整天闷闷不乐，其实我觉得这是没有必要的。本科学习金融、经济等专业未必将来就比学习其他专业的人优秀或更容易进入金融领域。因为如果你本科学习的是工科、数学或是统计等这方面的专业，将来不管你打算读研还是工作，想转到经济等领域都是非常容易的。因为你已经拥有了数理的基础，这些也是学习金融知识的基础。其实不管本科学习的专业是什么，那些在学校中学到的知识本身不是最重要的，重要的是在学习知识的过程中所掌握的那种学习能力以及独立思考的能力。"这是陈林一路走来的心得体会。的确，专业并不是决定我们未来出路的唯一指标。很多人，因为各种原因选择了同一个专业；而最后，只有几个人，因为一个共同的原因走向了成功。那个原因便是——执着。

正如陈林所说："我对自己所做的选择并不后悔。因为我觉得信息专业培养了一种逻辑思维判断的能力，另外编程等课程也培养了我一种系统性的思维，而这种系统性的思维对于考虑社会科学中的很多东西都是非常有帮助、有借鉴的。"

校园生活：编程苦与乐

执着，不仅体现在对所选专业的不放弃、不后悔，更体现在学习过程中对知识的不断汲取、不懈钻研。

"当初我并不喜欢编程，虽然偶尔编出一两个程序也会兴奋一下，然而编程总体来说并不是我的长项。还记得那个时候，我不喜欢计算机，学得也不是很好。班上有很多同学高中时就已经接触计算机了。当我还在熟悉计算机时，他们便已经能够编出很多比较大的程序了。我也曾经很郁闷，想换一个专业。但后来一个老师跟我说：'仔细想一想，学习计算机能对你的分析能力以及逻辑推理能力有很大的提高，但如果去学习经济或法律，你会发现可能四年学下来，所学的东西很'空'；而信息专业学的东西则会让你觉得很'实'，对你未来的帮助可能会更大。'现在我回过头来想，如果真的能够把不太喜欢的事情学好，那么这本身就是一种坚持和对自己的肯定。而如果不喜欢的事情都能够做好的话，那么对于喜欢的事物，则可能会做得更好、更成功。"就是这样，凭借着一份坚持的力量，陈林赢得了对自我的肯定。也正是这股力量，帮助陈林在转向金融领域的时候，仍能快速地掌握知识，并取得了今天的成就。

除了专业课以外，陈林也会在课外时间翻看一些金融方面的书。那时沪深交易所刚刚成立，陈林作为学校证券协会的第一批会员，经常去参加一些模拟股市类的活动。再后来，在选修课上学到了一些金融知识，又听了一门吴晓求老师的证券投资学，随着对金融这个领域的了解不断加深，陈林发现自己越喜欢这个变幻莫测的学科。"我觉得多学习一些知识是非常有用的，所以那时候我一有时间就去读书，去充分利用现有的资源。有一句话叫作'活在当下'，就是说一定要知道这段时间最适合去做什么事情——读书、学习、交流。交流，也就是大家交流思想、交朋友。我觉得这是我大学阶段最重要的三件事。"这就是陈林的执着，对不喜爱的事情执着攻坚，对感兴趣的领域执着钻研，也正是这些执着，化作了一块一块基石，承载着陈林不断向上、向前的脚步。

走进金融：铺垫与转变

有了大学积累的金融知识的铺垫，毕业后的陈林，顺利地完成了从信息管理到金融领域的完美转身。

"可能有些人会觉得奇怪，怎么会在大学专业与毕业后的工作间有那么大的一个跨度。其实我觉得，学什么专业只是一个敲门砖。像大学的专业只能算一个大类，就像学汽车维修这种应用技术专业的一般都会去从事汽车服务相关的工作，学电工的一般都会去从事电工工作，他们的工作与学的专业很相关。但如果仔细观察会发现，很多岗位其实层次越高，最终由'外行'来领导'内行'的情况越常发生。若看企业或政府，你会发现，越做到高层，越需要综合知识与技能的融会贯通。因为一个行业，到达一定层次以后，其所需要的知识技能都是相通的。我觉得信息专业有一个好处，就是信息、数学、财会这方面，都可以称为工具。而熟练掌握工具有助于你去从事经济、金融方面的工作，所以对于你的将来是非常有帮助的。华尔街的很多金融精英就是学数学、物理出身的。因为从事金融行业除了需要你对宏观、微观经济的综合判断外，同时需要你对数字非常敏感，因为金融经常需要计算，因此对计算的能力要求非常高。"谈及从信息到金融的转变，陈林感慨良多。

触类所以旁通，因为拥有金融与信息共同需要的严谨的性格与缜密的逻辑思维能力，陈林在金融界的打拼如鱼得水。在参加工作之后，不辍进修的陈林又去读了一个中国社科院的金融学博士与一个在职的 MBA，不断充实自己。"我一直觉得学习是终生的事情，一方面是在学校的学习，而在步入社会后的不断充电也是非常重要的。因为你会发现工作带给你不断充电的压力，同时也能激发你不断学习的动力。在经济金融工作中用到很多复杂的模型，归结到底还是一些最基本的东西在起作用。不管是经济还是其他领域，你会发现如果忽略了最基本的原理、定理，很多大的判断都会出问题。所以要在学习的过程中多去思考一些根本性、本质的规律。"

对比当年那个不认识计算机的少年，现在的陈林虽事业有成，却仍有一股自内而外的"倔强"的劲头散发出来，这或许就是他之所以能成功的内在原因。因为倔强，不肯向不喜欢的事物低头，他攻克了编程；因为倔强，不愿本科专业决定自己的人生，他自学经济，为自己铺设出了一条康庄大道；因为倔强，不肯就这样满足于现状，从而一世碌碌无为，他重返课堂，再度进修，许自己一个光明美好的未来。于是，当我们听到"陈林"这个名字以及尾随其后的职位时，我们会羡慕，会感叹，但我们所不知道的，是他的倔强、他的执着、他的不甘心。

采访过程中，他多次提到"活在当下"。他说："大学四年，本就是一个人一生中主要用来学习的阶段。所以一定要好好学习，好好读书。这个所谓的'好好读书'与前面的'好好学习'还不一样，现在学校有着非常好的条件与设施，有很大的图书馆，里面有很多很多的书，因此我们要珍惜现有的资源。另外就是要注意人际交往，要学会多交朋友。好学习、读好书、交好朋友，把我们这个阶段该做的事情做好，这就足够了。"这是陈林对我们的寄语，也是他这几十年一路走来的心得体会。活在当下，然而对于陈林来说，他做到的已经不仅仅是活，而是活得聪明，活得执着，活得充实而无憾，活出了真正的自我。

（本文原载于《信息骄子》）

坚守正道的"住"梦人
——访北京裕昌置业集团董事长常鹏

◉ 李书慧　孙嘉雯　陈　瑀/文

常鹏简历

　　常鹏，1973 年生，山西怀仁人，1991 级土地资源管理专业本科毕业生。现任北京裕昌置业集团董事长，北京市西城区第十六届人大代表，西城区工商联副主席，全国工商联房地产协会常务理事。历任宣武开发总公司副总经理，2003—2016 年西城区政协委员、常委、城建环保委副主任，2006—2016 年丰台区人大代表。曾获评 1998 年北京市宣武区"第四届十大青年拔尖人才"（四年一届），2006 年宣武区优秀共产党员，2007 年宣武区优秀共产党员，2014 年"北京市优秀企业家"，2015 年西城区"第二届百名英才"（三年一届）。曾获北京市经济技术创新标兵，中国第二届 MBA 成就奖，北京市荣誉纳税人，中国房地产优秀企业家金马奖等荣誉称号。

1991 年高考，他被唯一的志愿中国人民大学录取，从山西农村来到北京，开始了四年的人大生活。1995 年毕业后，他直陈意见，建议陷入销售困境的国企大胆营销并勇担重任，作为北京市房地产市场第一批营销人员，开拓我国房地产营销领域。2000 年，他困于旧体系的沉闷与低效，趁着国家推行现代企业制度的改革春风创办了北京裕昌置业股份有限公司。

岂无风波，却有我心昭日月；怎无苦楚，但敢迈步再向前。一路目光坚定，一路蜕变成长，他撑起一方天地，却始终不忘初心。他严守质量底线，为社会提供优质楼宇，公司所建项目获奖无数；他共创共享理念，绝不拖欠农民工、施工单位的血汗钱，用心去对待客户及合作者；他积极履行纳税义务，践行企业公民义务，将对税收政策的批评意见与自身缴税相分离。践行人大所学，坚守原则和信仰，这就是北京裕昌置业集团董事长常鹏。

有开拓精神和家国情怀的人大人

1991 年，常鹏进入中国人民大学土地资源管理专业学习。常鹏脑海里对人大的印象，是"当年北边最好的大学"。对于常鹏来说，人大这一方精致的校园成为他一生中极其重要的转折点。

大学生活给常鹏带来的第一个改变是让他和房地产领域相遇相知。入学之初，常鹏对自己就读的土地资源管理专业不甚了解，但意想不到的是，毕业后这个专业反而成为当时最热门的专业之一。人大雄厚的师资力量，为常鹏提供了源源不断的养分。课上，他努力学习积极吸收土地理论的前沿知识；课下，他流连于名家讲座主动汲取各方面的知识，最大限度地充实自己。闲暇时，他还阅读史书，参与辩论。常鹏十分重视"知识的积累和梳理"，他认为既要吸取他人的真知灼见，亦要独立思考，如此才能构建出自己独特的认知体系。正是这段求真探索、积极向上的大学生活，为常鹏日后事业的发展奠定了基础。

大学生活带给常鹏的第二个改变是"视野的转变"。人大不仅名师云集，学生中也卧虎藏龙，不少常鹏当年的同学如今都成了耀眼的政商明星。通过和老师同学们的交往，通过参与学校的各种活动，常鹏打开了新世界的大门。"我是一个来自山西农村的孩子，从小面朝黄土背朝天。但如今我能在北京这个大都市立住脚，能够合适地处理各种紧急情况，能够在各种场合、各种环境下处变不惊，都离不开人大的培养。是人大激发了我骨子里的先锋精神，给予我勇于挑战世界的勇气。"

大学是青年树立价值观的关键时期，在人大的四年里，常鹏获得的不仅是宽广而深刻的社会视野，还有一份沉甸甸的家国情怀。用常鹏的话说，相比关心自己的工作，"我更关心中国的发展、中国的进步、中国的繁荣昌盛"。他像许多同龄的人大人一样，站在国家发展的角度来思考个人的进取，以责任心、高标准和严要求体悟个人事业。

回首人大四年青春岁月，人大学风中的开拓精神和家国情怀，宛如两股拧在一起的坚韧的绳索，贯穿在常鹏日后一次次的蜕变中。

不忘初心、坚守正道的房地产开发者

1995年大学毕业后，常鹏进入北京市宣武开发总公司工作。出人意料的是，半年后的中国房地产市场开始遇冷，由原先的卖方主导市场转为由买方主导，宣武开发总公司开发的房产开始出现积压，导致现金流严重短缺。这是国有地产企业的一个危机，亦是常鹏工作后遇到的第一个机会。年轻的常鹏牢牢抓住机遇，主动建言献策：走出去营销。公司领导给了这个年轻人一次机会，让他带领另外两名同龄人成立营销中心，专门推销积压房产。从那时起，笨口拙舌的常鹏走上了房地产营销之路，做起了他从没觉得自己能胜任的销售工作。在这条道路上，他收获了掌声和成功，亦经历了不少艰难与困苦。

正是这种勇往直前的开拓精神让五年后的常鹏有勇气跳出旧体制，成立了属于自己的公司——北京裕昌置业股份有限公司。善于总结、善于思考的常鹏，出于国企人情厚而效率薄、私企人情薄而效率高的差异，试图建立一家源自美式文化的股份制公司，兼有国企的人情和私企的效率。他所创立的裕昌，即将资本和人力很好地结合起来，将员工化为企业的一分子，以"股东满意回报，员工快乐工作，企业独立发展"为公司愿景，充分体现了企业人格独立。

2001 年裕昌置业遭遇质量危机，公司前途命悬一线。多方压力紧逼之下，常鹏没有放弃。他严守质量的底线，"始终坚持'100％优质'的理念"。遇到问题，他从最难处着手，力求完美解决。在关键时刻，他置个人荣辱于度外，宁肯炸楼重建，也要让责任方端正态度，全力以赴处理好质量事故。靠着这股执着，靠着他自身的认知力和判断力，常鹏在咨询并采纳了国内顶尖专家的建议之后，加大投入力度，最终成功化解楼房的质量问题，获得市、区领导的一致好评。

从宣武开发总公司到北京裕昌置业集团，常鹏一路披荆斩棘，一路坚守信念，站在时代的前端。他带领深陷泥沼的公司重获新生，带领新生的公司走向辉煌。如今，北京裕昌置业集团业务分布北京、西安、天津三地，累计纳税 17 亿元。当被问及成功的秘诀时，常鹏只提了三点：一是要有坚定的目标，一旦选择之后就不要后悔；二是要尽量坚持"高尚"，不要因为利润而丧失了自己内心的本真；三是要尊重和理解世界的多样性。

享受生活和简单生活的普通人

如今的常鹏已然成长为"国民表率，社会栋梁"，但熟悉常鹏的人都知道，他并不是一个工作起来就完全不着家的人。在公与私之间有明确的界限，"工作时要忘记私事""将生活留给生活"是常鹏长久以来坚持的观点。常鹏认为，这是对家人的一种保护。他希望家中保有快乐和轻松，"要建立一片小小的乐土，在这片乐土上感受快乐的小循环"。卸下革履回归家庭的常鹏和普通人一样，有着自己的兴趣和爱好。平时，他喜欢在下棋与史书中寻找内心的安宁。下棋如同和高人探究问题，是对下棋者大局意识的考验，这种博弈为常鹏提供了深入思考的契机；看史书仿佛和古人对话，将自己的经历、看法与书本互相印证。常鹏不仅喜欢读史书，更爱将古书中的处事之道运用到现实工作与生活中，同时，他也不忘与时代接轨，及时补充房地产行业最前沿的资讯，博古通今方能永焕活力。"简单生活、卑微生活、高尚生活"是常鹏一直坚持的人生信条。

在处理好自身事务的同时，常鹏也关心着青年学子的成长。他曾经与1950级校友朱训共同创立了"训勉鹏程校友互助基金"，资助人大全日制本科农村籍贫困学生顺利完成大学学业。对于贫困学子，常鹏经常勉励他们做一个"堂堂正正的人大人"，积极拓展自己的视野。

对于即将迎来八十华诞的母校，常鹏也有一份祝福和期许。他期盼每一个人大校友、在校学生能够共同努力，将人民大学建设成为世界一流大学，续写辉煌。在当下国家大力倡导"大众创业 万众创新"的背景之下，常鹏也鼓励人大学子在夯实基础的前提下，勇于成为时代的先锋，投身创新创业的浪潮。历经过程中的种种困难，正是对思想的一种磨砺。

求是石依然傲立于中关村大街 59 号，注视着一代代人大人满载知识投身社会，激励着一代代人大人脚踏实地、勇于创新。沐浴在人大八十载荣光之下，实事求是的精神，将永远焕发新的光彩。

心有猛虎，细嗅蔷薇

——访虎嗅网创办人李岷

◉ 苏　睿/文　李书慧　杨雅珺/整理

李岷简历

李岷，1977 年生，四川人。1999 年毕业于中国人民大学新闻学院，文学学士。曾任《中国企业家》杂志执行总编，2012 年创办虎嗅网。在《中国企业家》杂志工作期间，李岷积累了对企业家群体的观察。虎嗅网是一个以明星公司为主线、强调视角与观点的资讯网站，在操作手法上，虎嗅网强调编辑精选与社会化结合。代表作品：《中国企业家能不能谈政治?》《中国公司渠道梦》《如果张近东当初投资刘强东》《缺少二号人物的互联网》《你为何杀不死跟你不一样的新兴对手?》。

初见李岷时，她上身只穿着一件酒红色帽衫，配以驼灰色休闲裤和玫红色运动鞋，青春飒爽。她标志性的短发中夹杂着几缕挑染成浅紫色的发丝，当被问及"发型是专门设计的吗?"她连忙说："没有，没有"，脸上露出腼腆的笑，而这种笑容也成为很多采访问题的答案。

虎嗅诞生的机缘巧合

"In me the tiger sniffe the rose"（心有猛虎，细嗅蔷薇）。这句来自英国当代诗人西格夫里·萨松的著名诗句便是"虎嗅"这个名字的来源。三年前的此时，正是李岷紧锣密鼓筹备创立虎嗅网的时候。

1999 年，李岷从新闻学院毕业后便进入《中国企业家》杂志社，一路从实习生干起，随后成为记者、记者部主任，最终成为执行总编。作为一名媒体人，她敏锐地发现，从 2009 年开始，以新浪微博的兴起为标志，网上 UGC（用户生产内容）的力量迅速崛起，改变了媒体从内容制造到分发的流程，互联网直接从渠道转变为内容生产，而传统媒体从体制到商业模式等各方面都没有突破。李岷认为，如果一个地方的体制不能保障创新，那就没什么未来了。

2011 年 5 月，美国《赫芬顿邮报》网站的月独立访问用户数量首次超过了《纽约时报》。一名美国在线（AOL）员工在 Twitter（推特）上写道："6 年战胜了 100 年。"这场"逆袭"给了李岷深深的启发与刺激，印证了她对于行业发展的判断，也坚定了她投身互联网媒体的念头。

2012 年初，她从工作了近 13 年的地方辞去执行总编一职，一头扎入互联网创业大潮。如同大多数的成功创业总有那么一份

"机缘巧合"，虎嗅的诞生也建立在许多机缘之上。当时还是网易门户事业部总裁的李勇突然找到李岷，跟她沟通，问她能不能做一个内容品质相对高的商业资讯网站。几个月后，李勇给出了 100 万元天使投资，李岷与另外两位联合创始人也共同出资——虎嗅就这样开始了。

"每天都在叩问与疑虑"

"对于李岷创办虎嗅我曾有过担心，清纯如小龙女般的她能创业吗？"与李岷有着十多年交情的好友——新鲜传媒 CEO（首席执行官）老纪一度非常担忧李岷是否能坚守成功，但在虎嗅一周年时，他在网页上留下了这样一句话："这一年虎嗅突飞猛进的发展让我赞叹。"

2012 年 5 月 15 日，虎嗅网正式上线。作为一个有视角的商业资讯与交流平台，虎嗅所关注的是互联网领域的一系列明星公司。与传统媒体不同，虎嗅的内容一半以上并非团队原创，其员工多在做发现与聚合编辑的工作：以"精选、有料、干货、有用、细节、内幕"为宗旨，由编辑和用户共同提供精细加工的资讯和观点是虎嗅的杀手锏。

通过微博的传播，虎嗅网几乎在一夜之间声名鹊起，吸引了大量业内人士关注，流量迅速提升：仅用 6 个月时间就达到日均PV（页面浏览量）值 80 万，目前日均 PV 值已超 150 万。从当前Alexa 流量排名来看，虎嗅位列 5000 多，在同类型的科技博客中仅次于 36 氪，远超过雷锋网、爱范儿等。

然而，李岷却没有被阶段性胜利冲昏头脑，时刻都保持着一种固有的危机感。她曾在虎嗅创立满一年时写下一篇文章——《第一年》，其中她写道："14 个月前，当'虎嗅'这两字毫无征兆地蹦入我脑海里时，我对这名字好或坏，心有不决、怀抱忐忑；12 个月前，当 Huxiu.com 正式上线时，我对这网站能否从互联网信息的汪洋大海中脱颖而出，并无十足把握；今天，我对虎嗅能否持续生存下去、发展壮大，也每天都在叩问与疑虑……"

的确，在虎嗅飞速成长的过程中，不同的困扰也会随之而来。虎嗅上线之初，曾因大量内容都属于转载加工，引起媒体圈同行不满，甚至口诛笔伐。李岷小心翼翼，注意各种处理手法，她在一封答读者信中说"感谢读者让虎嗅具体而微地感受存在的价值，但那篇文章不是虎嗅的原创，他们只不过是做了点发现与聚合编辑的工作"，然后表达了对原作者的谢意。

不过这丝毫没有影响李岷最初对虎嗅的定位，她坚定地告诉记者："现在网站放在第一位的应该是跟用户定位匹配的资讯，不一定非得原创，互联网上资讯太多了，这种环境下没必要再去费劲炮制内容出来——除非你制造的内容是别人做不出来的，比如深度调查报道。我们信奉的是，怎么能从这么多资讯中挑选、整理出最恰当的资讯推送给我们的用户，这是我们的目的。"

对于传统媒体使尽浑身解数保护原创内容的一些做法，李岷显然并不认同："现在有一些传统媒体仍然坚持把原创内容圈起来、不让别人转的模式，我不觉得这是'互联网'。互联网上，绝大部分内容应该互联互通、相互交换与共享，如果一个公众媒体把自己的商业模式、用户服务模式建立在高度原创与封闭之上，我持保留意见。"

在虎嗅遇到的所有麻烦中，令李岷最头疼的问题是产品更新太慢。尤其在同类型科技博客层出不穷的环境下，稍有不慎，虎嗅便可能被淹没。至于该如何解决这一问题，李岷坚信"只能通过招更牛的人来"，她表示，想做出更新更好的产品，必须下血本去挖匹配的人才，但"这是整个新媒体的现状，也不单是虎嗅一家的问题"。

每当纷繁的问题和挑战扑面而来时，李岷说："大多数时候，我们团队其实只需解答好一个问题：我们当初为什么要做虎嗅？"

创业是一种修行

当被问及"初创期有没有特别艰难的时候？"本以为李岷会毫不犹豫地大吐苦水，没料到她却开始努力回想，过了五六秒，她只回答了四个字："真没什么……"她觉得"人们做事多多少少都会有点儿困难，这也没什么"。

谈到创业以来最大的体会，李岷毫不犹豫地说："最大的挑战是自己"。她说："创业就是一种修行，所有外在的困难都不是困难，归根到底都是由于你自己无法克服它，都是因为你自己还不够有能力、不够有境界。所以困难其实就是自己，跟其他人或者其他外在的东西都没有关系。"

从小生长在四川的李岷，身上自然少不了这方水土养育出的聪明、能干、吃苦、直爽。她是"自由主义者"，不爱约束别人，也不喜被人管控。但作为一个团队领导人，又不得不走在向管理者角色转变的路上。对此，她感触颇多，"以前自己做事儿，相对是个人的工作，做得好不好都取决于自己，但要带一个团队，你要懂得去赋能，去发扬他人所长"。

创立虎嗅后，李岷感觉到自己身上发生了一些变化，最大的变化就是"认清了自己身上的很多弱点，正视到自己的很多不足"。她说："我以前不太会表扬人，心中对工作的标准比较高，一件事做得对了是应该，一旦做得不太好就会马上'炸'了。别人会觉得在我身边工作压力太大了，享受不到工作的快乐。"然而现在，李岷会更注意发现大家的优点或进步，"谁都会犯错，我自己写文章也会写错别字呢！"李岷说，"要善于鼓励人，因为最终这些产品与内容还得需要大家一起努力去做；当然，也不能完全放任，否则虎嗅的质量就会下降。这需要我去平衡。"现在的李岷会尽量想办法让大家去建立起对他们自己的要求，给他们权力去感受、评价与改善自己的工作，她本人则本着"如何给大家创造一个开心工作、自由成长的空间"的想法与大家相处，"营造这样的环境，让大家成长进步，就是我的工作"。

对于批评，李岷更是欣然接受。曾有一位用户写了一篇《李岷有什么发言权》，反驳虎嗅"从传统媒体转型新媒体的道路上，李岷有发言权"的言论，批评虎嗅讨论的面太宽，能全面了解这些问题的编辑又太少，不能像《经济学人》那样专业。没想到李岷竟笑纳此文，还发表在虎嗅网上。

对于创业，在虎嗅成立一周年时，李岷在网站上题了这样一句词——"创业若是久长时，又岂在朝朝暮暮"。她想提醒所有人，创业是一场持久战，并非一朝一夕之事，而且是件艰苦的事，要做好吃苦的准备。大学生创业亦是如此。李珉提醒希望一试身手的大学生们，由于创业本身成功率低，而大学生在社会经验、阅历、资源等各方面都比较缺乏，首先要做好失败的心理准备。而创业过程中"压低自我，要忍让，多为他人着想"的"折磨"，也容易使个性张扬的年轻人受挫。如果一定想创业的话，就及早去社会上实习，看看现实的商业社会是怎样的，也许会获得一些贵人的提点或机会。更为重要的是，要学习好如何对待人生、对待世界、对待生活，"摆正三观"。

（本文原载于《创业故事》）

运筹帷幄之中，决胜千里之外

——访东方汇理亚太区首席经济学家纪沫

◉ 李宣谊/文

纪沫简历

纪沫，1995—1999 年就读于中国人民大学经济学院国际经济专业本科。2011 年出任前高盛自营盘 Azentus 对冲基金全球首席经济学家，现任东方汇理资产管理公司亚太区首席经济学家。

233

"其实我就是站在巨人的肩膀上在背后做了一点点自己应该做的一件事情，也是因为自己多年来养成的批判性思维的习惯使自己能够多角度地分析问题。做的这些事情，其实目的只有一个，让中国变得更好。"纪沫陪同她的导师约瑟夫·E. 斯蒂格利茨（Joseph E. Stiglitz）每年来中国参加一次中国发展高层论坛，今年已经是第 11 年。他们为中国最高层的经济发展规划方案提出针对性的建议和意见，是中国经济规划背后的高参。他们用自己高瞻远瞩的敏锐观察力与严谨求实的批判性判断力，推进着中国的经济规划的实施，影响着中国经济改革的发展方向。

在人大，推开批判性的思考之门

她外表温柔，见解睿智，性格热情，做事认真。

第一次见到纪沫，是在两个经济会议的午休间隙。作为东方汇理亚太区的经济发言人，她严谨又犀利，举止言语之中无不闪烁着一个年轻的经济学家独到的观察力和判断力。

回忆起当年在人民大学求学的日子，纪沫一下子回到了那个对自己而言最美好的年代。受到在人大读书的姐姐的影响，纪沫也毫不犹豫地选了人大。"人大经济专业当时是全国最好的，1995年的时候，我想都没有想就选了人大"。而选择了国际经济专业，纪沫说，回头看来，"这是我最正确的选择"。

相对于很多人考上大学之后就放松了，纪沫却恰恰相反，来到人大的学习，才真正开启了她十几年学习生涯中最努力的一个人生阶段。"那四年的学习对我来讲就是一种兴趣，是一种我自己也不知道的，有可能是自己不断证明自己的一个过程，到目前为止学习最努力的时光就是在人大的四年。"

给纪沫最大触动的是，第一学期彭刚老师在课堂上讲到经济学问题时的句句启发:"其实这个问题我们也可以是这个角度","这个问题我们也可以那样想","现在对于这个问题有很多种看法"等。因为,受到长期高中背题的影响,纪沫习惯性地以为一个问题只有一个看法,而在这里,原来同一个问题可以有很多种解决方法。纪沫意识到了一个自己从来没有思考过的问题,一个很严肃的可以多角度批判性的思考问题的方式。我们其实应该有这种针对性的思考、有鉴别的思考,然后会问很多问题。所以,从那时开始,纪沫开始改变自己的思考方式。"这在我整个的人生当中,从 18 岁到现在,是很重要的一件事情,让我养成了一种习惯。那就是我遇到任何事情、任何一个问题都要想一下,如果反过来是什么样子,它还有什么样的角度可以去考虑?这个是令我非常受益的。如果没有来到人大,没有这些老师在最开始讲问题的时候就告诉我,其实一个问题有很多想法,不会成就今天的我。"

在人大学习期间,纪沫酷爱这个专业,每天的学习都非常有动力,穷尽自己的一切精力投入到学习当中去。那时的黄卫平老师花了很多心血从全世界各地请了很多很好的老师,这些老师从国外飞过来给这群当时最受宠的学生上课。从早上 8 点钟到晚上 10 点钟四个班级一直都在一起上课,每天都有无数的课要上,中文上完的课,西方老师又来讲,从另外一种不同的视角不同的思考方式讲。每天头脑风暴般大量的知识吸纳,令纪沫非常感激,"如果没有黄老师当时的这种视角,让我们接触更多更好的东西,也不会塑造成今天我们的这一代人"。

纪沫也怀念那个大家热情被共同点燃的合唱的日子,怀念那段心境澄明的一起军训的生活。那时天空深蓝,星星很多,每到夜里,躺在军营十个人的大通铺上,纪沫常常用随身听听一盘欧美流行金曲。"到现在为止,无论我走在哪里,只要我听到当时听了无数遍的那些歌曲时,就会把我带到当时的那个心境,觉得特别美好。"

　　每天如痴如醉的学习和严格要求的自律，本科毕业生张榜公示的时候纪沫以 1995 级全校第二的优异成绩，开创先例获得了跨校保送的资格。"从性格的培养、人生观的培养，到学习习惯、思考能力的培养，都是在人大。所以，任何时候走出去大家问我是哪个学校毕业的，我都会说是人大的。"

站在巨人的肩膀上，厚积薄发

　　如果说在人大的本科学习、北大的研究生学习经历为纪沫奠定了坚实的经济学基础，那么在美国哥伦比亚大学的求学路上遇到了诺贝尔经济学奖获得者斯蒂格利茨教授，才是她命运的真正转折点。"那里教会了我更加严谨的思考问题的方法"，"我很幸运可以近距离地跟着斯蒂格利茨教授学到很多"。2005 年 3 月在一次课后的电梯里，纪沫遇到了自己选修课的老师——世界最著名的经济学家之一斯蒂格利茨教授，两个人聊到了中国正要召开的"两会"的内容，于是教授邀请纪沫为自己下周的中国行做些准备材料。机会总是留给那些有准备的人。一切都是由先前的积累带来的，有多年来对中国经济的关注和热爱，以及自己对经济问题的钻研和探讨，在材料的准备中，纪沫分门别类给教授详尽地准备了"两会"的相关材料，以及财政政策、货币政策、外贸政策等，还包括现在他们在讨论什么样的问题等。不久，纪沫受到了斯蒂格利茨教授的邀请，教授希望纪沫成为他的研究助理。于是，从 2005 年一直到今天，纪沫一直都是斯蒂格利茨教授的研究助手。纪沫在最开始的时候，跟教授一点点地学，一点点地思考。她做的第一份工作就是帮教授把他在美国最重要的一些期刊上发过的 107 篇文章，翻译成中文，然后出版了斯蒂格利茨教授的全集。在这个翻译过程中，学习他的思想，学习他是怎么去看这些问题，他是用了什么样角度去看这样的问题，那段经历对纪沫来讲又是一个沉淀和积累的过程。而现在，纪沫常常会把自己在市场中遇到的实际案例和问题拿出来和教授一起讨论，这已经不仅仅是教授能够更高屋建瓴地跟纪沫指出问题是什么，而是在这种真正探讨中，可以互相激发思维灵感，纪沫觉得这是最享受的事情了。

纪沫不仅仅有对中国目前问题的判断，更重要的是细致认真的做事方式赢得了斯蒂格利茨教授的信任。于是从2006年，斯蒂格利茨教授和他的太太带纪沫一起来中国开中国发展高层论坛，一直到今年，已经是第11年。

在最开始的时候是"十一五"规划，当时发布的时候只有中文稿，纪沫以最快的速度，把最精简的提纲翻译成了英文，并且附上了自己的观点。例如当时都说汽车跟房地产是中国的两大支柱产业，纪沫就提出异议，为什么？房地产是因为土地的原因，不得不成为支柱产业。但是为什么汽车产业也要成为中国的支柱产业？"事实上我们每一次在给中国政府提建议的时候都是批判性的，一定要批判性，因为我们希望中国发展。"通过斯蒂格利茨教授和纪沫大量材料的一系列分析和准备，在会上斯蒂格利茨教授针砭时弊的发言震惊四座。大家都惊讶于一个外国经济学家为什么会在第一时间知道"十一五"规划的内容，并直指中国经济问题所在，分析问题这么一针见血。后来大家发现了这个站在教授背后工作的瘦小的女孩，而这一切，对于纪沫个人来讲，只是新一轮积累的开始，她需要更加努力，然后每一年每一年不断积累。只有她自己弄清楚一个问题，才可以给教授建议，因为教授的发言具有深远的影响力。

2015年12月在"十三五"规划定调之前，国家想请三位外国专家和三位中国专家座谈，给总理和所有的部长进行一次"十三五"最后定调之前的专家咨询会，找到了斯蒂格利茨教授。教授推开其他的行程，进行了两周的冲刺准备。虽然教授仅仅是十分钟的发言，但是教授和纪沫付出了很多。2015年底中国最重要的问题，就是供给侧改革，到目前为止也是。纪沫当时提出，不仅仅要有供给侧的改革，中国更需要的是需求侧的改革。去产能只是供给侧改革的一部分，而且要讲出来解决的方案，解决好如何融资的问题。她认为，要真正从本质上改变中国的这个经济体制，从原来出卖土地这种财税的制度，改成真正的税收的制度，才能更好地进行改革。

后来，直到汇报前几小时，教授和纪沫仍在仔细审核汇报稿。"我们经常会把这个中国特色放进去，很重要，中国就是中国，当我们最开始摸着石头过河时，因为河很浅，经验可以借鉴。但现在当我们走到河的中间的时候，实际上水已经很深了，所以这个时候中国特色一定是很重要的，一定要按照中国的这个实际做事情。"每次开会，教授都要求纪沫旁听，因为开完会他们会探讨并写一页的指示，一页纸看明白具体怎么操作。等到最后定论发布的时候，当时的定音就是讲中国不仅仅要做供给侧的改革，也要做需求侧的改革。"我心底里很激动，我是一个没有被人们看到的人，我也不希望人们看到我，但我会觉得我有这样的机会帮助中国变好，我真的好开心。"后来，斯蒂格利茨教授和纪沫做了有关供给侧改革在其他国家推行的分析，并具体讲到应该怎样做，对于过剩产能应该怎样处理，哪一个人群是最应该注重去再培养、再教育的等。就是这样的每年一度的经济规划建议，把纪沫和整个中国联系了起来。

人们常常觉得最重要的就是人才，纪沫认为更重要的是人才要有他自己的想法，而且这个想法是能够经得起考验的，是能够被时间证明的，是一段时间里都可以证明的。

在市场的竞争中，淬炼成真正的专家

"我们一定要选择自己喜欢的事情。我很幸运选择到了我喜欢的事情，这样会很有激情。一定要做自己喜爱的事情，才会开发出自己的潜力，才会在你遇到困难的时候不会觉得是困难。我是真的很喜欢我自己的这个专业，很喜欢世界经济的这个视角。"随着不断的积累，纪沫希望自己不仅仅看中国的经济，还能够看全球经济。于是，在 2011 年，纪沫去了前高盛自营盘的对冲基金做了一位看全球的首席经济学家。对于纪沫的事业而言，这是一个直线上升的学习阶段，她学到了如何通过宏观的方向，判断买还是卖、能不能赚钱。对于善于学术分析的纪沫而言，从最开始写一篇上百页的论文，到只写二三十页的分析文章，再到只要两页、一页，甚至只要一个字，买还是卖，要选择自己的立场，一定要有判断。正是经历了对精准的判断力和决断力的淬炼，才会有如今的买方经济学专家纪沫。

现在，纪沫凭借自己谨慎的研究态度和对市场超一流的判断力，成为东方汇理亚太区的首席经济学家。才到公司两年，她已经成为公司在整个亚洲的发言人。对于所有决策，纪沫有她自己的原则和标准："第一个标准，我做的这个研究的判断一定是非共识的。第二个标准，一定要有非常高的确定性，这件事情可以发生，我才会做这个判断。第三个标准，就是我一定会给它一个时间段。"最早，在 2015 年 10 月份，纪沫看到中国 9 月的 PPI（生产价格指数）忽然间平了，－5.9％。9 月份的数据跟 8 月份的一模一样。"我就认为中国经济会触底，而且我完全确信中国经济已经触底了，同时我认为中国经济触底持续平稳这件事情可以至少持续到 2016 年的 12 月底。去年 9 月份的时候，把我的这个判断延到了 2017 年年底。在今年 2 月份的时候，把它延到了 2018 年的年底。"

最后，纪沫十分感谢的就是人大中环论坛，那里给了她非常好的展示舞台。自从加入之后，她共参加了三届中环论坛。每一年纪沫作为嘉宾上台演讲，在讲全球宏观经济的时候，都会讲大家在什么地方看错了，接下来我们应该怎样看。纪沫对经济针砭时弊的犀利观点，受到了大家的欢迎。通过人大中环论坛，纪沫被越来越多的精英人士所认识，受到越来越多的邀请。而纪沫讲道，"我一直都会给自己摆正位置，也许是因为人大的校训教给我的实事求是。摆正自己的位置很重要，跟任何人交往，我从小就知道，任何人身上都有你可以学习的长处，哪怕只有一点。所以我一直都会保持虚心，我也会学到很多别人的长处"。她说，每个人都要活出自己的特色来。

纪沫祝福母校，希望人大和世界接轨更多，教师队伍更加国际化。她用自己低调果敢的言行、批判性的求真精神，在世界舞台上展现着人大人的风采。

一个自由主义者的戏剧人生

——访青年戏剧导演裴魁山

◉ 孟繁颖　尹晶涵　杨秋明/文　李书慧　孙嘉雯/整理

裴魁山简历

裴魁山，1982 年生。2000 年毕业于中国人民大学国际关系学院。2016 年，主演由周申、刘露执导的喜剧电影《驴得水》，参与表演《绝对信号》《罗慕路斯大帝》《等待戈多》等作品；导演《一出梦的戏剧》《电梯》《快刀乱麻》《禅先生》等；参与《男孩向前冲》《U571 谜案》《京东轶事》等作品编剧，独立编剧《我爱你中国》等。曾获得北京国际青年戏剧节新锐导演奖。

电影《驴得水》无疑是去年国产电影市场的一匹黑马，上映以来，口碑一路飘红，票房也不断攀升，关于电影的各种讨论、解读更是层出不穷。剧中裴魁山这个角色，引发了不小的关注：很多人对裴魁山夏天穿貂的情节印象深刻，为裴魁山对张一曼的爱感到暖心，为他被张一曼拒绝之后的黑化转变感到痛心。业界评价，裴魁山的扮演者演活了这个角色，真正演出了这个自负倨傲、爱憎分明的人。其实，裴魁山的扮演者本名就是裴魁山，是中国人民大学国际关系学院外交学专业的毕业生。

在人大，人生或许还有另外一种可能

裴魁山的家庭教育符合传统中国家庭的固定模式：父母会把自己的人生期待加在孩子身上。家里人觉得他应该四平八稳地走传统道路，他也一路按照家里面的设定顺风顺水地走着。进人大，读外交，一切看起来都离成为一名外交官的正统道路越来越近。裴魁山深知家里面对自己的高期望，以至于当时放弃了"外交官"这样的光明前途，报考中央戏剧学院，只能完全瞒着家里人。直到在中央戏剧学院读了一年的导演系之后，他才敢跟家里人挑明。听到这个消息，父母自然是震怒，且由衷地不理解：自己家的孩子为什么要放弃大好前途，放着好好的国家干部不做，而去当一个"卖艺"的！

但是裴魁山骨子里就不是一个安分的人，是人大，让他释放了自己压抑多年的真性情。"中戏给了我专业知识和艺术素养，人大则给了我精神内涵。"在人大，老师关心的不只有学业上的成绩，还有人格的全面发展；在这里，崇尚因材施教，容许大家的不一样；在这里，裴魁山学到不一定要成为一个大家眼中的成功人士，而是要做最真的自己。

他的恩师也是他的本科班主任张旭老师的一句话，始终激励着他——"人任何时候不要拒绝崇高"。"即使在现在这样一个物欲横流、利益至上的时代，我们即使不能做到自己崇高，但是对于追求崇高的人，我们至少应该给予肯定，而不是拒绝。"张旭老师知道他要报考中戏、走戏剧的道路，不但没有觉得他不务正业，还给予了大力的支持和鼓励，不仅帮助他解决学习中的困难，还时刻关注着他备考的进度，并且作为观众给他身体力行的支持。

裴魁山说，在人大的四年是他人生中最重要的四年，对于他的整个人生观的形成，有着重要的影响。这里奠定了他人生的基调，他也在这里发现了人生的另外一种可能。在人大，他初识话剧；在话剧社，他找到了另一个自己。在这里他愿意不眠不休，在这里他觉得如痴如醉。遇到了话剧，他冥冥中感觉到人生或许还有另外一种可能，压抑的小宇宙就此爆发。

和妻子，一切都是最好的安排

在人大，裴魁山不仅遇到了钟情的事业——话剧，也遇到了钟爱一生的人——妻子周乔。1998届新闻系的周乔是高裴魁山两届的师姐，两个人因戏结缘。第一次见面是在1998届的毕业大戏上，那时周乔在台上演出，裴魁山负责打追光。两年后，又一次的毕业大戏，裴魁山成了男一号，而周乔则是这部戏的导演。在校外一个共同朋友的剧组，两人有了更深的接触，作为舞台监督的周乔和作为演员的裴魁山因为不约而同穿了印有切·格瓦拉头像的T恤衫，经常被朋友开玩笑，而他们彼此却都以互相打击刺激为乐，见面就抬杠。

裴魁山打算考戏剧学院，找到了当时已经在中戏导演系就读的周乔，周乔热情地帮助这个师弟收集相关信息，带着他去填报名表，见导师，并把自己当年的准备经验与他分享。2002年，人大毕业大戏，周乔作为导演、裴魁山作为演员合作了迪伦马特的悲喜剧《罗慕路斯大帝》。这是周乔第一次独立导演大戏，压力很大，因为没有制作人，所以需要不停地在创作的激情和行政事务的琐碎中切换。那时每晚排练到结束，两人会在校园里散步一两个小时，这成为最为放松与美妙的时刻，两人的关系也开始有了微妙的变化。当年大学生戏剧节，《罗慕路斯大帝》获得了最佳演出奖。

渐渐地，周乔被裴魁山的专注打动，被他骨子里面的疯狂和爆发力所吸引，两个人最终走到了一起。谈到成功追到妻子，裴魁山得意地笑笑说："这或许是老天爷对我的专注的奖赏吧。"现在已经有了两个儿子的他们，简单，幸福。

多年的创作之路，离不开家人的支持。裴魁山一心在话剧的前沿阵地上打拼，创作起来作息时间不规律，经常夜里写本子，白天休息。爸妈看到儿子在家的状态就是白天在家睡大觉，而妻子在外忙碌奔波，便语重心长地找他谈话："你怎么每天也不出去工作，只有媳妇在忙，我们出去都不好意思说你是做什么的。"不过作为同行，周乔完全理解他的状态，虽然有了孩子以后，她偶尔也会感到压力和焦虑，但是她认为个人和家庭的成长同样有着不同的阶段，孩子比较小时，自己把更多精力放在家庭上，同时坚持创作，全力支持老公的事业发展。裴魁山对于妻子的理解和支持心存感谢，他说，有了妻子的支持，自己才能百分之百地投入到创作之中。他也始终记挂着妻子也有自己的抱负。谈及未来的打算，他觉得自己现在也算打下了不错的基础，希望可以慢慢地把妻子推到台前，两个人一起为了共同的理想奋斗。

对戏剧，戏剧即人生

　　谈及对裴魁山这个角色的理解，他一下子来了精神，身上的每个细胞似乎都在手舞足蹈。他满脸得意而幸福地说："啧，多么完美的一个角色啊！"他认为"裴魁山"是《驴得水》所有角色里面最有普遍意义的，代表着最广大的人民群众，所有人都能够在"裴魁山"身上找到共鸣：他有理想、有爱情，最后却因残酷的现实一点点破碎而不得不改变，这种变化是一步一步的，是层次丰富而且完整的。

　　其实，这些年，裴魁山创作、导演和出演了大量作品，获得了不少荣誉，在行业内已经崭露头角。作为一个非中戏"嫡系"毕业、半路出家的戏剧人，他通过"三板斧"奠定了自己在这个行业的地位。

　　《一出梦的戏剧》用一场支离破碎的梦传达对于人类和世界的不解，台词艰深晦涩，该剧作者瑞典作家斯特林堡曾经三次被送进精神病院。这样的大师级作品，排演难度相当之大，很多行业内的人都不敢尝试，但是刚毕业的裴魁山就是凭借一股"初生牛犊不怕虎"的劲头，以及对艺术的专注和对理想的坚持，啃下了这块硬骨头，最终凭借《一出梦的戏剧》在北京国际青年戏剧节拿下新锐导演奖。随后的两年里，他相继排演了英国剧作家哈罗德·品特的《回家》和法国戏剧理论家安托南·阿尔托的《暴虐伯爵》，这些都可以说是"疯狂大师"的"疯狂作品"。接连排演几部大师的作品，让裴魁山心力交瘁，但更让他获得了远远超出想象的关注和他自身以及团队极大的进步。

　　"排大师的作品需要勇气，甚至需要一些不怕死的精神，尤其是斯特林堡和品特这样的大师，这两位的东西太疯狂，太刺激，太晦涩，也太绕。要是怕挨骂，不能排；要是想挣钱，不能排；要是自己骨子里没那么点疯狂和纠结，也不能排。"但是裴魁山就是要挑战不可能的事情。他说："大师的经典作品总是要有人尝试，功成名就的人反而会有很多顾虑，别人不去尝试我就去尝试。"盛夏在租借的小排练场里面排戏一连 40 余天，没有空调，幕布后面、排练大厅，都被裴魁山当过"下榻"的地方。现在回想起那段时光，裴魁山觉得虽然条件艰苦，但是整个人的创作状态是饱满丰富的，每天都会有新的灵感迸发出来，整个人的创作水平也得到了快速的提升。

随着年纪和经历的增长，现在的裴魁山心态平和了很多，岁月给了他丰富的阅历，但是没有磨平他追逐理想的内心，他永远是一个元气满满的人。谈及对人大学子的建议，他有两点与大家共勉：

首先是坚持做自己想做的事情，不要害怕未知，不要害怕失败，既然坚持选择做自己想做的事情，那么即使受苦也要心甘情愿。把生活给予的痛苦当作财富，发掘其中的价值，无论遇到什么阻碍困难，坚持住、咬个牙就挺过去了。比如，他说自己 2004 年毕业去了一家影视公司，老板不仅克扣工资，还把他当枪手，辛辛苦苦创作的剧本，被别人拿去用不仅没有报酬，连名字都不给署。三天就要交一个本子，他被迫进入一种魔鬼般的剧本训练，但是这样的训练对于自己以后的剧本创作帮助非常大，让自己想通了很多与剧本相关的事情。

其次就是千万不要在乎别人的眼光。以戏剧行业为例，拍戏拍给观众看，一定是处在阵地的最前沿，各种意见，善意的恶意的都有，众口难调，一部作品不可能做到大家都喜欢。既然如此，那就不必特别地去迎合谁，只能做自己。"自己的成功还是落魄，充其量就是别人饭桌上的谈资，那对自己又能怎么样呢。人是为自己活，不是为别人活的，个中喜乐辛酸也只有自己才能够体会。"裴魁山回忆自己在人大的同班同学，有十几个在中央部委工作的，还有毕业两年年薪百万、成为上市公司董事会成员的，相比之下，自己选择了一条完全不同的路。享受创作带来的满足，这也是常人难以体会到的。裴魁山笑着说："自己一向是一个自由主义者。"

著名导演李安说过这样一句话：一个人要想成功，天分、坚持、理想，缺一不可。在这个影视唱主角的时代，戏剧已经在某种程度上被边缘化了。而正是因为有裴魁山这样一群人的坚持，才会有戏剧的慢慢复兴。对于近两年的规划，裴魁山说，现在行业状况很好，还是希望抓紧这个机会，最近会集中精力完成创作，回归到自己熟悉和擅长的创作环境。

（本文原载于《校友》杂志）

见"微"知著　润物无声
——访中国政法大学中国法律信息中心主任姜振宇

◉ 秦宇泉/文　李书慧/整理

姜振宇简历

姜振宇，1979 年生，天津人。2000 年毕业于中国人民大学信息学院。现任中国政法大学中国法律信息中心主任，中国政法大学微反应研究小组组长。2011 年 6 月，担任《非常了得》邀请嘉宾之一，应用所学详细剖析人物事件真伪和逻辑关联，引发网友对"微反应"的关注。

二十一年前，他只是一个初出茅庐的少年，满怀憧憬地搭上了开往北京的列车来到人大。本科毕业后，他选择了教师这个职业，十分的睿智再加上十分的耐心，化作了政法大学里的一道春风细雨。录影棚里，他用渊博的知识、敏锐的观察与儒雅的台风，赢得了所有观众对他的敬佩与喜爱。

他是电视屏幕上的"姜神探"，是学校里热情而风趣的"姜老师"，是所有他的粉丝"江米团"心目中的偶像。他，就是信息学院 1996 级校友姜振宇。

"我的大学生活有很多乐趣和美好的回忆"

1996 年，一向学习成绩不错的姜振宇不出意料地考取了中国人民大学，从小便对计算机有着浓厚兴趣的他选择了当时还很新鲜的计算机应用专业。小小的少年怀着大大的憧憬，而此时的他并不知道，也正是这个年轻的选择，如同一只手，不断推动着他在科研的道路上不辍前行。

"我上学的时候还是很努力的，对开发程序也相当有兴趣。"提起大学时的生活，姜振宇陷入了回忆。"其中印象最深的是学习数据结构的时候，每次坐车的时候，我都会思考今天老师留的作业，把数据结构的算法回顾一遍，纯粹用脑想，想完之后晚上把代码写出来，这样最有效率。"从那时起，姜振宇便依靠着这种高效的学习方法游刃有余地保持着学习与课外活动之间的平衡。

姜振宇的大学生活并非仅仅是学术的单调，而是充斥着多元甚至让人有些意想不到的色彩。姜振宇在大学参加了学校的两个社团，一个是校武术队，一个是舞蹈社团。两个社团的活动，让姜振宇交到了很多知心朋友，还切实体会到了艺术生的生活。不仅仅是在运动方面，姜振宇在文学方面同样有着独到的见解。"经历过高兴的放声大笑，经历过欢乐的手舞足蹈，经历过苦涩的眼泪和痛苦的麻木，最终还是要恢复平静。"这是他大三时在《信息月刊》发表的一段文字。写者无心，当时的读者也未必有意，而一种源起于作者内心深处的随遇而安、与众不同的气质，却早已丝丝缕缕地从字里行间渗透出来，跃然纸上。

"虽然在社团里的日子很辛苦，却也要感谢它们，正是它们给我的大学生活带来了很多乐趣与美好的回忆。"时光荏苒，十七年的时间似乎并没有给姜振宇带来太大的改变，他依旧有着阳光的笑容和一张可爱的大男孩脸，而在外表之下，同样不变的，还有那颗淡泊却坚定的心。

"凭良心做好每一项研究"

"我的学习受老师影响挺大的。如果老师讲课比较清楚，也愿意让你听明白，那我就会特别愿意学习。"也许就是从那时起，姜振宇明白了一个好老师所起到的重要作用，而他也要成为一名合格的、能够吸引学生听课并主动学习的老师。

大学毕业后，在大多数同学进入机关、银行、国企或者外企时，年轻的姜振宇来到了中国政法大学，完成了从学生到老师的完美蜕变。从"姜振宇"到"姜老师"这个转变是他的人生经历，更是中国政法大学的一笔财富。"他讲课幽默风趣，能学到的东西很多很实用。不只是女生喜欢他的课，很多男生上他的课也是乐此不疲！他是实力派兼偶像派的！"这段文字节选自政法大学校报上的一篇文章，也从侧面反映出了姜振宇在同学们心中阳光而博学的正面形象。

除了教师，姜振宇的另一个身份是"中国政法大学微反应研究小组组长"。自2007年至今，他从事微反应研究已有十年之久。

大多数人认识姜振宇，也是因为他在《非常了得》上关于"微反应"方面的解读。他的睿智、真实和有点可爱的"天然呆"，深受观众的喜爱。"被邀参加《非常了得》节目，是因为节目中需要一个专家的角色。刚开始经常错得很惨，我当然很不甘心。因为在之前的研究案例中，测试和分析的成功率还可以。后来通过思考发现，之前接触的都是坏人，而游戏中接触的是拿说谎当荣耀的人——他们参加节目的责任就是把这件事说得精彩纷呈，鼓着劲要表现得真实，这是一种得意的心态。相比前面的那种压抑的心态，后者这种带有炫耀的心态是我所不熟悉的。在想明白这个以后，我便把人的情绪基线调整了一下，成功率也就提高了。"提到专业，姜振宇又恢复了认真而专注的神情。在我们都将节目视为一种娱乐放松的时候，他却是认真地观察、用心地分析。而在他的微博中偶尔出现的几张他在节目现场做笔记的照片，也将他那细致严谨的性格，从这些林林总总的观察记录与分析笔记的字里行间展露无遗。

　　从学术界到娱乐界，姜老师成功地实现了角色之间的完美转换。不同于很多从学校里走出来的"学术明星"，出名之后的姜振宇，还是一如既往地爱上课、爱锻炼、爱研究，仿佛他的生活从未变过。"我并不追求有很高级别的官方认可或是民间认可，我做研究只是因为我的乐趣。微反应是我在科研方面最感兴趣的领域，琢磨它就能使我特别满足。"

　　生活中的他，会认真地对一部美剧做分析，并和同事写文章说明 *Lie to Me*（《别对我说谎》）中的优点与缺陷；会细致地将他的书做成漫画形式，只为了能够让更多人读懂从而了解枯燥的微表情理论；会在微博上"较真"地与网友就微表情话题辩论，希望能让更多的人走出对微表情的误解，看到它本来的面貌。有人质疑过他的科研水平是否达到所谓的"专家"高度，也有人批评他所塑造的一副"清高"的态度不过是在作秀，他看到了，但没有过多辩解，也没有过多愤怒，他只是笑笑，然后继续做他的科研，爱他的科研，希望更多的人能够了解他的科研，加入他的科研。"我的想法很简单，就是凭良心做好每一项研究。"

姜振宇曾说希望有一天，能够成为自己心目中最棒的老师。

"保持宽广的胸怀，遇到挫折也当是积淀"

"大学阶段，是一个过程——放得开，收得回来。人的一生中很少有这样的阶段允许你在这么大的范围内做事情犯错误，因此要勇敢地去多接触事、多接触人、多体会做人的喜怒哀乐，允许自己有这样一个阶段来把自己'放出去'。一个真正坚强的人绝不是口头上说说的，一定是在有过相关的负面影响之后，懂得了事情的底线，才不容易被摧毁；但最后一定要收回来，给自己找到一个求生的方向，并把那个方向弄得扎实而通透。这样才能在毕业后把自己身上的闪光点卖出去，从社会上换取资源，维持自己的生活。这就是所谓的情感与理性的交融了——前者能让你的头脑变得丰富，增加你的阅历与经验；而后者能使你凭借自己的专业能力，像一颗螺丝钉一样稳稳地扎根于社会上，然后发展，生生不息地活下去。"

这是姜振宇认为大学生所应具备的素质，也是他的大学生活的真实写照。毕业十七年来，他从人民大学到政法大学，从学生到老师，从当年投稿所用的笔名"青平"到如今小有名气的"姜振宇"，从青涩走向成熟。

"《非常了得》首播那天，很多大学同学打电话给我，告诉我姜振宇上电视了，成了嘉宾，出名了。我并没有很惊讶，因为他在大学时期就已经流露出的那种与生俱来的沉稳与坚定，注定了他在科研的道路上能够比别人走得更稳更长久。而在几年前我们同学聚会的时候，提起他的研究，他的眼睛里还是能够闪出兴奋的光来，从那时起我就知道，总有一天，他能够沉稳地走出一片属于自己的天下。"这是姜振宇大学同学对他的评价。

"经历过高兴的放声大笑，经历过欢乐的手舞足蹈，经历过苦涩的眼泪和痛苦的麻木，最终还是要恢复平静。"再看着这段他年轻时写的文字，仿佛正影影绰绰地照应着他的人生，然而此时恢复平静的姜振宇已不再是之前年少轻狂的他，经历过了这些纷扰变换，他已然有了一颗更加成熟的内心，足以支撑他走向更远的世界，看到更美的风景，"极好地活着"。

"人民大学是很优秀的学校，有一批优秀的教师，他们在业界是无可替代的；也有一批优秀的学生，具有很高的综合素质。在这样一种很好氛围下，关键在于你能否融入到这个'好'之中。希望学校能够保持学术上的专长和特色，招到更加优秀的学生；希望师弟师妹们可以保持宽广的胸怀，即使遇到挫折也当是积淀，并学到自己喜欢的知识，成为优秀的一分子。"

采访之前，姜振宇对我们来说是专家，是教授，是电视上那个闪闪发光的学术明星；而现在，姜振宇更多的是一个严谨的科研人员，一个温和的老师，一个有着平凡生活、平凡烦恼的兄长。

没有高深莫测的理论，没有华丽官方的话语，姜振宇用最"实在"的语言，讲述着他最美的回忆、最爱的科研、最真诚的寄语："希望将来，每个同学都可以先保证自己稳定的生存，进而对社会做一些有意义的事情。"

（本文原载于《信息骄子》）

扎下"为人民服务"信仰的根

——访江西省社会科学界联合会党组书记、主席吴永明

◉ 刘宜卫　杨民爽/文

吴永明简历

吴永明，现任江西省社会科学界联合会党组书记、主席，教授。"赣鄱英才555工程"领军人才、江西省"百千万人才工程"人选，享受江西省政府特殊津贴，法学中青年学科带头人，荣获"江西十大杰出青年"荣誉称号。

为学，他严谨求真，34 岁便破格晋升为教授；为事，他脚踏实地，一直为江西法治建设的发展不懈努力；为人，他一身正气，始终将为人民服务、为社会服务作为自己的人生追求。一路走来，吴永明不忘恩师教导和母校教诲，将人大精神内化于心、外化于行，并用自己的一生践行着这份信念。

治学人大，凤凰涅槃

1997 年，吴永明硕士毕业，从江西师范大学来到中国人民大学做访问学者，师从著名的法学家曾宪义先生。之后，他考入南京大学，依托中国第二历史档案馆的丰富史料，围绕中国司法现代化领域攻读博士学位。2003 年，他重新回到人大，继续师从曾宪义先生从事博士后研究，主要研究共和国的法制建设。当时，他从南京大学赶到人大参加博士后的遴选，临时借住博士生宿舍。他回忆说："当时同学宿舍只有床没有被子，师母知道后特意送了一床被子过来，就这样安顿下来准备博士后的遴选。"先生和师母的情谊让吴永明深为感动，也加深了他与人大的这一份情谊。

博士后研究一般人做两年就离开了，可吴永明却做了整整三年，他说他舍不得离开人大。"我一直赖在那里，不愿走。我感觉人大的整体氛围非常好，老师治学严谨，同学学习认真。"他深情地说，"人大是一个凤凰涅槃的地方，对年轻学者的成长起着非常关键的作用，人大的教育在我们的骨子里扎下了一个信仰的根"。对于吴永明来讲，人大的学习和生活往事是一段美好的回忆，在他的心里烙下了深深印记。"人大的教育一直流淌在我们的血液里，让我们具有很强的社会责任感和使命感，我非常感念这一点。曾经我们有很多机会，可以选择其他的工作岗位，去实现另外一种人生追求和抱负，但是为什么最终还是坚守为人民服务、为社会服务——这一切跟人大是分不开的，跟这种教育是分不开的。"说到这里的时候，吴永明的眼神里流露出一种真挚和坚定。人大岁月坚定了吴永明一心为公的事业追求，人大之情也深深植根在了吴永明的心中。在他的职业生涯中，我们随处可以看到人大精神闪烁的光辉。

耕耘江西，尽心尽力

在人大完成博士后研究，吴永明回到了江西师范大学，并被委以重任。当时，正值江西金融职工大学整建制并入江西师范大学，组建成为财政金融学院，吴永明被任命为学院的院长。尽管年纪较轻，但他兢兢业业，充满激情，经过三年多的努力，他把这个最晚成立的学院建设成了该校一个十分出色的学院。即使到了今天，财金学院的文化氛围、教书育人各项工作依旧在学校名列前茅，可以说与他当年筚路蓝缕、艰苦创业打下的良好基础密切相关。面对成绩，吴永明只是说："在哪个岗位，就认认真真做好自己该做的事儿。"

目前，吴永明担任江西省社会科学界联合会党组书记、主席一职。除了本职工作以外，他的研究重心放在了江西的法治建设上。"现在的工作就是围绕习近平总书记提出的'四个全面'战略布局，把主要的研究精力放在全面依法治国上，也就是法治中国的建设、法治江西的建设，这既是我们用心用力的地方，也是实现我们人大法律人所强调的'在党的领导下依法治国、厉行法治'的一个重要途径。"为了这个目标，吴永明认真开展法治建设研究，在《人民日报》等报刊发表了系列成果。谈到法治建设的出发点与落脚点时，他说："我们希望建构的是在党领导下的一个非常昌明的法治社会，正如习近平总书记所强调的那样，要让人民群众充分感受到公平和正义。我是江西省政府法制办的立法咨询专家，每次去审查地方立法的时候，我都始终牢牢把握立法为民这一重要原则。"

做学问、做工作，吴永明都辛勤耕耘，并取得了优异的成绩，但他却谦虚地说："我们只是非常认真，认真学习全面依法治国这个重要方针，把习近平总书记的法治理念、法治思想，贯彻落实到位，这就是我们的工作。坦率地说，我们用力很深，一直在努力把我们从人大汲取到的营养运用到服务社会上去。"

居其位，安其职，尽其诚，这就是吴永明在工作上真实生动的写照。"走到哪里都始终牢记我们是人大的学子，牢记我们做的每一项工作从某种角度来说都是代表着学校的形象，所以我们要努力传承人大基因，弘扬人大精神。"

谨遵师命，此心可鉴

2007 年，正在江西工作的吴永明接到南方某大学的商调函，该校提供的学术平台和优厚的生活待遇让他有些动心，开始在权衡举家搬迁到深圳的事情。就在这时候，曾宪义老先生联系上了他。"曾先生知道我准备去深圳工作的时候我正在美国访学，他打电话叫我回到北京后到家里来。"吴永明觉得这段经历十分难忘："我回国下飞机后就去了先生家，在先生书房里师生俩从下午两点聊到五点半。先生希望我留在江西，他说江西是革命老区，人才很缺乏，好不容易培养了一个江西学生，你在那里就要为江西的建设服务，不能离开。"听了先生这番语重心长的话后，他释然笑言："当时我深深的感受就是四个字，'师命难违'。"

在此后的很多机会面前，吴永明均毅然选择了坚守江西，为老区建设贡献自己的绵薄之力。他说："我爱人是上海财经大学的博士，我们有很多机会到一线城市去工作，但是后来一直都没有离开江西。"服务于江西发展和老区建设，让吴永明切实体会到为人民服务、为社会贡献的意义。"师命难违"，他将这个人生转折看作是恩师赠予自己最深刻的教益。

在人民大学 80 周年校庆之际，吴永明也希望更多的学弟学妹能好好珍惜大学的美好时光，真正树立自己的人生目标。"希望学弟学妹把母校的培养教育内化于心，外化于行。无论何时，无论何地，始终牢记自己是人大培养的，秉持'人民、人本、人文'理念，实现自己的人生价值。"

司法改革的锐意探索者

——访台州市黄岩法院院长陈崇冠

◉ 刘宜卫　张秀婷/文

陈崇冠简历

陈崇冠，男，1966 年 4 月出生，1988 年毕业于安徽大学法律系，获法学学士学位；2000 年获中国人民大学法律硕士学位。2002 年担任台州市中级法院行政庭庭长，推行"行政诉讼异地管辖"改革。最高法院以此为蓝本，于 2008 年出台司法解释《关于行政案件管辖若干问题的规定》；2014 年被纳入新《行政诉讼法》，对推进中国法治建设做出一定贡献。2007 年 9 月获邀成为"中德法治国家对话"中方代表团成员。2006 年 10 月担任三门法院党组书记、院长，推出法官员额制度和法官助理制度改革，走在全国司法改革的前沿。2011 年 11 月担任仙居法院党组书记、院长，推动仙居法院成为司法改革三个国家级试点法院：最高法院"司法改革顶层设计与地方探索"、"审判权运行机制改革"试点单位和中央政法委"司法体制改革"试点单位。2015 年 6 月调任黄岩法院党组书记、院长。浙江大学法学院"公法与比较法研究所"兼职研究员、台州市委党校客座教授。

人大求学：重返校园新收获

　　陈崇冠本科就读于安徽大学，毕业后进入台州中级法院工作。1998 年中国人民大学与国家法官学院联合创办的首届高级法官培训兼读法律硕士班，为陈崇冠重新进入校园接受理论学习提供了机会。经过认真的准备和选拔考试，陈崇冠成功进入人民大学，该培训班共 38 名同学，多是来自最高法院和各省的中高级法院。2000 年他获硕士学位。

　　进入人大接受法学理论的系统再学习，陈崇冠获益良多。"其中最重要的是法学理念的培养，这种理念一直指导着自己之后的实践。"陈崇冠表示，在本科阶段刚踏入大学校门学习知识时，只是按照老师的要求按部就班地学，并不能理解知识背后的意义。但是在进入人大再学习法学时，一方面法学理论有了新的发展，另一方面因为有了之前在法院工作的实践经验，带着问题去学习，就更能体会到知识背后的实践意义。"法院的实践经历使我在法学实务方面积累了很多的经验，但是这种经验多是比较散的。在人大的学习就给我提供了一个理论框架，指导我将这些散的知识经验整合起来，形成自己的司法理念。"对此，陈崇冠提到近期最高法院司法改革办公室来台州法院的调研会上，在讨论对中央推进的司法体制改革的意见时，陈崇冠的发言被最高法院司法改革办的领导认为"最符合中央政法委、最高法院的改革精神和要求"。全国法院推行法官员额制度和法官助理制度是在十八届三中、四中全会以后，他在 2007 年担任三门县法院院长时，就开始推行这一改革，引起最高法院的关注；2011 年担任仙居法院院长后，该法院成为最高法院"司法改革顶层设计与地方探索"、"审判权运行机制改革"试点单位和中央政法委"司法体制改革"试点单位。

他的"先见之明"，很大程度上受益于在人大接受到的先进的法学理念的指引。

司法实践：做一名锐意的改革者

在人大学习中培养的法学理念深刻影响着陈崇冠的司法实践。在他担任台州中级法院行政庭庭长时，大胆推出"行政诉讼异地管辖"改革，带动了全国的司法理念更新。"在理念的指导下发现创新之处，并落实到具体的制度和实践层面。"陈崇冠如是说。

"行政诉讼有'三难'，告状难、审理难、执行难。"陈崇冠说。被形象地称为"民告官"的行政诉讼，往往被地方保护所干扰。

"法官应该在没有压力的情况下判案，如果法官有压力，应该通过制度性的设计，将法官的压力拿掉。"在这样的司法理念的指导下，陈崇冠创造性地提出并落实了"行政诉讼异地管辖"改革。在"民告官"的司法案件中，由于法院受当地党委、政府、人大等权力的制约，法官有压力，往往做不到完全客观公正地判处案件；即使判对了，老百姓也不相信你是公正的。意识到这种限制，陈崇冠提出了改革设想，即将各行政区划内重大疑难案件的管辖权收归中级法院，再依法指定到异地法院审判，这样就避免了法院在判决案件时受到当地权力机关的限制和影响。这一改革实施一年，"民告官"案件中政府败诉率上升了500％。

"曾有一位市长说，本来想打电话给法院院长，希望院长在案件中给予支持。但经过这一改革，拿起电话都不知道要打给谁，因为案件在外地法院审判。这样就避免了权力影响，法院能够在没有压力下更加公正地判案。"陈崇冠说道。正是在政府败诉率大幅上升的情况下，促使政府采取措施提高法治水平。目前，台州市在法治政府方面的指标排名，位于全国前十名，法院的异地管辖制度起了重大的推进作用。

这一改革影响巨大，得到了最高法院、全国人大及专家学者等的重视，被作为最高法院的重点调研课题进行研究。2008 年，最高法院以"台州经验"为蓝本，出台了行政诉讼管辖的司法解释，在全国推行。2014 年又被纳入《行政诉讼法》。这一跨行政区划诉讼改革影响深远。

陈崇冠在其硕士毕业论文《法官选拔探讨》中，就提出了法官员额制度及法官助理制度的设想。即对法官人数进行限额，在一定时期内不能改变，没有缺额不能递补。在此之前，法院中法官人数不限额，书记员工作一定时间后提拔成法官，这就造成了书记员人数过少而法官人数过多的比例失调现象，而且导致法官素质参差不齐。只有从根本上限制法官员额，才能解决这一问题。"法官是高素质的，不能无限制增加。把不重要的事务性工作从法官工作中剥离出去，保证法官能专心于审判，这才是现代司法制度。"陈崇冠如是说。陈崇冠的这一设想在十八届三中全会上被提出，在十八届四中全会上得到了落实。在司法体制改革的转折点上，陈崇冠所秉持的理念和在基层法院的实践，为高层的改革提供了基层经验，为推进司法改革做出了重要贡献。

人生之道：为社会做有价值的事

"作为一名普通的法官，能够推动司法改革进程，是怎么也没有想到的。所以静下心来去学习与积累，潜心于你的职业研究，它会给你惊喜。"陈崇冠说，自己所做的事，一直都只是在基层工作中一步一步探索、实践、积累，然后再探索、实践。

在陈崇冠看来，每个人大学子都应该胸有大志。他眼中的大志不是赚大钱、当高官，而是在能解决温饱的情况下，去做一些对社会有价值的事情。"像我的儿子毕业以后，我是不会给钱，也不会介绍工作的。让他自己到街上去看看，哪里招工就去哪里面试，扫大街也可以，扫厕所也可以。这样是他自己劳动所得，用在他自己的生活，解决掉自己的温饱问题，这是第一步。"陈崇冠在谈论青年人应走的路时说道，"学会谋生后，还要立大志，做有价值的事。像我们搞这些司法改革，我认为这是有价值的。在政治、经济、文化各个领域做一些有正面意义的事情，都是有价值的。人民大学的学子应该更多地为社会做出贡献。"

陈崇冠始终坚持着这样的信念，在自己所从事的司法工作中兢兢业业，为实现一名基层法官的价值而不断努力。被问到自己的座右铭时，他说："就只有一句话，不违背自己的良心。这也是司法的底线。"他所做的工作虽然是司法实践的某些方面，但已着眼于中国未来司法体制的发展，对于整个司法的实践具有深刻的意义。

陈崇冠还说，成为一个有价值的人，这个过程其实很快乐。"你在提升自我的过程中，一定要很谦卑，去赢得别人的教导、指导。"他深刻认识到，自己需要付出努力，以一颗谦卑之心，去感恩别人的帮助。"这样才会赢得越来越多的人的帮助，才会走上一个能够有所作为的平台，自己所学的东西才会有用。"

生活艺术：感恩世界，享受安宁

在司法工作之余，陈崇冠也有自己的兴趣与安宁的生活。陈崇冠喜欢音乐，尤其对古琴有很深的兴趣。他利用业余时间学习，至今已有六年之久。"我认为古琴得有一定的年龄和人生阅历之后再来学习，这时更能体会到宁静的心境和古琴音乐背后的意蕴。"

选择音乐作为休闲娱乐、陶冶心境的一种方式，是出于自己对音乐的兴趣。陈崇冠谈到，古琴已经成为自己平常生活的一部分了。他还担任台州市古琴学会副会长，在三门法院、仙居法院和黄岩法院担任院长期间，都在法院内开办古琴等培训班，陶冶法官们的情操。他也引导自己的儿子参与到古琴学习中来。"我的儿子去年自己开办了一家琴馆，每天练习古琴，也教授别人。他自己很喜欢这种生活方式。"

陈崇冠与妻子也是众人歆羡的模范夫妻。陈崇冠的妻子周菁菁也是人民大学的校友。"我们从高中一直到大学，谈了八年恋爱。与她成为夫妻可以说是我人生最大的幸福和收获了。"陈崇冠如是说。陈崇冠的妻子在银行工作 20 年，之后辞职开始自主创业。"真正的财务自由是一种理念，是我一直以来十分坚持和推崇的，不做金钱的奴隶。有了财务自由的理念，实现了财务自由，才有更大的精力、乐趣与善意做有益于社会的事情。"

现在的陈崇冠生活安宁惬意。"我不敢奢求太多，现在的生活已经很美好了，能够每天做自己喜欢的事是人生最大的幸福。"在这样的生活里，陈崇冠对自己的人生充满了感恩，而他最牵挂感激的，还是母校人民大学。"感谢母校给我们这样一个学习的机会。我们都不过是母校分出来的一滴水而已。"他深情地说。

不惑之年的"90后创业者"

——访"跟谁学"学习服务平台创始人陈向东

● 王学良/文 李书慧 吴 竞/整理

陈向东简历

陈向东，1971年生，河南新安人。1998—2004年，就读于中国人民大学经济学院国际经济系，经济学博士。1999年年底加盟新东方教育科技集团，2010年11月任集团执行总裁，全面负责集团管理工作。2014年辞任新东方执行总裁职务，创办"跟谁学"学习服务平台。兼任北京市西城区政府顾问、中国人民大学经济学院院友会理事等社会职务。多次获得新浪网"杰出贡献教育人物"、搜狐教育"中国教育产业领军人物金狐奖"、网易教育"教育突出贡献人物"等荣誉称号。出版《做最好的团队：打造卓越团队的九大黄金法则》《GRE数学高分快速突破》《新托福考试写作高分速成》《GMAT逻辑推理》等书籍。

清晨 8 点多，中关村软件园里还没多少人，早来的清洁工刚开始换工作服准备打扫楼道。这时候，在"跟谁学"的工作间里，陈向东已经开始约见合作伙伴进行会谈了。

还在新东方工作的时候，陈向东就以"工作狂"而著称。如今，生于 1971 年的他，早已进入不惑之年，却毅然辞去新东方教育集团执行总裁、上市高管这个旁人看来待遇优渥的职位，开始了自己"真正意义上"的创业之路。

探索：从英语培训班到"跟谁学"

"我小时候就是一个特别调皮的孩子，也因此比较'不受待见'。"出生在河南新安一个山村里的陈向东，小时候最大的爱好，就是爬树掏鸟窝。到后来，哪怕是光秃秃的电线杆子，陈向东也能不借助任何工具就爬上去。

因为活泼好动的性格，陈向东没少挨骂。但也正是这种不安分，让他在刚刚工作一年后就开始了一些类似"创业"的活动："1989 年，我 18 岁。当时我利用暑假办英语培训班，因为我发现很多学生的英语基础很差，英语水平差异也比较大。很多学生都有迅速提升英语水平的需求，某种意义上说，你可以认为学生有这样的'痛点'。"

"我的培训班一期是 7 天课程，每个学生收两块钱，每个班 75 个学生。半个月我挣了 300 元。"对于自己心目中广义上的"首次创业"，陈向东还算满意——当时他一个月的工资只有 90 元。然而，敏锐观察到学生"痛点"的陈向东更是察觉到了自己的"痛点"："我是初中毕业上了师范，17 岁就参加工作了，因此特别想再上个大学。"随后，凭借自身的努力，陈向东一路争取到了去郑州大学和中国人民大学读书的机会。

在新东方工作的近 14 年里，陈向东一直把自己定位为一个"创业者"。"2002 年的时候，我创办了武汉新东方学校，当时就是我一个人带着 30 万跑过去的。"然而，多年从事教育行业的经验让陈向东对传统教学模式有着自己的思考：优秀的教师资源，能不能与拥有迫切需求的学生之间建立一种更为直接而有效的联系？对于这个问题，立足传统教育领域的新东方给不了他答案。

从小便不安分的陈向东，选择通过自己去寻找答案。寻找的过程可谓"山重水复疑无路，柳暗花明又一村"，看起来和教育不沾边的"微信红包""滴滴打车"让陈向东很受启发。"颠覆性创新，往往是从行业外部来推动的，现在人们将更多的时间花在移动端上，通过移动端进行交易、支付，重新定义生活方式，这时候我就在想：在教育场景上，有没有可能发生类似的情况？"沿着这样的思路，陈向东的"跟谁学"渐渐成型。

"我希望在将来，通过移动端进行学习也能够成为一种生活方式：无论你在坐车还是在与朋友聊天，无论你在国内还是异国他乡，都可以拿出手机，打开'跟谁学'的应用，找到你喜欢的老师，或者管理你的课程，这就是我们的梦想。"

"改造"：化身"90 后"，身段"放下来"

从传统领域转型为互联网创业，很多人或多或少都会产生一些"不适应"。但陈向东却显得轻车熟路，甚至连思维方式都似乎一下子"互联网化"了——本来按照原定的计划，"跟谁学"测试版打算在 2014 年 10 月中旬推出，但在 9 月 21 日，当陈向东看到参与产品测试版体验的家长和老师给予的反馈十分热烈时，他立刻拍板："跟谁学"的网页测试版必须在第二天上线！"有些功能还没完善？没关系，凭什么你推出的东西就不能失败？互联网的法则就是小步快跑，快速迭代。"陈向东解释道。

看上去更像一个传统行业操盘手的陈向东，身上却有着恰恰契合如今互联网时代的潜质。"2013年3月，我曾去哈佛学习领导力课程。当时的测试显示，我的领导力模型应该是创新的、果敢的、能够快速推动一个事物的。"陈向东坦言，看到自己这些潜质，也更坚定了创业的选择。

为了推广"跟谁学"，陈向东还做出了不少在别人看来"有失身份"的举动："每当我被别人拉到一个新的微信群里，我做的第一件事就是介绍我自己，营销推广'跟谁学'。群里也有人曾戏谑我说：'哎呀，陈老师，你到这个群里面，不应该这么做吧？太掉你的价啦，我们可都知道你。'我马上回：'你说的不对，我现在创业啦，我就是个'90后'，所以我需要你们多来帮帮我，更需要你们拍砖质疑。'"

在陈向东看来，创业时无论之前干过什么，能不能把自己"放下来"都是个很核心的问题。"什么叫'放下来'？就是不要理会别人说你都40多岁了，不要在乎别人认为你有一定社会地位了。你需要回归原点、不忘初心。你要是把自己也当成'90后'，就会有不怕失败、想出发就出发的状态。"

陈向东说要当"90后"，可并不是念叨而已。他表示已经从两个方面着手进行"自我改造"。首先是外在方面，"我和员工坐一样的办公桌，而不是独享一个大的办公室。我曾经调侃说：'当你拥有一个办公室的时候，你的世界就是那个办公室，而当你拥有一个工位的时候，你的世界就是整个公司'"。此外，陈向东还发现来自互联网领域的团队成员互相之间都直呼其名，但都叫他"陈老师"。这种隔膜让陈向东意识到了称呼背后的一些"阶级"意味，"我马上给自己起了一个英文名字'Larry'，并且要团队成员都直呼自己这个名字"。

除去这些外在调整，陈向东更看中如何能走进公司这帮"90

后"的心里去："怎样能听进去更多想法？怎么能让这些想法变成行动？这是我每时每刻都在思考的。"在陈向东看来，"我是个'90后'"有三重含义：第一，能像'90后'一样对事情全情投入地去打拼；第二，像'90后'一样不怕失败，这样才有可能会赢；第三，希望能被大家当作一个回归原点的、重新出发的人。"我也希望自己周围能多汇聚一些优秀人物，我们一块儿去做一些伟大的事情。"

主动放下身段的陈向东，并不担心自己会因此在团队里"威信扫地"。在他看来，很多国人对于"领导"和"领导力"有错误的解读。"什么叫'领导力'？我觉得领导力应该是服务于他人的榜样之力。我特别喜欢西方有一本书叫《仆人式领导》，书里说如果你想真正成为一个领导者，你首先要问自己：你是不是做好准备能够帮助到人？是不是做好准备能够服务他人、影响他人？我也特别欣赏杰克·韦尔奇在《赢》那本书中说的，'在你成为领导之前，成功的标准就是如何使得自己成长；而当你成为领导之后，成功的标准就是如何使得别人成长'。我很讨厌所谓的'立威'，真正的领导是要让别人能从心里走进你、亲近你、接纳你、信任你。"

感悟：不同年龄段，创业各不同

40多岁还在创业，陈向东的举动其实还是令很多人不解。但他却认为"创业在任何时候都不晚"。在他看来，人在不同的年龄阶段创业，应该有不同的目标和状态："20多岁创业的时候，你应该基于一个细分的点进行创业；而到了40多岁的时候，你有人脉、有资源，也有一定的自我品牌，此时你在看准方向、组建团队、塑造文化价值观等方面肯定要比年轻人做得好一点，因而你就可以考虑是要做一个平台，还是再做一个细分的点。不同的人有不同的决定，重点是你要问一下自己，你做的事情自己能不能hold（掌控）得住。"

对于当今社会对大学生创业的积极呼吁，陈向东十分推崇："有人说大学生创业失败率很高，别轻易创业，我对此完全持反对意见。我认为人的一生是体验的一生、追逐的一生、认知自我的一生，通过创业本身，你能学到很多东西，哪怕是失败了、碰得头破血流了，不都是你最宝贵的财富吗？之前我在深圳碰到一个创业者，前八次创业都没成功，第九次成功了。但是没有前八次的失败，会有第九次的成功吗？所以不要怕失败。"

对于创业，陈向东分享了自己关于创业的三个心得。第一是要有勇气创业，一旦有创业的想法，想好了就要出发，现在大多数人创业失败都是因为瞻前顾后想得太多，而没有果敢、没有快速行动；第二是要有良好的同行者，一个人创业毕竟有很多限制，选好同行者，选好一同打拼的优秀人才是必要的，同行者可能有时候会对你有挑战，但每次挑战都会让你涅槃之后达到更高的高度；第三是要坚持，不放弃，这种坚持不是说某个具体项目到了无可救药的地步还不收手，而是坚持创业梦想，坚持要真正创造独特价值的梦想。

（本文原载于《创业故事》）

三尺讲台育桃李　四秩春秋谱丹心

——访兰州财经大学经济学院院长张存刚

● 李书慧　杨民爽　王　珂/文

张存刚简历

张存刚，1966 年生，山西人。1999 年至 2002 年就读于中国人民大学经济学院政治经济学专业，获博士学位。现任兰州财经大学经济学院院长。兼任中国《资本论》研究会理事，全国高等财经院校《资本论》研究会副秘书长、常务理事，中国经济规律研究会理事，甘肃省行政管理学会常务理事，甘肃省委党校公共管理专业研究生导师组成员，甘肃行政学院客座

教授。主要研究方向为政治经济学、《资本论》研究、中国特色社会主义经济理论与实践、金融理论与政策。出版专著《国有企业内外部关系改革研究》，在国内核心期刊发表论文60 余篇。先后获得"甘肃省高校优秀思想政治工作者""甘肃省高校优秀青年教师成才奖""全国优秀教师"等荣誉称号。

作为一个优秀的学者，他肩负着传承马克思主义政治经济学的重任；作为一名敬业的教师，他怀揣着四海讲学育桃李的梦想。"高校老师，是一个挺幸福的职业。"这是张存刚谈及工作时说的第一句话，而这句话也代表着张存刚对教学的热爱和执着追求。一支粉笔两袖清风，三尺讲台四季晴雨。他将在人大所学的知识带回兰州，潜心治学，在这里与一批又一批的学子交流、探讨，帮助他们找到人生的方向。

"人大坚定了我教学研究的信心"

1989 年，张存刚从兰州大学毕业，获得经济学硕士学位，被分配到兰州商学院（2015 年更名为兰州财经大学）工作，从事政治经济学专业的教学工作。在教学科研的实践中，他逐渐认识到自身现有的知识水平与理论高度还不能够满足教学科研工作的需要，于是更上一个台阶的想法开始在他的心里萌生。张存刚抓住机遇，积极复习报考，在 1999 年成功考取中国人民大学政治经济学专业的博士研究生。

"上大学的时候，我们都知道中国人民大学，而且也知道这是一所什么样性质的学校，这是国家人文社会科学的'排头兵'。"当谈到母校时，张志刚毫不掩饰他对于人民大学的赞赏之情，而在人大学习的这三年，也让他真正领悟到这所学校的魅力。提起这段学习时光，张存刚印象深刻。这段日子对他未来的发展影响很大，一方面坚定了他在高校从事马克思主义政治经济学教学研究的信心，另一方面总结和巩固了他在兰州时期的学习研究，为今后的教学科研打下了坚实的基础。

在人民大学学习期间，张存刚师从著名经济学家、马克思主义理论家胡钧老师。胡钧老师学术功底深厚，学术研究透彻，尤其是对《资本论》的研究很有造诣，为人为学皆是楷模。谈及自己的恩师，张存刚充满着敬仰之情，他认为"胡钧老师是一个真正做研究的学者"。胡老师常常对学生讲，希望弟子们能够多到高校任教，把马克思主义政治经济学传承下去、发扬光大。也正是老师对弟子的殷切希望，张存刚坚定了自己内心不慕名利、心寄教育、踏实做学问的道路。

在人大学习的这三年，张存刚印象最深，对他影响最大的人就是恩师胡钧。尽管当时胡老年事已高，而且平日里也在钻研一些学术课题，但他在教育学生方面丝毫不马虎。那时候，张存刚每两周就会去找一次胡老师，每次去的时候胡老师都会仔细检查上一周的读书任务。汇报完以后，胡老开始给他们上课，讲得十分细致，将自己的知识毫无保留地传授。论文写作时，胡钧老师要求学生完成论文后及时上交，然后他一字一字、一句话一句话地改，改得特别细，改完以后告诉你这句话为什么要这么改。同时，还会给学生们提供一些马列主义经典著作中的资料。正是在胡钧老师的严格要求与悉心指导下，张存刚博士期间发表了许多成果，收获了不少奖项，学术能力得到了进一步的提升。

为了回应老先生的这份苦心，张存刚三年的求学生涯也十分刻苦用功。尽管在考博士之前他刚被提拔为兰州财经大学马列教研室的副主任，但他毅然中断了工作，全身心投入到学习之中。扎扎实实的三年苦读，让他对于自身专业的认识更加深刻，科研能力进一步提升，教学水平也显著提高，坚定了他从事学术研究和教书育人的信念。

"学术路上要一直脚踏实地"

从人民大学毕业后，张存刚重新回到兰州财经大学，先后担任公共管理学院、马克思主义学院的院长，积累教学经验的同时，也一步步积累了丰富的教学管理经验。2011 年，出于加强理论经济学科建设的考虑，兰州财经大学成立了经济学院，并任命张存刚担任首任院长。

在教学研究上，张存刚致力于将政治经济学引入主流框架中，呼吁大家重视马克思主义经济学。这样的工作大大巩固了理论经济学方面的研究地位，也增加了兰州财经大学在理论经济学领域的影响力。虽然承担了大部分的管理工作，张存刚依然潜心治学。在他看来，人才培养意义重大，教学时应该怀有一种责任感。高校教师的根本是育人，作为一名教师，应该首先做好自己的本职工作，以教书育人为重。现在的大部分教师把精力放在了课题研究上，这与教师本来的使命相违背，不利于人才的塑造和培养。如今张存刚带着两个专业的研究生，一个是政治经济学专业，一个是马克思主义基本原理专业。在这方校园中，他不负恩师所望，做起了马克思主义经济学传道者，脚踏实地，努力为祖国培养出更多专业知识过硬、实践经验丰富的优秀学子。

在教师培养上，作为学院院长，张存刚从管理者的角度出发思考如何提升学校教师队伍的质量，提高学院办学的质量。目前兰州财经大学经济学院教师中拥有博士学位的人超过 40%，如何管理这些人成为工作的难点。张存刚把管理重点放在调动年轻教师的积极性和主动性上，为他们搭建学术交流的平台，提供更多的学术研讨的机会，帮助他们更快地适应环境、转变身份，更好地成长。在政策允许的范围内，资助一部分优秀教师出版专著、参加学术会议、发表论文，全力以赴地支持他们提升自己的教学水平。

张存刚学术上的脚踏实地和工作上的认真负责与他爱读书的兴趣密不可分。当别的同学上大学攒钱改善伙食时，张存刚却把钱都用来买书。他喜欢的书的类型也丰富多样，哲学、历史、文学都有涉猎，大学毕业时，他已经攒下一箱子书了。所以毕业时他从没想过走上工作岗位，而是进一步深造，去读研究生、博士生。也正是这样与书为伴的生活，让他更喜欢脚踏实地地去做学术、搞研究。

目前，张存刚已经出版专著《国有企业内外部关系改革研究》，在国内核心期刊发表论文 60 余篇。先后获得"甘肃省高校优秀思想政治工作者""甘肃省高校优秀青年教师成才奖""全国优秀教师"等荣誉称号，这些荣誉的获得并不是偶然，这离不开张存刚多年的精心思考和学术积累。

"大学要培养真正务实的人"

一心专注于治学育人，不为纷繁复杂的外物所干扰，张存刚的身上透露着的是一种平和的心态，一种超然的境界。他笑言高校老师是一个"幸福的职业"。自由舒适的工作环境，桃李天下的成就感，简单轻松的人际关系，都让他感到心满意足。作为大学教师，张存刚认为能够有更多的机会接触到优秀的年轻人们，在这些年轻人面前，你会感到自身也变得年轻，会激发你的求知欲望和学习动力，因此要永远保持一个学习的状态。

现在的环境导致青年人身上多了几分浮躁，少了几分务实，张存刚希望能通过课堂交流和课后研讨帮助学生们树立正确的人生观、世界观、价值观，为他们提供一个自由思考的学习环境，引导他们对问题的正确认识。只有多读书、勤思考、关心时事，才能将当下热点与书本上的知识结合起来，培养出既有良好的通识教育，又有学科应用基础的复合型专业人才。

谈及今后的发展，张存刚坦言，多年的管理工作对学术研究有一些影响。时间上受限，不能及时将一些想法写出来，希望下一阶段能够将更多的心思花在学术上面，多做一些研究，多带一些学生。做学问是一件需要脚踏实地的事情，来不得半点浮躁和虚假，需要一步一个脚印走出来。这也正是张存刚想告诉自己和学生的，作为高校的师生，无论是对待课程还是科研，都要保持严谨的态度和勤奋的学风。

兰州财经大学自上世纪 80 年代以来就和人民大学关系密切，有很深的历史渊源。作为人民大学卓越的校友、兰州财经大学优秀的教师，张存刚希望人民大学在未来发展中，能进一步凸显哲学社会科学的优势，将学校资政育人的作用更好地发挥出来。人民大学始终与国家和社会发展的脉搏同跳动，始终走在时代发展的前列，在中华民族伟大复兴的历史进程中，要最好地展示出学校的力量。

一个老师的幸福就在于你不知道在哪一天，在哪一个时候，会被曾经的学生想起。当记忆的火苗燃烧之时，生命光焰也散发出绚丽的一幕。在这一方熟悉的校园，在每天太阳升起的那刻，张存刚都会走上生命中最熟悉也最热恋的三尺讲台。"我们始终都是老师，我们始终牢记我们是人大人！"

用父亲的心做教育

——访斯玛特教育集团创始人武志

◉ 毕　玥　杨民爽/文

武志简历

　　武志，2004 年毕业于中国人民大学艺术学院。斯玛特教育集团总裁，国家二级心理咨询师，中国美术学院社会化美术考级监考官，斯玛特创意思维课程研发人之一，中国教育学会教育学刊学术研究员，中国教育学会"十二五"重点课题组子课题组长。

　　曾在法国参加"北京十八人"作品展、"油画之风"艺术节；在美国亚利桑那州参加"反向对话"艺术展；在北京参加"Ctrl＋Shift＋S"艺术展、"油画游戏"当代十六人作品展等，在北京提案中心参加当代艺术家群展，在北京千年时间画廊参加"时间—艺术"画展；在上海参加中青年画家推荐艺术展；在中国人民大学主创"笑容"sars 数字艺术站。多次受邀参加央视、北京卫视少儿节目。

走进武志的办公室，映入我们眼帘的是各式各样的壁画与摆件，写实主义与抽象主义并存，东方艺术与西方文化相互碰撞，风格迥异却又交相呼应，这种大胆的创新与包容正是武志的个人风格与斯玛特核心文化的体现。

一张木雕根桌，一副茶具，茶盏里的图纹像是一颗颗刚熟透剥开的无花果，鲜美又饱满多汁。我们围桌而坐，武志手持茶壶，一边泡茶一边向我们讲述他的故事。

幸运的人大岁月

2000 年，刚刚成立的中国人民大学艺术学院开始招生。作为一所综合大学的艺术学院，它更注重学生的人文素质教育与综合能力的培养。正是考虑到这一点，武志在中央美院与人民大学之间毅然选择了后者，成为人民大学艺术学院的第一届学生。

如果要用一个词来总结在人大的感受，武志认为是"幸运"二字。作为人大艺术学院的第一届学生，学院无论是在教学还是师资方面都投入很大。当时建院以后由徐庆平（徐悲鸿之子）担任第一任院长，他从国内外召回了许多优秀的人才，如沈尧伊、黄华三、高毅等。谈到这些名师时，武志满怀感恩，"基本上我们上的学是最值得、最幸运的，因为老师基本都是全程的浸泡式的陪伴教育，受益很多。我们那时候几乎是每天都能见到老师，而且从早聊到晚。当时并不觉得有什么特别，现在成长过来以后再回过头看，其实那时候还是挺幸运的，而且吸收的养分很多"。

谈及创作时，武志笑着告诉我们他的第一件作品是水泥做的。这别出心裁的创作离不开老师对他的影响。武志告诉我们，他的老师黄华三对中西方艺术都有很深的造诣，善于站在一个更全面的维度来看待艺术。在教学方面，"他并不会按照原来传统的训练技法的方式来教导我们，而是先和我们沟通，了解我们的想法，基于我们的想法他再给我们建议，鼓励我们去创作"。黄华三老师的这种创新教学方式让武志打开了自身对艺术的认知："从那时开始，我发现艺术创作有很多种可能性，便一发不可收拾，不停地创作，做了很多的尝试。"

后来，在积累了一定的作品之后，武志在老师的鼓励下出去寻找画廊办展览。2002年的冬天，武志和他的同学们在千年时间画廊成功举办了第一个小巡展，展览的主题叫作"另存"。对于这个主题，武志是这么阐释的："我们不去批判现在的任何东西，我们只是想把我们想做的保存在另外一个文件夹里，对传统既不批判也不跟随，对传统既不妥协也不模仿，这就是我们做艺术的基本态度。"

大学时代的丰富经历，为武志提供了充足的养分，也奠定了他的独特教育理念。

不忘初心，砥砺前行

初次萌生做美术老师的想法，是在武志大二的时候。武志作为学院青年志愿者协会的主席，常常带领学院的同学们在求是楼给人大的师生上美术课。在一次次的实践中，武志逐渐发现自己很适合教孩子们画画，于是毕业以后，他决定从事儿童美术教育。当时社会上还没有针对美术老师的培训，武志只能自己开始研究。正是在亲身探索的过程中，他发现现有的参考书大多以培养孩子的技法为主要目标，这与自己在大学时候学到的东西很不一样，于是他萌生了一个想法：独创一套新的教学体系。

毕业后在培训机构做美术老师的那段时间，武志回忆道："我最多的时候，一天能上十一节课，从早上八点半，一直上到晚上

人民共和国的建设者

RENMIN UNIVERSITY OF CHINA

八点半，中午就休息一个小时，一小时一节课而且连着"。但是工作的艰辛并没有磨灭武志的热情，他开始琢磨如何去启发孩子："那时候我不认为我做的职业，只是为了工作或者赚钱，我更喜欢看到孩子创作的状态，他们都是有思想的画笔，我试着给予他们一些材料或者一些想法，然后会在他们中间起化学反应，十一个班，十一节课，每个班孩子的结果都不一样，我还挺兴奋的。"

谈到创业初期的困难时，武志坦言他也曾有过一段非常煎熬的时间，这种煎熬来源于他的内心。刚刚接触教育行业的时候，武志表示很失望："因为中国社会上的这些教育行业，大部分都是以盈利为目的的，也就是要赚钱。以赚钱为目的，甚至会损害教育的安全性。感觉鱼龙混杂，自己也不知道该怎么办，不知道自己是否要妥协。"所幸在自身信仰的鼓舞与旁人的支持下，武志克服了自身的恐惧，坚定了做好教育的信念。

用父亲的心做教育

提及斯玛特的教学体系，武志说："我们现在的教学体系，不是以教授技能为主，更多的是一种陪伴式教育，我们的理念就是'用父亲的心做教育'，陪伴、启发、引导和帮助，陪伴式的教育更多的是激发孩子情感与想法的表达。这其实就是艺术家创作的一个过程，我是把这个过程拿过来放到儿童美术教育里，然后带着孩子们来做。"

在价值观上，"用父亲的心做教育"是斯玛特的核心教育理念。武志解释说，一般情况下，爸爸更有力量、更有速度，教育方式更加开放，保护孩子的范围和空间会更大，因此孩子在爸爸的保护下，更容易尝试、体验、探究甚至是犯错。"这就是我们想要告诉每一个老师的，你要运用父亲教育孩子、引导孩子的那种方式，给孩子一个更大的空间和范围。其实在陪伴的过程中，人的成长才是最快的，所以我们就要给孩子这样一个空间来让他去成长。在成长的过程中，他所体验、感知的这些东西最后表达出来变成一张作品，我们会发现那种作品其实比成人引导的要好得多，那是一种艺术家级别的作品了，我觉得这条路是对的。"

在课案培训方法上，斯玛特一直遵循着百分之百更新的原则，在培训课案的过程中没有范画，没有统一的标准，大家一起头脑风暴，"一个主题一节课，可能 200 个人做了 200 个结果，每个人互相观摩，每个人就有了至少 200 次课的经验"。在这样的培训中，老师的成长速度非常快，师资得到了高效利用。

武志说，他的教育思想离不开大学时候老师对他的影响，离不开在艺术学院的创作经历，"陪伴、启发、引导、帮助"这种理念正是大学时代老师教给自己的宝贵财富，而今他也要把这一切分享给孩子们。武志对母校表示由衷的感谢："我来到人大，到了咱们艺术学院，认识了黄老师还有好多老师，是我生命的一个转折点。"

风雨创业路，十年磨一剑

从事教育行业已有十多年，武志感慨万千，他认为自己最大的幸运就是"没有选择"。正是因为没有选择，在这么多年的时间里他只做了一件事，把所有认识的人、接触到的事、对接的资源全部都往这一个方向靠拢，所以这份力量就会像滚雪球一样，越滚越大，越积攒越多。斯玛特教育集团现在在全国已经有了近 300 家加盟的儿童美术中心，而且这个数字还在快速地增长。

关于自己的创业心得，武志做了一个生动的比喻："圆规它为什么能画圆？首先是因为它有一个中心，它现在能定住，就是说你做的事情要先有一个确定的方向；另外一条腿在不停地跑，就是说你要不停地行动，这样我们就能画出一个圆圈来，就等于圆梦了。往往有些时候我们总是心在动，脚没动，所以就画不出来圆了，我觉得这个道理挺能印证我的这个经历的。"

母校八十周年校庆在即，武志也表达了自己的心声："首先很感谢母校的培养，很幸运能够成为人大的一员，然后我也希望能够把我们的力量回馈给母校。她的学生现在也从事着教育行业，希望母校带领着我们为国民素质教育做出更多的贡献。"

以一个学生的身份对待艺术，探索事业；以一个信徒的身份追逐梦想，不忘初衷；以一个父亲的身份看待教育，思考生命，更是用一颗父亲的心来做教育——这就是我们所看见的武志。

"重阳一生，不弱于人"
——访民晟联创投资有限公司合伙人李哲峰

◉ 王　笑　刘宜卫/文

李哲峰简历

李哲峰，1982年生，浙江人。2000年就读于中国人民大学会计系本科，2009年中国人民大学商学院硕士毕业。工作后，又在清华大学和中央财经大学读在职硕士。现为民晟联创投资有限公司合伙人，山东民生置业董事长助理，华医国际健康管理有限公司首席财务官、董事会秘书，宜兴市咏臻堂陶艺有限公司首席财务官、董事会秘书，并曾任杭州八戒印刷包装网络有限公司首席财务官、三花控股集团有限公司投资部部长等职务。

母校越来越好
我们的越来越好！
李哲峰
2017.3.7

求学人大：一种初恋的感觉

2000年，李哲峰以优秀成绩考入中国人民大学。得益于一名老学长的建议，他报考了会计系。"我来自浙江的小县城，根本不知道专业的区别，听过金融、经济、法学啊等，但是不知道这些专业究竟是干嘛的，老学长认为会计这个专业未来发展不错，所以建议我选这个专业。"他认为选择人大，对文科生来说是一个最优选项。人大作为我国人文社会科学高等教育领域的一面旗帜，既能兼顾专业也能兼顾兴趣，让他在这方校园中享受到浓厚的人文气息。人大丰富的选修课程给他留下了很深刻的印象，他说，"读书的时候，选了很多门选修课，包括营销、广告、文物、历史、文学等。"

2009年，李哲峰从人大商学院硕士毕业。他不满足于现有的知识储备，依然保持着学习的心态，后来又在清华大学和中央财经大学念了在职硕士。他始终保持着读书的状态，并且对学校有一种特殊的偏爱，非常享受校园的氛围。他认为"学校是一个让人非常舒服、放松和自己专心做自己的事的地方"。

不同的校园氛围，给他带来不同的感受。回首人大岁月，对他来说这是一种初恋的感觉。在他看来，对于每一个重感情的人，初恋在一个人心中是非常重要的，"当你蓦然回首，在茫茫人海中，可能想起的就是初恋的感觉"。人大，在他心中留下了很多青春美好的往事，有很多值得怀恋的人和事。

他感恩学生时代的老师，特别是商学院会计系的耿建新教授。"耿老师真正把讲课和学术结合在一起。当时印象很深，讲到金融资产会计准则的时候，老师开始画一棵树，交易是从华尔街的树下开始的，后来又突然画了哈德逊河以及美国地图，这很有意思，说明他对教学这方面下了很大的功夫。"他还提到耿老师指导论文的时候非常细心，论文改得特别细致，有问题的地方包括标点符号都用红笔一一标注出来。

李哲峰也难忘求学时光中的集体活动。他积极参加学校和学院的集体活动，还曾是学校广播站的一员。"我半月前做了个梦，梦到自己又回到了八百人大教室。在我上学的年代，八百人大教室就是我们的舞台。我有很多记忆发生在那里，比如'一二·九'合唱、'风载我歌行'。"在这样的活动中，他每次都是忙前忙后的。有一次，他印象特别深。当活动结束，老师同学忙完散场了，演员也都走了，他一个人站在八百人大教室的侧门那里，看着耀眼的舞台灯光，回想起刚才熙熙攘攘，大家都挤在窗台上看的那种感觉，他体悟到人生的一种极大的反差。而这样的体悟难能可贵。"人既要看到繁华的一面，也要看到落幕之后可能出现的萧瑟的一面。人都要去适应这种繁华和萧瑟场景的切换。"

在人大学习期间，李哲峰认为自己从中获得了很多。一是品格方面，人大教会了他为人诚信，不管是在论文写作还是在生活工作中，养成严谨、细致、创新、融合的好习惯。其次，在人大学习到专业系统的知识。他说，会计作为一种商业语言，在其中会发现很多信息，如果再掌握管理、金融方面的知识，就会对以后的职业选择很有帮助。

职业发展：重阳一生，不弱于人

李哲峰离开校园后，首先选择进入了央企大唐电信集团，"我当时的认识是，在那个年代，央企不败"。在这个富有竞争性的行业中，他学到很多有用的知识，为之后职业转型打下了坚实的基础。后来他从央企到二级央企华融证券，再到浙江大型民营企业三花集团、中小型民营企业。

谈到职业选择与发展，李哲峰分享了他的座右铭："重阳一生，不弱于人。"这句话是金庸小说里全真派创派祖师王重阳棺材上刻着的句子。遥想当年，华山绝顶，风云际会，五大高手论剑七昼夜，王重阳压倒四方，傲视天下。王重阳道袍下的豪气也成为一直激励鞭策李哲峰的内心力量。李哲峰笑着说："我们每个人的智力水平都差不多，为什么有的人成就高，有的人成就低？关键在于他选择什么样的职业发展，有什么样的工作环境。人在年轻的时候，应该在能学到东西的地方学东西，到能用的地方去用。年轻人不要怕吃苦，年轻的时候多吃一点苦，多学一些本领，以后才能少求别人。"

从体制内到体制外的选择，对李哲峰来说，也是一个需要适应、重新学习的过程。基于一个银行间债务项目和宏观经济的跟踪汇报，他决定跳槽和转型。他说："总在央企待着，感觉人生一眼可以望到头。并且与和我同时毕业的同学相比，我们在收入上也有了一定的差距。我自认为不比别人笨、不比别人差，为什么我要比别人过得差呢？"和同学们的良性比较在起着激励作用。离开央企这一"安全区"，走向外面更广阔的天地，表面上看他的平台在变小，但实际上他的阅历、实践经验和决策权限在不断地扩大。

"我去过挺多地方，也见了不少人。我觉得人还是不要留恋于体制内，虽然在体制内能学到很多东西。但是还是要去外面看看，也不要只留在北京，这样会局限自己的视野和眼界。不要让自己处于很平稳、很平淡的生活状态。经验很重要。生活也是需要勇气去尝试，哪怕失败了也是一种成长。人应该在适当的时候，抓住自己应该抓住的机会。"

陪伴家人：生命中最重要的事

生活不可能永远一帆风顺，李哲峰同样也会有这样的时刻。

父亲生病中风，是他一生中最困难的时刻。身为独生子女，李哲峰与父亲的感情特别好。"我爸爸在我心中是一个不断拼搏的人。不论从人格魅力，还是从为社会、为自己创造财富的方面，他的成就远远超过我。我爸爸是恢复高考后，第一批考入浙江大学的学生。他年轻时非常优秀，个头很高，门门成绩第一，爱打篮球，酷爱数学，放在现在应该是校园里风靡一时的偶像级人物。父亲是我心中的偶像，尽管我的目标是超越他。"

2015 年 6 月父亲突然中风，情况比较严重，李哲峰立即放弃了自己的工作回到浙江老家。在他看来，父母生病是他遇到最困难的事，他从未想过失去父母是什么样的事。2015 年下半年，李哲峰花了两三个月的时间陪伴在父亲的床前。

李哲峰认为在有限的时间内多陪陪家人，特别是老人，是最重要的事情。有时候父母打电话过来，他都很紧张，担心有什么事情发生。"人到了一定年龄，金钱改变不了太多的东西，家里人的亲情才是生命中最宝贵和最重要的东西。"

体悟人生：做一名正直的人

关于自己从业的经验和教训，李哲峰希望能把自己的经验教训和心得体会分享给学弟学妹。

他特别强调合作，"只有合作者才能生存，千万不要把自己变成一个孤岛"。他认为，如果一个人一再要小聪明，最终就没有人会帮助你了；相反，如果你帮助别人十次，别人至少会帮助你一次，能多做一点绝对不会吃亏。

他认为事业发展到今天，很重要的因素是今日事今日毕，约定好的事情绝不拖延。他说："可能有些人拜托你做某事，你发现自己做不到、办不成，哪怕是尽了自己的全力，这时也要反馈一下，不要拖延。有些人也是辛辛苦苦地创造着自己的资源，但就是因为说话不算数，把别人对自己的信任破坏了。所以，宁肯碰到困难提前说，也不要说到做不到。"

他鼓励年轻人要多读书多学习。他认为，相比于社会中投入和回报的比率来看，读书的回报率还是很大的。一个人只要认真读书，就能获得回报。但在社会生活中，太多的因素干扰着你的预期成果。

关于人际交往，他认为尊重他人是前提。"每个人都希望得到尊重，多点微笑，多点服务，做到了有时就会产生额外的价值。细节创造价值。"同时，他认为和优秀、正直、做事情的人在一起很重要，自身也能得到提升。相反，如果有行贿等不正当行为，一旦曝光，对个人来说整个职业生涯都毁了。

回首过往，人生须臾数十年，李哲峰在人生的路途中一直在探寻新的风景，从未停止。"一定要在适当的时候抓住自己应该抓住的机会。"李哲峰通过不断的努力与奋斗、探索和挑战，在岁月旅途里留下了深深浅浅的脚印。

年轻的商业精英，坦然的赤子之心

——访深交所上市公司乾照光电董事长金张育

◉ 刘宜卫　王　笑/文

金张育简历

金张育，2004 年本科毕业于中国人民大学劳动人事学院。曾就职于和君集团，历任咨询师、项目经理、合伙人、资深合伙人等职务。曾担任和君资本创始合伙人，和君正德资产管理公司董事长，领导投资或收购数十家知名企业，在消费、医疗、TMT 等产业具有投资经验，累计投资金额数十亿元。现任深交所上市公司乾照光电（300102）董事长。

他不是传统意义上的好学生，但是他清楚自己的目标和定位，在追寻自己职业发展的道路上，他保持着清醒的头脑，用真诚对待他人。他精通管理，却不精于算计；他知世故，却不市侩；他以工作为乐趣，但金钱从来都不是他工作的动力。

秉承一个朴素、真诚的态度，金张育在事业上成长速度惊人，在 34 岁这年就以董事长的身份入主深交所上市公司。

"别把我说成什么成功人士，差得很远。"他笑着说，"你当我是朋友就好了。"

校园时光，与书为伴

2000 年，金张育以优异的成绩从甘肃省考入中国人民大学。他坦言，来到人民大学人力资源管理专业进行学习，纯属一段缘分。"对我们这些小镇青年来说，并不懂这是学什么。"他坦言，"我比较另类，上课不是很多。有的课，比如微积分，我学得很困惑。"

这样一个"不好"的学生，却并不是一个不爱学习的人。

"说起来，我怀念的校园记忆，基本上都是在图书馆，与书为伴。"他喜欢自己看书，从书本中自由地汲取自己想要的那些知识。"阅读对我一生有比较关键的作用。"他谈到，自己主要读三种书，第一种是哲学，第二种是心理，第三种是历史。哲学研究人是什么，心理学研究人为什么，历史都是人做过的事情，于是后人就知道自己该怎么做了。看这些书，都是他自发的，没有任何人要求。

"我喜欢自己读书学习，并且一边学习，一边和老师、和出类拔萃的同学一起交流。"他说，人大的这段读书学习经历，奠定了他的人生观、价值观和世界观，为他以后的生活和工作打下了一个坚实的基础。

关于社会上流行的关于读书的两种看法："尽信书不如无书"和"腹有诗书气自华"，金张育也谈了自己的看法。他觉得两者要有所结合，不能仅仅听信其中一种观点，要辩证看待。

"了解自己，了解社会"

金张育来到北京的那一刻，就暗暗地想，以后要成为一个商业精英。这个最初的想法在心中越来越坚定，他一直往这个方面不懈努力。

从大二起，金张育就开始了自己的职业实践。那时候有一个老师在和君集团工作，他就跟着过去做一些杂事。"最开始就是打打杂，做做PPT之类的。PPT做得还不错，后来又承担更重要的工作。"2005年，他还在实习的同时，去证券时报《第一财经日报》做了创刊号的编辑。他一边做报纸，听社会上各方人士的声音，寻找发掘世界的角度；一边做咨询，实地了解这个商业社会市场是什么样的。

金张育在毕业之后，就留在了和君集团做咨询工作。起初，他还是做辅助性质的工作，初有成绩之后，他成了项目经理。再之后，他成为可以跟企业高层直接沟通的合伙人，那一年，他才25岁。和君集团成立了和君资本后，他开始做投资。他陆陆续续做了一些年的投资，目前转向到上市公司的投入，收购了几家上市公司。

有人曾问到，他的职业生涯看似很顺利，其中秘诀是什么？他想了想回答道：一是了解自己，二是了解社会。

他谈到职业选择时，强调了解自己很重要。他说："每个人都有不同的性格，首先你要了解你是一个什么样的人。我本人是比较大胆的，因此从事追求高风险、高收益的行业。有的人喜欢稳定、平静的生活，可以从事公务员的职业。"在他看来，所有人都去追逐的东西，不一定是好东西，也不一定适合自己，人要想清楚自己想要和自己擅长的东西，在两者之间权衡取舍，最终选择适合自己的东西，万万不要盲目从众。"自己是什么样，自己想成为什么样的人，明确了目标，才能在对的地方发力、努力。"

他还强调，要了解社会的大势。"对于在校的同学，如果有足够的时间，你就去做个实习，或者听听校友们怎么说，看看各个行业刚进去是干什么，到了中年又干什么。要知道社会是什么样的。"他说，人处在信息社会，一定要广泛搜集信息，把握好时代的脉搏。在这个多元开放的社会，我们一定要扩大自己的视野，深入了解真实的社会。"有些行业，是逆潮流而动的选择，我们要慎重对待这些选择。"

财富对于金张育来说，从来没有成为他工作的动力。"很多人是把工作和生活分得很开的。但是对我来说，生活所有的乐趣都是工作，而且生活乐趣不是挣钱。只要今天我已经有足够的薪酬，能负担我现在的生活，那即使给我很低的薪酬，我也愿意干我现在的事情。钱从来不是重点。"他把钱当作自己工作的副产品，而不是追求的目标。他把心思放在了如何做好工作上面，并从中获取源源不断的工作动力。

职业发展的三阶段

谈到对大学生职业发展的建议，金张育把人的职业发展理解为三个阶段。

他认为第一个阶段是 30 岁之前。"在一个机构或企业，员工30 岁之前基本上是一个'专业的工具'，他们负责把具体专业上的事情干好，主要考虑的是事物而不是人和组织，扮演着'救火队员''敢死队长'的角色。"在这一阶段，态度决定一切。如果人在一个大的机构工作，要勤勤恳恳，踏实肯干，任劳任怨，只对事，把事做成高精尖。"要达到的水准，就是遇到任何重大、困难的事，老板第一个想到的就是我，不管是在国企还是公务员，还是私企。这是态度问题，绝对不是智商问题。"

他讲到，人在30岁上下，一般会有一次职业生涯的波动，或者进入一个新的阶段。"30岁之后更多地考验的是人的情商，很多人都会逐渐成为管理者。"他认为，在这个阶段，人积累了足够多的资源，就可以出来创业，做一份自己想做的工作。这时候的工作还不仅靠智商，更靠组织、人脉和情商。"作为一个中层管理者，更多是考验人的情商，了解人心，了解人性，了解组织的状态，知道怎么样分配利益，怎么样跟世界平和相处，这件事情其实挺难的，不是每个人都可以轻易做到。所以我们说金字塔一定往上越来越少，本身是很难，也不容易的。"

如果人还想再往上走，进入第三个阶段，金张育认为第一要看机遇，第二要看境界。"当我们在底层的时候，一般来说，感受到社会是非常残酷和冷漠，甚至是功利和复杂的状态。"他觉得第三个阶段考验的是人的基本价值观。"比如人到40岁之后，这时候已经小有成绩了。资源的分配、切割和交换，这些往往是他们做的事。"他认为，这一阶段考验的是人对一些基础问题的回答，一些实在、朴素的基本假设，比如对金钱的看法，对人性的看法，对家庭的看法。"到底这些东西，对于我来说是什么，有什么价值和意义。这些假设决定你做到什么高度，决定底蕴的厚度，决定人生的高度。"

"当然这只是我的一个想法，我现在还在第二阶段，在奋进努力之中。"金张育笑着讲。他觉得大学生走到第一步肯定没问题，头脑灵活、态度好，从第一步跨越到第二步也不难。在第三步，还是要由每个人的人生厚度来决定，本质上由我们看了多少书，构筑了什么样的人生价值观来决定。"真正的职业高手一定不是跟你专业有关的，一定是和你对很多问题的理解，比如美、性情、心灵，与这种东西相关。"

"我心光明，夫复何求"

"在学校不觉得，后来我才发现，社会是个很复杂的地方。"金张育告诫即将踏入社会的学生，不要受一些社会不正确的价值观的影响，比如不择手段、急功近利、坑蒙拐骗等功利思想。在某些环境下，一些"近路"可能是更有利的，但从自己的长远发展来，抄不好的近路，绝对是不可取的。"一个人的成长，如果根子走偏，就完蛋了，有可能第一个 100 万赚到，后面就没戏了，甚至是'进去'了。还是要回到对自己人生底蕴的积累上来。"

他说，不明白事理肯定是不行的，那是傻。所谓"世事洞明皆学问，人情练达即文章"，就是要做一个了解社会、了解人心的人。另外，一颗赤子之心是不能丢的。"回到一个简单、真诚、质朴、天真的状态之下，我就可以和任何人做生意上的沟通，很多恩恩怨怨就觉得无所谓了。"

他建议大学生用真诚面对复杂，用简单应对复杂。"比如我跟你做事，我想从你那儿得到什么，你能从我这儿得到什么，这些我都踏踏实实告诉你，你想黑我都不好意思。"他笑言，如果人们用复杂对抗复杂，"你复杂我比你更复杂，那就没边了"。

对于金张育来说，提升自己的内在，做一个有厚度的人，这对事业顺利有着重大影响。"我心光明，夫复何求?"这句扪心自问的话，他深深信服，并希望送给人大的师弟师妹们。

用无悔青春书写宁夏传奇

——访中国人民大学宁夏籍优秀校友尤天彪、崔成涛、马光华、郭黎、陈林

◉ 李书慧　魏亚飞　杨民爽/文

　　有这样一群人，他们扎根西北，不论寒来暑往，奉献自己的青春年华；他们心系大众，无论晴雨风霜，俯身服务广大民众。这条路很长，他们一走便是一生；这条路又很短，连接着你我的辛酸苦辣。但是他们都选择了脚踏实地地走下去，带着属于人大人的信仰走下去，去服务、去支持、去关注每一个有需要的宁夏人，体会道路不易，感悟精彩人生。他们就是中国人民大学宁夏籍的校友，他们用不寻常带给我们不一样的感动，让我们一同倾听他们的故事。

人民共和国的建设者

RENMIN UNIVERSITY OF CHINA

"责任心是我坚持的动力"

尤天彪简历

　　尤天彪，宁夏人。中国人民大学工商管理研修中心工商管理硕士，研究生学历，高级工程师。现任宁夏吉运集团董事长、党委书记，中国吉运集团董事局副主席。兼任世界华商协会理事会常务理事、中国 YBC 导师俱乐部宁夏区主席、中国人民政治协商会议宁夏区委员、中国房地产协会常务理事、宁夏光彩事业促进会副会长、宁夏回族自治区工商联常委、宁夏银川市人大代表、中国人民大学宁夏校友会会长等社会职务。先后获得第六届"宁夏十大杰出青年企业家"、2003 年度"中国民营企业（50 家）杰出代表"等荣誉称号。

初到宁夏就被这座城市所吸引，这里和我们原本想象的黄土高坡并不相同，天朗气清，风景优美。也就是在这座美丽的城市里，我们见到了第一位宁夏校友——宁夏校友会现任会长尤天彪。尤会长热情地问着我们的情况，也和我们慢慢分享他求学的历程。

尤天彪当时经别人介绍，到人大商学院念 EMBA，课程在宁夏上一年半，到北京上半年，因为当时年轻有为，尤天彪被同学推选为班级的班长。从那时起，尤天彪开始了自己的"操心"历程。因为班级上课时间不固定，上课老师实行轮换制，所以很多同学常常忘记上课时间和地点，尤天彪都会及时与他们联络，每次上课前都会给大家发短信，提醒大家按时上课。另外有些同学的实践经历和授课老师的理论知识不一致时，还会起冲突，尤天彪又充当"消防员"，第一时间了解问题发生的原因，和老师、同学积极沟通，消除双方之间的矛盾，维护课堂秩序。正是尤天彪的细心负责，让他在宁夏同学中得到了广泛的好评，当上一任校友会会长因为工作原因不能再承担校友会工作时，尤天彪被大家一致推举为接任会长。他开始尽心竭力地为校友会服务。

尤天彪上任后，经常组织校友参加体育运动、户外拓展、书画交流等活动，为大家在工作之余提供一个舒缓身心、释放压力的途径，宁夏校友会的凝聚力也越来越强。在尤天彪的带领下，宁夏校友会的多名成员成为中国书法家协会的会员，尤其是尤会长的字画获得了国际级的金奖，并发行了邮票。

但是企业和校友会两边的工作，也让尤天彪产生了一些压力。企业近几年转型升级改制，投资项目的改变，导致资金链出现了一些问题。国家形势的变化，企业所在地资源的枯竭，都为企业带来了不小的挑战。尤天彪直言，这两年形势的变化，让自己面对两方面的工作都有些吃不消，但是从未想过放弃。担任企业负责人，就是要对员工、对客户负责，他希望社会能多些理解与支持，给一些时间，企业一定能处理好现在的问题；担任校友会会长，是同学、校友的信任，时间、资金上受限可以少办些活动，但是不会不办，他会努力建设一个校友满意的校友会。

"为社会提供满意的产品和服务"

崔成涛简历

崔成涛，宁夏人。1987 年毕业于宁夏农学院水利系，2004 年毕业于中国人民大学商学院 MBA。高级工程师，国家一级建造师。自 1987 年参加工作以来一直从事施工管理工作，先后任宁夏第二建筑工程公司技术队队长，宁夏二建集团有限责任公司项目部经理、党支部书记、副总经理，宁夏建工集团第七分公司党总支书记、经理，现任宁夏第二建筑有限公司总经理、党委副书记。自治区五一劳动奖章获得者，银川市优秀青年企业家，西部之光访问学者。组织施工的自治区政府综合办公楼工程、银川二中图书馆工程、宁夏宝塔石化大厦工程、银川晚报社数字化印务中心工程等十余项工程荣获"西夏杯"优质工程奖，自治区政府综合办公楼工程被评为"全国建筑业新技术应用示范工程"。

2002 年，工作十余年的崔成涛自感所学的知识满足不了工作和生活的需要，正巧赶上中国人民大学招收 MBA 学员，他积极报名参加培训。在当时一系列的课程中，崔成涛对战略管理和企业文化最感兴趣，他也将所学的知识运用到了公司的管理过程中。十年磨一剑，崔成涛逐渐从一个项目经营人，成长为一个分公司的经理，一直到现在宁夏二建的总经理。

　　人大的求学经历为崔成涛的成长奠定了良好的基础，同时也给了崔成涛很多管理方面的启发，MBA 的课程主要学习如何进行企业管理、创造企业文化，如何提高领导力等方面。崔成涛在学习过程中感到企业文化在人性方面影响非常大，于是 2004 年结课之后，他就开始在单位试运行企业文化建设。在他看来，企业文化是一个企业的灵魂，对塑造人的核心价值取向、人生观、价值观、世界观有重要意义。在企业文化里面，最明显的是真善美，真善美能够产生力量与爱，这也是构建企业文化的目的。

　　崔成涛在单位的不断实践中，也积累了很多东西，还编纂了专门的企业文化手册和《员工行为准则》。其重要的内涵在于尊重、沟通、互助、敬业，让员工间的尊重不简单停留在表面上，而是从内心深处出发。崔成涛的座右铭是，不仅成就自己，更重要的是要成就别人。这一切源于人民大学给予崔成涛人文精神的滋养。

　　成为一名独当一面的精英，对崔成涛来说并非一帆风顺，个中许多波折，令他劳心劳力。一是带队伍，建筑施工牵扯的方面复杂，需要联系的人比较多，客户的信任对队伍尤为重要，职工的信任也是必不可少的。二是融资困难，国有企业资产少，需要不断垫资。由于国有企业没有进行深化改革，国有资产流失严重。认识到这两点重要问题，宁夏积极推动成立了建设投资集团，化被动为主动，开始建设政府和民间的基础设施来获得适应性发展，现在自治区政府综合办公楼也正是崔成涛所在企业建设的，这样的转换也能替政府解决资金不足、发展不均等问题。

参加工作三十年，崔成涛一直坚持以诚信为本，连续三年为企业申请银川市诚信企业。在农民工管理方面响应国家政府的要求，他坚决不拖欠农民工工资，从员工进场就开始采取一系列保障措施，做好员工培训、实名制考勤、工资单公示等环节，主动为员工办理银行卡，真正落实工资零拖欠。

与目前社会风气浮躁，年轻人不愿意主动去学习看书相比，崔成涛这些年在学习上一直保持不断前进的动力，支撑他踏实学习的源泉正是为了提高自身的价值，并不断解决工作中面临的问题。同时他也劝诫现在的年轻人，不要盲目创业，要踏踏实实磨炼三到五年的时间，积累一些工作经验和阅历，再根据自己的喜好创业。

组织施工了自治区政府综合办公楼工程、银川二中图书馆工程、宁夏宝塔石化大厦工程、银川晚报社数字化印务中心工程等十余项工程的崔成涛对于公司未来发展定位明确。现在从事的建筑业，是国家发展的支柱产业，他希望能够和员工们一起提升工作能力，打造企业文化品牌，为社会提供更多满意的产品和服务，成就高品质的生活，帮助每个人实现家的梦想，也期望能够实行真正的现代企业制度，健全部门，抵抗来自各方的风险。

"'管而不禁'是花炮行业的新方向"

马光华简历

马光华，宁夏人。2001 年在中国人民大学攻读 MBA。先后担任宁夏回族自治区棉麻日杂总公司保管员、业务员、科长、副总经理，烟花爆竹专营公司经理，现任宁夏供销社日杂鞭炮有限公司总经理、董事长。兼任自治区供销社常务理事、宁夏烟花爆竹流通协会会长。先后出版《宁夏烟花爆竹安全管理资料汇编》《禁放风波——警世中的实践与思考》等专著。曾获"庆祝宁夏回族自治区成立 40 周年活动突出贡献奖""全国供销合作社系统劳动模范""宁夏第三届十大法治人物""孝德之星""影响中国供销合作社 60 年 60 人开拓创新奖""影响 2010 中国花炮行业十大人物"等荣誉称号，多次被银川市和自治区安全生产委员会评为"安全生产先进个人"。

在全国烟花爆竹引发的安全事故越发严重之际，宁夏回族自治区却没有发生一起严重的烟花爆竹伤人事故，一直保持着安全有序的良好局面。对于这一切，他用"管而不禁，放而不乱"八个字揭示了其中的奥秘。马光华，这个在全国烟花爆竹行业尽人皆知的传奇人物，多年以来在自己挚爱的事业中书写着一个个精彩的故事。

　　1980年，马光华参加工作，进入了当时人人艳羡的棉麻日杂总公司。大概马光华自己也没有想到，由于改革开放的冲击，几年后自己被安排去了烟花爆竹行业当经理，从此踏上了这条颇具挑战性的职业道路。刚刚接触这个行业时，马光华印象最深刻的就是烟花爆竹引发的各类炸伤事故，他意识到"烟花爆竹这个事情不是简单的追求效益，一定要把产品的质量搞好"。

　　就在他开始对花炮行业产生兴趣并有了初步的认识之时，一个好消息传来——人民大学在宁夏举办MBA学习班。马光华毫不犹豫地报名参加，因为他知道MBA的课程对于经营管理者特别有用，通过学习能够获得一些非常领先的新思想、新理念。与此同时，课程会充实各方面的知识，比如财务管理、会计、审计等，能够让学习者全面系统地掌握这些。通过MBA班的学习，马光华将多年的实践经验与先进的理论知识融会贯通，进一步提升了自己的管理水平与综合能力。

　　有了理论与实践的双重护航，马光华的事业逐渐走上了巅峰。2001年，中国加入世界贸易组织，他结合在MBA学习班所学习的知识，在行业中率先搞起烟花爆竹的"连锁配送经营"，引起了巨大的反响，多家媒体纷纷进行报道，向全国推广。但是一直以来，由于烟花燃放易引发事故、污染环境，全国禁放烟花爆竹的规定越来越严格等因素，多个城市都开始严禁燃放烟花爆竹。面对这一困境，马光华挺身而出，晓之以理，动之以情，呼吁政府寻找问题的根源，改"禁"为"管"。"实践证明烟花爆竹燃放是民意，不可违之，但关键是你怎么去管好它，你只要管好了，这样的事故是可以避免的。"马光华的理论在宁夏得到很好的验证，多年以来，宁夏实现烟花爆竹的"管而不禁"，事故率远远低于其他地区，这一切离不开马光华的努力。"都说宁夏的烟花爆竹搞得好，一是因为我们的制度制定得比较务实，二是各方企业落实得比较好，尤其是烟花爆竹统一采购、统一批发、统一配送，可以从源头上控制危险劣质产品的流入，这既满足了老百姓春节燃放烟花爆竹的需求，又减少了事故，政府放心、百姓满意，皆大欢喜。"

如今面对行业的焦点矛盾，马光华常常会用在学校学到的知识来思考和分析。每次遇到问题，马光华都会理清一个思路，抓住正反两个方面全面看待，完全明白后再进行对比，在焦点中融入自己的观点，很快能够解决问题。宁夏虽然不是烟花爆竹的生产大省，也不是烟花爆竹的消费大省，但是宁夏是烟花爆竹管理出经验的地方。

新环境下，面对新的问题，马光华也表达了自己对于花炮行业未来的看法。"现在新兴的绿色品种越来越多，烟花爆竹的效果越来越好，而禁放的城市也非常多，还是存在着一种博弈，那么后面我们可能还会做大量的工作。烟花爆竹行业内部要加强行业管理，同时我们也希望生产厂家包括相关的科研机构，能够进行产品绿色转型，生产一些安全系数更大、对环境影响更小的品种。"花炮行业是一个特殊的行业，它注定是一个充满挑战性的话题，而马光华也会为了这个行业的延续与发展，奔走、呼吁和努力。

人民共和国的建设者

RENMIN UNIVERSITY OF CHINA

"在不断挑战中实现自我的梦想与价值"

郭黎简历

郭黎，1971 年出生于宁夏银川。1994
年就读于宁夏大学物理系应用电子技术专
业，2001 年在中国人民大学工商管理研修
中心就读工商管理硕士。1999 年 5 月至
2001 年 4 月在珠海科斯达电子有限公司任
销售部经理；2001 年 5 月至 2004 年 2 月
合作成立上海滕基信息技术有限公司，主
要从事人力资源管理软件与高考志愿填报
软件的开发；2004 年 3 月加盟江苏滕基电
力科技有限公司；2007 年成立鄂尔多斯市
华普森农牧科技开发有限公司，主要从事

马铃薯的扩繁及商品薯的种植；2009 年 3 月成立宁夏誉景食
品有限公司，以法式薯条、薯饼生产为产品依托，带动了马
铃薯产业发展。现任美国辛普劳公司中国区总裁。

每次去麦当劳，薯条和薯饼一定是我们必点之物，但是也许你不知道这些薯条和薯饼的供应商就是我们人大的校友——郭黎。从电子销售到马铃薯产业总裁，郭黎在很多行业闯荡过，就像他自己所说，"人生就是在不断挑战中实现自我的梦想与价值"。

　　1999 年，下海之前的郭黎在宁夏光电工厂工作，最频繁的时候一年之内换了三个部门。在这个过程中他感受到改革开放所带来的变化，尤其是深圳的快速发展和高科技带给他更多的转变和思考。从那个时候开始他就想着要去做一些项目，开发一些项目。在随后八年的过程当中他做过几个项目，包括 IT 产业、IC 产业、集成电路和软件的开发。

　　2001 年，郭黎选择到人民大学 MBA 班进修，学习丰富的管理知识和实践经验。郭黎认为人民大学作为中国顶尖的学校，能为学生提供良好的发展平台以及来自不同领域和行业的资源。通过这个平台，学生能够和优秀的企业家、经济界和法学界专业人士进行交流，大家畅所欲言，一些好的管理、技术以及企业战略等方面的经验可以相互学习。对于郭黎，人民大学给他留下深刻印象的还有授课老师们，他们与学员保持了一种非常深厚的友谊，把整个平台的资源整合在一起，共享资源，在这个过程每个人都受益。

　　2001 年到 2003 年也是他从事软件开发的三年，面对软件开发的失败，他没有气馁。在人大的进修学习，让他重新理性看待一些东西的定位和认识到一些项目的缺陷。2007 年，郭黎重新出发，选择开发鄂尔多斯的农业项目。他到当地考察时，鄂尔多斯整体的发展状况和国家对农业产业的优惠政策让郭黎看到了发展的商机。事实上，从高科技行业一下跳到农业产业，跨度非常大，但郭黎用高科技行业积累的经验迅速适应了农业行业，取得了不小的成功。现在讲一个人不能随便转行，不要深入自己不熟悉的领域，而像郭黎这样从自己熟悉的领域转入到完全不同的领域并取得成功，源于他习惯性地不断挑战自己。

2016 年，郭黎将企业的全部股权卖给美国公司。他认为，有这样的基础才能够使整个企业稳定良好有序地发展。由于中西方文化的差异，企业开始进行文化上的转变，实行差异化管理，这样的改变对于中国市场未来的发展具有引领作用。面对未来职业选择时，郭黎坦言农业是循环产业经济，对于各个国家来讲，民以食为天，以后肯定不会再离开这个行业。

对于母校未来的发展，郭黎希望能够从各个层面培养出更多的优秀人才，同时希望年轻人从基础一步一步地做起，踏实做事，切勿好高骛远。梦想的价值与金钱没有太大关系，更重要的是实现梦想的过程，这才是人的价值所在。这种价值是一种社会的价值，就是能够为这个产业做什么，为整个区域的经济发展做什么，为社会解决什么问题。

"在人大求学是一件幸运的事情"

陈林简历

陈林，1967 年出生于宁夏银川。先后毕业于重庆大学和中国人民大学，正高职高级工程师，享受国务院政府特殊津贴。历任宁夏有色金属冶炼厂钽制品研究室主任助理、副主任，宁夏东方钽业股份有限公司三分厂副厂长、厂长、公司总经理助理、常务副总经理、董事长，现任中色（宁夏）东方集团有限公司副总经理、党委委员。先后获得宁夏回族自治区科技进步一等奖两项，国家科技进步二、三等奖，杜邦科技创新奖，第六届宁夏青年科技奖，被评为"第五届宁夏十大杰出青年"，入选宁夏"313 人才工程"、国家新世纪"百千万人才工程"。

采访陈林是在宁夏回族自治区的石嘴山市，驱车 80 公里本是一身疲惫，但是一见陈林就被他的平和和睿智所吸引。陈林出生于 1967 年，他出生两年前，父母因为工作的原因，从北京来到宁夏，陈林也就"顺理成章"成为土生土长的宁夏人。提起父母，陈林笑道，他们那辈人是奉献青春的一代，没有他们也许自己从来不会到宁夏这个地方，但是不在宁夏，或许也不会与中国人民大学结缘。

谈到如何到人大念书，陈林承认与人大结缘还是一件挺有意思的事情。陈林本科毕业于重庆大学，学的是理工科。刚毕业的时候，他被分配到厂里做一线工程技术人员，之后逐步走到管理岗位，从副厂长到厂长，再到上市公司的高管。虽然说陈林的工作单位是一个以技术创新为主的企业，但是随着在管理岗位上担任的职位越来越高，他清楚地意识到自己管理知识的缺乏，所以当时就萌生了重新走入课堂的念头，想好好补一补管理这门课。

无巧不成书，陈林在重庆大学的一位校友是人民大学的硕士，就推荐他报考人民大学的 EMBA。开始上课之后，陈林认为无论是课程设置、课堂内容，还是师资配备，都达到了最大化，通过上课能够积累最多的知识。课程主要以管理学为主，还包括财务、会计、市场营销等。授课教师在长期的教学实践中，不仅理论知识过硬，实践经验也很丰富。同学们在工作中遇到不解或者迷惑的问题，常常是和老师聊一聊就解开了。陈林对知识的渴求非常迫切，当时每个月上 4 天课，持续两年，他从来没丢下过。能够有幸和人大结缘，对陈林帮助非常大，原来理工科的背景，让他知识面仅限于材料学领域，但是在人大系统地学习了管理学方面的知识，在企业管理方面的收获还是非常大的。

陈林毕业后被推选为宁夏校友会的第一任会长。在宁夏校友会成立之前，同学们就经常自发地搞活动，互相交流工作方面的经验，有困难就互相帮助，建立起良好的关系。成立校友会之后，大家的关系变得更紧密了，活动更加丰富有趣，大家也都愿意定期来聊聊天。陈林最后感慨道，在人大的这段求学经历，让他的知识水平得到了提高，同样也结识了很多朋友，这是一件幸运的事情！

玩游戏就玩到时代前列

——访壳木软件公司创始人李毅

◉ 陆雪妤/文　李书慧　孙嘉雯/整理

李毅简历

李毅，1983 年生。中国人民大学信息学院 2001 级学士，北京大学硕士，曾在微软亚洲工程院工作，于 2009 年创立壳木软件（Camel Games）公司，主攻国际市场手机游戏领域。2014 年，上市公司神州泰岳以 12.15 亿元的对价，全资收购壳木软件。

十年前，他在宿舍玩游戏玩到电脑没电；他曾和舍友买几把吉他自娱自乐；他与舍友办家教中介，却很快不了了之。十年后，他被班上的同学称为"首富"；他一个人就制作了十几款流行游戏，创办了一个游戏公司，并在 2014 年以 12.15 亿元的价格被全资收购。

本科期间，他从没想过有一天会自己开公司当老板，一点一滴的积累，一步一脚印的前行，沉淀成一股强大的力量，推动着他从玩游戏的宅男，一路走到了时代的前列。

从玩游戏到做游戏

从中国人民大学信息学院毕业之后，李毅进入了北京大学软件与微电子学院。2007 年底，李毅硕士毕业后，进入了微软公司亚洲工程院。2008 年，金融危机爆发，李毅所在的项目小组因为盈利问题被取消，所有成员都被分配到其他小组。对自己所分配到的医疗系统开发领域，李毅的兴趣并不高，便离开微软，加入了朋友创办的一家小公司，这是李毅的第一次创业经历。

"这段创业经历其实还挺尴尬的，持续的时间大约只有两周，然后就宣告结束了。"李毅认为，自己当时的选择比较仓促，对于这一次创业的方向本身兴趣也不是很大，但更重要的原因其实是，他看到了一个更大的机会。"我有一个特别好的师兄，在那段时间他经常往香港跑，开始的时候，他也不跟我说去干什么，后来问着才知道，他去香港把手头大量的美金换成人民币。他这些钱哪儿来的呢？他当时在安卓上开发了一款免费的聊天软件，这一款软件在海外有大量的用户，每个月都可以给他带来巨额的广告收入。"

在看到自己师兄的创业经历之后，李毅心动了，当时就开始琢磨这件事情。"安卓的市场，虽然在国内很少有人提及，但其实已经到了这样巨大的一种程度；并且智能手机屏幕大，如果在上面做手机游戏的话，应该是一件非常合适的事情。"对于自己的这个想法，李毅总结了第一次创业的经验，开始做充分的考虑。首先，他想到自己本身是学程序的，有足够的专业知识，另外他平时也很喜欢玩游戏，对做游戏也很感兴趣，应该可以一试。在这两个条件的推动之下，李毅决定开始自己的手机游戏制作之路。

在刚开始创业做游戏的时候，李毅并没有合作者，所有的工作都是一个人完成的。当时他的生活状态就是，一直待在家里，从早上 6 点开始敲键盘敲到晚上 10 点，中间除了休息就一直在进行游戏创作。功夫不负有心人，做了一个多月，李毅的第一款游戏就上线了。这一款游戏是安卓游戏史上的第一款物理游戏，名叫 space physics，上线第二天李毅就收到了十几个订单。"大概挣了 20 美金，当时我还是挺兴奋的，但是后面慢慢地，它的收入就开始下滑了，一天可能也就几美金的样子，离我师兄的距离挺遥远的，一夜暴富好像挺难的，但没办法，已经到了这个地步，就只能硬着头皮走下去了。"

李毅回忆自己当时的状态，他将自己比喻为"一个做游戏的机器"，因为每隔一个多月就要做一款游戏，几乎投入了自己所有的精力。这种状态一直持续到了 2009 年底，当时李毅已经做到了第三款游戏。他遇到了创业史上的第一个转折，"我觉得运气来了，当时我的第一款游戏 space physics，被 Google 在圣诞节期间做了一个全球推荐，而且是一个非常大的推荐，当时是和它的第一款手机 nexus one 一起来做推荐，和它一起做推荐的应用一共只有四款，其中有两款是游戏，我做的那一款物理游戏就在其中，另外一款游戏是迪士尼做的，推荐出来之后，这个游戏的销量就暴增。"这个激动人心的转折让李毅的干劲更加充足，整个人"就更加像打了鸡血一样"，开始拼命地做游戏，一个多月就会推出一款新游戏。

从 2009 年 9 月到 2011 年 5 月，李毅一直都是一个人在家里面，从早上 6 点到晚上 10 点，几乎没有休息日。他的付出也最终得到了应有的回报：这段时间，李毅一共做了 11 款单机游戏，其中有 9 款游戏被 Google 做了全球推荐，他发布的游戏品牌 Camel Games 不仅成为安卓市场上的一个知名品牌，也是中国大陆第一个获得"顶尖开发者"称号的公司。李毅提起自己这段经历的时候，仍显得很兴奋，"这些游戏的下载量都挺大的，现在都还可以在网上下载。不知不觉做了将近两年，时间过得可真快"。

从"玩游戏"的宅男到"资产千万"的老板

李毅对于自己已经取得的成就感到高兴，但是同时他也发现：手机游戏市场大、前景广、盈利多，但手机游戏行业的发展现状也让人倍感压力。既有腾讯、网易这些老牌公司，也有不断涌现的创业小团队，都想在游戏市场里分到一杯羹。游戏行业不会有哪一家公司一直处于统治地位，总会有新的公司发展起来，游戏市场始终处于不断更新换代之中。

李毅自己的公司 Camel Game 成立已经两年，但是在这两年的时间里只有一名正式的员工，而现在的时代与之前相比却有了很大的变化。因此，李毅开始琢磨自己未来的走向：既然目前游戏市场突然打开了，越来越多的公司涌入了这个领域，游戏的品质自然也越来越高，凭着一个人的力量去做游戏就越发不靠谱，因为明显可以看到竞争力在下降。"经过思考之后我最终决定招人，要办一个大公司，做一些大型的游戏。后来公司的员工越来越多，做的游戏也越来越大型。"

这个决定对于李毅的生涯来说是十分重要的一个转折，但是同时也让李毅觉得有压力。他觉得自己的性格并不适合开公司、当老板、做管理，毕竟这不是自己的专业，自己也没有接触过这些方面的知识，但是李毅绝对不是一个轻易退缩的人，他开始慢慢地学习这些知识，一步一步规划自己将要建立起来的游戏帝国。

2011年5月，李毅租了一套复式的民居，开始招人，准备做他创业史上第一款大型的游戏。到了这一年年底的时候，他们的第一款网络游戏就上线了，名字叫《小小帝国》。这款游戏的横空出世毫无疑问在当时引发了非常大的关注。因为它不仅是当时手机上为数不多的一款网络游戏，而且还是一款3D游戏。李毅带领他的创业团队进行的第一次新尝试取得了成功，这款游戏被Google全球推荐之后，迅速在海外获得了超过1 000万的下载量。

之后，李毅游戏公司的发展一发不可收，员工陆续增加，从最开始的几个人，发展到50多个人。《小小帝国》的最高月流水达到1 000多万元，而且是海外收入；之后，公司被一家创业板上市的公司并购了，李毅的团队继续在该公司做自己的游戏。对于这段经历，李毅记忆犹新，尤其是对他们开发的第一款游戏给予了很高的评价，"这款游戏是2011年底出来的，属于策略类的网络游戏，到现在已经有几年了。大家对这款游戏的评价很高，它也把我们带到了一个新的高度，甚至可以说是我们的成名之作。之前自己一个人干的时候，有点小打小闹小作坊的意思；而现在就是一个群体，大家一起做"。这些成功让李毅从一个最初只是喜欢自己玩游戏的"宅男"彻底地脱颖而出，成为一个领导着数百员工、资产千万的"大老板"。

从叛逆者到成功者

回想当初在人大的本科生活，李毅感慨颇多。谈及学习和游戏的关系，李毅自嘲道："当时上本科的时候天天玩游戏，那时候11点熄灯，我们宿舍都是玩到电脑没电自动关机。"尽管如此，李毅并没有因此荒废学业，按时上课、认真完成作业，玩游戏更多的是占用他的课余时间。

此外，李毅所在的宿舍成立过一个家教服务中心，甚至印制了名片四处发放，但因为工作辛苦、分工不当等因素，大家的热情渐渐消退，最终李毅在本科期间的第一次创业尝试便不了了之。但是，功夫不负有心人，即使经历过创业失败，李毅也没有选择放弃，走上游戏之路，最后仍然有所收获。

回顾自身的创业经历，李毅表示：成功的因素有很多，第一就是要学会把握机会，即一个合格的创业者要有实时分析市场发展形势的意识和能力，把握时代的前沿和有发展前景的创业点、创新服务模式。李毅当时正是观察到 IOS 游戏市场已经有很大的影响力，而安卓游戏市场则刚刚起步，因此他选择从进入安卓游戏市场开始，进而不断发展，在游戏行业脱颖而出。第二就是要坚持，虽然李毅自己的创业之路走得比较平坦，没有什么太大的波折，在别人看来甚至是非常顺的一个过程。但是，只有李毅自己知道，这里面有很多坎是很难过去的，甚至明显有些过不去的坎，隔一段时间就会出现，在这种情况下，必须得坚持下去。"比如说我当时遭到过 Google 的一次关停账号，所有的钱都被慢慢退回给用户，看似已经到了一个没有办法解决的地步，如果不是当时我比较坚持，用自己不算熟练的英语发了一封邮件过去阐明事实，估计也就没有现在的成绩。"

无论一路走来经历了多少艰辛、困苦，无论发展境遇如何变化、纷乱，对手机游戏的喜爱一直是李毅不断前进的动力源泉。他说："创业做的东西肯定是自己感兴趣的，否则稍微有一点挫折，就会想要放弃，兴趣会帮你渡过一些难关。因为我本身也喜欢玩游戏，而且坚信这个领域未来肯定有一个很好的前景，所以一直坚持到现在，也会继续坚持下去。这些坎总会遇到，以后也会，还是要坚持下去。"

对于未来的发展方向，李毅显得轻松而乐观，他认为自己一直都在努力，也没有什么可以遗憾了，就是失败了也不会觉得有压力，自己一直在尝试做自己喜欢的事情，这已经让他感到满意，因此也不会有太大压力。

李毅爱玩游戏，但不沉迷游戏；有着创业成功的愿望，但坚持随心而行。他不后悔、不虚度，他走在时代的前列，希望自己能做一个先行者。

（本文原载于《校友》第 34 期）

追梦的路上永远年轻

——访共青团中央直属机关团委书记刘闳

● 杨　默　武明星/文

刘闳简历

　　刘闳，1982 年出生于辽宁沈阳。2006年毕业于中国人民大学哲学院哲学系。本科毕业后进入团中央工作，先后在维护青少年权益部和机关党委工作，现任团中央直属机关团委书记。工作期间，按照组织安排先后在西柏坡中学支教，福建浦城、山东青州、重庆铜梁挂职锻炼。曾获中共中央直属机关改革开放 30 周年理论文章三等奖，团中央机关理论调研一等奖，多次被评为团中央机关优秀党员、优秀公务员、优秀党务工作者，记个人三等功一次。

有一类人，他们似乎永远都不会疲惫，每时每刻、一言一行都传递着强大的正能量，刘闵就是这样的人。为什么她始终保持着这样一种积极向上的状态？我们在和她交谈的过程中或许找到了答案。如果要用一句话来总结，那便是——因为有梦想，所以有能量。

系好人生第一粒扣子

2002 年的 9 月 5 日，刘闵作为一名新生到中国人民大学正式报到，她对这个日子记忆犹新。在她看来，与人大的相遇，既是某种幸运的巧合，又像是一种命中注定的缘分。填报志愿时她向往的城市本来是上海，但因为没有合适的专业，所以最终报考了人民大学。回首在人大的四年时光，她十分庆幸当时做出了正确的选择。

刘闵说，母校对她最大的影响在于精神和思想的塑造。"人民大学具有深厚的人文积淀，人大培养的学生普遍具有非常全面的素养，在工作中能够超越技术层面看到机理性的部分，用人单位对人大的毕业生认可度很高。在校期间受到的人文精神滋养，会在今后的人生中发挥很大的影响，受益终生。"这一点从刘闵的经历中明显地体现出来。

刘闵上学时学哲学专业，她认为这个专业带给她最大的财富"不是学到了多少知识，多少马哲原理、现象学、存在主义等理论，而是对于心灵的浇灌和对世间万世万物的看法与态度"。正是有了这样的积淀，她对很多事物都有了更深刻的见地，并时时体现着从容的气度。

"毕业 10 周年的时候，我和同学们再一次回到母校，勾起了很多特别难忘的回忆，才发现人大在我们身上打下的烙印如此之深。"在刘闪对母校的记忆中，有很多细碎的片段，但她说，正是这些看似无关紧要的片段，一点一点塑造出了一个全新的自己。她直到现在还记得大一上公共课时授课教师王易的教导，"那时我对哲学感觉还有点陌生，觉得是好高深的一门学问。王老师当时问我们什么叫孤独，看我们所有人都没有反应，她自问自答道：孤独不是指一个人独处，那只叫孤单。当你在精神层面没有办法跟任何人交流，那才是真正的孤独。她的这段话给我打开了一扇窗，让我知道哲学是对人生更深层次的探索，向内、向外，向纵深、向终极的一种探索和追求。"她还提到，当时讲授马克思主义哲学课程的老师，从来没有点过一次名，给予学生充分的尊重和信任等。正是这些微小的片段对她产生着潜移默化的影响，润物无声地塑造了她的品格、影响了她的观念，让她收获了书本之外更珍贵的东西。

用担当书写人生的意义

共青团的工作对于刘闪而言，不仅是一份职业，更是她实现自我价值并甘于为之奉献的事业。她说，毕业后选择在共青团工作，于她而言是一个自然而然、毫无犹疑的决定，因为在与青年人打交道过程中永远都会让人充满青春的正能量。"'为实现中华民族伟大复兴的中国梦而奋斗''奋斗的青春最美丽''我与祖国共奋进'是我们非常响亮的口号。在这里，始终从非常主流的角度感受和看待这个社会，接收到的都是正面的信息、正面的能量，包括组织传递给我的，也包括我传递给身边青年的，选择了这份工作是我的幸运。"

在团中央维护青少年权益部工作时，刘闪时时关注相关案例，出差去的最多的地方就是未管所、戒毒所、网瘾学校，并积极通过各种渠道献言献策献力。"个人理想、个人价值的实现，一定是与国家发展、社会进步绑在一起的。"刘闯说，"在从事这些工作的时候，虽然我能做的有限，但是也意识到自己身负重任时刻不能松懈。我们为了一件小事、一个个案找专业律师跟进的时候，哪怕带来的改变是微小的，但是始终在推动问题的解决，所有付出都是有意义的。"

在共青团中央工作以来，随着工作环境和工作岗位的变化，刘闯不断调整着自己的心态和工作方法。担任共青团中央直属机关团委书记后，她面临着新的考验，"我身边的所有人，都是专门做共青团工作的，如何当好团中央的机关团委书记还真是一个难题"。这样一种转变，客观上看是一种挑战，但刘闯却更希望将此作为锻炼自我的机会。"这个岗位对于综合能力的要求还是比较高的，做好团委工作，首先要与机关内部工作相结合，分清各项工作的主次轻重；其次要具备比较强的群众工作能力，必须依靠大家的支持和信任。在这个岗位上工作快三年了，很庆幸，得到了大家的认可，小年轻们都亲切地叫我'闯姐'，那感觉好极了！"

奋斗是最灿烂的底色

"从骨子里，我不大追求那种安逸的生活，我宁可承受着一定压力，去实现自我价值，对于这一点我无怨无悔。"刘闯说，她觉得奋斗让她的生活无比充实。

谈起当下许多年轻人面对现实的焦虑，感慨在北上广这样的大城市生活越来越艰难。刘闯却不这样认为，在她看来，北京仍然是一座比较适合年轻人的城市，"选择留在北京，就要适应这里的生活节奏，就要有勇于奋斗的决心。如果希望通过奋斗来实现人生价值，北京的机会还是很多的"。

刘闵对于物质生活并没有过高的追求，更看重的是精神追求，是对信念和理想的坚守，是不断地创造人生价值。"我每天上下班坐地铁的时候都会带书，有的书太厚，我会不惜把它的装订线拆开，每次只带一部分。这已经成为一种习惯，我觉得不读书就不舒服。这未必对我的工作有多大帮助，但是会感觉自己一直在不断进步，这样精神生活就永远不会枯竭。"刘闵希望在校的师弟师妹们能够珍惜大学的时间，静下心来多读书，她至今仍然怀念当年沉浸在图书馆读书的美好时光。刘闵认为，读书不应该抱有功利心态，不要考虑读书能够带来哪些具体的收益，只要坚持下去，读书的习惯会使一个人内心充盈，"腹有诗书气自华"。

刘闵说，如果可以把一切重归原点，她仍然会选择到人民大学读书，毕业后从事共青团工作。对于自己的选择，她从不后悔，"我走过的路对于我来说，就是最幸福的人生"。

永远也放不下的牵挂

母校是一个人的精神家园。"我的一个同事问我对母校感情深不深，我说'当然深'，但被问到具体对哪些方面感情深的时候，我一时语塞，不知道该怎么讲。他说看来你对人大的感情真的很深，深到根本无法用语言去描述。"毕业多年，刘闵对人大的牵挂从来不曾消减，"在学校的时候没这种感觉，走出学校以后，尤其和同学、师兄师姐在一起的时候，才发现，人大一直是我们的港湾，她见证了我们的青春、我们的成长，是我们所有人大学子的坚实后盾"。

在共青团中央的工作中，刘闵对一所大学对学生人格和精神的塑造有了更深刻的认识："上大学是为了什么？找工作当然是一个避不开的环节，但是如果一个在高等学府毕业的学生读书仅仅是为了找到理想的工作、挣到比较高的薪水、买得起更好的房子，我觉得这不是高校培养人才的终极目标。"刘闵始终关心着母校的发展和变化，她认为，20岁左右正是一个人人格塑造的关键时期，高等教育在其中起到非常重要的作用，"作为党亲手缔造的第一所大学，我们更应该传承'育人先立德、树人先正心'的传统，持续弘扬塑造人格、砥砺精神的力量"。

谈到对母校的期望时，刘闵动情地说："一方面，希望每一位从人大走出来的学生都奋发努力，让自己在各自的领域里不断前进、不断进步，成为人大的骄傲，将来能够有能力反哺学校，为学校发展做出力所能及的贡献，这是每一个人大人义不容辞的义务；另一方面，衷心希望人大越来越好，我们和人大的纽带永远也割不开、断不了，人大是我们的家。"

人生的精彩在于未知

——访都尚无限文化传播有限公司创始人兼CEO张飞

◉ 杨 默 王 笑/文

祝愿母校早日成为世界一流大学
为芳书阅读更多德才兼备的建设者

张飞
2017.11.18

张飞简历

张飞，1981年出生于新疆。2002年考入中国人民大学财政金融学院金融系。2005年代表中国人民大学参加海峡两岸大学生辩论赛，在台湾击败了黄执中领衔的台湾世新大学，获得冠军。先后就职于中联办北京办事处、友利银行、腾龙基金、中国银行，目前正在创业，是北京都尚无限文化传播有限公司的创始人兼CEO。

324

他曾经是人大辩坛风靡一时的辩手，代表人大打败过"宝岛辩魂"黄执中带领的台湾世新大学辩论队；他曾经患过抑郁症，顽强战胜疾病后浴火重生；他曾经对自己的职业发展抱有困惑，互联网时代的到来让他发现自我价值，从体制内到体制外，开始了繁忙并快乐的创业之路。张飞的人生有喜悦也有波折，将来还会有更多的精彩。

求学人大，享受辩论乐趣

谈起张飞与人大的缘分，其中颇有一番曲折。准确地说，张飞经历了三次高考。2002 年，他经历了两次意外失利后，终于以优异的成绩考入中国人民大学财政金融学院。

"人生的每一段经历，如果你客观地看待它，肯定都是对你有所帮助的，其中包括好的经历，也包括一些不好的经历。不好的经历在当时看来是比较坎坷或者曲折的，但是过了这个坎以后，回过头来看，都是很有帮助的。现在回过头来看高考的经历，对我的心理承受能力和抗压能力都有很大的挑战和提升。"

张飞选择人民大学并非偶然，这与他对辩论的热爱有一定关系。人大是一所有着悠久辩论历史的大学。2002 年暑假，他恰巧看到中国人民大学代表队参加全国大专辩论比赛的视频，人大辩手的风采令他印象深刻。"我还清楚地记得四位辩手的名字。当时参加辩论的几位师兄，后来在我的辩论生涯中都给我了很多帮助。"正是这场精彩的辩论赛，让他下定决心报考人大。

张飞入学那一年，正赶上人民大学举行第十届辩论赛，他也由此走上了辩论之路。张飞从财政金融学院新生杯辩论赛开始，一路过关斩将，最终站在全校辩论赛台上。那一年，财金学院进入了八强。"在这之前财金学院是没有辩论队的，每年辩论赛找三个人参加之后，输了就结束了，我们当时都戏称财金学院队见光死。"张飞回忆道。

也是从那一年开始，财金学院有了正式的辩论队，张飞也正式成为财金学院辩论队的一员，财金学院队在此后实力开始强大起来。2003年，财金学院挺进了四强，2004年，财金学院又获得了当年校赛的冠军。2005年，中国人民大学代表队获得海峡两岸大学生辩论赛的邀请，作为大陆六支高校代表队之一，赶赴台湾参赛，张飞作为辩手之一参加了比赛。经过来自大陆六所高校和台湾六所高校的十二支辩论队伍的激烈角逐，人民大学拔得头筹，打败了由"宝岛辩魂"黄执中带领的台湾世新大学辩论队，获得了当年海峡两岸大学生辩论赛的冠军。"如果大家看过《奇葩说》节目应该知道，黄执中的辩论是一个什么水平，这个人被誉为'宝岛辩魂'，在他辩论成名后的20年中，一共输过三场比赛，两场在大陆，一场在台湾本土。他当时在台湾本土只输过一场比赛，就是输给我们人民大学。"回想起当年的辩论岁月，张飞眼中有些许自豪与骄傲。

寻找人生定位，勇敢跳出体制

2006年，张飞从人大本科毕业后，凭借优秀的成绩进入中央人民政府驻香港特别行政区联络办公室工作。工作一年后，正好赶上"外资银行元年"，中国加入WTO五年之后要对外资银行开放，所有外资银行都可以在大陆成立法人银行，于是他去外资银行工作了三年。此后，他又到中国银行的一家子公司工作了三年。

自媒体的崛起，让张飞开始思考如何在这个时代实现自己的职业发展。2013年是自媒体元年，微信公众号诞生，"罗辑思维"的快速崛起引起了他的注意。"罗辑思维"用了短短几年的时间大量圈粉，视频点击率也一直居高不下。

同时，《奇葩说》节目的诞生和迅速火爆，也让他感到意外。"客观来讲，《奇葩说》其实是中国，甚至如果把电台加进去的话，综艺节目中唯一一档原创节目。《跑男》《好声音》，甚至早期的《幸运52》和《开心辞典》这类节目，都有复制国外节目的痕迹。而《奇葩说》作为华语辩论节目，是原创的网综节目。"短时间内，张飞在高中、大学那些偶像辩手，胡建彪、马薇薇等人突然火爆网络，迅速铺天盖地出现在各种平台上，在地铁的广告甚至各种电影中都频繁出现。这对他的触动很大，他突然发现了知识变现、内容变现的可能。

此外，还有一件事也对张飞产生了很大影响。"我们那一代人经常玩的网络游戏叫《魔兽争霸》，随着《魔兽》的崛起，出现了大批游戏玩家和大批游戏解说玩家。"从2006年开始，他一直在关注《魔兽》的一个游戏解说员。张飞介绍，"这个游戏解说员当时是业余的，开始时口才非常差。他有自己的本职工作，每天利用业余时间，解说一到两场比赛"。然而，谁都没想到，这个解说员用了十年时间从一个菜鸟解说进入《魔兽》解说领域前三名。"他在《魔兽》解说圈的地位，就相当于足球圈黄健翔的地位。这就是'罗辑思维'一直提到的：跟时间死磕，跟自己死磕。经过十年时间，他的《魔兽》解说水平，已经远远高出我的口头表达能力了。进行《魔兽》解说的时候，如果有12个英雄作战，他能一口气不间断地完成任务。那真是脱口秀，是根据游戏现场情况的变化，不停地口吐莲花，妙语连珠。十年对一个人的改变实在太大了。"

在这三件事的触动下，张飞决定，要把工作当作自己的爱好或者终生的事业去做。"我当时在想，这一生不能碌碌无为，从物理上和心理上都要打破禁锢自己发展的瓶颈，开创出一个属于自己的广阔空间。人生的精彩就在于探索未知。"因此，他成立了都尚无限文化传播有限公司，找到了自己的定位和职业发展方向，并开始运用自己的口才优势和专业知识做自己喜欢的事情。

"在互联网时代之前，我的职业生涯并不在一个领域或者在一个企业里面纵深发展，我是有点儿跳跃性、发散性发展的。"他说，在工业时代职业生涯评判标准下，其实是很忌讳这种做法的，因为工业时代非常注重行业积累，越资深的人越有市场价值，职业议价也就越高。互联网的发展则为张飞提供了另一个契机。互联网时代注重跨界和整合，懂得不同知识的人，可以对不同资源进行整合，从而产生巨大的价值。

为自己打开一扇门

门槛门槛，走过去是门，走不过去就是槛。张飞没想到，命运在 2013 年又为他安排了一次考验。

那一年张飞刚刚加入中行子公司，因为公司总部在上海，他需要离开北京，离开自己熟悉的环境。他同时面临着三重转型：一是事业的转型，从北京到上海；二是家庭角色的转型，他多了一个叫作父亲的角色；三是公司的转型，公司业务受到大环境的影响也要转变轨道。这几个因素叠加在一起，使得张飞的人生陷入了低潮阶段，那段时间他得了抑郁症。

"抑郁症有两个极端，走不出去的人，到最后重度抑郁，大部分人会选择结束自己的生命。另一个极端就是，凡是能够走出抑郁症的，就会浴火重生。抑郁症肯定会把以前那个你结束掉，不是以毁灭的形式结束掉，就是以升华的方式。"张飞就是以这样一种方式，完成了自己的升华。

回想那个时候的自己，张飞说："其实有点儿像催眠那种状态，当外界的情境，触发到催眠的状态，可能抑郁症就爆发出来了……但是如果抑郁状态长时间不能通过外界的行为和方法调整过来，长时期处于抑郁状态的话，可能就是早期抑郁的特征了。"在这个过程中，抑郁症可能会造成人的内分泌失调，而内分泌失调以后，会加剧抑郁症的恶化，包括情绪低落、性情狂躁，难以集中注意力等。

张飞和身边得过抑郁症的同事沟通过，大家一致认为，抑郁症就像一个黑洞，会不断地吞噬个体，而且病患本身也知道这一点，却没有意愿做出任何改变现状的行为。治疗抑郁症最好的办法，一个是运动，一个是社交。运动会调节内分泌，同时会分泌多巴胺，让人情绪好转。病情发展严重后，张飞回到了北京，与家人生活在一起，那是一个良好的开端，经过将近半年时间，他的病情逐渐好转了。

这次生病让张飞明白了很多道理。他说，名、利、情等许多人追求一生的东西，只是通向幸福的工具，而不是衡量幸福的指标。有一句话使张飞感触特别深：上帝在为你关上一扇门的时候，其实并不会为你打开一扇窗，你要做的是退后两步，然后一脚把门踹开。他认为，面对困难，需要自己给自己打开一道门，不能依靠外界的力量拯救自己。"当你抛开一切，学会'破罐子破摔'以后，就会发现一切都是豁然开朗的。走出来以后，你会发现世界没有想象的那么可怕。"

抑郁症痊愈之后，张飞加入了都尚无限，开始了创业之路。虽然每天都十分忙碌，他却过得很开心、很充实；即使加班，也是他主动自愿的行为，加班之后他走在回家的路上，还在构思自己要做的工作。现在的张飞处于一个很开心和兴奋的状态，他很享受现在的工作和生活。

未来，张飞希望通过自己的努力，把都尚无限打造成"一带一路"上"互联网＋文化＋体育＋金融"的一个整合平台，更多地承担与国家文化交流相关的任务。

耐得住寂寞才守得住繁华

——访《中国成语大会》冠军彭敏

◉ 李宣谊　杨雅玲/文

风云三尺剑
花鸟一床书

彭敏
2017. 6. 7

第二季，获得亚军。

彭敏简历

彭敏，1983 年生，湖南衡阳人。2002—2006 年就读于中国人民大学人文学院中文系。《诗刊》杂志社编辑。2015 年参加综艺节目《中国成语大会》，获得总冠军，2017 年参加综艺节目《中国诗词大会》

在一个阳光和煦的午后，我们第一次见到了彭敏——刚在今年年初获得电视综艺节目《中国诗词大会》的亚军。面对着来自母校的采访者，他热情洋溢地同我们讲述起他的故事和经历。

最美丽的意外

彭敏与人民大学的结缘可以用意外两个字来形容，在他眼中的"一场最美丽的意外"。

彭敏出生于湖南衡南县的一个小镇上，他从小就喜欢诗词歌赋，喜欢文学，在他父亲工作的小学里读到很多书。"我从小学的时候就确定了大学想读中文系，后来还真的实现了，真的读了中文系，人大中文系是我的第一志愿。"谈起母校，彭敏的脸上绽放出孩子般的笑容，彭敏在这里度过了他的四年本科生活，在这里，有他的青春、他的朋友、他的恩师等，和母校有关的点点滴滴彭敏都觉得弥足珍贵。

"记得我刚入校的时候，就和中国跳水队郭晶晶、吴敏霞、田亮等人成了同学。那时学校给他们办了一个入校仪式，各种媒体来采访，各种闪光灯，结束之后我们一帮人也都是围过去拍照，那个时候也没有手机也没有数码相机，都是拍了胶卷，然后我特别激动，把那些照片全都洗出来了，有些照片拍得特别差劲。这个很虚，那个曝光过度，但是我都洗了出来，可能一共洗了接近两百张，现在去看那个效果还是很差。但是就是觉得这是一个非常珍贵的记忆。"对于一个刚从湖南农村出来求学的少年来讲，突然在北京一下子开了很大的眼界，从前那种永远隔着十万八千里、只能在电视里和报纸上面看到的人，突然一下子就在身边，是种非常神奇的体验。那时的彭敏也没有想到自己有一天也会成为在电视里闪亮存在的人物。

彭敏从小就喜欢诗歌、文学，加上自己念的是中文系，所以他特别喜欢参加一些跟诗歌文学相关的社团。刚进校园的时候，彭敏就报名参加了十三月文学社，但是没过多久这个文学社就"倒闭"了。"学校里居然没有别的文学社了，于是我就拉着我们中文系 2002 级和 2003 级的一些学生，一起办了太阳石文学社。"可惜的是，太阳石文学社存在了一段时间之后也倒下了。但彭敏并没有停止，随后他又和一个 2003 级的师弟合办了《人大诗报》，不光是刊登人大校友的作品，全国的学生都可以投稿，在当时还算是小有影响力，很多人都以在《人大诗报》发表作品为荣。

除了参加文学社以外，彭敏还喜欢打乒乓球，大一时在新生杯乒乓球能力赛中得了第三名。那一年，他去参加校园"风载我歌行"歌唱比赛的选拔，成为一件记忆深刻的事情。"当时需要有伴奏才能上台，我就在海图淘了一张碟，学校里没有机子可以试，我就直接拿着它去参加比赛了，结果在比赛现场一播放，那个歌唱原声根本就没法消掉，我只好硬着头皮清唱。一唱到高音部分就破音了，然后评委说你下去吧。"一想起那时自己的窘境，彭敏不禁开怀大笑："这可能是上学期间特别尴尬的一件事情，但是想想也觉得特别过瘾。现在这把年纪，知道自己的强项和短板在哪里，反而不会轻易去干这种事了。"

方向比努力更重要

研究生毕业以后的彭敏在《诗刊》杂志社找到了第一份工作，让酷爱诗歌文学的彭敏有了更多时间去钻研、创造，"我们是一本诗歌杂志，在这样的一个时代，我每天的工作就是读诗"。彭敏讲，读书的时候觉得自己的爱好就是一切，当发现别人不理解自己的爱好的时候还挺苦恼的，但是后来工作发现，一个人既要能够出世又能够入世。"其实我一直以来是一个特别努力的人，我很少去娱乐。但是可能在前面很多时间里面，我努力的方向都不太对。如果可以再回去的话，我会让自己早一点接触社会，用各种形式。需要早点知道这个社会是如何发展的，是哪种核心的价值，前进的方向是哪里，然后用一种更加能够符合社会需求的方式来规划自己的职业前景。"

"2013年的时候，我已经工作了四年，每天的生活几乎是一成不变的，基本上不需要有什么社交，生活仿佛停滞了，特别需要新的内容来充实。"恰好此时，河北卫视正在办一档诗词节目《中华好诗词》，这是中国第一档诗词节目，对于生活急需改变的彭敏而言，这也是一个契机，"觉得能够把自己一直喜欢的东西用到一个地方是一个很好的事"。他为自己人生找到了新的曙光。

如果说这档节目是彭敏新生活的开端，那么2015年的《中国成语大会》则是他新生活的转折点。2015年，彭敏一举拿下了《中国成语大会》的总冠军，一下在这条路上打开了新局面，并收到了来自各方的邀请。在2017年春节期间央视每天连续播出的《中国诗词大会》中，彭敏多次攻擂守擂，最终获得年度亚军，使他一夜爆红。

说起自己的成名经历，彭敏坦言："其实诗词大会带来的热度对我来讲像是半路杀出来的程咬金，不在我的规划之内。"因此，近期彭敏还在忙着应时这个热度带来的种种后续效应——去各地用有趣的方式给年轻人讲诗词。彭敏说，这个热度过了之后，他还是想按照自己原来的规划，一边继续参加节目，一边写书。其实，彭敏最大的愿望就是做一名畅销书作家，并且通过自己的书进入电影市场，"我觉得这是文学青年的一个最好出路"。没有一定的名气是很难成功的，这一点在彭敏参加电视节目之后才深深意识到，像以前一样把自己封闭起来写书的道路是行不通的。"现在我做的很多事都秉持一个入世的态度，我希望保持自己对文学的爱好，但是我也会做出一些调整和改变，我还是想搞文学，但是我可能去搞畅销文学。我还是喜欢读诗词歌赋，但我没有钻在故纸堆里面去做高深的文学研究，而是去参加文化类的电视节目。所以其实你可以喜欢这些小众的东西，但是这些东西在我们这个时代，还是存在着多元化的以及市场化的可能性，你还是可以保持自己的精神底色，同时又向这个世俗的社会敞开自己的怀抱。"

以前彭敏的生活是相对封闭的，不用同他人过多打交道，只是沉浸在自己的世界里进行阅读和创作，然而电视圈的情况恰恰相反，彭敏以上节目的方式为自己的生活提供了新的转机，不仅仅是提高了知名度，更重要的是在这期间彭敏也获得了全新的"成长"，他参加的每一档节目都能遇到形形色色的人，包括才华横溢的人、舌灿莲花的人、浑身都是故事的人等。每个人都是彭敏观察和学习的对象，在打开眼界汲取他人长处的过程中，彭敏让自己做出了很多改变。

耐得住寂寞才守得住繁华

"耐得住寂寞才守得住繁华，我们做文艺这一行的可能尤其如此。因为上了节目之后，其实是离繁华很近的，每时每刻都会感受到繁华给你带来的诱惑和冲击。但是如果你不能够坐住冷板凳，不能够积蓄自己真正的才华，然后把这些才华兑换到那些繁华当中去的话，那么你只能是路过了别人的繁华，所以耐住寂寞对于守住繁华来讲是特别重要的事情。"与彭敏的交流无疑是一个让人十分愉快的过程，他的语言幽默而犀利，总是能不断给人带来愉悦新奇而又富有哲理的感觉。现在的彭敏十分自信，不管是回忆校园生活还是工作经历，都能侃侃而谈。然而回首这一路走来，并非一帆风顺。

彭敏坦言他的专业给他找工作增添了不少难度，快毕业的时候自己的精神状态一度很差，甚至不想写论文，想到处去流浪算了。而刚刚工作的时候也特别困难，"我工作的第一年每个月工资是2 000块，后面两年暴涨了50%，达到3 000块"。彭敏自嘲道。而那段时间不仅仅是工作，还有恋爱问题也一直让他深感苦恼。大学期间他唯一一次对女生表白，就是在一个深夜从人大东门附近的东风六楼306宿舍出来，爬到求是园中一棵树上，用一把小刀在树皮上刻下了暗恋的女孩的名字，"我大学期间唯一一次表白就是这个。现在那棵树上那个名字还在，十多年过去了还能看到"。

但好在一时的苦恼并没有让他停滞不前，他选择用自己的方式来改变这种状态，直到现在，心情烦乱的时候，彭敏还是会选择去看书。"我是一个如果没把时间用来好好努力就会觉得很焦虑的人。但我只要开始看书，就会平静下来。看书，会让我进入自己原先规划的节奏，我是要当一个作家的，看完之后我去写，觉得自己的时间没有虚度。其实缓解焦虑，度过艰难时期最好的方法还是努力。把自己的时间全都用来上进，不要虚度时光。虚度时光这件事情会令人很惶恐。"努力的人运气都不会太差，彭敏通过自己的不懈努力度过了那段艰难时期，也在努力中慢慢寻找到了适合自己的方向，找到了方向的彭敏才真切感受到了努力的成果。

这样一个舞台上闪闪发光、能说会道的彭敏让人很难相信他以前是一个特别容易害羞的人。彭敏讲自己以前比较害羞，不爱说话，后来因为参加电视节目，节目要求必须会说话，而且得能说会道，所以从最开始参加节目的时候比较拘谨，到后来慢慢放开，一步一步修炼出来。他刚开始上节目的时候会紧张，包括刚刚开始做讲座的时候也是，完全照着稿子念，但是现在就已经是一上去说，就能够说很久，因为熟练地掌握了一些节目表达的技能。参加电视节目让他变得开朗和活泼了很多，也让他收获了很多知识和新的朋友，但是收获和付出就如同天平的两端，总要是对等才能保持平衡。每次上台前彭敏都会进行大量的准备，包括知识性的准备和台风的准备，别看在电视上彭敏随口就能给大家讲出好玩的段子，那些其实都经过了他用心的准备，毕竟没有人天生就是段子手。他坦言经常看一些脱口秀节目，从那里面积累思维的闪光点。虽然彭敏每次都充分准备，但是有的时候压力很大会让他感到紧张，"到了参加《诗词大会》的时候，压力还蛮大的，因为当时已经获得了《成语大会》的冠军，在参赛的过程中我有两个晚上失眠了"。

尽管最后与冠军失之交臂，但是彭敏讲："我们一般都希望自己人生永远在走上坡路，但实际上这一点不太可能做到。这次没有能拿到冠军，我觉得特别遗憾，但是回过头来看，它给我带来了更多的机会，它让我有很多事情可以忙，看到生活还在继续地往前走。""错过了一个千载难逢的机会，但是仍然在往前走。前辈的经历其实都是我们自己的一种参照。圈子里面很多当年曾经特别红的人，后来慢慢地都回归正常了。然后我在想，其实人生到底走向何方真的很难说，人生经历各种状况都很正常，我们能够做到的就是不要虚度时光，一直努力就可以了。"近日，彭敏参加了湖南台热播的综艺节目《天天向上》，他一脸阳光地笑道："最开心的事就是他们后来给我发过来剧照嘛，我第一次发现自己上节目有那么帅。当然也可能是因为是夏天，所以穿的这个衣服比较容易显好看。"

当时彭敏参加电视节目的初衷，就是改变自己一成不变的生活。现在他通过各种综艺节目有了知名度，经常开一些讲座和课程，慢慢地自己也开始写书，我想这对于彭敏来讲已经足够了。

彭敏从人民大学毕业已经很多年了，但是他依然情系母校，提出了对母校学弟学妹们的希冀，"第一个建议就是一定要谈恋爱，谈恋爱会让人懂很多事，会让一个人的心态变得比较平和。然后第二个建议就是要多接触社会，现在社会对于 90 后敞开了很多，给在校大学生的机会和资源都比我们 80 后那一代要多得多，不要辜负这么好的机会和资源。早点接触社会，会让你更早认识到在社会中摸爬滚打需要哪些技能，尽早确认自己努力的方向"。最后彭敏献上八个字表达对母校的祝愿，"前途似海，来日方长"。

扎实治学　踏实做人

——访中共甘肃省委党校经济社会发展研究所所长张建君

◉ 李书慧/文

张建君简历

张建君，1969 年生，甘肃省靖远县人。2004 年至 2007 年就读于中国人民大学经济学院政治经济学专业，获博士学位。现任中共甘肃省委党校经济社会发展研究所所长、教授，发展经济学研究生导师组组长。独立主持国家课题 3 项，参与国家课题 6 项，获得省部级社科成果奖 8 项。2013 年，荣获甘肃省理论界首批"四个一批人才"称号，兼任《中国经济时报》经济观察家、甘肃省人大常委会计划预算审查咨询专家、甘肃省委讲师团成员、甘肃省民营经济研究会首席专家、甘肃卫视新闻中心特约评论员、中华外国经济学说研究会理事。

和张建君见面是在甘肃省委党校"实事求是"的校训雕塑下，不知是巧合还是必然，两所学校相同的校训承载了一名学者 20 年潜心治学、踏实做人的态度。秉承这一态度，他默默奉献，执着追求，成为一名马克思主义经济学的研究者和传播者。

知识是前进的动力

张建君出生于 1969 年，1977 年上小学。小时候，家里条件比较差，吃不饱肚子是常有的事情，但回想起那段经历，他并不觉得苦和累。因为恰恰是那段时光，培养了他自由自在的天性。他喜欢上了读书认字，书籍为他打开了神奇而广阔的精神世界。正是由于对书的痴迷和渴望，上初中的张建君很快就遇到了人生中的第一个挫折，那时的他热衷于武侠小说，每天都沉迷于侠义传奇的小说情节中，学业上有了一些荒废，成绩也有很大退步。可也正是这段经历，让他清楚地意识到知识是前进的动力，有了知识才能获得力量。

张建君本科就读于西北师范大学政教专业，从那时起，他就与经济学结缘，开始了 20 余年的马克思主义经济学研究之路。读硕士期间，张建君不满足现有的知识储备，以同等学力的身份报考了中国人民大学政治经济学博士。也许是幸运女神的眷顾，张建君第一次就考取了中国人民大学。谈到这段宝贵经历，他"认为自己是一个幸运的人"，但是这样的幸运与平时的努力是分不开的。一是一直在高校工作的张建君有扎实的理论基础，对待问题的看法鲜明独到，有自己的见地。二是张建君自身对学术认真的态度和求知的渴望。早在 2001 年，时任国家主席江泽民同志提出要研究和深化社会主义劳动价值论时，他就完成了关于社会主义劳动价值论著作的写作，甚至得到了我国著名经济学家苏星、何炼成、陈征等老先生的高度评价。

2004 年，张建君来到中国人民大学，师从卫兴华教授，开始攻读经济学院政治经济学博士。早在念博士之前，张建君就在甘肃省委党校从事《资本论》，特别是劳动价值论问题的研究，这次到中国人民大学求学，原因有两个：一是仰慕卫兴华先生，先生是马克思主义经济学的一代宗师、《资本论》研究权威，在学术上有很深的造诣，如果能跟随卫老师读书，在学术能力和水平上都会有很大的提高；二是喜欢中国人民大学，这里汇聚了政界、商界和学界的精英，在这里你能见到你想见的人，读想读的书，不断地提升自己。实践证明，这是一个正确的选择。

谈到在人民大学求学的经历，张建君要感谢的人有很多，许多老师和同学都给予了他莫大的帮助。最感谢的就是恩师卫兴华先生，卫老是马克思主义实事求是派，学术上求真务实，不唯风，不唯上，只唯实，这样的学术态度深刻地影响和激励着包括张建君在内的每一位学子。求学期间，张建君还和吴易风、张宇、方福前、杨万东等老师有很多的交往，也包括曾经对他有关劳动价值论的研究予以很高评价的原中央党校副校长苏星先生，和老师们在思想上的碰撞，学术上的交流，使得张建君学术上获得了巨大的受益和启发。其中，影响最深刻的就是张宇老师。张宇老师深知同学们读书辛苦，就抽时间带他们去颐和园郊游，放松身心，也不计较自己老师的身份，午休时间经常跑到学生宿舍睡觉，还和他们一起吃饭。张建君回想起自己写博士毕业论文的时候，常常和张宇老师坐在品园四号楼的台阶上讨论，张老师给了很多弥足珍贵的指导和意见。还有杨万东老师，后来他们甚至合作出版了对话形式的学术著作《经济发展方式转变：本土派与海外派的对话》，获得了不错的市场销量和社会影响，现在他们仍然保持着亦师亦友的淳朴友谊，给平凡生活增添了许多感人的亮丽色彩。

张建君把在人民大学的这段求学经历看作是他人生中非常宝

贵的一个成长过程，在这个过程中他深刻地认识了自我，极大地提升了自己的学术水平。用他的老领导、现任甘肃省社会科学院院长王福生研究员的话来讲，张建君在人民大学经历了脱胎换骨般的成长。在人大求学阶段，张建君发表了近 20 篇论文，开始着手研究中国经济转型模式这一问题。针对这一问题，他提出了两个比较独到的见解，即"市场经济制度层次性理论假说"和"双主题阶段转换式"的中国经济转型实践模式。"市场经济制度层次性理论假说"是他在解释中国经济平衡转型的内在逻辑时，提出的一个市场经济理论假说。这一假设的提出，合理地阐述了中国经济的平稳转型，力证了我国经济平稳转型的可操作性及合理性，打破了西方把市场经济等同价格机制的教条思想。在研究过程中，张建君发现我国转型经济"微观先行，中观突破，宏观完善"的改革次序，切中了市场经济存在微观、中观、宏观层次性制度安排的建构特点，从而创造了我国经济平稳转型的发展奇迹。这一假设的发现，是张建君最具原创性的学术研究成果，为阐释社会主义制度和市场经济能够有机结合提供了一个全新的理论视角。这样的一个过程饱含了张建君的艰苦求索，他一直认为在学术道路上前进是这一生中最幸福的事情。

陪伴是最深情的告白

从人民大学毕业后，张建君进入中央党校攻读博士后。2010年，他从中央党校顺利出站，但同时也迎来了他人生中的第二个选择，是留在北京工作，还是回到老家发展。当时的张建君处于一种非常焦灼的状态。到北京念书研究的六年多时间里，一直和爱人处于两地分居的状态，如果留在北京，不知何时才能团聚。面对这样的情况，张建君选择了陪伴一直在背后默默付出、照顾家庭的爱人，放弃了留京奋斗的机会。

"卫老师对我提出了许多很好的建议，尽管最后我没有能够落实得很好，但仍然受益匪浅。"谈及毕业时那段进退两难的时光，张建君还是有一些遗憾，因为他深知留京发展无论是在学术成果，还是科研水平上都能有进一步的提高。博士后毕业之后，卫兴华老师推荐张建君以重点引进人才的身份进入西南财经大学，张建君和爱人前往了成都，但是因为成都气候潮湿的原因，张建君的爱人身体上很快就出现了不适应的情况，身体状况越来越差。彼时，疼在妻子身上，苦在张建君心里。为了能够好好照顾妻子，两人又回到了张建君出发的地方——甘肃省委党校。在这里，张建君继续他学术上的执着追求。但西南财经大学给予张建君的礼遇，他始终感念在心。

其实张建君在外奋斗的几年中，家里出现了巨大的变动，为了不打扰他的学习生活，妻子一直在默默处理，并且悉心照顾家里 80 多岁的老母亲，成为张建君坚实的后盾。张建君认为事业成就了他们的家庭生活，所以他也会将家庭和睦作为动力反馈在事业方面，踏实地完成自己的工作。只为耕耘，不为收获，这也是他现在平衡事业和家庭关系的准则。

"她是一名坚强贤惠的妻子，给了我太多支持"，张建君对爱人这么多年的支持和鼓励很感动。由于工作原因，妻子常常要忙碌于洗衣做饭、照顾老人等生活琐事。由于张建君常常要在学校研究课题、在校外开会，少了许多照顾妻儿和老人的时间，而妻子也是默默地付出着，从不会向他抱怨什么。张建君承认自己多年来对家庭的照顾付出不及妻子，但是也在努力营造一个良好的家庭氛围，有时间就带着妻子一起出去郊游、一起开会。有一次在南京开会因为没有见到张建君携带妻子，武汉大学颜鹏飞教授还关心地过问起来。张建君相信，通过自己的努力，他能够给家人创造一个更宽松的氛围，让小孩子健康成长，让爱人安心工作，让这个家庭在物质条件极大改善的同时，也有一份心灵的宁静和幸福。

实事求是是人生之本

张建君目前从事的是干部教育工作，承担甘肃省委党校地厅、县处级领导干部班次的专题课讲授任务，并创办了甘肃省委党校发展经济学研究生专业，担任导师组组长，主要关注的领域是马克思主义经济学、中国发展道路和区域经济社会发展研究等。作为中共甘肃省委党校经济社会发展研究所所长，近年来他将大量精力投入到了区域经济发展，特别是对甘肃经济社会发展战略的研究方面。张建君作为一个教师在学术上一直不断努力和奋斗，经常参与甘肃省经济形势分析的研判会和座谈会，作为甘肃卫视新闻中心特约评论员，经常在各种媒体上针对甘肃，甚至西部的经济发展发声。他曾为四川人民广播电台《中国评论》栏目录播了近 60 期节目，2016 年他被评为甘肃省党校系统优秀教师。在十八届五中全会的中央宣讲团报告会上，时任省委书记直接点名让张建君提问，他也曾多次参加省委组织召开的座谈会。张建君希望通过自己的努力，能够有助于改变甘肃经济发展相对落后的局面。

对于未来的发展，张建君希望能够继续踏实认真地做学术研究，他的新著《全球化视域下的中国发展道路研究》一书年内将由人民出版社出版，他希望这本倾心之作能有更多读者阅读和关注。在这本书中，张建君对中国的发展道路，特别是全球化视野下的中国发展道路，做了独创性的阐述：其一是中国发展道路的成功有其内在规律，值得去研究体悟；其二是全球化一定是中国模式最终崛起和中华民族实现伟大复兴不可或缺的一个背景，要关注世界潮流，把握发展方向；其三则是基于全球不同发展模式互鉴基础上的中国经济转型升级的战略抉择。他希望这本书的出版能够让全社会甚至国内外看到一个身处欠发达地区的中国学者，对于我们中国伟大崛起和伟大复兴所做出的一种学术思考。

学术道路上，张建君始终本着真心，践行自己的理想。他认为知识若能贯通一体，就是强大的力量，它可以改变人生，更能让人生升华到更高的境界，更好地立足于天地之间，把"人"字立起来。"知识就是力量"和"实事求是"是张建君人生中的两个信条，也正是这两个信条帮助他渡过了很多难关。无论在什么时候，张建君认为人都要实事求是，用知识的力量抚慰自己的心情，抚慰身边人的情绪，更新一些自己的人生认知。苦难也好，挫折也罢，保持一颗平常心，踏踏实实地做好自己的事，一切都将风轻云淡、峰回路转。他甚至这样告诉自己的孩子：实事求是里面有黄金。所谓黄金，就是孩子如果能够领悟实事求是的真谛，则无异于掌握了打开人生成功之门的钥匙。如果将来孩子可以实事求是地对待自己的人生，对待自己的事业，对待自己的家庭，对待自己所面临的各种低谷，他一定会找到制胜的法宝，能够战胜一切艰难险阻，赢得美好的人生未来。

"当我们没有实事求是的时候，我们会退缩、气馁，甚至自我放弃，最终将与可能交汇的历史风云失之交臂。但是如果在这两个信条上面不放弃，就没有战胜不了的困难和挑战。"张建君这样描述母校精神带给他的感悟。他始终感谢老师和母校教给他实事求是的态度和精神，更相信在母校八十周年校庆的感召之下，一定有更多的学生成长为国民表率、社会栋梁，母校也一定会有更加辉煌光明灿烂的未来。

饮水当思源　树德方务滋

——访北京树思源工作室法人代表都晓杰

● 刘晓阳/文

都晓杰简历

都晓杰，1985年出生于山东烟
台，2008年毕业于中国人民大学艺
术学院数字媒体专业。本科毕业后
被保送到北京交通大学建筑与艺术
学院设计艺术学专业攻读硕士研究
生。硕士期间创办数字媒体科技有
限公司——树思源。公司创业事迹
先后被北京卫视、中国教育电视台、《中国教育报》、《现代教
育报》、《中国青年报》等主流媒体报道，作品多次荣获国内
外专业奖项。

"黑夜给了我黑色的眼睛，我却用它来寻找光明。"没有经历过身处晦暗之中的挣扎与无奈，也就无法体味阳光之下的明媚与温暖。都晓杰，一个再普通不过的寒门学子，却靠着常人难以想象的坚守和毅力撑起了自己家庭和事业的一片天地。

18岁时，他从山东烟台的一个小村庄考入中国人民大学徐悲鸿艺术学院，如今，他刚过而立之年，却已是一家传媒公司的总经理，在高校创业圈中小有名气。成绩背后，他所拥有的，除了光环，还有多年来身患痼疾、卧病在床的父母，备受磨砺、饱经历练的生活重担，以及筚路蓝缕、亟待起步的事业蓝图。人生这条路，对他而言，走得虽不平坦，甚至有点五味杂陈、冷暖自知，但他还是走出了一条属于自己的正道坦途，用实际行动践行着自己求是思源的人生信条。

从小乡村到大首都，带着父母上大学

2004年秋天，瘦瘦弱弱的都晓杰一个人扛着装行李的编织袋，来中国人民大学报到，以大学新生而不是艺考生的身份再一次走进这所学校，彻底将考试时的紧张忐忑和惴惴不安抛诸脑后。他又欣喜，又羞怯，觉得自己带着光环。他用四年时间为自己绘制了一幅青春画卷，也将自己塑造成为一名名副其实的人大人。

第一次离家，这个只会画画的农村孩子一下子闯进了一个陌生而广阔的天地。那时候，都晓杰总觉得自己跟同学们有差距，文化课是"擦边球"来的，视野就更谈不上开阔了，所以他总是抓住一切机会来"表现"自己。每天早上八点半上课，他经常七点左右就准时出现在教室里了，偷偷利用这一个小时的时间，帮全班二三十个同学把一大开大画板的习作仔细裱好，不漏过任何一个细节，也不放弃任何一个机会。就这样，靠着一点一滴的默默努力，都晓杰逐渐成为老师们关注的焦点。大学四年，他每年都拿奖。

2005 年 12 月，都晓杰第一次拿到国家奖学金，这是他大学阶段最为骄傲的一件事。对于都晓杰而言，这笔奖学金，毫无疑问既是荣誉和肯定，也是份不菲的收入。第一时间，他拨通了家里的电话，准备接小脑萎缩多年瘫痪在床的母亲前来北京检查治疗。

过完春节后，都晓杰带着母亲来到了北京，短短一两个月里，两人跑遍了北京城的各大医院寻医问药，但让他印象最深的，却不是奔波颠簸，也不是劳累辛苦，而是在那个明媚的春天，他推着母亲在校园里散步，阳光暖洋洋地洒在轮椅上，母子二人享受着这难得的幸福。那段时间，他第一次觉得释然，好像无比清晰地找到了自己未来人生的方向和重心。

母亲的病未见起色，父亲又在果园打工，迫于经济压力，都晓杰只得在老家找熟人来照料安顿母亲。2008 年的时候，父亲突发大面积脑梗。"我去叫爸爸起床，看见妈妈一边哭一边摇晃爸爸，那时候他已经昏迷了。"都晓杰清楚地记得那天是正月初五。虽经开颅手术捡回一条命，但父亲的右侧肢体失去知觉，失去了与人正常交流的能力。医生已经下了病危通知书，但都晓杰不甘心，只要稍有差池父亲可能就留不住了，为着这一丝希望，他每天 24 小时都在医院里陪床，别人每天做一次理疗，他给父亲上午做两次，下午做两次，晚上再偷偷做两次。大夫说植物人没有感觉，洗脚不管用，他不理，每天晚上坚持用热水给父亲烫脚，一个月之后，父亲奇迹般地醒过来了。这一次，他又把父亲背上了开往北京的火车。

辗转几家医院后，父亲终于住进了四季青医院，在接受治疗的三个多月里，都晓杰也天天用轮椅推着父亲在学校里散心。日复一日，毫无知觉的父亲，竟慢慢地能认出他，盯着他看，偶尔还能咧开嘴笑，或是默默掉眼泪，这每一个康复的细节，都晓杰至今都清楚地记得。

"自信是人大给我最重要的能力"

大学四年，对于都晓杰而言，走得磕磕碰碰，但他仍以一己之力撑起了对家庭、对自己和对未来的责任。回想起这段难忘的求学生涯，他说，"自信是人大给我最重要的能力"。

在最年少意气的青春岁月，知道自己要什么，要通过什么样的方法去得到，要回答这个问题实在太难，而都晓杰却用实际行动笃定地交上了自己的答卷。刚刚走进大学的都晓杰，不善言辞，闪躲的眼神中藏着压在心底说不出口的自卑。

"以前跟老师说话都脸红，同学们都发完言我永远是最后一个，甚至不敢说话。"人大的学习环境，多元包容，永远充满着竞争和激情。都晓杰觉得，好像学习不再是唯一重要的东西，更关键的是清楚地认识并掌握自己。在人大，他完成了人生中最为关键的蜕变。每学期都晓杰的专业课都有一个"压轴"的期末大作业，为了拿到高分，同学们各尽其能、各显神通，而这恰恰是他的短板。突然有一次，他异想天开做了一个动画片，把里面所有的元素，想尽办法连说带跳地给展示出来了。对都晓杰而言，这是一次难得的尝试，更是一次不易的突破。他至今都清楚记得当时系主任当着全班同学的面对自己和作品的肯定。都晓杰终于不再是那个羞涩的小男孩，那一刻让他明白能够成就自己的只有自己。

人民大学，不只是记录了都晓杰青春岁月的一个站点，更是重塑和改变了他人生轨迹的地方。在这里，他遇到了"婆婆妈妈"、对自己关怀备至、时刻不忘支持提携自己的恩师们。

"毕老师长得特别漂亮，她是学跳舞唱歌出身的，给我的感觉就像是一个大家长，有点儿像我自己家里的人。她总对我说，孩子千万要努力啊，你要好好学习啊，父母身体好点没啊，见了我这么说，见了所有同学都这么说。这么多年过去了，现在回想起来，心里面感觉特别温暖的。"

"还有一位我的专业老师。他是央美毕业的，上课的感觉特别好，就让我们自己画，我画老家那套东西，画得特别磨叽，也画不出来东西，但是我造型能力特别强，我画一个人肯定画得像，形特别准，但没有个性。老师拿着我的笔，眼都没看我的画，在我那块绿色的画布上抹了几笔紫不拉叽偏蓝的颜色，特别神奇，这幅画竟然出奇地好！从那开始，我的色彩是整个年级的第一名，后来这幅画成为我们那届留校的第一幅作品。"

这幅画，现在就挂在树思源工作室的门廊里，一抬眼，就能看到。"现在我肯定画不出来了，但我会一直挂着它，只要一看到这幅画我就会想到这一笔多重要。"这一笔，为都晓杰的人生添上了一抹意想不到的亮色。

为创业，"拼命三郎"使出"洪荒之力"

最早的时候，都晓杰在中国人民大学设计中心实习，那是他第一次真正在电视栏目当编导，他的创业梦想从这里起步，不知不觉间埋下了一颗种子。

等到被保送到北京交通大学攻读硕士研究生的时候，都晓杰觉得自己再也按捺不住了。一听到学校说要拿出 20 万鼓励学生创业的消息，都晓杰就天天跑去找负责的领导，铆足了劲想把这个项目给拿下来，要做一个交大自己的设计中心。被他的诚意和执着打动，学校第一份创业启动资金给了都晓杰。

靠着这份支持，都晓杰一手创办了现在的树思源工作室。跟所有的创业公司一样，树思源工作室集结了一群有热情、有冲劲的年轻人，承接公关策划、平面设计和影视拍摄业务，这其中相当一部分人是他人民大学的校友。现在，树思源工作室的客户群已涵盖政府、高校、企业等各行各业，摆脱了初出茅庐时的青涩，已成长为一棵枝繁叶茂的参天大树。

2015年，树思源工作室配合筹办清华大学附属中学的百年校庆，圆满完成刘延东总理来校视察接待任务；2016年，北京交通大学迎来120周年校庆，树思源工作室全程参与策划，从一开始的logo挑选，到后面的活动策划、倒计时，再到校庆晚会的视频保障，每一帧画面、每一张海报、每一个座签，都晓杰带着自己的团队没日没夜地熬，为专业极致的追求，为自己不变的坚守，更为这群人共同的理想。创业激情褪去，更多的便是责任和担当。

对于都晓杰而言，这种无法拒绝的使命感，还体现在每一个工作细节和毛细血管里。为西城区拍摄形象宣传片时，他特别交代摄影师用镜头将那些老建筑、老画面、老风情全都记录下来，最后结束拍摄交片的时候，都晓杰为西城区精心制作了一套名为"美丽西城"的主题明信片和台历，给客户留下了深刻的印象。

在一次接受媒体采访时，都晓杰曾说，"我们就像一棵小树，从小到大得到了很多人的帮助。当我们长大的时候，我们希望能去帮助父母，帮助更多人。现在回想起来，在人大的四年时间，收获了很多东西。不仅仅是专业知识的积累，更多的还是拥有了正视困难的自信，调动自己最大的潜能去应对困难。你来的时候不管对这所大学有什么样的期待，你最终走的时候都会爱上这所大学"。

2017年，中国人民大学即将迎来80周年校庆。都晓杰为母校送上自己的生日祝福，"作为一个自带人大光环的人大人，我觉得我一辈子都会关注人大的发展，而且我特别骄傲，感谢人大给我带来的这一切，我也希望人大始终秉持宽广豁达的胸襟和格局。希望学弟学妹们，不管现在面临多少困难，未来将去往何方，都学会坚持，终有一天柳暗花明，到那时，你就会发现你爱这所大学，而这所大学也恰恰深爱着你。祝母校 80 岁生日快乐！永远年轻！"

用茶打开世界那扇门

——访空空茶道创始人兼CEO邓佳霖

● 李书慧　樊献芳/文

邓佳霖简历

　　邓佳霖，福建泉州人，2009 年毕业于中国人民大学法学院。2013年创办泉州市空空茶业有限公司。现任空空茶产业集团董事长，空空茶道CEO，泉州市丰泽区人大代表。2016年作为创客代表受到了福建省委领导的接见。

一份政府机关颇有前途的工作和前途未卜的创业，让人如何选择？空谈起来的时候总是很容易，真正选择起来，要面临来自家庭、同事和社会上的各种压力。邓佳霖就是在耗费了很多时日处理了这些压力之后，创办了"空空茶道"品牌，同时也舍弃了被朋友们认为将一片光明的"仕途"。

勇于推开创业那扇门

创业对于邓佳霖来说，也许是命中注定的。2007 年，邓佳霖在大学时看到 Twitter（推特）的运营模式后，觉得如果这个应用在中国使用，一定具有广阔的发展空间和前景，于是就跟几个同学建立了"想说就说网"，一人一个账号，发自己的状态。那个时候，新浪微博尚未"出世"。后面的故事发展自然是不了了之，小团队很难从一个大平台创业项目起步。但是，这却让他对商学院课程产生了浓厚的兴趣，开始深入研究商业世界的运行法则，希望有一天能够了解如何开启自己的那扇门。

邓佳霖在人民大学本科主修的是法学专业，而哲学院的选修课"禅与茶"就是那扇打开创业世界的门。

茶之于闽南人，犹如热干面之于武汉人，刀削面之于山西人，无须结缘。茶，几乎就流淌在闽南人的血液里，只需要一个契机，胸中藏着的那方天地就会被打开。邓佳霖爱喝茶，想要从事的事业，完全是因为这个契机。

毕业后，工作不到一年的邓佳霖便用言语试探着辞职创业的想法，父母不应允，他退一步，获得了兼职开网店销售茶产品的"许可"。可是，创业哪有那么容易？多数都是当头棒喝，邓佳霖也是如此：订货、包装花出去 30 万，一年半下来，赚回来本钱似乎看不到希望。合伙人、股东相继辞职，邓佳霖又要面临选择，但不是选择结束，而是选择如何继续。

他把前期创业不顺归结为：因为自己边上班边打理公司事务，未能全身心投入。2015 年，他和妻子联手说服了父母，让二老支持他辞去稳定的工作，全身心地扑到空空茶道的事业上。这在邓佳霖看来很重要，家人的支持让他不会有后顾之忧，可以甩开膀子去实现自己的理想。

"空不异色，色不异空"，佛经中的这句话是空空茶道的品牌内涵，一切因缘而生，又因缘而变化，和茶与人的关系很像。邓佳霖喜欢带有时间味道的茶与器物，"让人在满足审美后还能生发出许多感想来，而且还在等着赏悦它的人，你会期待人与茶、茶与器发生怎样的故事"。

一杯茶开启的品质生活

一个品牌的创立一定要具有独创性。把品牌文化建设和产品的创新当作空空茶道生命线的邓佳霖，从确定品牌名称、思考产品定位到规划生产线，始终秉承着创新理念。

围绕开创知性的茶生活，空空茶道建立了整套自主知识产权的茶产品体系：茶品都来自自然农法茶园，并依据每个产区原料特性匹配了相应的制作工艺，有的产品获得了有机认证。茶器产品全部自主研发，并甄选最好的工厂合作生产；全新设计玻璃罐的茶叶包装系统，既美观又方便运输，获得了实用新型专利；不久前推出的"春之于汝瓷，夏之于白瓷，秋之于白陶，冬之于黑陶"这一系列主题茶器，深得消费者的认可。

在营销方面，"我们的品牌推广会实现线上到线下的融合，服务更加到位"。线上，通过天猫、京东等电商平台销售，打破传统商业的地理限制，将品牌推荐给更多消费者，乃至很多国外的茶友。这不仅极大地拓展了销售渠道，也有力地提升了空空茶道的影响力。

在线上销售的同时，邓佳霖还积极组织线下活动，例如举办城市茶友见面会、宜兴紫砂体验之旅等活动，为消费者提供更为深入的茶文化体验。虽然网店每天的浏览量和曝光量都很可观，但茶的品饮文化不能仅靠图文表达，更需要面对面的体验和交流。因此，空空茶道正在全力打造线下茶空间，方便顾客亲自品饮，用心感受每一款茶器的使用。目前，空空茶道北京世纪城店已经开业，西安店和泉州店正在紧锣密鼓地建设当中。

品牌和创新力建立在"中道"和"人本"精神的基础上。例如，在茶器的制作过程中，各项工艺要经过严格的考究与评估：选什么陶土、用什么釉、如何呈现质感、选择什么样的器型、如何既符合当代人的审美又不失古韵等。在这一过程中，邓佳霖结交了不少真正的茶人，有的坚守茶园几十年，不问世事只做茶；有的钻研传统文化，深入"四书五经"。这些优秀茶人的努力，为空空茶道注入了旺盛的生命力与创新力。

"一切智慧和美的东西是茶的精神所在。"这是邓佳霖在长期对茶进行品饮和研究之后得出的结论。在他看来，茶作为一种文化产品，品茶更是一种知性的生活方式，与人们在精神层面的追求不谋而合。体悟佛法的"空性"，就像品茶，说出就不对了。你只有品到那个东西，才明白它是什么感受，所谓"如人饮水，冷暖自知"。

静下心享受茶的内涵与美

在物质极大丰富、科技高速发展的时代，大家都在向外追逐探索，但茶却是内观生活的媒介，让大家发现简单的幸福，获得心安的快乐。"喜欢喝茶的人都有一颗平常心，踏实朴素、不张扬。"邓佳霖认为，不像喝完酒之后的迷醉，茶越喝越清醒，让我们冷静。

空空茶道提供的不是一群人欢聚一堂、把酒言欢的平台，而是一个人静以修身、直面内心的空间。一个人空虚无聊的时候，面对一杯茶能够很好地与自我对话，抛去浮躁，让自己安静下来，深思自己的所想所做。专注与安静是当代人非常缺乏的，人心很累，却缺少静下来内观自己的能力。

当代人的生活节奏很快很累，非常缺乏专注与安静。缺少静下来的能力，就很难拥有安宁的快乐和幸福。忙碌一天，身心俱疲，泡一杯茶的过程是最好的休息，静下来享受茶的美与内涵，会让人感到愉悦，这是空空茶道的灵魂，也是邓佳霖所倡导的生活方式。

"听从内心的声音，才能更好地面对自己。"邓佳霖希望为此专注一生，打造具有当代性的茶品牌。传统茶文化处于相对落后的状态，市场接受度较低。一方面，大学校园里都是咖啡馆而没有茶馆，在年轻人中几乎还没有市场。另一方面，几年前的茶叶市场是一种以权贵文化为代表的礼品市场，喝茶人不买茶、买茶人不喝茶，炒作很厉害。"这不是我们想做的茶行业，我们想做的是大家喝得起、喜欢喝的茶，让广大茶友从茶的生活方式中获得文化精神层面的享受。"

邓佳霖认为，茶的文化底蕴不会比咖啡的单薄，只是需要创新，需要更多的人为之努力。

在"分享收获"中成长

——访中国 CSA 创始人石嫣

● 孟繁颖　金晓帆/文

石嫣简历

石嫣，中国人民大学农业与农村发展学院博士，清华大学社会科学学院博士后，国家发改委公众营养与发展中心全国健康家庭联盟健康传播大使，"国际社区支持农业联盟"副主席，并在全国最早建立农场与消费者直接对接的社区支持农业模式，积极推动农业可持续发展。

她是国内第一位公费去美国务农的学生，原小毛驴市民农园名誉园长，现为分享收获 CSA 项目创始人与负责人。中国社区支持农业和可持续农业的重要推动者，至今发表过 20 余篇有关农村发展的论文，并翻译了《四千年农夫：中国、朝鲜、日本的永续农业》《分享收获：社区支持农业指导手册》《慢是美好的：慢钱的魅力》三部相关著作，著有《我在美国当农民》一书。

一天从这里开始

当清晨第一缕阳光洒在这片土地，唤醒了沉睡中的村子，农场新的一天便悄悄来临。石嫣与爱人沐浴着清晨的阳光，起床，收拾屋子，用刚摘的新鲜蔬菜做早餐，品尝美味的绿色食品，开启了一天的农场生活。

8点钟，两人准时出现在农场，择菜、采菜，开始忙碌的工作。有参观者到来时，石嫣会提前定好一天具体的参观计划，使工作有效、顺利地进行。

一天的配菜环节是在下午进行的，石嫣团队会将不同种类的蔬菜装进特制的可回收箱子里，然后分配到每个家庭，确保订户能吃上最新鲜的蔬菜。

一天的辛勤劳动结束，伴着月色，走在田地里，随手摘几颗新鲜草莓放入口中，享受甘甜，这是一天中最幸福、最有成就感的时刻了。夜深了，乡村的夜是如此宁静，伴着夜曲进入梦乡，梦里满是幸福与甜蜜。

这是石嫣最平常的一天。

农业——最美的偶遇

对于农业，石嫣最初并没有一个长期的规划，在懵懵懂懂的时候，一些美丽的意外就这样发生了。

当年高考，石嫣报了家乡的一所大学——河北农业大学，并选了农大的热门专业——农业经济管理。作为下乡知青的父母对女儿的选择非常支持，他们当时就是在农村劳动时相遇相识的，对于这片土地有着浓厚的感情。在石嫣的成长过程中，经常会听到父母年轻时在农村的故事，这让石嫣从小就对农村产生了浓厚的兴趣。

当时，石嫣在选择专业时还没有太多的意识，只是根据高考分数填了这个专业，没想到，志愿书上的一笔，让石嫣与农业有了不解之缘。

大四那年，石嫣以优异的成绩保送到了中国人民大学农业与农村发展学院，做农村发展方面的研究，师从温铁军老师。在温老师的指导下，渐渐找到自己兴趣所在的石嫣毅然决定从事农业。导师温铁军是一位"知行合一"的老师，务实严谨、朴实随和、没有架子，非常善于和农民打交道。温老师非常重视基层调研，在硕士期间，石嫣走遍了大大小小的村落，真正扎根在基层的土地。正是这段经历，让石嫣对农业有了更深刻的解读。学农业，纸上谈兵是万万行不通的，要将自己真正放在广阔的田野里去实践和思考才会有所收获。

漂洋过海来开垦——"洋插队"的日子

2008 年，作为中国第一位公费出国"插队"的学生，石嫣在美国一家 CSA 农场做了半年的"农民"。半年，有人匆匆忙忙，有人庸庸碌碌，半年的光阴在生命的旅程里转瞬即逝。可这半年的积淀，对石嫣日后的事业起了非常重要的影响，为她的农业事业开启了一扇新的大门。

在农场的第一天，石嫣被农场经理尼克和琼夫妇带到温室里，了解培植蔬菜的过程。农场里的一切，对于从小出生在城市的石嫣来说都是陌生的。之后，石嫣都会在每周一到周五的 7 点半到达种植园，学习种植技术，从浇水、移植、耕地、播种，到拔草、喂鸡、施肥、采摘蔬菜，再到自己制作耕作用的小机械、开拖拉机……

在美国"插队"的日子既有辛苦也有快乐。每天中午，大家会轮流做饭一展厨艺，石嫣的中国菜宫保鸡丁和鱼香肉丝最受欢迎，这还得益于母亲在石嫣出国前对她进行的突击性训练。繁重的工作之余，农民们的业余生活也十分丰富，他们有自己的图书馆，还有专门为女性准备的派对，还组织了业余乐队，石嫣就曾被邀请担任了"泥胶鞋乐队"的鼓手。欢乐的气氛让大家一天的疲惫一扫而光，尽情享受这美妙的音符和舞蹈。

在美国的那段日子，石嫣对 CSA 有了更加全面的了解。CSA 是社区支持农业的英文简写，用来解决农业的可持续发展问题。农民使用生态可持续的种植方式，以保证食品安全；消费者则会提前支付一年的种植费用，以保证农民的生计和稳定的市场。这种模式建立在生产者和消费者的高度信任之上，不通过任何中介，这种两全其美的方式不仅使消费者得到了最健康的食品，还让农民获得了收益。在美国劳作的最后一段时间，一个朋友给她推荐了《四千年农夫》这本书，这是一本百年前美国土壤专家来到中国看到中国当时的农业反思美国不可持续的农业耕作方式的书，石嫣阅读后觉得特别有必要翻译成中文，便将此书推荐给出版社，并与爱人程存旺共同翻译出版。

在劳作中始终怀着一颗感恩之心，感恩大自然给予的同时，更要回馈于自然，人与自然的和谐共处，是每个农民的美好夙愿，也是石嫣的精神追求。

苦乐并行——农场主的收获

从美国回来，石嫣凭借学到的 CSA 农场管理和有机种植经验，负责了"小毛驴"的建设，成为小毛驴市民农园名誉园长。

"小毛驴"借鉴了美国的一些经验，把生态健康作为根本宗旨，农场的管理也是科学和专业的——所有蔬菜全部使用有机肥，不使用化学合成农药，但更加侧重知识密集型的管理经验。

"小毛驴"成熟后，石嫣创办了另外一家 CSA 社会企业——"分享收获"有机农场。"分享收获"是一个致力于研究、推广社区食品安全的项目。作为公益性服务型的社会企业，在食品安全问题严重的今天，"分享收获"试图探索出一条食品安全的解决之道，提倡"生态、健康、公平、关爱"，在倡导健康自然的生活方式的同时，重建农村与城市社区的和谐发展与相互信任。

在生产者方面，"分享收获"每年会招募 10 人左右的大学生到农村学习 8 个月的农业技术，主要学习这里的生产技术、经营销售方式和价值理念等。最初，一些大学生憧憬着浪漫的田园生活，背着行囊走入乡村，但是当他们的双脚伸进田野，整日面朝黄土，汗流浃背地劳动时，他们的理想之火很快熄灭了，很多人因而想到放弃。每当此时，石嫣就会鼓励他们，"有价值的事情一定会有成就，尤其在中国农业领域没有特定人才库的今天，更加需要高素质的人才。一方面，农村需要大量人才推动发展；另一方面，农村也有大把机会让大学生一展宏图。只要坚持下去，一定会有所收获"。石嫣在工作中也是这样不断激励自己的。

在消费者方面，"分享收获"采用会员制的方式。预交一定的定金成为会员，就可以到"好农场"App 里点单，吃到最新鲜的果蔬。一年下来，每位会员的消费在 6 000～8 000 元。蔬菜高产期多余的产量会通过"共同购买"的方式解决。"共同购买"在北京设立了顺义、五道口、三元桥、望京以及人民大学等八个自取点，大家以团购的方式预订，自助取菜，这样既可以降低运费用低价获得新鲜水果，又避免了食物的浪费。

"分享收获"影响了一批又一批的会员，使得他们改变了原来的饮食习惯，更好地品味生活，拥抱健康。有位会员说，她从怀孕时就开始吃"分享收获"的果蔬，现在宝宝三岁了，还在吃，是名副其实的"有机宝宝"，这是让"分享收获"的员工们非常有成就感的一件事。

创业的道路并不是一帆风顺的，大大小小的矛盾也有不少，在平时的工作中也有过一些摩擦和困难。其中让石嫣比较忧虑的主要是人员的稳定性问题，"大学生从事农业，目前在很多人眼里是大材小用，虽然有稳定的收入和不错的发展前景，但身处北京这样的现代化都市，难免缺少归属感和主流的认可。很多家长也不是很赞成孩子从事农业，他们更希望孩子能有一份体面的工作。而且，真正想培养农业一线的生产人才，还是非常困难的，学习农业技术，需要长久经验和劳动的积累"。

耕耘在希望的田野上

走进"分享收获"的大门，映入眼帘的是整齐的农田和蔬菜大棚，走在田间，满是泥土的芬芳，娇嫩的绿叶合着春天的旋律迎风起舞。在乡村，没有城市的繁华，却多了一份宁静，多了一份心灵的归属。

随着"分享收获"的发展，石嫣又在筹建果园的"大地之家"。一片更广阔的田野上，种植着梨树、桃树、苹果树、葡萄、樱桃等。沿着开着小野花的田间小径，就来到中央的一处红砖房，开阔的小院里有十几个房间，向阳的一面全部作为民宿，另一面则开辟为员工宿舍。站在"大地之家"院子里，憧憬着农家院的未来，石嫣的内心充满着喜悦和期待。石嫣建设的，不仅是农业生产的某个链条，更是一种返璞归真的情怀，一个心灵小憩的驿站。双脚埋在泥土里，心才会沉下来，身体靠近黄土，才会离梦想更近。

凭借对农业的突出贡献和对社会可持续发展的推动，石嫣入选了 2016 年"全球青年领袖"（Young Global Leaders）。石嫣认为，这份荣誉是对自己事业的一种认可和鼓励，她很庆幸看到"分享收获"在国际上产生不小的影响，"分享收获"的理念也得到越来越多的认可和支持。目前，有很多家农场都在借鉴"分享收获"的模式。农业，作为一种易复制的产业，完全建立在农场和用户信任的基础上，没有哪个农场可以一家独大，所以要杜绝恶性竞争，实现共享共赢。

说到未来规划，石嫣表示还是要坚持教育和孵化两个大方向，与此同时，生产销售与新农人计划两条路并行。生产销售用来保证整个团队的正常运营；新农人计划，为的是吸引更多农业人才，从而形成整个行业的联盟。石嫣还希望在五年之内建立一个与韩国产销合作社类似的生产者消费者联合体，十年之内建立一个类似于"银杏伙伴"的农业人才培养基金会，以公益的方式得到更多的社会支持，推动农业创新。未来的农业领域，需要更多像石嫣一样拥有社会理想和追求，怀有浓厚的情怀并甘于奉献自己的年轻人。

作为人大的优秀校友，石嫣对即将要开创自己事业的青年学子有一些寄语。"作为中国人民大学的学生，我们应该成为引导社会前进的重要力量，要兼具精英意识和平民情怀。我们拥有的资源是很多人共同创造的，因此，我们的事业不再只是为自己，还要更多地关注社会、关注他人。我们要将眼光放远，努力提升自我价值，为社会做出更多的贡献。"

人生是一次长途跋涉的旅行
——记芥末金融联合创始人兼 CEO 侯瑀

● 李书慧　李子宜/整理

侯瑀简历

　　侯瑀，1989 年生，天津人。2011 年毕业于中国人民大学统计学院。纽约大学金融数学硕士，毕业后加入华尔街高盛从事全球宏观对冲基金销售。2014 年回国创立芥末金融，致力于为小微企业打造集数据授信及融资解决方案为一体的互联网金融平台。本科期间曾获国家奖学金、宝钢奖学金，中国大学生数学建模大赛北京一等奖，美国大学生数学建模大赛一等奖等。

给研究生做助教时，前往耶鲁做访问学者时，为了实习一次一次去面试时，常常有人惊讶，有人好奇，有人觉得侯玛很幸运。的确，侯玛在人民大学四年的本科经历可谓传奇，但更难能可贵的是她的心态。"以前每去一个地方旅行，我都会写一篇主题为"旅行的意义"的文章，因为人生也是一次长途跋涉的旅行。"

象牙塔内的春天

侯玛毕业于素有"人大四大疯人院之首"盛名的统计学院。学校流传着一句戏言："好女不嫁新闻男，好男不娶统计女。"每天早晨7点之前，统计学院的女生宿舍就几乎人去屋空，她们有的早早去教室占座，有的去一勺池边晨读念英语。在这样的学习气氛下，侯玛也不敢懈怠。从小生活在大学校园里的侯玛，就连高考复习都是在天大和南大的自习室度过的，因此她很快就习惯了除上课和练琴之外的时间都泡在自习室，一遍一遍地做着数学题，提早开始准备托福和GRE考试。

侯玛从小爱好音乐和播音主持。在校期间，她主持了几乎院内所有的文艺演出，担任过声乐比赛领唱，参加过声乐比赛，还加入了辩论队。在侯玛看来，辩论是需要高强度的集中训练和完全忘我的比赛准备的。"每天一两点回到寝室，室友已经睡熟了；早上出去读书，大家都还没起床，一个星期也见不到室友几面。回头想想，却正是那一段魔鬼般的经历让我学会了利用时间。"侯玛回忆道。

统计学是一门有自己根基的学科，侯玛一直把它当作一门哲学来学，从不认为它只是数学的一个分支。"统计学的哲学理念正符合我的人生观。"

然而，学习与学术是完全不同的概念。为了提早开始学术研究，大二上学期时，侯瑀找到了德高望重的易丹辉老师。当侯瑀提出想要跟随她做学术的请求后，易老师非常直白地告诉侯瑀，本科生水平太低，什么都做不了。"我只沮丧了几秒钟就对她说，'我是最好的学生，如果我不行，别人也不行。我可以先从旁听博士生讨论班，做最简单的数据整理开始'。"如今的侯瑀觉得当初那股初生牛犊不怕虎的劲头有些幼稚，却也感谢志气和魄力为她赢得了第一个机会。从那以后，侯瑀很快有了自己的项目，大二就登上了全国学术会议的奖台，在众多教授和博士生之间报告了自己的论文。

侯瑀非常敬重老师。"无论如何，那些老师比我们年长二十岁以上，就算不是才富五车，也比我们多出很多的人生经验，他们总会有一些思想能启迪我们，哪怕只是一句话，也是值得的，也可能改变我们的人生轨迹。"她说自己一辈子都不会忘记吕晓玲老师在听完她的梦想后问她，"我有什么能帮你的吗？"张波老师在她做学术报告的时候默默聆听的眼神，以及知道她毕业后没有继续深造统计学时痛心地说"可惜了，但是你喜欢就好"，这都令她十分感动。

"揠苗助长"的机会

"记得在中金面试的时候，一个总监拿着我的简历问，为什么你这么能折腾。我说我喜欢这个词，不折腾不成活。"在侯瑀看来，机会常常需要"揠苗助长"，从不会主动降临。

侯瑀曾在大二暑假担任过研究生助教。当时人大第一次开设小学期，统计学院邀请的教授与易老师的研究方向相近，侯瑀就主动对老师说愿意去接这位美国教授，没想到易老师在和这位教授交流时直接推荐她做了助教，更没想到这门全校公开课主要面对研究生和博士生开设。侯珺十分珍惜这个契机，马上答应了下来，在短短的几天之内看了好几本英文教材，自学了纵向数据分析的统计学知识和 SAS 编程。其间侯珺还在准备 GRE 考试，因此她几乎就住在了访问学者办公室，甚至把提琴也带来了，吃完外卖就在明德楼的楼梯间里练琴。

面对机会，侯珺从不会因为害怕或自我质疑而说"不"。大二的秋天她曾接到一个陌生短信，对方说在网上搜索国家奖学金获奖名单时看到了她的名字，邀请她一起参加全国大学生数学建模大赛。"当时距离比赛不过三天，而在此之前我从来没有听说过地球上有这样一个比赛，也不认为自己可以胜任。"但凭借个人努力和不服输的意志，她在比赛中取得了很好的成绩。

大三暑假时人大举办两年一届的国际统计论坛，该论坛聚集了中国和美国几百位最顶尖的统计学家、院士和教授。院里的领导希望侯珺担任欢迎晚宴的双语主持人。"我一下慌了神，虽然有丰富的主持经验，但从未在公开场合说过英文。"但是不管内心怎么纠结，侯珺知道自己一定会说可以。"国际晚宴结束后，不仅很多美国教授主动与我交流夸赞我的英文流利，还有一位宾夕法尼亚的教授握着副校长的手说，希望我能申请宾大统计系。虽然只是一句客套话，但我依然感激那些意外的肯定。"

这种争取机会的心态在申请留学时给了侯珺很大帮助。2010年 3 月，侯珺在网上偶然看到一位普林斯顿金融系的教授主页，觉得他的一门课程对自己大有裨益。于是她通过同学关系要来这门课的课件，用了两个月的时间自学，并自己编程完成了所有作业。暑假到来之前，侯珺突然得知该教授要来清华讲暑期课程，而且正是她自学的那一门。因此侯珺就"埋伏"在清华的教室里，趁课间的时候走上去做自我介绍，问了许多之前积攒的问题，几天后就和老师成了很好的朋友。"现在还记得当我递上自己完成的一沓项目数据和轻松讨论他最新研究方向时，他脸上惊讶的表情。"侯玙笑道。

夏天过后，侯玙每周都会给许多暑假认识的美国教授写邮件，告诉他们自己最新的进展，比如又找到了新的实习、新学期的GPA又得了 4.0 等。11 月到耶鲁做访问学者期间，侯玙只身闯荡哈佛、普林斯顿等学校，争取面试机会，与招生委员面谈。在此之前她会做好充足的调查，先联系各个学校的在读中国学生，询问他们招生小秘和教授历年关心的问题。比如普林斯顿的招生小秘喜欢问当下的金融热点，侯玙就把几个月来每天记录的财经新闻整理成要点，并用英文流利表述她对美国、欧洲和亚洲金融趋势的看法。

"正是因为这些足够折腾的经历，最后的结果对我来说已经没那么重要了。"侯玙说。她曾在杨澜节目上说过，"你是一个什么样的人，比你在哪里读书，读什么专业更加重要"。侯玙认为："你喜欢什么，关心什么，懂得多少，又愿意为了什么而甘之如饴地付出，这才是最重要的。"

走出象牙塔寻找旅行的意义

所谓大学，对于侯玙来说认识自己是第一位，认识世界是第二位，做学问只在第三位。高考之后，侯玙对自己大学去向没有任何要求，只希望在北京读书。"现实证明北京真的给了我太多东西，可以说，我从这座城市学到的，要比在大学里学到的还要多。"

大四即将毕业之际，侯玙除了和别人一样狂欢庆祝毕业季，每天还要穿梭在国贸和学校之间，穿越大半个北京城去实习。侯玙在北京认识了太多优秀的人，每一个人都是一种可能性，让侯玙一次次更新着自己的视野，也更加敢想敢做。她曾在奥运村偷偷挤在运动员中拍摄普京，和次贷危机的"始作俑者"面试聊天，也曾同清华数理基科班的大牛一起听民谣现场，为 30 多位美国和欧洲的商学院面试官做交互传译，和自己最喜欢的小提琴演奏家一起吃夜宵，认识乐评人和发烧友……"这些都是宝贵的人生经历，也只有北京能给我这样多的机会。"她说。

侯瑀高中的班级叫合唱班，一个班就是一个合唱团，每个人都会乐器，都疯狂地热爱着音乐。来北京之后，侯瑀每个周末除了到中央音乐学院上提琴课，还必听一场音乐会或看一场电影。四年来，她去过了北京几乎所有主要的演出剧院，仅国家大剧院就去了 29 次，交响乐、演唱会、话剧看了上百场。侯瑀至今记得第一次看演出时在中山音乐堂见到小提琴大师克莱默，就连观众席中都有好几个小提琴大腕，于是她激动万分地跑去要签名。侯瑀喜欢孟京辉，看了他所有的话剧。她还敬仰鲍勃·迪伦，演出前半个小时却把内场票送给了一个地铁里的流浪歌手，然后自己买了最便宜的票开心地坐在最后排。

"从小家人教育我，读万卷书不如行万里路。旅行的意义不仅仅在于山川之壮丽河流之秀美，更在于你可以观察到人的生活和生存状态可以有多么不同。"尼泊尔是侯瑀去过的第 11 个国家，却是第一个非发达国家，一天停好几十次电，一辆吉普车坐 10 个人，晚上睡觉会被蚂蚁咬、蚊子叮，热得眼睁睁看着天花板难以入眠。但侯瑀不会抱怨，她认为人们愿意远行，正是为了去见那些自己的生活里难得一见的人和事。

侯瑀平时很不喜欢别人提及"精英""优秀""成功"这样的字眼，因为她认为这些字眼没有意义。在她看来，一个人优秀与否永远是相对的，很大程度上是看成长环境是否足够幸运。毕业季时，侯瑀放弃了准备了好几个月的 CFA 考试，只是因为想多点时间和四年的同学在一起，不愿错过每一次旅行、游戏、歌唱甚至胡闹、酒醉和流泪。"此时此刻，我深深地感到，人与人之间的关系，要远远比追求个人前途命运更加重要。"

侯瑀说，她尊敬所有平凡的人，因为他们不是不能成功，而是不想失去另一些可能因此成为代价的东西。每个人从生到死，就像一颗孤单旋转的星球，在时间的纵轴上，个体的荣枯没有任何意义。只有当人和物产生联系，付出爱，让别人感到开心和幸福，哪怕只是一小部分人的时候，生命才产生意义。"这也正是为什么，在渐渐了解金融领域后，我确定这不会成为我毕生的职业。此刻的选择，也只是漫漫长路上的一个驿站。"

说起大学的遗憾，侯瑀说她经历的失败太少了，她期待年轻时的大风大浪胜过一帆风顺。侯瑀非常感谢人民大学所有的老师、师兄师姐、同学以及学弟学妹。"他们之间的一些人，甚至以我的梦想为梦想，毫无条件地帮助我。"毕业时她给同学们写道：永远年轻，永远热泪盈眶。"不是每个人都是梦想家，不是每一个人都想改变世界拯救地球，但是我希望所有的人都能认清自己内心的选择，然后跟着心的方向，去不惜代价地做自己喜欢做的事情，爱自己愿意爱的人，面对自己不怕面对的失败。"

（本文根据侯瑀自传《旅行的意义》编辑而成）

在商场的风浪中一路远航

——访兰州海鸿房地产集团董事长段鸿奇

● 李书慧　董　迁/文

段鸿奇简历

段鸿奇，1965 年生，河南襄城人。2012 年至 2015 年在中国人民大学攻读 MBA。现任兰州海鸿房地产集团董事长、总经理。兼任甘肃省政协第十一届委员，甘肃省工商联第十一届常委、房产商会副会长，兰州市工商联第十四届副主席、总商会第一届副会长，兰州市光彩事业促进会副会长，中国人民大学甘肃校友会副会长等社会职务。曾获甘肃省优秀特色社会主义事业建设者、省市发展非公有制企业先进个人、省优秀民营企业家等荣誉称号。热心参与社会公益和慈善事业，为四川汶川地震、青海玉树地震、甘肃岷县泥石流捐款捐物，为希望小学和困难学生捐资助学，多次参与农村脱贫帮扶、母亲水窖建设、街道亮化等光彩事业活动，历年捐款达 500 多万元。

他的人生有春天一般的滋长，意气风发，将梦想装进行囊，拉紧桅绳，风吹起晨雾的帆，扬帆远航。他的人生有夏天一般的炽热与激情，柳枝变成的船篷，缠绕着夏蝉的长鸣，收纳着时代的回响。而今，鸽哨发出成熟的音调，紊乱的气流经过发酵，在山谷里酿成透明的好酒。他穿越商场的风云变幻，在时代的风浪中一路远航，他就是人大校友、兰州海鸿房地产集团董事长——段鸿奇。

从皮鞋老板到人大校友

段鸿奇经商的渊源，可以追溯到他的母亲。段鸿奇的母亲是改革开放初期兰州少有的从事商贸的人才，彼时物资稀缺，她顺应时代变化，克服许多不利因素，以承包经营的方式，创立集体企业。公司不但持续扩大经营、员工收入逐年增长，还为当地提供了许多就业机会。也许是受家庭从商环境的影响，段鸿奇从小就对商业有着一定的兴趣和敏感度。

段鸿奇中专毕业后，进入了国有企业兰州石油机械制造工厂上班，而后从商。他最初经营的是鞋业代理批发公司。当时上海是全国的鞋业中心，而段鸿奇的鞋业公司是甘肃地区最大的代理经销商。

段鸿奇商业发展的重要转折点是创办兰州荣华商厦。从鞋业公司到荣华商厦，看似是规模的扩大，实际上是本质的变化。随着公司经营项目更多元、更广泛，员工也从几十人增加到几百人，这时候企业管理就需要向专业化、精细化方向变革。最初，段鸿奇是高薪聘请管理人员来经营荣华商厦，但后来他发现这样存在着很多弊端，就自学管理方面的知识并亲自管理，在学习中进步、在实践中成长，荣华商厦的经营也自此迈上了整体发展态势良好的新台阶。2014 年由于轨道交通发展用地的需要，商厦在经营状况良好的情况下被迫停业，段鸿奇将荣华商厦打造成品牌百年老店的梦想也随之破灭。谈起荣华商厦，段鸿奇至今仍有一丝惆怅："人要想实现自己的愿望，最好是植根在自己的土壤，在临时的场地上想要长远兴盛发展企业是很难的，那种寄人篱下的感觉是很强烈的。"

2012 年，段鸿奇来到中国人民大学攻读 MBA 学位。最初来人大学习是因为一位同事的推荐，但真正参与进来后才发现这个平台让他有了很多收获。段鸿奇认为人大的师资力量雄厚，老师的讲解深入浅出，能够通过一些例子解读复杂高深的理论。"在市场经济这块，我实际操盘经验比较多，但上升到理论高度，总结或者是感悟，还是比较少"。在人大的学习，让他思考了他在商业运作中的经验，进一步明白很多商业行为的背后，都有一定的理论作支撑。

对于段鸿奇这样积累了丰富社会经验的学习者来说，学习的收获绝不限于理论水平的提升。他在人大学习的过程中结识了很多同学，扩大了自己的交友圈子，提升了自己的平台。不仅如此，他认为通过这段时间的学习，对市场的审视、企业发展的把控，包括对员工关系的处理，甚至社会责任感，都有了更深的体会。"很多事情过去做了，不是太理解，但现在重新回头来看，营商的行为也是发自内心的，很多的行为少了功利色彩，这也是人生的收获吧。"段鸿奇笑着总结道。

做好房地产事业的根基

进入房地产行业之前，段鸿奇还建立过一家周庄大酒店。这家酒店是当时周庄唯一一家挂牌经营的三星级酒店。在酒店的筹办过程中，从未涉足建筑业的段鸿奇对土建、施工到装饰都有了一定了解，这也为他进入房地产业打下了良好的基础。2000年8月段鸿奇以周庄大酒店为跳板，昂首进军房地产行业。

商业起家的段鸿奇在经营房地产时有自己的特点。当时兰州市房地产开发市场上，甚至土地增值税出台以前，房地产企业的做法基本上都是将开发的商铺全部卖掉，而段鸿奇从第一个项目开始，就选择坚持不卖商铺，开发完以后所有的商业物业全部自己持有。这对企业来说是一个决策问题，也是企业实力的问题。"实际上我进入房地产行业的时候，自身的企业资金是非常强的，资金储备达到了3000多万，项目贷款800万，而且还为自己留了1万多平方米的商业房，我基本是选择繁华商业区，主要是看中未来的商业地产增值。"

现在，段鸿奇的企业以开发商业物业为主，持有30多万平方米的商业物业，而这在甘肃房地产业并不多见。在发展房地产主业时，段鸿奇同时也涉足金融、酒店等多元经营。他是兰州银行的股东之一，持有兰州银行2%的股份；还持有正在筹建的甘肃西部银行股份有限公司8%的股份。段鸿奇公司的资产规模已经达到了80多个亿。重资产，是段鸿奇企业发展的特点之一。

然而企业的发展并非一帆风顺。段鸿奇在企业发展的过程中，也遇到过较大的困难。在项目建设过程中，除了市场风险的不可预测，也可能遇到政府政策的变动。企业在与政府交往时，为了保障项目正常进行，很可能需要做一些妥协。尽管要面对市场的风险和政策的变动，他的原则是"找市场不找市长"。"我们企业家的心态要成熟，规避不正当的政商关系，能够给企业减小风险。和政府可以有感情交际，但是绝对不能做交易，做交易带来的企业风险，甚至超过你的市场风险。我们坚持不走这个捷径，哪怕付出的是时间代价、资本代价。"段鸿奇如是说。

在房地产业浮沉十几载，段鸿奇对房地产业有深刻的理解。

他认为今天的房地产产业是改革开放成就的，随着经济的快速发展、居民收入水平的提高、政府启动内需的政策及城市化进程的加快，房地产这个行业已经成为国家和地区经济增长的引擎和重要支柱产业。段鸿奇作为一个成功的商业房地产企业家，也有关于民生的思虑。段鸿奇认为，现在房子更多的是投资属性，很多人住不起房，进而不利于经济的发展。"从我们开发商的角度思量，我们希望政府能够用企业为土地付出的高昂成本给弱势群体多建房、建好房。我们也愿意通过市场行为来做一些公益的事，共同实现人民群众居者有其屋的愿望"。这是段鸿奇的理念，也是他商者儒心的体现。

坦荡生活引领人生前进

经历过繁华，见证过风起云涌后，已步入"知天命"阶段的段鸿奇受中国儒家文化的影响，为人低调，认为在追求企业长期可持续发展的同时，必须要有实力越大、责任越大的思想，而他最大的希望是简化物质欲望。段鸿奇说："我们要担负起对家族的责任、对员工的责任、对社会的责任。"

以对员工的责任为例，除了法定节假日，段鸿奇的企业实行行业内少有的双休日制度，这样的政策也促使公司员工的工作效率特别高。企业发展到底是追求企业的财富重要还是追求员工的舒适感重要？对这个问题，段鸿奇的答案是："要兼顾，我们要为员工的幸福感考虑，包括他们的事业、舒适度、成就感、家庭成员的认同感等。"

就个人而言，段鸿奇对时代始终怀有感恩的心。对他今天取得的成就感到知足。他认为："不管是政治抱负还是对财富的追求，改革开放给人们提供了更平等的选择机会。当然，你也要通过自身的勤奋，踏踏实实做事，老老实实做人，把握自己的人生。"

今年是中国人民大学八十年校庆，作为一个人大人，段鸿奇对母校有着特殊的感情和记忆。"人民大学的前身陕北公学是中国共产党在延安创办的一所具有统一战线性质的干部学校，培养了许多政工干部。这些干部为国家发展做出了巨大贡献，这些贡献和学校的教育和培养是分不开的。值此母校八十周年校庆之际，希望母校在改革开放的新形势下培养出更多的符合现在治国理念的人才，适合现在社会发展的人才，适合市场经济发展的人才。衷心祝愿人民大学越办越好！"

倚天照海花无数，山高月小心自知。"我相信今后的人们对于我们的经历，以及我们无数次的探索、迷途、失败和成功，一定会给予客观、公正评定的。"段鸿奇经历了商业的扩张，也走过了人生的跌宕。他不忘用责任引领企业的发展，用坦荡的心境面对世事的变迁。段鸿奇一路走来，商场历练，春秋岁月，变成胸中的丘壑，人生的积淀。

大医精诚
——访复旦大学附属中山医院副院长、泌尿外科主任医师朱同玉

◉ 董静雪/文

朱同玉简历

朱同玉，1966年6月出生，籍贯山东菏泽。1989年毕业于青岛医学院临床医学专业，1994年毕业于上海医科大学研究生院，获得外科学博士学位，1999—2000年在香港大学医学院从事博士后研究工作。2013年获得中国人民大学MPA学位。现任复旦大学附属中山医院副院长、泌尿外科主任医师，上海市器官移植重点实验室主任，上海市公共卫生临床中心主任，上海申康医院发展中心副主任。于肾脏移植领域，成果显著。

朱同玉是山东人，1966 年出生的他，如今刚刚过知天命的年纪。虽然已经在上海生活了 28 年，但他看起来仍是个地道的北方汉子，直率又爽朗。他和上海这座城市的最初联结点，是他如今的职业，也是他已经为之奋斗半生的事业——肾脏移植。

学习不止，进取不已

用现在流行的话说，朱同玉是个绝对的"学霸"。1989 年，朱同玉毕业于青岛医学院临床医学专业。之后，他考到了上海医科大学研究生院，硕博连读，1994 年就获得了外科学博士学位。学成的朱同玉留在复旦大学附属中山医院，从事泌尿外科。一边是临床诊断，一边是学术科研，年轻的朱同玉很快闯出了一片天。1997 年，副教授；2003 年，正教授；做博导的那一年，他 39 岁。

虽然朱同玉谦虚，说自己一路走来的顺利是因为运气好，然而，他的努力与坚持，无疑有目共睹。

朱同玉是个知难而进的典型。肾脏移植是一个很难攻克的领域，手术其实并不比其他移植手术难做，但供体来源困难成为肾脏移植手术必须跨越的屏障。"我觉得大家都不做的我去做"，"你在一个领域里只要能够坚持十年，必然会有收获"。就是凭着这股韧劲，从 28 岁博士毕业，朱同玉就在肾脏移植领域里耕耘。成绩也显著：如今的朱同玉，是国家器官移植学重点建设临床专科负责人、上海市器官移植重点实验室主任、复旦大学器官移植中心副主任。

朱同玉也是个学习不止、进取不已的典型。升为副教授后的两年，朱同玉去香港大学医学院做了一年的博士后，于专业领域进一步开拓自身。由医生附加上医院管理者的身份，朱同玉又及时充电，补上管理领域的知识技巧。他先是在北京大学光华管理学院学习了短期的 EDP 项目，之后又考到中国人民大学公共管理学院，认认真真做了三年学生，拿下了 MPA。

之所以选择人大，朱同玉有两层考虑。一方面，人大的 MPA 有很大一部分内容关乎医院管理，正和朱同玉的方向对口。另一方面，人大的公共管理专业当时全国排名第一位，无论师资力量还是课程安排，都足够过硬。回忆起入学时的情景，朱同玉还记得一些有趣的细节。当时与他一同考试的都是应届毕业生，连负责面试的老师都疑惑，"怎么这么大岁数一个人来读书"。

"难熬"，是朱同玉三年人大学生生活的关键词。作为人大学生的朱同玉，同时也是复旦大学附属中山医院的主任医师和副院长。虽然具体的就读地点是人民大学苏州研究院，但对于需要兼顾工作与学习的朱同玉来说，困难仍然可想而知。三年里，朱同玉每周末往返于上海和苏州。家到学校，路程大约 63 公里，开车需要 55 分钟。朝来夕往的他，就这样白天做学生，夜晚埋头处理自己的工作。

三年下来，基本没有缺过课。除了好医生、好院长，朱同玉又多了个好学生的身份。谈到收获，学医出身的他特别强调对知识结构的补充。"理科出身的我们一直在学自然科学，但是社会科学对我们来说是一些非常必要的课题。所以对我来说，这是很重要的一段经历，因为可以补上我的知识面缺陷"。自然科学、社会科学、政府治理、政治理论……正是这些不同方面的知识，构筑起了一个在不同领域都卓尔不群的朱同玉。

妙手仁心，移植希望

从医三十余年，朱同玉接诊过的病人无数，做过的肾脏移植手术有上千例。虽然对于医生而言，病人没有高低贵贱的分别，但由于年龄、性别、病情的差异，还是有一些病例会给医生留下特殊的深刻印象。具体到朱同玉，就有这样几个与众不同的"第一"。

2004 年 9 月，一个叫田世国的人找到了朱同玉，希望朱同玉帮助他完成一个美丽的谎言。田世国的母亲罹患尿毒症，急需换肾。寻找合适配型的肾源无果，田世国决定亲自上阵，捐肾救母。然而，为了避免要强的母亲为难，田世国谎称有个死刑犯愿意捐献肾脏。

子女捐献肾脏给父母，这是朱同玉从医以来遇到的第一例。亲属间的活体移植并不罕见，但绝大多数是长辈捐献给孩子。深受感动的朱同玉，用精湛的医术帮助孝子实现了心愿：田世国的肾脏进入母亲体内，不到一分钟就开始了正常工作。田世国因为孝行，被评为了 2004 年度感动中国十大人物。朱同玉也因为仁心妙手，赢得了广泛的赞誉。

中国第一例 Denys-Drash 综合征儿童的肾脏移植，也是朱同玉完成的。Denys-Drash 综合征是一种十分罕见的先天性疾病，以肾病综合征为主要表现，全世界报道仅有 200 余例。2009 年 9 月，朱同玉接诊了这位名叫旸旸、仅有 5 岁的小患者。幸运的是，旸旸和妈妈配型成功，可以把妈妈的一个肾换给他。然而，儿童腹腔小，把一个成年人的肾脏装进去难度很大，加上孩子体质差，又伴有乳糜腹、高脂血症、中度贫血等问题，成功救治的概率很低。为了保证手术的安全性和有效性，朱同玉带领手术组多次进行术前讨论，有时候甚至讨论到深夜。2009 年 10 月 26 日，朱同玉带领他的团队，历时 5 小时，成功完成了移植手术。这次手术，在国内突破了在原有肾脏旁接一个好肾，原来的病肾并不予以切除的方法，而是真正意义上的"换肾"。同时，这次手术也创造了上海市年龄最小的肾移植纪录。

亚洲首例心、肝、肾序惯性的移植，上海首例供肾小肾癌切除后的活体亲属供肾移植手术，上海首例隔代移植手术，上海首例 ABO 血型不相容亲属活体供肾移植手术……多年的攻坚克难，让朱同玉拿下了多个"第一"。谈到这些成绩，朱同玉直言是创新的力量驱动了他。"那个年龄段正好是创新的年龄段。我很喜欢创新的东西，所以当时外科做了很多比较新的手术"。

朱同玉曾经半开玩笑地说，自己专门做过相关的测试，他的创新能力在他所有能力中排名第一。然而归根到底，朱同玉种种令人称道的创新，都来源于他对医务工作的热爱和对病人的责任心。无论是新型制剂、药物，还是新的移植技术、手术方法，朱同玉的所有创新都和他的工作密切相关，都是出于缓解病人痛苦、减轻病人负担的考虑。三十余年从医经历，朱同玉就这样用自己的行动诠释了"大医精诚"的内涵。

奔走疾呼，科普利民

虽然随着科学的普及，大众的认识也在不断升级，但对于朱同玉从事的肾脏移植，还是有不少老百姓存在误解。肾脏移植，最重要的就是合适的肾源。然而在中国，不少人"坚信"捐肾会影响身体，导致体力、工作能力下降，甚至影响生命。

事实上，人的肾脏具有强大储备能力，只要 1/4—1/2 肾单位能正常工作，就可以维持生理需要。如果肾功能正常，没有糖尿病、高血压等可能潜在威胁肾脏的全身性疾病，30 岁以上的健康成年人捐出一个肾脏，对身体不会有太大影响。为了让更多的患者得救，朱同玉在肾移植领域钻研的同时，也把大力普及科学器官捐献视为己任。

亲体移植，也就是给需要的亲属捐一个肾脏用于移植，是目前解决肾源短缺问题的有效办法。而且，亲属间移植，排斥性相对会小一些，也可以自由选择时间，想什么时候做手术都可以。为了宣传亲体移植，朱同玉下了大功夫。

受到田世国捐肾救母事迹的启发，朱同玉决定投拍一部科普纪录片，自己任编剧和导演。他找到曾为女儿捐肾的香港政坛知名女性范徐丽泰，因接受表弟捐献的肾脏而重出江湖的 NBA 球星莫宁，和田世国一同担任主角，现身说法，打破大众的认识误区。这部纪录片已于 2007 年拍摄完成。春风化雨，润物无声，相信每一个看过的人都会有所触动。

作为器官移植领域的带头人，朱同玉不只关注肾脏移植，也关心其他器官的移植与捐献问题。在我国，出于传统观念，很多人觉得捐献器官是对逝者的不尊重，情感上难以接受。"捐献是一件好事，能让生命离开得更有意义"。朱同玉不仅不遗余力地宣传呼吁，自己也身体力行，于 2013 年签署了人体器官捐献自愿书。

集合社会力量，也是朱同玉做出的尝试之一。2015 年 9 月 2 日，由朱同玉发起的"新肾儿"儿童肾移植公益项目正式启动。这一项目由上海宋庆龄基金会和复旦大学附属中山医院联合创立，是国内首个儿童肾移植领域的公益项目。项目被取名为"新肾儿"，英文为 kidnewer，由"kid""kidney"和"new"三个英文单词组成，寓意着"儿童""肾脏"和"新生"。谈到发起项目的初衷，朱同玉的话简单而真挚："我们希望汇聚这世上的每一份爱心，为最需要的人送去温暖和爱"。对于项目的规划，朱同玉也有着具体而全面的设计。首先，希望引起全社会对尿毒症患儿及儿童肾移植的关注和重视，让肾移植手术能够挽救更多尿毒症患儿的生命。其次，通过提供一定的经济资助，让更多的尿毒症儿童能够获得肾移植的机会，改善他们的生活质量，促进他们的健康成长。最后，也让那些因意外失去孩子的家长能够找到感情寄托，捐献自己孩子的肾脏给尿毒症患儿进行肾移植，传递爱心、延续生命。

建言献策，允公允能

如今的朱同玉身兼数职，上海市公共卫生临床中心主任、上海申康医院发展中心副主任、复旦大学附属中山医院副院长……每天的日程表也是排得满满当当。早晨 6 点 35 分到办公室，看书、看文献。之后到病房查房，辗转于三家医院开例行的办公会。每周四上午还有门诊接诊，更不用说日常的手术、科研和教学工作。收拾好一天的事务，晚上 9 点多钟才能回家。而一年 365 天，只要不出差，朱同玉每天都会保持这样的工作状态。

工作的繁忙并没有影响朱同玉对于社会的关注，恰恰相反，身处医疗行业，让他深刻认识到医改方面存在的问题，也让他能够与各个层面的人群接触、了解民生。作为中国民主同盟上海市委副主委、上海市政协委员、上海市人大代表，朱同玉深知自己的责任重大，也一直一丝不苟地履行着自己的使命。参政议政这些年，朱同玉已经提交了三十多份提案。对于自己的参政经历，朱同玉特别提到了在人大三年学习的受益。"参政特别需要理念的创新、社会制度的创新。提提案也需要有新的理论作指导，有比较完整的理论体系作支撑"。人大三年，让朱同玉的知识结构趋于全面，这样提提案就会有目标性，而不会乱提或者提一些根本不符合治理理念的内容。

这些提案关注的核心，当然是医疗体系改革。经过朱同玉的努力，当年有些提案的内容已经在逐步实现。比如分级诊疗问题，他曾经具体提出了分级诊疗的实施方案——级差付费，并且从实践层面给出了合理的计算公式。时至今日，全国都在推广。再比如医药分家作为热点问题，曾经有不少激进的呼声。在朱同玉的建议下，上海的医药分家采取了"缓行"的策略，给改革留下了充足的过渡期和缓冲期。此外，诸如怎样为社会资本办医提供更宽松的政策环境，如何理顺移植医疗服务体系，怎样给医生"松绑"等问题，都为朱同玉所关注。注重群策群力的他还会定期举办一些关于医改的论坛，通过大家思想火花的碰撞来产生一些新的政策建议。

除了本行，朱同玉对其他民生话题也有充分的关注。就说2015年参与"两会热线"的活动，一个多小时里，他和上海市民互动交流了方方面面的问题。有市民反映老公房防盗门的安全隐患和因为公交线路设置不合理导致市民就医不便，朱同玉也表示要将这些问题写进提案里，反映到"两会"上。

谈到未来的计划，朱同玉依然如少年般雄心勃勃。作为医生的朱同玉，在策划着未来的创新，申请专利、开发药物，还有诊疗与人工智能的联合。作为院长的朱同玉，希望在三五年内把上海市公共卫生临床中心打造成一家人人都羡慕、非常智能化的医院，职工要非常有归属感，有很好的收入，并能对社会做出贡献。作为教授的朱同玉，则期盼着学生成才，希望能够再培养出几个青年长江学者、杰出青年，甚至是院士。

回首一路走来的经历，朱同玉分享了自己的两条座右铭。一是言无尤，行无悔，做事不要抱怨不要后悔。如果认为是正确的事情，那就坚持做下去。二是要有毅力，不要浪费自己每一天的时间。只要坚定，就一定能有所创新。

后　记

　　2017 年春，在人大校园里玉兰花正当盛放的时节，本书的编纂工作进入了紧锣密鼓的筹备环节。春华秋实，《人民共和国的建设者》的编写已近尾声，抚卷回顾，这书中的每一个名字、每一段故事、每一份真情都让我们动容。这不仅是一本记录人大校友奋斗足迹的专访集，更是一部见证着无数人大人与人大风雨同舟、共同成长，并肩担当时代使命的口述史。

　　中国人民大学即将迎来 80 周年校庆。80 年，对于一所大学而言，依然年轻，正焕发着不变的青春光彩与热情活力。在"始终奋进在时代前列"这一校庆主题的指引下，校友作为不可或缺的重要主体之一，在即将策划举办的系列校庆活动中扮演着重要的角色。作为辑录校友专访的系列书籍，《人民共和国的建设者》一书再次为校庆献礼。

　　《人民共和国的建设者》至今已经出版了六集，每一集的出版都不仅记录着一个时期内人大校友奋勇向前的足迹，也见证着他们的成长与收获。他们秉持实事求是的校训，在时代的潮流中奋勇前行，为心中不灭的光亮执着坚守，用一个个优美的音符共同谱写出了共和国建设者的精彩华章。他们的奋进故事，他们的求是精神，他们的家国情怀，是属于人大人共同的精神财富。

本书的编辑出版工作得到了学校领导的关心和中国人民大学出版社的大力支持。从初步策划到具体落实，从联系采访到撰稿，从遴选稿件到定稿排版，离不开编写组成员的辛勤付出，也不离开中国人民大学各地校友会的大力协助和各部处、院系以及广大校友的热情帮助。特别值得指出的是，中国人民大学出版社王宏霞女士为本书的编辑倾注了不少心血。因此完全可以说，本书是集体智慧的结晶和集体劳动的成果。在此，谨对各个单位、各界人士的关心和帮助一并表示诚挚的谢意。

由于各种原因，本书难免存在不足和失误之处，希望广大读者朋友，特别是校友批评指正。

中国人民大学校报编辑部

2017 年 9 月

图书在版编目（CIP）数据

人民共和国的建设者：中国人民大学校友专访录. 第七集/中国人民大学校报编辑部编. —北京：中国人民大学出版社，2017.9

ISBN 978-7-300-24932-2

Ⅰ.①人… Ⅱ.①中… Ⅲ.①中国人民大学-校友-访问记 Ⅳ.①K820.7

中国版本图书馆 CIP 数据核字（2017）第 213210 号

人民共和国的建设者

中国人民大学校友专访录（第七集）

中国人民大学校报编辑部　编

Renmin Gongheguo de Jianshezhe

出版发行	中国人民大学出版社	
社　　址	北京中关村大街 31 号	**邮政编码**　100080
电　　话	010 - 62511242（总编室）	010 - 62511770（质管部）
	010 - 82501766（邮购部）	010 - 62514148（门市部）
	010 - 62515195（发行公司）	010 - 62515275（盗版举报）
网　　址	http://www.crup.com.cn	
	http://www.ttrnet.com（人大教研网）	
经　　销	新华书店	
印　　刷	涿州市星河印刷有限公司	
规　　格	170 mm×228 mm　16 开本	**版　次**　2017 年 9 月第 1 版
印　　张	25 插页 5	**印　次**　2017 年 9 月第 1 次印刷
字　　数	300 000	**定　价**　75.00 元

版权所有　　侵权必究　　　印装差错　　负责调换